ULLSTEIN

Das Buch

Hilary Parker hat immer geglaubt, ein glückliches Ehe- und Familienleben zu führen. Um so härter trifft sie es, als sie eines Tages herausfindet, daß ihr Mann sie betrügt. Wie betäubt nimmt Hilary ihre täglichen Pflichten wahr und kämpft gleichzeitig mit Selbstzweifeln. Welchen Wert hat sie noch, wenn ihr Mann eine andere Frau für begehrenswerter hält? Ihre Freundinnen sind sich gar nicht einig, was zu tun ist: Soll Hilary schweigen und im stillen leiden? Soll sie ihrem Mann eine Szene machen und ihn verlassen? Oder soll sie sich ein wenig von dem einfühlsamen Psychologen Nick Bradshaw auffangen lassen? Doch erst als die weihnachtliche Familienfeier platzt und die familiäre Harmonie nur noch ein Scherbenhaufen scheint, erkennt Hilary, daß sie vor der vielleicht größten Herausforderung ihres Lebens steht …

Die Autorin

Erica James (geboren 1960) wuchs in Hampshire auf, lebte dann in Oxford, Yorkshire und Belgien. Heute arbeitet und lebt sie in Congleton Cheshire mit ihren beiden Söhnen Edward und Samuel. Ihre Geschichten sind in verschiedenen Wettbewerben ausgezeichnet worden. Schon mit dem Debütroman *Wie ein frischer Wind* gelang ihr der Durchbruch in Deutschland.

In unserem Hause sind von Erica James bereits erschienen:

Wie ein frischer Wind
Wo dein Zuhause ist
Nur ein Frühlingshauch

Erica James

Zeit für ein neues Glück

Roman

Aus dem Englischen von
Claudia Feldmann

Ullstein

Ullstein Taschenbuchverlag 2001
Der Ullstein Taschenbuchverlag ist ein Unternehmen der Econ Ullstein List
Verlag GmbH & Co. KG, München

Titel der englischen Originalausgabe: Time For a Change
(Phoenix/Orion Books, London)
Übersetzung: Claudia Feldmann
Umschlagkonzept: Lohmüller Werbeagentur GmbH & Co. KG, Berlin
Umschlaggestaltung: DYADEsign, Düsseldorf
Titelabbildung: AKG, Berlin
Druck und Bindearbeiten: Elsnerdruck, Berlin
Printed in Germany
ISBN 3-548-25338-5

Für Edward und Samuel,
die meinten, alles würde gut werden.

Herzlichen Dank an alle, die mich bei *Zeit für ein neues Glück* unterstützt haben. An Big G, ohne den es das Buch nicht gäbe. An Helena für den Klatsch und die Inspiration. An Maureen für das Lachen und die netten Worte der Ermutigung. An Miranda und Adrian für den hervorragenden Bed & Breakfast-Service. An John und Eirian für die stundenlangen Telefonate. An Jonathan und Victoria von Curtis Brown.

Und zu guter Letzt ein Dankeschön an Jane und Sarah von Orion, die einen Menschen wirklich wunderbar aufbauen können.

»Veränderungen lassen sich nicht ohne Unannehmlichkeiten durchführen, nicht einmal vom Schlechten zum Besseren.«

RICHARD HOOKER (1554–1600)

»Der Geist ist selbst sein eigner Ort und macht
Aus Himmel Hölle sich, aus Hölle Himmel.«

JOHN MILTON (1608–1674) *Paradise Lost*

Kapitel 1

Hilary Parker war ein Montagmorgen-Typ, aber irgend etwas an diesem speziellen Montagmorgen war nicht so, wie es sein sollte.

Normalerweise genoß sie es, sich mit Terry Wogan auf Radio BBC 2 anzulegen, während sie in ihrer großen, vollgestopften Küche umherschoß, mit der einen Hand das Frühstück zubereitete und mit der anderen die Lunchbox ihrer Tochter und die chaotische Sporttasche ihres Sohnes durchforstete. Sie hielt es für das Beste, jeden neuen Tag direkt bei den Hörnern zu packen und sich mit Volldampf hineinzustürzen. An diesem Morgen jedoch hatte Hilary den unguten Eindruck, daß irgend etwas nicht in Ordnung war.

Sie warf ein paar Teebeutel in die Kanne, die die Form eines rustikalen Küchenschranks hatte, und schob das Gefühl beiseite, daß sich eine Katastrophe am Horizont zusammenbraute.

Als das Frühstück beendet war, sah sie zu, wie sich David hastig zu seinem Maklerbüro im Zentrum des Dorfes aufmachte, dann begann sie, wie üblich, hinter den Kindern herzurufen, daß sie sich beeilen sollten, während sie die Waschmaschine füllte und noch schnell ein paar Sachen auf ihrem Einkaufszettel notierte, die ihr eben eingefallen waren. Als Becky dann endlich ihre Handschuhe gefunden hatte – nicht die schlichten blauen, die sie von Philip geerbt hatte, sondern die cremeweißen mit diesem flauschigen Besatz am Handgelenk –, machten sie sich auf den Weg zur Haltestelle, um auf den Bus zu warten, der Philip zu seiner neuen Schule bringen sollte. Nachdem sie ihren Sohn losgeworden war, nahm sie ihre siebenjährige Tochter an der Hand, überquerte die Straße und gesellte sich zu der Schar abgekämpfter Mütter, die der hiesigen Grundschule entgegenströmten.

Erst als Hilary wieder zu Hause und zu Atem gekommen war, als sie vor der Waschmaschine stand und darauf wartete, daß diese ihren letzten Schleudergang beendete, konnte sie den diffusen Gedanken, der sich mühsam durch den Montagmorgen-Stau in ihrem Kopf schob, nicht länger ignorieren. Hatte sie irgend etwas vergessen?

Sie beugte sich hinunter und blickte durch das Bullauge der Maschine. Für Sekundenbruchteile sah sie Beckys rosa Schlafanzug vorbeiflitzen, dicht gefolgt von Philips Rugby-Shorts. Schließlich kam die Maschine bebend zum Stehen, und Hilary wartete ungeduldig darauf, daß sich die Sicherheitssperre der Tür löste. Sie überlegte, ob sie erst die Frühstücksreste auf dem Küchentisch wegräumen sollte, doch die bohrende Unruhe ließ sie nicht los. Hätte sie jemanden anrufen sollen? Hatte es mit der Schulpflegschaft zu tun? Georgia D'Arcy konnte ziemlich sauer werden, wenn sie das Gefühl hatte, daß sich jemand vor seinem Teil der Arbeit drückte.

Sie öffnete die Waschmaschine und begann, die Kleidungsstücke herauszunehmen. Zuerst kamen Philips zielstrebige Shorts, gefolgt von einem dicken Knubbel aus Leggings, Socken und Schlafanzügen. Sie zerrte energisch an dem verschlungenen Knäuel, bis es endlich herausrutschte. Jedesmal, wenn Hilary die Wäsche durch den schwarzen Gummiring zog, mußte sie an die Geburt eines Kindes denken, und ganz besonders an Philips schwierige Steißgeburt.

Nein. Sie hatte nichts vergessen. Es war David. Irgend etwas, das *er* getan hatte.

Sie schob den Korb mit der feuchten Wäsche beiseite und füllte die Maschine erneut, indem sie Davids Bürohemden in das runde Loch stopfte – eine Tätigkeit, die ihr jedesmal wieder Vergnügen bereitete. Von jeher, seit sie verheiratet waren und sie Davids Hemden wusch und bügelte, hatte sie den männlichen Geruch in seiner Kleidung genossen. Sie nahm das letzte Hemd in die Hand, das, was er am Abend zuvor bei einem Essen des Rotary Clubs getragen hatte.

Der Abend. Das war es. David hatte im Schlaf gesprochen.

Plötzlich war es da; das nagende Wissen im Unterbewußtsein, das sie durch die Dunkelheit der Nacht und bis in den Tag hinein verfolgt hatte, brach endlich an die Oberfläche, und sie hörte Davids Worte so deutlich, als ob er neben ihr auf dem Fußboden säße und sie wiederholte: »*Catherine ... Hilary darf nie etwas davon erfahren ... sie würde es mir nie verzeihen ... die Kinder.*«

Sie schnappte nach Luft und preßte das Hemd gegen ihr Gesicht, doch in den Falten des Stoffes war etwas Hartes, das sie an der Wange kratzte. Sie zog die Visitenkarte eines Restaurants und eine Rechnung heraus. Auf dem Papierstreifen stand das Datum vom Tag zuvor, und es war eindeutig ein Essen für zwei Personen.

David hatte doch gesagt, er ginge zu einem ganz besonderen Essen des Rotary Clubs ... »*Catherine ... Hilary darf nie etwas davon erfahren.*«

Hatte sie aber, verdammt noch mal!

Hilary drehte den Schlüssel im Zündschloß ihres Wagens. Das ist nicht wahr. Das kann einfach nicht wahr sein. Doch nicht David! Sie trat kräftig aufs Gaspedal und schoß mit ihrem Renault Clio aus der Einfahrt. Sie raste die Acacia Lane entlang, ohne sich um den entrüsteten Gesichtsausdruck von Iris Braithwaite zu scheren, die bereits damit beschäftigt war, das Herbstlaub auf dem filzgrünen Rasen von White Cottage energisch zusammenzukehren, durchquerte das Dorf, vorbei an der Reihe von Geschäften, zu denen auch das schwarzweiße Fachwerkhaus mit Davids Büro gehörte, und erreichte den Supermarkt in weniger als zehn Minuten. Sie schoß in die erstbeste Lücke auf dem Parkplatz.

Im Supermarkt angekommen und auf einen Einkaufswagen gestützt, griff Hilary nach ihrem Einkaufszettel. Obst und Gemüse, murmelte sie. Obst und Gemüse. Wie konnte er nur? Wie konnte er sie – sie zerknüllte ihren Einkaufszettel, unfähig, das Undenkbare auszusprechen, und sei es nur gedanklich. Wut und Verwirrung drohten sie zu überwältigen, und sie ging hinüber zu den sorgfältig konstruierten Pyramiden aus Früchten, die sonst stets ihren Sinn für Ordnung und System befriedigten. »Alles hat seinen Platz«, sagte sie immer zu den Kindern. David war allerdings nicht besonders ordentlich. Krawatten über das ganze Zimmer verstreut, Hosen auf dem ... Die Kehle schnürte sich ihr zusammen, und ihre Knie wurden weich. Ihr war übel.

Konzentriere dich, sagte sie sich. Einkaufen. Sie riß eine Plastiktüte ab und nahm mit zitternden Händen einen Apfel von der Granny-Smith-Pyramide. Vorsichtig wählte sie noch drei weitere aus, doch als sie nach dem fünften griff, stieß sie mit der Hand gegen den Stapel und sah in hilflosem Entsetzen zu, wie sie eine glänzende grüne Lawine auslöste; die Äpfel stürzten in einer Kaskade zu Boden und schlugen im Fallen gegen ihre Beine.

»Nein!« rief sie aus. »Nicht, halt!« Mit tränenüberströmten Wangen ergriff sie die Flucht. Sie spürte, wie die Leute sie anstarrten, als sie in den nächsten Gang schlitterte. Sie raste an den Regalen entlang und warf Sachen in ihren Einkaufswagen: Baked Beans, Mais, Mehl, Reis.

Warum war sie hergekommen? Was tat sie hier im Supermarkt? Sie hatte gerade entdeckt, daß ihr Mann sie betrog, und sie machte ihre wöchentlichen Besorgungen. War sie verrückt geworden?

Per Autopilot gelangte sie zu den Gefriertruhen. Pizza, Knoblauchbrot, Erbsen. Wo war denn nur das Pfannengemüse? Es war Montag. Am Montag abend kochte sie immer Pfannengemüse für David. Wild entschlossen, das Gesuchte zu finden, beugte sie sich über die Gefriertruhe und schob die Pakete mit tiefgekühltem Brokkoli und Blumenkohl beiseite. »Wo ist das Zeug bloß? Es muß doch hier sein.«

»Hilary?«

Sie schoß hoch und stand vor ihrer Nachbarin Cindy Rogers, die gemeinsam mit ihrem Mann Derek das florierende Fitneß- und Beauty-Center *In The Pink* auf der Acacia Lane führte. Wie immer waren Cindys Frisur und Make-up untadelig. Hilary spürte, wie Cindy sie mit kritischem Blick musterte. »Hallo, Cindy«, sagte sie. Ihre Stimme klang atemlos und übertrieben fröhlich.

»Alles in Ordnung?«

»Natürlich ...« *Catherine ... Hilary darf nie etwas davon erfahren ...* »Mir geht's prima, wieso?«

Cindy fand, daß Hilary alles andere als gut aussah. Es war nicht zu übersehen, daß die Prinzessin von Hulme Welford – wie Derek ihre Nachbarin nannte – geweint hatte. Sie sagte nichts und griff nach einem Paket Tiefkühlerbsen. Wenn Hilary unglücklich war und nicht darüber reden wollte, dann war das ihre Sache, und Cindy würde sich ganz gewiß nicht mit den Problemen anderer Leute belasten, wenn es sich vermeiden ließ.

»Wirklich, mir geht's gut«, wiederholte Hilary, »ich bin bloß ein bißchen erkältet. Es ist doch immer dasselbe –

kaum gehen die Kinder nach den Ferien wieder zur Schule, schleppen sie einen Schnupfen nach dem anderen an ...« – *... sie würde es mir nie verzeihen ...* – »... vielleicht etwas fertig mit den Nerven, wenn ich ehrlich bin.« Der Wortschwall verebbte, und sie starrte Cindy mit leerem Gesichtsausdruck an.

»Wie geht es David?« fragte Cindy. Es war das einzige, was ihr einfiel.

»David? Oh, wunderbar. Viel zu tun, arbeitet rund um die Uhr, du weißt ja, wie das ist.« Er hatte doch gearbeitet, oder? In letzter Zeit war er immer später nach Hause gekommen. Und diese ganzen Telefonate von seinem Arbeitszimmer aus, bei geschlossener Tür. Oh, es war alles so offensichtlich! Wie hatte sie nur so blind sein und nichts bemerken können? Ihre Lippen bebten.

Cindy wußte nicht, was sie tun sollte. Sie haßte es, mit Gefühlen jedweder Art konfrontiert zu werden. Ihre hatte sie ihr ganzes Leben lang unter Kontrolle gehalten, und sie erwartete dasselbe von anderen. »Ich muß sehen, daß ich weiterkomme«, sagte sie. »Ich habe mich nur schnell rausgeschlichen, um ...«

»Oh, natürlich, ich wollte dich nicht aufhalten, ich weiß ja, wieviel du zu tun hast.«

»Na, dann bis bald, Hilary. Ruf mich doch die Tage mal an. Gönn dir eine Gesichtsbehandlung.« Die hätte sie auch bitter nötig.

»Ja, vielleicht.« Was, bei den Preisen? Hilary sah Cindy nach, die ihren Einkaufswagen zur nächsten Gefriertruhe schob. Doch plötzlich hatte sie Angst davor, allein gelassen zu werden. Cindy war zwar so warmherzig wie ein Schneemann, aber in diesem Augenblick schien ihr Cindys Gesellschaft unendlich viel angenehmer als ihre eigene. »Cindy«, rief sie. »Ich dachte gerade ...«

»Ja?«

Irgend etwas in Cindys Verhalten war so kühl und sachlich, daß es auf sie abfärbte. »Ich habe gerade entdeckt, daß David mich betrügt«, sagte sie. Sie sah, wie sich Cindys Hand mit den pinkfarbenen Fingernägeln fester um den Metallgriff des Einkaufswagens schloß. »Ich ... ich weiß nicht, was ich tun soll«, fügte sie hinzu. Ihre Stimme klang jetzt brüchig und ganz und gar nicht gefaßt, wie sie es beabsichtigt hatte.

»Komm«, sagte Cindy, »ich bringe dich nach Hause.«

Sie brachen ihre Besorgungen ab, ließen Hilarys Wagen auf dem Parkplatz stehen und fuhren in Cindys nagelneuem Celica zurück zu *The Gables*.

»Mir geht's gut. Wirklich«, sagte Hilary laut schniefend, als sie aus dem Auto stiegen.

»Sei nicht albern«, herrschte Cindy sie an. »Du fühlst dich grauenvoll. Du hast das Gefühl, die Welt ist gerade zusammengebrochen. Ich weiß, wovon ich rede.« Sie warf einen Blick über die Straße zu *In The Pink*. »Du weißt ja, mit wem ich verheiratet bin.«

Cindy verfrachtete Hilary auf einen Stuhl neben dem Aga-Herd. Sie setzte Wasser auf und wurde sich beschämt bewußt, daß ihr der Zustand von Hilarys Küche Schauer über den Rücken jagte. Während ihre eigene Küche makellos und von allem Überflüssigen befreit war, stapelten sich auf Hilarys Arbeitsfläche Reihen von kunterbunten Dosen, überdacht von üppig mit Schnitzereien verzierten Holzregalen, die sich unter dem Gewicht von zahllosen Kochbüchern bogen. Konnte ein Mensch wirklich so viel kochen? Sie selbst aß abends selten mehr als einen leicht angemachten Salat. In der Hoffnung, Kaffee zu finden, griff sie nach eine der bunten Dosen. Es war Tee darin, und dort, wo sie gestanden hatte, zeichnete sich ein blasser Staubrand ab. Sie zog eine Grimasse und fragte sich, wie lange es wohl her sein mochte, daß jemand mit dem Putzlappen auch nur in die Nähe der Dosen gekommen war. Möglicherweise Wochen. Vermutlich eher Monate.

Was immer auch in letzter Zeit in *The Gables* vor sich gegangen war, mit Putzen hatte es gewiß nichts zu tun, jedenfalls nicht mit dem, was sie darunter verstand.

Sie goß den Tee in zwei Becher, auf denen überdimensionale Schweine mit winzigen Beinchen abgebildet waren. »Hier, bitte«, sagte sie zu Hilary, die inzwischen am Küchentisch saß, die Ellbogen zwischen den Überresten vom Frühstück aufgestützt. Überall waren Toastkrümel und Milchflecken. Ein dicker Klecks Orangenmarmelade klebte an der Seite des Glases. Cindy mußte gegen den Drang ankämpfen, dieses unappetitliche Durcheinander zu beseitigen und die Küche in Ordnung zu bringen. Das wäre wesentlich einfacher, als Hilary davon zu überzeugen, daß alles wieder gut würde. Nach ihrer Erfahrung blieb es nicht bei einem Mal, wenn ein Mann seine Frau betrog.

Hilary schniefte. Cindy sah sich auf der Suche nach Taschentüchern in der Küche um. Das einzige, was sie finden konnte, war eine Rolle Küchenpapier auf einem grünen, schmiedeeisernen Ständer. Sie riß ein Stück davon ab und reichte es Hilary.

»Cindy, es tut mir so leid, daß ich dich mit diesem ganzen Kram belästige ... Ich wollte nicht, daß du ...« Sie schniefte wieder.

Putz dir um Himmels willen endlich die Nase, dachte Cindy.

»Sieh mal«, sagte Hilary. Sie schob Cindy ein kleines Stück Papier zu.

Cindy sah sich die Restaurantrechnung an. Ein durchaus vertrauter Anblick. »Könnte es ein normales Geschäftsessen gewesen sein?« Dieselbe Frage hatte sie sich vor zweiundzwanzig Jahren, ein Jahr nach ihrer Hochzeit, auch gestellt.

»Nein«, flüsterte Hilary. »Er hat mir gesagt, er ginge zu einem Essen vom Rotary Club. Er hat mich belogen, Cindy. Seit ein paar Wochen kommt er immer erst so spät nach

Hause, und letzte Nacht hat er im Schlaf geredet. Sie heißt Catherine ... Wie konnte er, wie ...« Sie fing an zu weinen.

Cindy wollte nicht, daß Hilary weinte, aber sie hatte keine Ahnung, wie sie sie davon abhalten sollte. Sie schlürfte ihren Tee und gab sich alle Mühe, nicht an das groteske Porzellanschwein in ihrer Hand zu denken. Statt dessen dachte sie an sich selbst, damals vor zweiundzwanzig Jahren: Erst hatte sie eine Restaurantrechnung gefunden, dann einen Brief, und dann hatten die Anrufe begonnen. Sie hatte sich bemüht, sie zu ignorieren, so wie ihre Mutter es ihr geraten hatte. »Laß ihn sich austoben. Das legt sich.« Und das hatte es auch getan. Bis ein neuer Windstoß ein knappes Jahr darauf die nächste schwarze Wolke herbeigetrieben hatte.

Als Hilary wieder ein Schniefen von sich gab, knallte Cindy ihren Becher auf den Tisch. »Und was willst du jetzt tun, Hilary?«

»Tun? Was meinst du damit?«

»Entweder hältst du David das hier vor die Nase«, sie wedelte mit dem kleinen Stück Papier durch die Luft, »und gehst das Risiko ein, alles zu verlieren, oder du tust so, als ob du es nie gefunden hättest.«

»So tun, als ob ich es nie gefunden hätte!« rief Hilary aus, die rotgeweinten Augen fassungslos aufgerissen. »Wie soll ich das anstellen? Ich meine, er ist so ... er ist so ...« Ihre Stimme erstarb.

Cindy beugte sich vor. »So was passiert eben in manchen Ehen. Vor allem in meiner.«

»O Gott, Cindy. Es tut mir leid. Das war furchtbar rücksichtslos von mir.«

Cindy mußte beinahe lächeln. Sie wußte nur zu gut, daß es sich in den anderthalb Jahren, in denen sie in Hulme Welford lebten, überall im Dorf herumgesprochen hatte, was für ein Mann Derek Rogers war. Es wurde außerdem allgemein akzeptiert, daß Cindy genau wußte, was sich abspielte, es jedoch vorzog, seine Affären zu ignorieren, und noch wichtiger war: Niemand schnitt ihr gegenüber das Thema an. In letzter Zeit allerdings beunruhigte sie Dereks Verhalten zunehmend, aber sie hatte nicht den leisesten Schimmer, was mit ihm los war. Komisch, daß er angefangen hatte, all diese merkwürdigen Bücher zu lesen – das paßte überhaupt nicht zu ihm. Es war das erste Mal, daß er etwas in die Finger nahm, das anspruchsvoller war als die Titelseite der *Daily Mail*. Sie machte sich Sorgen, daß Derek mit seinem Leben unzufrieden war. Vielleicht hatten inzwischen sogar die Affären jeden Reiz für ihn verloren. Was mochte als nächstes kommen?

»Du mußt dich entscheiden, was du willst, Hilary«, sagte sie schließlich. »Ich nehme an, du liebst David?«

»Wie kannst du so was fragen?«

»Tut mir leid, aber es wäre einfacher, wenn du es nicht tätest.«

»Liebst du Derek denn nicht?« Hilary traute sich kaum, Cindy eine so persönliche Frage zu stellen. Bis heute waren ihre Gespräche immer unpersönlich gewesen, nach dem Motto »Tee oder Kaffee?«, und nun saßen sie hier und sprachen über Seitensprünge und darüber, ob sie ihre Ehemänner liebten oder nicht.

»Weiß der Teufel wieso, aber ja, ich liebe Derek«, sagte Cindy schlicht. »Deshalb weiß ich auch, daß es wesentlich einfacher wäre, wenn die Liebe nicht ins Spiel käme. Dann fällt es leichter, objektiv zu bleiben.«

Hilary hob den Becher an ihre Lippen. Der Tee war kalt. Sie stellte ihn wieder hin. »Ich kann's einfach nicht fassen, daß wir hier sitzen und so ruhig diskutieren. Schockiert es dich denn überhaupt nicht, was David tut?«

»Darum geht es doch wohl kaum, oder? Die Frage ist, was willst *du* jetzt tun?«

Hilary begann wieder zu weinen. »Ich weiß es nicht«, schluchzte sie. »Ich weiß es einfach nicht.«

»Soll ich dir einen Rat geben?«

»Ja, bitte«, sagte Hilary und hob den Blick von dem zerknüllten Fetzen Küchenpapier in ihrer Hand. »Ich brauche jede Hilfe, die ich kriegen kann. Ich will ihn nicht verlieren, Cindy. Er ist der einzige Mann, den ich je geliebt habe.«

»Also gut. Das Wichtigste ist, daß du niemandem etwas davon erzählst. Je weniger Leute es wissen, desto besser. Von jetzt an mußt du, wie ich eben schon sagte, so tun, als ob die Rechnung nie aufgetaucht wäre, als ob David nie im Schlaf geredet hätte. Hilary, du wirst um deinen Mann kämpfen müssen.«

»So wie du um Derek?«

»Ja«, sagte Cindy grimmig. »So wie ich um Derek.« Sie stand auf und räumte die Becher in die Spüle. »Übrigens – hast du eine Ahnung, wer diese Catherine sein könnte?«

»Ja«, sagte Hilary leise. »Seine neue Sekretärin.« Zitternd bedeckte sie ihr Gesicht mit den Händen und schluchzte.

Männer, dachte Cindy. Zumindest in dieser Beziehung sind sie zuverlässig.

Kapitel 2

Okay, Leute. Genug gequatscht, laßt uns zur Sache kommen. Wir haben heute abend noch ganz hübsch was vor uns, und ich weiß ja nicht, wie's euch geht, aber ich bin fix und fertig.«

Hilary sah die hochgezogenen Brauen in der ersten Reihe, die erkennen ließen, daß dies nicht die übliche Art war, eine Schulpflegschaftssitzung der St. John's Infant and Junior School zu eröffnen. Zu Beginn des neuen Trimesters hatte es Gemurmel und auch deutlichere Äußerungen des Mißfallens gegeben, als die scheidende Vorsitzende Patricia Longton von Georgia D'Arcy abgelöst worden war, deren motivierte Anhängerinnen jetzt die hinterste Reihe des Klassenraums der 2A belegten, während Patricia und Konsorten vorne saßen, wo ihre einschüchternde Wirkung, wie sie meinten, am stärksten war. Sie hatten keine Ahnung von den Grimassen, die die Mitglieder der Gegenpartei hinter ihrem Rücken zogen.

Hilary zählte kurz durch. Es waren ungewöhnlich viele da. Sie hatte den Verdacht, daß das mit den Gratis-Getränken zu tun hatte, die an diesem Abend ausgeschenkt wurden – eine weitere Abweichung von der Norm. Sie notierte sich die Zahl, enttäuscht, daß man sie wieder einmal gebeten hatte, den Posten der Sekretärin beizubehalten. Sie wäre gern selbst in Patricias Fußstapfen getreten, hatte jedoch ihre Kandidatur zurückgezogen, als sie erfahren hatte, daß sie gegen die furchteinflößende Ms. Georgia D'Arcy antreten sollte, die tatkräftig von der ›Brigade der unrasierten Achselhöhlen‹ unterstützt wurde, wie David die etwas selbständigeren und unkonventionelleren Mütter der Schule nannte – »Je freier die Frau, desto breiter die Hüften«, wie David gerne lästerte.

»Als erstes«, verkündete Georgia D'Arcy, »möchte ich all denen danken, die gekommen sind, und die vermerken, die zu Hause geblieben sind.« Sie gab ein tiefes Lachen von sich, das nicht zu ihrem mageren Erscheinungsbild – das Davids Theorie Lügen strafte – paßte. »Die Arbeit wird natürlich denen zugeteilt, die nicht hier sind, um sich dagegen zu wehren.« Aus der hintersten Reihe ertönte schallendes Gelächter, während Patricia & Co. entrüstete Seitenblicke austauschten und mal das eine, mal das andere Bein überschlugen, wohl wissend, daß diese höhnische Bemerkung auf eine von ihnen gemünzt war: Kate Hampton, die Schatzmeisterin der Schulpflegschaft.

Hilary notierte »Dank« und wünschte sich, sie wäre zu Hause. Sie war erschöpft. Es war ein langer Tag gewesen, seit sie morgens herausgefunden hatte, daß David sie betrog. Sie hatte nichts gegessen; ihr war so flau gewesen, daß sie nicht einmal an Essen denken mochte. Sie fühlte sich, als hätte sie einen Preßluftbohrer verschluckt, und ihr war abwechselnd heiß und kalt.

Cindy hatte sie darauf vorbereitet. »Abnehmen wirst du auch«, hatte sie hinzugefügt. Das war also das Geheimnis von Cindys beneidenswerter elfenhafter Figur, hatte Hilary zynisch gedacht. »Sieh zu, daß du immer was zu tun hast«, wies Cindy sie an, als sie zum Supermarkt zurückfuhren, um ihr Auto abzuholen. »Sonst denkst du die ganze Zeit an die beiden.«

»Aber woran soll ich sonst denken?« jammerte Hilary.

»Na, zum Beispiel an deine Kinder.«

Nachdem Cindy gegangen war, hatte sie versucht, sich zu beschäftigen. Doch es war hoffnungslos. Sie konnte an nichts anderes denken als an Davids Untreue. Rücksichtslos hatte er all das zerstört, was ihr wichtig war. Sie hatte versucht, sich mit Fernsehen abzulenken, aber schließlich hatte sie doch nur hirnlos zwischen *Detektiv Rockford: Anruf genügt*, einer Sendung über Flamenco, einem alten Bette Davis-Film und dem Pferderennen in Newmarket hin und her geschaltet, bis es Zeit gewesen war, Becky abzuholen. Sie waren zu Fuß von der Schule nach Hause gegangen und nur langsam vorangekommen, nachdem sie in die baumgesäumte Sackgasse der Acacia Lane eingebogen waren, weil Becky unbedingt durch das raschelnde, tanzende Laub im Rinnstein stapfen mußte. »Oohh, was ist denn das?« hatte sie mit der jubelnden Begeisterung einer Siebenjährigen ausgerufen und sich hinuntergebeugt. Es war eine tote Maus. »Warum ist sie so platt?«

»Weil sie tot ist.«

»Werde ich auch so platt sein, wenn ich tot bin?«

»Nein, Liebes«, sagte Hilary und griff nach Beckys Hand.

»Aber warum –?«

»Weil sie viele Male überfahren worden ist«, antwortete Hilary und fühlte sich selbst ziemlich platt.

Sie hatte sich auf Beckys Gesellschaft gefreut und gehofft, daß das anspruchsvolle Wesen ihrer Tochter sie ablenken würde. Doch das tat es nicht. Vielmehr ging ihr Beckys unablässiges Geplapper auf die Nerven.

»Mummy, hörst du mir auch zu?« hatte Becky in der Küche gefragt, wo sie wie immer bei einer Tasse Tee und ein paar Keksen besprachen, wie der Tag gewesen war, den Becky über sich hatte ergehen lassen müssen.

»Natürlich, Liebes«, antwortete Hilary.

»Lügnerin.«

»Ich lüge nicht.«

»Tust du wohl. Ich merk's doch.«

»Also gut, was hast du gesagt? Erzähl's mir noch mal.«

Becky zog einen Schmollmund. »Nein.«

Da hätte Hilary am liebsten geweint, ihre kleine Tochter in den Arm genommen und von Frau zu Frau mit ihr geredet. Aber das ging nicht. Damit würde sie noch mindestens zehn Jahre warten müssen.

Als sie Philip nach seinem Rugby-Training von der Schule abholten, waren seine ersten Worte: »Hast du geweint, Mum?«

Seltsam, daß ihr elfjähriger Sohn ihre roten Augen bemerkt hatte, Becky jedoch nicht. Aber das war typisch Becky.

Der Nachmittag war ereignislos verlaufen, bis David angerufen hatte. Philip war drangegangen. »Dad kommt später«, hatte er aus dem Flur gerufen. »Er hat noch einen Termin.«

Sie hatte wieder geweint, oben und allein. Dann hatte sie Cindys Tochter Tiffany angerufen, um zu fragen, ob sie an dem Abend babysitten konnte. »Tut mir leid, daß es so kurzfristig ist, aber ich komme bei Davids Terminen nicht immer so ganz mit«, hatte sie munter zu Tiffany gesagt, als sie herüberkam, um sich um die Kinder zu kümmern ...

»Das hätte ich gerne im Protokoll.«

»Hilary, Sie schreiben doch mit, oder?«

Hilary hob den Kopf und fragte sich, was zum Teufel sie bei einer Schulpflegschaftssitzung zu suchen hatte, wo doch gerade ihr Leben zerbrach. »Mach weiter, als wenn nichts wäre«, hatte Cindy gesagt. Aber sie hatte kein Wort darüber verloren, wie man sich normal verhielt, wenn man sich in Wirklichkeit nur danach sehnte, sich zu Boden zu werfen und zu schreien wie ein kleines Kind.

»Hilary?« Georgia D'Arcy sah sie stirnrunzelnd an, die eine Braue fragend unter die kurzen koboldhaften Ponyfransen gezogen, die den Glanz und die Farbe einer prallen Aubergine hatten. Zwei taschenuhrgroße Ohrringe baumelten rechts und links neben ihrem herben Gesicht. Sie trug kein Make-up, aber ihr Teint war haselnußbraun und zeugte von der Tatsache, daß sie jeden Tag im Freien arbeitete. Seit ihr Mann Rory sie vor zwei Jahren verlassen hatte, waren die Einwohner von Hulme Welford Zeuge gewesen, wie Georgia ganz allein am Rand des Dorfes die Hulme View Gärtnerei aufgebaut hatte. Sie ließ sich kein X für ein U vormachen, und Hilary hatte ziemlichen Respekt vor ihr. »Tut mir leid«, sagte Hilary. »Was haben Sie gesagt?«

Gloria bemerkte Hilarys leeren Notizblock. Sie räusperte sich und gab einer der Mütter in der hintersten Reihe ein Zeichen. »Cas, mach doch bitte mal die Weinflaschen auf und laß ein paar Becher rumgehen, ja? Ich muß kurz mit Hilary sprechen.«

Hilary hörte Gemurmel aus der ersten Reihe. »Wein? Hier hat es noch nie Wein gegeben.«

»Stimmt genau, Süße«, erwiderte Georgia und wandte sich wieder Hilary zu. »Was ist los?«

Hilary öffnete den Mund, aber es kam nichts heraus. Sie klappte ihn wieder zu und bemühte sich krampfhaft, das Zittern in ihren Lippen zu unterdrücken.

»Kommen Sie, Hilary, seit drei Jahren machen Sie den Job hier mit links. Ich habe Sie schon gestreßt erlebt, aber noch nie überfordert. Liegt's an mir? Können Sie nicht mit mir arbeiten? Denn wenn das der Fall ist ...«

»Nein. Ich meine, nein, das ist es nicht.«

Georgia lächelte. »Gut. Ich weiß, ich gehe manchen Leuten gegen den Strich, zum Beispiel den frostigen Fünf da drüben«, sie wies mit dem Kopf auf Patricia und ihren Anhang, »aber es wäre mir doch sehr unangenehm, wenn ich so unbeliebt wäre. Ich hatte gehofft, daß wir beide miteinander auskommen würden. Vielleicht hilft ein Schluck Wein.« Sie erhob sich von ihrem Stuhl und ging zu Cas Mitchell und Jo Shaughnessy hinüber, die Plastikbecher verteilten. Hilary bemerkte, daß sich die »frostigen Fünf« zusammengedrängt hatten und genüßlich ihren Wein pichelten.

»Hier«, sagte Georgia, als sie zurückkam. »Gönnen Sie sich erst mal einen großen Schluck. Ich werde Sie nicht aushorchen. Es geht mich ja nichts an, weshalb Sie mit so einer Leichenbittermiene rumlaufen, aber ich gehe jede Wette ein, daß es was mit einem Mann zu tun hat.«

Hilary versuchte zu protestieren, doch Georgia ignorierte sie. »Die kann man allesamt in der Pfeife rauchen. Wenn Sie wollen, mache ich selbst Notizen, während wir alles durchsprechen.« Sie leerte ihren Plastikbecher, warf einen Blick in die Runde und verkündete ohne weitere Umschweife, daß sie nun mit der Besprechung fortfahren würden.

Zum ersten Mal an diesem Tag entspannte sich Hilary ein wenig. Sie war Cindy dankbar gewesen, daß sie dagewesen war, als sie jemanden brauchte, dem sie sich anvertrauen konnte – noch dazu mit ihren persönlichen Erfahrungen auf dem Gebiet –, aber Hilary hatte sich hinterher nicht besser gefühlt. Genaugenommen hatte sie sich sogar schlechter gefühlt. Cindys Kommentare und Ratschläge hatten sie mit Angst erfüllt; sie hatte den Eindruck gewonnen, das Leben, das von nun an vor ihr lag, würde sich hinziehen wie eine grauenvolle, lebenslange Gefängnisstrafe. Doch Georgia war anders. Irgendwie hatte sie es mit diesen wenigen unverblümten Worten geschafft, einen Teil des schrecklichen Drucks, den dieser Tag gebracht hatte, von ihren Schultern zu nehmen. Sie war Georgia unendlich dankbar.

Kapitel 3

Cindy kam aus dem Badezimmer, den schlanken Körper in ein dickes pfirsichfarbenes Handtuch gehüllt. Es überraschte sie, Derek lesend im Bett sitzen zu sehen. Als er sie erblickte, klappte er das Buch zu.

Eine Stunde zuvor hatte er noch unten im Büro gesessen. »Papierkram«, hatte er zu ihr gesagt, als sie kurz bei ihm vorbeigeschaut hatte, bevor sie hinaufgegangen war, um ein Bad zu nehmen.

»Es ist doch alles in Ordnung, oder?« hatte sie gefragt. Es war eigentlich mehr ein Versuch, Konversation zu betreiben, als wirkliche Sorge um das Geschäft. Seit Beginn ihrer Ehe hatte Cindy stets mit fester Hand und wachem Auge die Finanzen der sechs Schönheitssalons, die ihnen gehörten, und des Studios *In The Pink* kontrolliert. Nichts konnte ihr entgehen. Doch in den letzten Wochen hatte sie der Gedanke nicht losgelassen, daß Derek möglicherweise dabei war, ihre Finanzen zu ordnen, bevor er sie verließ. Seit sie an diesem Morgen Hilarys Schock mitbekommen hatte, bildete sie sich ein, es sei ein Omen, daß auch sie eine unangenehme Entdeckung machen würde.

»Gutes Buch?« fragte sie und zog ein seidenes Nachthemd aus der handbemalten Kommode, die neben ihrer Seite des Bettes stand.

»Nicht übel«, antwortete er mit ausdrucksloser Miene. Er ließ das Buch mit der Titelseite nach unten zu Boden fallen.

»Das machst du seit einiger Zeit oft«, sagte Cindy, Derek den Rücken zugewandt. Sie ließ das Handtuch hinuntergleiten und schlüpfte in ihr Nachthemd.

»Was mache ich oft?«

Sie bemerkte den abwehrenden Ton in seiner Stimme, und um jeglicher Konfrontation auszuweichen, die möglicherweise dazu führen könnte, daß er seine Karten aufdeckte, fragte sie: »Hast du David in letzter Zeit öfters gesehen?«

»Hast du vor, die ganze Nacht da stehenzubleiben und mich auszufragen, oder kommst du her?« Er schlug ihre Ecke der Bettdecke auf und klopfte auf die Matratze.

Sie kletterte hinein und setzte sich steif neben ihn, irritiert von dieser schlichten Geste der Höflichkeit. Ihr ins Bett helfen? Was hatte sie mal gehört? Ein Mann, der vorhat, seine Frau zu verlassen, verhält sich anders als sonst, tut alles, was er kann, um ihr zu gefallen, bevor er dann zum entscheidenden Schlag ausholt. Angsterfüllt fragte sie: »Und, hast du?«

»Habe ich was?«

»David in letzter Zeit öfters gesehen.«

Er schüttelte den Kopf. »Nicht mehr als sonst, würde ich sagen.« Er nahm seine hauchdünne Uhr und das goldene Armband ab und legte sie neben die Nachttischlampe. »Was soll das überhaupt? Wieso interessierst du dich plötzlich so für David?«

»Ach, nur so«, sagte Cindy und schaltete ihre Lampe aus. Sie legte sich hin und wartete darauf, daß Derek es ihr gleichtun würde. Doch sie ahnte, daß er nicht die Absicht hatte. Sie behielt recht.

»Cindy?«

»Ich bin müde, Derek. Muß es jetzt sein?«

»Ich bin auch müde.«

»Dann mach das Licht aus.«

»So müde auch wieder nicht.«

Sie setzte sich auf. Also gut, wenn es soweit war, wenn er vorhatte, ihr zu eröffnen, daß er sich scheiden lassen wollte, dann konnte sie ebensogut wach bleiben und ihm zuhören.

»Bist du glücklich, Cindy?«

»Glücklich?« Das war neu. Das hatte er sie noch nie gefragt.

»Ich«, sagte Derek und sah sie an, »bin's nämlich nicht.« Er lächelte.

O Gott. Wie konnte er nur? Wie konnte er sie so anlächeln? Sollte das vielleicht den Schlag dämpfen? Sie ballte unter der Decke die Fäuste und wappnete sich für das, wovor sie sich während ihrer ganzen Ehe gefürchtet hatte.

»Ich habe über uns nachgedacht.«

»Aha.«

»Ich glaube, es ist Zeit für eine Veränderung.« Plötzlich kickte er die Decke zur Seite und sprang aus dem Bett. Er zog seinen Bademantel an und begann, am Fußende des Messingbettes auf und ab zu gehen.

»Was für eine Art Veränderung?« fragte sie.

»Eine, die unser Leben verbessert!« rief er und warf die Arme in die Luft. Mit weit aufgerissenen Augen starrte er sie an. »Sag mir, Cindy, wie lange sind wir jetzt im Schönheitsgeschäft?« Er wartete ihre Antwort gar nicht erst ab. »Ganz einfach: zu lange.« Er kam zu ihrer Seite des Bettes herum und setzte sich. Sie zog die Beine von ihm weg.

Er griff nach ihren Händen und hielt sie fest. »Ich habe eine Idee. Seit Wochen arbeite ich jetzt daran. Ich möchte *In The Pink* zu einer Stätte der spirituellen Entdeckung machen, in der die Hoffnungslosen wieder Hoffnung schöpfen können, in der ...« Er sah sich um, als suche er die Inspiration an den Wänden ihres Schlafzimmers. »In der die Unsicheren sich selbst finden können. Und seien wir doch mal ehrlich – hier in Hulme Welford gibt's 'ne ganze Menge solcher Leute. Was sagst du dazu?«

»Du zerquetschst mir die Hände«, flüsterte Cindy.

»Entschuldigung«, sagte er und ließ sie los. »Unterschätze wohl meine Kraft. Aber was hältst du von der Idee?«

Cindy war sprachlos. Sie war so erleichtert, daß Derek nicht vorhatte, sie zu verlassen, daß sie in diesem Moment allem zugestimmt hätte. Seit dem Tag vor rund einem Jahr, als sie begriffen hatte, daß Charlotte Lawrence, Hilarys Schwester, in ihren Mieter Alex Hamilton verliebt war, hatte sie sich nicht mehr so erleichtert gefühlt. Bis zu dem Tag war sie davon überzeugt gewesen, daß sich Charlotte als nächste Frau zwischen sie und Derek stellen würde. Doch es war nicht zu übersehen, daß Charlotte und Alex bis über beide Ohren verliebt waren, und Derek hatte zu erkennen gegeben, daß er nicht mehr interessiert war, und sich zurückgezogen.

»Ich weiß nicht so recht, Derek«, sagte sie schließlich.

Aufgeregt gab er ihr einen Kuß. »Genau darum geht es ja. Zu viele Leute da draußen wissen nicht, was sie wollen und was gut für sie ist. Und wir werden ihnen helfen, das zu ändern.«

»Was für eine Stätte, hast du gesagt?«

»Wir machen Kurse für Innere Heilung und Selbstbehauptung, Reisen in die Tiefen des Ichs …«

»Aber es wird doch keine Sprechchöre geben, oder?«

»Sprechchöre?«

»Ich habe so was mal im Fernsehen gesehen. Leute, die auf Kissen sitzen, mit den Augen rollen und irgendwelchen Mist von sich geben. Das ist so was von peinlich.«

Er lachte. »Cindy. Cindy, ich bin's, dein Derek. Hältst du mich für so blöd?« Im Geiste strich er diesen speziellen Kurs, in den er sich gerade eingelesen hatte. »Komm, ich habe Lust zu feiern. Laß uns runtergehen und eine Flasche aufmachen.« Er küßte sie wieder und strich zart mit der Hand über ihren Arm. »Dann kommen wir wieder rauf, und ich entführe dich auf eine Reise in die Tiefen deines Ichs.«

»Bis jetzt habe ich noch nicht ja gesagt«, sagte Cindy und stieg aus dem Bett.

»Wirst du aber. Ich weiß es.«

Cindy hatte so eine Ahnung, daß er doch recht behalten würde.

Kapitel 4

Becky sah selbstzufrieden aus, was, wie Hilary wußte, nur eines bedeuten konnte: Sie hatte ihrem Bruder eins ausgewischt. Seit ihre kleine Tochter auf der Welt war, hatte Hilary sich bei geschwisterlichen Zankereien meist auf ihre Seite gestellt, doch in letzter Zeit war ihre Loyalität arg strapaziert worden, und sie hatte Philip mehr Respekt und Mitgefühl entgegengebracht.

Sie reichte Becky den Müslikarton und forschte in ihrem Gesicht nach Zeichen eines schlechten Gewissens. Doch das einzige, was sie sah, war ein Ausdruck unverhüllter Schadenfreude.

Sie nahm den Wasserkessel vom Aga, bereitete den Tee zu und stellte die Kanne auf den Tisch. Dann schaltete sie das Radio ein. »Sind wir entmutigt?« fragte Terry Wogan neben dem Brotkasten. Dieselbe Frage hatte der gesichtslose Ire gestern auch gestellt, und sie hatte ihm spöttisch zugegrinst. Heute jedoch gab es nichts zu grinsen. Sie *war* entmutigt.

Gestern abend nach der Schulpflegschaftssitzung war sie direkt nach oben gegangen und hatte David im Wohnzimmer nur zugerufen, sie habe Kopfschmerzen und ginge zu Bett.

Als er dann auch heraufgekommen war, hatte sie so getan, als ob sie schliefe. Stocksteif vor Angst und Wut, hatte sie schweigend dagelegen und verzweifelt versucht, nicht an ihn zu denken, während er auf der anderen Seite des Bettes lag, zwischen ihnen ein Abgrund der Heuchelei. Und während die Stunden der Nacht langsam vergingen, hatte sie sich immer wieder mit der Frage gequält, wie oft David *es* wohl mit *ihr* getan hatte. Und ob *es* mit Catherine besser war. Natürlich war es das, hatte sie sich wütend gesagt, als sie um drei Uhr morgens zur Toilette geschlichen war, weshalb würde er sie sonst betrügen? Verbotener Sex in den frühen Abendstunden machte bestimmt mehr Spaß als eine müde, zehnminütige Nummer zu Hause, eingeschoben zwischen Jeremy Paxman's *Newsnight* und dem Weckerstellen.

Erschöpft von diesen quälenden Gedanken, hatte sie irgendwann den Kampf aufgegeben und war eingeschlafen, doch jetzt war es Zeit für das Frühstück, und David konnte jeden Moment aus der Dusche steigen und herunterkommen. Wie sollte sie damit fertigwerden? Sie würde ihn ansehen müssen, sogar mit ihm sprechen. Sie konnte ihm nicht länger aus dem Weg gehen. Flucht war unmöglich.

»Mummy?«

»Hmm …?«

»Was kommt dabei raus, wenn man –?«

»Bitte, Becky, nicht jetzt.« Hilary hörte Schritte auf der Treppe. Sie schob vier Scheiben Brot in den Toaster.

»Daddy, was kommt dabei raus, wenn man Pamela Anderson verkehrt herum aufhängt?«

»Halt den Mund, Becky«, sagte Philip, der hinter seinem Vater in die Küche kam. Er hätte seiner Schwester den Witz lieber nicht erzählen sollen. Mit ihrer großen Klappe brachte sie ihn dauernd in Schwierigkeiten. »Mum, die Hose, die du mir gekauft hast, ist zu klein.«

Hilary blickte zu Philip hinüber. Aus dem Augenwinkel

konnte sie David sehen. Er schenkte sich einen Becher Tee ein. »Ich habe sie dir erst zu Beginn dieses Trimesters gekauft«, sagte sie. »Sie kann nicht zu klein sein.«

»Ist sie aber«, sagte Philip verdrossen. Er setzte sich hin. Hilary bemerkte, daß er unruhig zappelte. Auch David schien unbehaglich auf seinem Stuhl hin und her zu rutschen. Er sah nervös aus. Als ob er ein schlechtes Gewissen hätte. Seit wann war das schon so?

»Toast fertig?« fragte er und warf ihr nur einen kurzen Blick über den Rand des Bechers zu.

»Schon unterwegs«, antwortete sie. Sie schob die nächste Ladung in den Toaster und setzte sich.

»Margarine?«

Sie warf David einen Blick zu und ging zum Kühlschrank. »Margarine«, wiederholte sie langsam, nahm den Deckel ab und ließ die Plastikdose auf den Tisch fallen. Die Teller und das Besteck klirrten, und ein kleiner gelber Klecks Sonnenblumenmargarine spritzte aus der Dose und landete auf Davids Stirn. Sekundenlang herrschte Schweigen, dann erfüllte Beckys schrilles Gelächter die Küche, begleitet von den Acht-Uhr-Piepsern im Radio. Hilary wußte nicht, was sie tun sollte. Die Atmosphäre war grauenvoll. Sie sah zu, wie David sein Taschentuch aus der Hosentasche nahm und sich die Stirn abwischte. Er blickte sie nicht an und lächelte auch nicht. »Hier«, sagte sie und reichte ihm einen Lappen. »Wisch deinen Tee auf.« Dann spürte sie, wie Philip neben ihr herumzappelte, und ließ ihren Zorn an ihm aus. »Herrgott noch mal, kannst du nicht endlich stillsitzen?« fuhr sie ihn an.

Philip sprang von seinem Stuhl auf. »Nein, kann ich nicht«, brüllte er zurück. »Es ist diese verdammte Hose. Ich hab doch gesagt, sie ist zu klein.«

»Und ich habe dir gesagt, das kann nicht sein.«

»Mummy hat recht«, sagte Becky verschlagen, ihr Mund ein dunkles, tiefes Loch voller Coco Pops. Sie fing wieder an zu lachen, kletterte von ihrem Stuhl und tanzte durch die Küche. »Juckepo, Juckepo!« trällerte sie begeistert.

Hilary blickte von Philip zu Becky. »Was hast du angestellt?« fragte sie.

Philips Gesicht verfinsterte sich, und er rannte hinaus. »Juckepo!« schrie Becky noch einmal hinterher.

»Becky!«

Becky blieb stehen wie eine Ballerina, die Füße in einer perfekten ersten Position. Sie sah aus wie ein Pinguin. »Ich hab Juckpulver in seine Hose getan«, gestand sie kichernd. Die Worte kamen voller Stolz und Befriedigung heraus. Jetzt sah sie wie ein selbstgefälliger Pinguin aus.

Zum allerersten Mal gab Hilary ihrer Tochter einen kräftigen Klaps auf den Po, und dann verließ auch sie die Küche.

Hilary konnte es kaum ertragen, den Ausdruck der Demütigung in Philips Gesicht zu sehen, als er in den Schulbus stieg. Der Streich seiner Schwester würde ihn noch den Rest des Tages verfolgen, der, wie Hilary wußte, für ihn auch so schon schlimm genug sein würde. Der Wechsel von der Grundschule im Dorf zur Senior School war ihm nicht leichtgefallen. Er hatte ein Stipendium für die gleiche Schule bekommen, zu der auch Tiffany ging und die deren Bruder Barry kürzlich mit seinem makellosen Einserzeugnis verlassen hatte. Jetzt studierte er Medizin in Leeds, und während Derek überall verlauten ließ, wie stolz er auf seinen Sohn war, hielt sich Cindy mit Lobeshymnen eher zurück. Hilary war noch immer baff, daß Derek und Cindy zwei so gegensätzliche Kinder in die Welt gesetzt hatten – Tiffany, vermutlich der Alptraum einer jeden Mutter, und Barry, der Schwiegersohn, von dem alle Mütter träumten. Andererseits hatte sie ja auch Becky in die Welt gesetzt.

»Los, Mummy. Wir kommen noch zu spät. Ich will heute vor Sarah Jenkins in der Schule sein.«

Becky zeigte keinerlei Gewissensbisse. Keine Spur von Reue für das, was sie ihrem Bruder angetan hatte. Nicht einmal verletzten Stolz oder Wut wegen des Klapses auf den Po. Was Becky betraf, so war das Leben eine einzige Reihe von Streichen. Diese offenkundig unbekümmerte Lebenseinstellung ihrer Tochter machte Hilary nur noch wütender. Am liebsten hätte sie sie windelweich geschlagen. Das Leben war keine gottverdammte Party. Das Leben war hart und gemein, und ihres brach gerade über ihr zusammen. Sie stopfte ihre Fäuste in die Manteltaschen. Sie war immer stolz darauf gewesen, daß sie ihre Kinder, wenn sie etwas anstellten, nicht schlug, wie es ihre Freunde so munter taten. »Eine Mutter, die zur Gewalt greift, verliert den Respekt ihrer Kinder und das Anrecht auf ihre Liebe«, hatte sie bei zahlreichen Gelegenheiten verkündet. Sie erinnerte sich sogar, daß sie es zu ihrer eigenen Mutter gesagt hatte, als sie mitbekam, wie Louise Becky einen Klaps versetzte, weil diese einen kleinen Porzellanhund in ihrem Antiquitätenladen hinuntergeworfen hatte. Ihre Mutter hatte entgegnet: »Hast du denn gar nichts begriffen, Hilary? Den Respekt prügelt man erst in sie hinein.« Und nun hatte sie sich schon zweimal innerhalb eines Tages bei dem Verlangen ertappt, eine enorme Ladung Gewalt an ihrer kleinen Tochter auszulassen. Allerdings war ihr klar, daß dies nichts mit Beckys mangelnder Disziplin zu tun hatte und sehr viel mit ihrer Wut und Frustration über das, was David ihr antat und offenbar auch in Zukunft anzutun beabsichtigte.

Sie kehrten der Bushaltestelle den Rücken zu, überquerten die Straße und gingen an der Kirche vorbei. Am Schultor flitzte Becky davon und ließ Hilary mit leeren Händen stehen. Sie war erleichtert, daß sie Becky und der Gefahr, ihr ernsthaft weh zu tun, entronnen war. Sie machte eilig kehrt, weil sie keine Lust hatte, von Patricia oder einer der anderen Mütter gesehen und in die allmorgendliche Tratschrunde am Schultor gezogen zu werden.

»Hilary, ich hatte gehofft, daß ich Sie hier erwischen würde.« Es war Georgia D'Arcy, die ihr zielstrebig folgte. Sie trug eine senfgelbe Baskenmütze, die sie tief ins Gesicht gezogen hatte, und einen dicken Schal, der locker um ihren schmalen Hals geschlungen war. Trotz des schneidenden Oktoberwindes trug sie keinen Mantel, sondern nur einen gestreiften Wollpullover und eine khakifarbene Arbeitshose.

»Tut mir leid«, sagte Hilary automatisch, »ich habe noch keine Zeit gehabt, das Protokoll zu schreiben.«

»Zum Henker mit dem Protokoll. Die Sitzung war doch erst gestern abend.«

Gestern abend. Es fühlte sich an, als wäre es Jahre her.

»Hätten Sie nicht Lust, zum Essen vorbeizukommen? Meistens mache ich so gegen halb eins Pause. Um die Zeit ist in der Gärtnerei nichts los.«

»Oh, das geht nicht. Ich habe ...«

»Wie Sie meinen«, sagte Georgia und ging bereits auf ihren schlammbespritzten Jeep zu. Sie blickt noch einmal über die Schulter zurück. »Aber falls Sie Ihre Meinung noch ändern, wissen Sie ja, wo Sie mich finden.«

Während Hilary das Frühstückschaos beseitigte, packte sie das heftige Verlangen, alles zu zerschlagen, was ihr unter die Augen kam. Sie war schockiert. Sie war keine gewalttätige Frau, keine von diesen überspannten Diven, die bei ihren Wutanfällen mit Tellern um sich warfen. Jetzt jedoch knallte und schepperte sie in der Küche umher, bis endlich alles weggeräumt war. Dann fand sie eines von Davids Whiskygläsern in der Spüle. Jeden Abend, wenn er von der Arbeit kam, schenkte er sich einen Whisky ein, aber er kam nie auf die Idee, das Glas hinterher abzuwaschen oder in die Geschirrspülmaschine zu räumen, er stellte es einfach jedesmal in die Spüle. Sie hob es hoch und drehte es in der Hand. Sie wollte es zerschmettern, sehnte sich nach der Befriedigung, es mit voller Wucht gegen die Wand zu werfen. Aber dann dachte sie an all die Scherben in der Küche und wußte, daß sie es nicht fertigbrachte. Wie wäre es mit draußen? Vielleicht gegen die Garage? Nein. Sie würde hinterher trotzdem den ganzen Mist zusammenfegen müssen; überall gefährliche Glassplitter. Aber es mußte doch eine Möglichkeit geben, irgend etwas von David zu zerstören, ohne hinterher saubermachen zu müssen.

Ja, natürlich gab es die. Sie lachte. Mein Gott! In so einer Situation konnte sie noch lachen. War sie jetzt völlig übergeschnappt? Sie öffnete den Hängeschrank mit den Glastüren. Zwölf Whiskygläser standen darin, alle aus teurem, geschliffenem Kristallglas, die Davids Mutter ihm über die Jahre hinweg geschenkt hatte. Hilary nahm eine Plastiktüte aus der Schublade darunter und begann sie zu füllen.

Sie fuhr zur städtischen Müllhalde, wobei sie alle Unebenheiten und Kurven auf dem Weg mit größter Vorsicht nahm – sie wollte ihre kostbare Ladung nicht verschwenden und sich damit um ihren Augenblick der Rache bringen.

Sie hielt neben den riesigen Metallcontainern und nahm ihre Sonnenbrille aus dem Handschuhfach. Auf dem Rücksitz entdeckte sie eine von Philips alten Manchester City-Kappen, griff danach und setzte sie sich auf den Kopf.

Sie klemmte sich die Tüte mit den Gläsern unter den Arm und erklomm die Metallstufen, die zum Container hinaufführten. Nach einem schnellen, verstohlenen Blick in die Runde, um sicher zu sein, daß sie allein war, nahm sie das erste Whiskyglas aus der Tüte und warf es hinein. Es war ein lausiger Wurf. Ein kläglicher Versuch, bei dem das Glas wohlbehalten auf einem ausrangierten Axminster-Teppich landete. Es war nicht einmal zerbrochen. Sie verspürte keinerlei Befriedigung. Sie nahm das nächste Glas und holte diesmal mit dem Arm aus, um mehr Schwung zu bekommen. Das Glas knallte geräuschvoll gegen die Wand des Containers, und Hilary spürte das Krachen tief in ihrem Innern. Gedanken an ein gebrochenes Herz schossen ihr durch den Kopf, doch sie verscheuchte das poetische Bild sofort, indem sie erneut in die Tüte griff. Sie warf das nächste Glas hinein, dann das vierte und das fünfte. Jetzt kam sie allmählich in Schwung und erinnerte sich daran, daß sie in der Schule beim Rounders immer ziemlich gut gewesen war; sie galt damals als beste Feldspielerin, vor allem wegen ihres Unterarmwurfes, und hatte sogar eine kleine Medaille gewonnen. »Mistkerl!« rief sie, als das sechste Glas durch die Luft schoß.

»Elender, verlogener Mistkerl!« stieß sie nach dem siebten aus.

»Macht's Spaß?«

Erschrocken fuhr sie herum und wäre beinahe von dem schmalen Trittsteg gerutscht und in den Container gefallen. Ein kräftiger Arm ergriff sie und hielt sie fest. »Langsam. Sie sehen nicht so aus, als ob Sie schon reif für die Müllhalde wären.«

»Offenbar denkt das aber jemand«, murmelte sie, ohne aufzusehen. Wie gelähmt vor Verlegenheit klammerte sie sich an die halbleere Tüte; sie war so sehr in ihre Rache an David vertieft gewesen, die ihr jetzt bereits kindisch vorkam, daß sie alles um sich herum vergessen und nicht einmal das Geräusch eines herannahenden Autos wahrgenommen hatte.

Sie versuchte, an dem Mann vorbeizugehen, merkte jedoch, daß er noch immer seine Hand auf ihrem Arm hatte. Langsam hob sie den Kopf, entsetzt bei der Vorstellung, daß er die schrecklichen Flüche gehört haben mußte, die sie gerade von sich gegeben hatte.

Er ließ sie los und beugte sich zu einem Karton mit Gerümpel hinunter, der vor ihm stand, und da auf dem Trittsteg nicht genug Platz war, um sich vorbeizuschlängeln, mußte Hilary bleiben, wo sie war. Sie sah zu, wie er seinen Karton in den Container fallen ließ. Ein Windstoß erfaßte einen kleinen Stapel Fotos; sie wirbelten durch die Luft, flatterten einen Moment im Wind und ließen sich dann wie Schmetterlinge auf einer alten Matratze nieder, deren Sprungfedern aus dem fleckigen, zerrissenen Stoff hervorstaken.

»Es bringt nichts, sich an der Vergangenheit festzuhalten«, sagte er, als spräche er mit der Matratze. »Das führt nur dazu, daß wir uns an Dinge klammern, die wir einst für wichtig gehalten haben.« Er drehte sich um und fixierte sie mit einem unangenehm direkten Blick.

Hilary war froh über die Sonnenbrille, aber weniger über die Kappe – vermutlich sah sie damit aus wie eine exzentrische alte Schachtel.

»Werfen Sie den Rest ruhig auch noch weg. Lassen Sie sich von mir nicht stören.«

Plötzlich fiel ihr die Tüte in ihren Händen wieder ein. »Brauche ich nicht«, sagte sie, wußte aber, daß ihre Stimme nicht überzeugend klang.

»Vielleicht sollten Sie aber.« Und ohne ein weiteres Wort ließ er sie stehen und ging zu seinem Wagen zurück, der direkt hinter ihrem stand.

Sie sah ihm nach. Er hatte dunkles, leicht gewelltes Haar, mit Grau durchzogen und viel zu lang, wie sie fand. Sein pflaumenfarbenes Jackett und der schwarze Rollkragenpullover schienen von guter Qualität und ziemlich modisch zu sein, aber die moosgrüne Hose war zerknittert und an den Knien ausgebeult. Er sah ein bißchen wie ein Künstler oder Akademiker aus, oder zumindest so, wie diese Typen immer im Fernsehen dargestellt wurden.

Er fuhr davon und ließ sie mit ihrer Tüte und den Whiskygläsern allein. Sie versuchte, das achte Glas wegzuwerfen, doch sie verspürte keine Wut und keine Aufregung mehr. Der Adrenalinvorrat war erschöpft, der Augenblick vorbei. Sie ließ die Tüte auf die Matratze fallen, was den Abfall, den der Mann eben hinter sich gelassen hatte, in Bewegung brachte. Ein Hochzeitsfoto zeigte sich flüchtig, bevor es sich scheu unter einem ausrangierten Kinderwagen versteckte.

Hilary stieg ins Auto und fuhr nach Hause, enttäuscht und verärgert, daß der Störenfried mit dem bohrenden Blick und der gammeligen Hose ihr den Spaß verdorben hatte.

Kapitel 5

Mein Gott, Hilary, du siehst ja furchtbar aus!«

»Und was, in aller Welt, ist das für ein ekelhafter Geruch?«

Hilary blickte zuerst zu ihrer Mutter und dann zu Iris Braithwaite, deren Nase zuckte wie die einer Zeichentrick-maus, die Käse wittert. »Vermutlich Eau de Müll«, entgegnete Hilary, überrascht von ihrer eigenen Schlagfertigkeit. Sie versuchte sich an Iris und ihrer Mutter vorbeizudrücken, die sie so konzentriert musterte, daß sie, ohne es zu merken, einem Mann hinter ihr den Weg versperrte und ihn mit ihrem Einkaufskorb gegen einen Ständer mit Grußkarten drückte.

»Ode-was?« fragte Iris, die Nase noch immer in der Luft.

»Ich glaube, meine Tochter wollte uns auf ihre geistreiche Art mitteilen, daß sie gerade bei der städtischen Müllhalde war«, sagte Louise Archer und wechselte den Einkaufskorb zur anderen Seite. Der Mann hinter ihr nutzte den günstigen Moment zur Flucht.

»Da gehe ich nie hin«, sagte Iris. »Ich habe einen wunderbar funktionierenden Komposthaufen hinten in meinem Garten. Gras in den einen, Schalen in den nächsten und Blätter ... Moment mal, junger Mann.«

Der Flüchtling erstarrte, die Hand auf der Türklinke.

»Das sind Sie doch, oder?«

Er sah Iris an. »Wie bitte?«

»Die Hundescheiße. Sehen Sie sich mal Ihre Schuhe an, junger Mann, und passen Sie in Zukunft auf, wo Sie langgehen.«

Er entfloh.

»Also, wie ich gerade sagte, sammle ich meine Blätter immer an einer separaten Stelle. Lorbeerblätter verrotten nie. Das sollten Sie sich merken.«

Ach, steck dir deine Blätter doch sonstwo hin, dachte Louise, als Iris davonging. Ich will wissen, weshalb Hilary so betreten aussieht wie ein alter Bettvorleger. »Essen wir zusammen zu Mittag, Hilary?« fragte sie, eher neugierig als besorgt, denn im Leben ihrer jüngeren Tochter ging nie etwas schief. Sie sah zu, wie Hilary die Zeitschriften zurechtrückte, eine zerknitterte *Bella* hier und eine herausgerutschte *Hello!* dort. Du warst schon immer ein kleiner Zappelphilipp, dachte Louise bei sich. »Also, was ist?«

»*Orgasmen für Eilige*«, las Hilary auf dem Titelblatt einer *Cosmopolitan*, während sie sie mit einer ruckartigen Bewegung geraderückte und sich krampfhaft bemühte, an etwas anderes zu denken als an ihre Mutter. Der Gedanke, daß Louise erfahren könnte, daß sie ihre Ehe in den Sand gesetzt hatte, war ihr unerträglich. O Gott, es war so banal. Sie schämte sich, daß sie es nicht geschafft hatte, ihrem Mann zu gefallen. Sie zog die Zeitschrift heraus und tat so, als ob sie interessiert darin herumblätterte, während sie die ganze Zeit überlegte, wie sie sich davor drücken konnte, mit ihrer Mutter zu Mittag zu essen und am Ende doch mit allem herauszuplatzen.

»Hilary, wenn du bis jetzt noch nicht über multiple Orgasmen Bescheid weißt, ist es sowieso zu spät. Was ist nun, essen wir zusammen oder nicht?«

»Multiple was?« explodierte Iris Braithwaite neben dem Drehständer mit Strumpfhosen.

»Multiple Orgasmen, Mrs. Braithwaite«, rief Toupet-Ted hilfsbereit hinter dem Ladentisch hervor. Seine mit Druckerschwärze beschmierten Hände gaben der Süßigkeiten-Dekoration gerade den letzten Schliff.

Iris klammerte sich an die Zipfel ihres Kopftuchs, als müsse sie sich vor einem scharfen Wind schützen. »Ich bin lediglich wegen einer Strumpfhose hergekommen. Ich hatte keine Ahnung, daß mich hier der Gestank und die Sprache der Gosse erwarten.« Sie knallte ein Päckchen mit Strumpfhosen auf den Ladentisch.

Toupet-Teds Gesicht verzog sich zu einem nikotinverfärbten Grinsen. »Drei Pfund fünfzig, Schätzchen.«

»Ich bin nicht Ihr Schätzchen, Sie Scharlatan!« tobte Iris. »Drei Pfund fünfzig – eine Unverschämtheit! Letzte Woche waren es noch ...«

»Tja, aber die, die Sie sich da ausgesucht haben, sind auch was Besonderes.«

»Das sollten sie auch sein, bei dem Preis. Erklären Sie sich!«

Ted beugte sich vor, die lederbesetzten Ellbogen auf den Tisch gestützt. »Guckloch im Zwickel«, flüsterte er vertraulich.

Iris japste und wich vor Teds anzüglichem Grinsen zurück.

Er nahm das Päckchen in die Hand und begann, den Text auf dem Etikett vorzulesen, wobei er sich jedes Wort auf der Zunge zergehen ließ: »Modisch, sexy und hygienisch, schenkt Ihnen ein frisches und sinnliches ...«

»Genug!«

»Das Beste kommt noch. Hier steht ...«

»Unglaublich«, fuhr Iris dazwischen, atemlos vor Entrüstung. »Einfach unglaublich.« Sie machte auf dem Absatz kehrt und dampfte an Hilary und Louise vorbei. Ein letzter, angewiderter Blick auf Ted, dann knallte sie die Tür hinter sich zu.

»Wie wär's mit Ihnen, meine Damen?« fragte Ted launig.

»Nicht jetzt, Ted«, sagte Louise amüsiert. Sie hatte Wichtigeres zu erledigen. Sie nahm Hilary beim Arm und zog sie nach draußen.

In dem kalten, Blätter umherwirbelnden Wind kam Hilary sich vor wie ein kleines Kind, das gerade aus einem Süßwarenladen gezerrt worden war, bevor es Zeit gehabt hatte, sein Taschengeld auszugeben. »Aber ich habe meine Zeitschrift noch nicht gekauft, Mutter«, protestierte sie.

»Vergiß die Zeitschrift, Hilary. Was, zum Henker, ist los mit dir? Du siehst furchtbar aus. Komm schon, raus damit.« Ein strenger Ton hatte bei Hilary immer gewirkt, als sie klein war; innerhalb von kürzester Zeit war jeglicher Widerstand zusammengebrochen.

»Wieso bist du nicht in deinem Geschäft, Mutter?«

Louise runzelte verärgert die Stirn, weil sie offenbar diesmal auf Granit biß. Normalerweise war ihre Tochter eine sprudelnde Informationsquelle, ehrlich bis ins letzte Detail und unfähig, eine direkte Frage unbeantwort zu lassen, und nun wich sie ihr mit der Leichtigkeit eines kampferprobten, von der Sensationspresse verfolgten Politikers aus. »Es ist Dienstag, Hilary«, sagte sie. »Dienstags ist das Geschäft geschlossen. Das ist mein freier Tag, wie du weißt. Möchtest du mit mir zu Mittag essen?«

»Mittagessen?« Hilary versuchte, nachdenklich auszusehen, als ob sie der Einladung ihre ganze Aufmerksamkeit widmete. Innerlich geriet sie in Panik. Wenn ihre Mutter es schaffte, sie an den Eßtisch zu bekommen, würde es ihr niemals gelingen, deren Röntgenblick-Ausfragetaktik zu widerstehen. »Ach ja«, sagte sie plötzlich, von einer Inspiration erleuchtet.

»Ein Wunder – sie kann sprechen«, spöttelte Louise. »Endlich eine Reaktion. Soll ich zu dir kommen oder du ...«

»Tut mir leid«, sagte Hilary so überzeugend wie möglich, »aber ich bin schon bei Georgia D'Arcy eingeladen.« Sie schob sich auf die Tür des Zeitungsladens zu. »Ich muß unbedingt noch ein paar Pralinen für sie besorgen.« Und bevor ihre Mutter noch etwas sagen konnte, stürzte sie wieder in das Geschäft.

Louise war verdutzt. Sie beschloß, ihrer älteren Tochter Charlotte einen Besuch abzustatten, um zu sehen, ob sie etwas wußte. Sie schob ihr Fahrrad über den Gehweg, an einer Reihe von Geschäften entlang, bis sie ans Ende der Straße kam, wo der Küchen- und Badezimmerausstatter gewesen war, der Jacuzzi-Wannen und Mahagoni-Möbel aus regenwaldschützendem Plantagenanbau zu völlig überhöhten Preisen verkauft hatte – bis zum letzten Winter, als der Markt für ökologisch korrekte Produkte den Abfluß runtergegangen war, wie David gescherzt hatte, als er die Geschäftsräume zur Vermietung auf den Markt brachte. »Es ist unmöglich, umweltbewußt zu sein und gleichzeitig Geld zu verdienen«, hatte er gesagt. Ein paar Tage darauf waren sie alle überrascht gewesen, als Charlotte ihr Scheckbuch herausgeholt und verkündet hatte, sie würde die Räume gerne mieten und wieder einen eigenen Laden aufmachen. »Ein neuer Versuch, die Zeit zurückzudrehen, Charlotte?« hatte Louise ihre Tochter gefragt.

Charlotte hatte Jahre zuvor ein eigenes Geschäft gehabt, vor der Heirat mit Peter. Was Schwiegersöhne betraf, war Peter kein übler Versuch gewesen – nicht der schlechteste, aber gewiß auch nicht der beste. Louise mochte Männer nicht, die eine allzu hohe Meinung von sich selbst hatten, und Peter war für ihren Geschmack ein bißchen zu sehr von sich überzeugt gewesen, wenn ihr auch bewußt war, daß er seit seinem Tod in ihrer Achtung gestiegen war. Der Tod schaffte so etwas anscheinend, er glättete und dämpfte die Dinge, die einen vorher gestört hatten und einem auf die Nerven gegangen waren.

Sie lehnte ihr Rad gegen das Schaufenster von Charlottes Geschäft und dachte an Alex, der sich als wesentlich vielversprechender zu erweisen schien. Sie öffnete die Tür.

»Hallo, Mutter.«

»Wieso hast du dir nicht so ein reizendes Glöckchen für die Tür angeschafft?«

»Was, damit ich völlig durchdrehe?« entgegnete Charlotte und hätte am liebsten hinzugefügt, *so wie du*.

»Ich würde mir so was selbstverständlich nie im Leben hinhängen«, fuhr Louise fort und trat ein. »Ich bin wegen der Trockenblumen vorbeigekommen«, sagte sie in dem Entschluß, sich dem eigentlichen Thema auf Umwegen zu nähern. »Du weißt schon, die in Altrosa, die aussehen, als ob sie aus Miss Havishams Brautbukett stammen.«

»Tut mir leid, aber die sind ausverkauft. Und sowieso habe ich dir letzte Woche schon gesagt, daß du keine mehr davon kriegst, weil Mrs. Braithwaite mir erzählt hat, daß du sie zum doppelten Preis weiterverkaufst.«

Louise lächelte. »So funktioniert nun mal der Antiquitätenhandel.« Sie stellte ihren schweren Korb auf einer Ecke des gelaugten Kiefernholztisches ab, den Charlotte als Tresen benutzte, und sah zu, wie ihre Tochter ein paar große Porzellanenten dekorierte, die ihre langen Hälse aus dem Holzregal heraushängen ließen und mit schwarzen Knopfaugen einfältig zu Boden starrten. Sie erinnerten sie an Hilarys Gesichtsausdruck eben bei Toupet-Ted.

»Kann ich sonst noch was für dich tun, Mutter?«

Louise ließ sich nicht drängen. »Steht schon ein Datum für die Hochzeit fest?« Sie wußte, daß die Frage Charlotte ärgern würde und somit ein ausreichendes Tarnmanöver für ihr eigentliches Anliegen abgab. Falls Charlotte wußte, was mit ihrer Schwester los war, aber unter Schweigepflicht stand, wäre es reine Zeitverschwendung, direkt mit der Frage »Was ist mit Hilary los?« herauszuplatzen. Charlotte würde bloß auf stur schalten und sich weigern, ihr etwas zu sagen. Ihre ältere Tochter hatte sich noch nie in die Karten gucken lassen und Louise damit schon so manches Mal an den Rand des Wahnsinns getrieben.

Charlotte wirbelte herum. »Nein, bis jetzt nicht, aber ich schicke dir eine Einladung, sobald wir uns entschieden haben.«

»Du hast schon einen Mann verloren, Charlotte, da solltest du dir Alex nicht auch noch durch die Lappen gehen lassen. Ehemänner sind nicht wie Busse, die kommen nicht im Fünfminutentakt daher.«

Charlotte wandte ihre Aufmerksamkeit wieder den langhälsigen Enten zu. »Falls er es tatsächlich so eilig hat, sich aus dem Staub zu machen, bin ich mir gar nicht sicher, ob ich ihn überhaupt behalten will.«

»Also, wenn du mir jetzt mit deiner geheimnisvollen Tour kommst, Charlotte, dann verschwinde ich.« Sie nahm ihren Einkaufskorb und fragte beiläufig: »Hast du Hilary in letzter Zeit mal gesehen?«

»Nein. Wieso?«

Louise beschloß, ihr einen kleinen Informationshappen zukommen zu lassen: »Ich habe sie gerade bei Ted getroffen. Sie sieht ganz und gar nicht gut aus.«

Charlotte war mißtrauisch. Ihre Mutter bemerkte selten, daß mit jemandem etwas nicht in Ordnung war, und wenn doch, äußerte sie sich nie dazu. »Vielleicht ist sie erkältet. Du weißt ja, was Becky für eine Katastrophe ist, wenn es darum geht, sich irgendwelche Viren einzufangen.«

Louise wußte nur allzugut, was für eine Katastrophe ihre Enkelin war, und nicht nur in bezug auf Viren. Sie verabschiedete sich und ging.

Charlotte stand im Schaufenster und sah ihrer Mutter nach, die die Hauptstraße entlangradelte, an der Kirche vorbei und auf Pippin Rise zu, die neue Wohnanlage, die direkt vor das schwarzweiße Reetdachhaus ihrer Eltern gesetzt worden war.

Auch als Louise aus ihrer Sichtweite verschwunden war, blieb Charlotte, wo sie war. Warum hatte ihre Mutter nach Hilary gefragt? Und weshalb mußte sie immer wieder vom Heiraten anfangen? Das war jetzt das dritte Mal innerhalb von drei Wochen. Es ging Louise überhaupt nichts an, aber seltsamerweise hatten sie und Alex gerade an diesem Morgen, bevor sie ins Geschäft gegangen war, über das Thema gesprochen.

Er war Charlottes Mieter gewesen, und das war er formal noch immer, doch inzwischen nutzte er den eingeschossigen Anbau von Ivy Cottage nur noch als Büro. Seit er im letzten Jahr Weihnachten bei ihr eingezogen war, hatte er so oft um ihre Hand angehalten, daß Charlotte den Überblick verloren hatte. Er war so geduldig geblieben, hatte ihr nie ein Ultimatum gestellt oder ihr wegen ihrer Unentschlossenheit Schuldgefühle eingeredet. Doch in der letzten Woche hatte sie schließlich prinzipiell ja gesagt. Er war ganz begeistert und wollte augenblicklich mit ihr zur St. John's Church rennen. »Nein!« protestierte sie, als er sie durch die Luft wirbelte.

»Hey, das gilt nicht«, rief er. »Du kannst nicht einfach deine Meinung ändern. Ich habe genau gehört, wie du ja gesagt hast.«

»Ich meine, ja, ich will dich heiraten, aber nein, nicht sofort. Ich muß mich erst mal an den Gedanken gewöhnen.«

Gleich am nächsten Tag hatte er ihr einen Ring gekauft. Er war wunderschön, und als sie jetzt auf ihren Finger hinuntersah, war sie sich ganz sicher, daß sie das Richtige tat. Ihr Zögern, was die Heirat mit Alex betraf, hatte nichts mit ihm zu tun, sondern nur mit ihr selbst. Die letzten Jahre ihrer siebenjährigen Ehe mit Peter hatten eine katastrophale Auswirkung auf ihr Selbstbewußtsein gehabt, und die Umstände seines plötzlichen Todes bei einem Autounfall hatten ihr ohnehin schon geringes Selbstwertgefühl so weit in den Keller getrieben, daß sie gedacht hatte, sie sei unfähig zu einer funktionierenden Beziehung.

Zu ihren Füßen zog es kalt unter der schlecht schließenden Tür hindurch, und sie ging zum Ladentisch zurück, wo Mabel, ihre weiße West Highland Terrierhündin, vor einem sanft brummenden Heizlüfter zusammengerollt in ihrem Körbchen lag. Sie mußte an Alex denken und lächelte. Heute morgen unter der Dusche hatte er gesungen, und sie hatte wegen der Auswahl des Liedes – »Hei, heute morgen mach ich Hochzeit« – mit einem nassen Schwamm nach ihm geworfen.

»Spar dir deinen Atem«, hatte sie lachend gesagt und ihn dafür geliebt, daß sie sich bei ihm immer als etwas Besonderes fühlte. Doch um ihn zu überraschen, hatte sie ihm, als sie aus dem Haus ging, versprochen, sich bis zum Abend zu entscheiden, wann sie heiraten würden. Er hatte im Verlauf des Vormittags bereits dreimal angerufen. Sie schüttelte den Kopf und dachte plötzlich daran, wie glücklich es auch ihre Schwester machen würde, sie und Alex verheiratet zu sehen. Hilary hatte sich im letzten Jahr den ganzen Sommer über eifrig als Kupplerin betätigt, um die beiden zusammenzubringen, aber sie hatte ja schon immer gerne in allem ihre Finger drin gehabt.

Charlottes Gedanken wanderten von ihrer Schwester zu ihrer Mutter. Es war völlig untypisch für Louise zu bemerken, daß mit einer ihrer Töchter etwas nicht in Ordnung war, und dennoch hatte sie unmißverständlich gesagt: »Hilary sieht ganz und gar nicht gut aus.«

Charlotte beugte sich zu einem Karton hinunter, der unter dem Kiefernholztisch stand, und öffnete ihn. Er war voll mit den altrosa Trockenblumen, nach denen Louise gefragt hatte. Sie füllte einen großen Weidenkorb damit und beschloß, am Spätnachmittag auf ihrem Heimweg in *The Gables* vorbeizuschauen.

Kapitel 6

Hilary parkte auf dem Schotterplatz neben einer Reihe von großen Gewächshäusern. Sie bestanden aus Plastikfolien, und als sie aus dem Auto stieg, ergriff ein Windstoß die durchhängenden Seiten und ließ sie flattern und knattern wie Segel in einer Werft.

Sie war nervös. Es war ja ganz praktisch gewesen, Georgia D'Arcy als Ausrede zu benutzen, um ihrer Mutter aus dem Weg zu gehen; das Dumme dabei war nur, wie ihr augenblicklich klar gewesen war, daß sie das Ganze nun auch in die Tat umsetzen mußte. Sie hatte ihre Mutter noch nie anlügen können, und da sie Louise erzählt hatte, daß sie zu Georgia fahren würde, blieb ihr nichts anderes übrig, als genau das zu tun, denn sonst würde geschehen, was geschehen mußte – ihre Mutter würde herausbekommen, daß sie gelogen hatte.

Sie hatte ihre Mutter einmal angelogen, als sie zehn Jahre alt war. Es war an ihrem Geburtstag gewesen, und während Louise in der Küche zugange gewesen war, um alles für die Party vorzubereiten und ihre Geburtstagstorte zu vollenden, hatte Hilary im Wohnzimmer mit einem ihrer Geschenke gespielt, einem Puppenhaus aus Plastik, das sie sich seit Monaten gewünscht hatte. Sie hatte sich so sehr über das Geschenk gefreut, daß sie drumherum getanzt und gehüpft war. Doch was geschehen mußte, geschah. Sie rutschte aus und schlug mit ihrem Sonntagsschuh aus schwarzem Lackleder dagegen. Blitzschnell trug sie das Puppenhaus zu ihrer Mutter in die Küche und sagte mit echten Tränen in den Augen: »Guck mal, Mummy, in der einen Wand ist ein Riß. Der war bestimmt schon da drin, als du es gekauft hast.« Am nächsten Tag gingen sie mit dem Puppenhaus zu dem Geschäft in Macclesfield, in dem Louise es gekauft hatte. Schamerfüllt stand Hilary vor dem kleinen glatzköpfigen Mann, der hinter seinem Ladentisch eine Lawine giftiger Kommentare zu unseriösen Geschäftspraktiken über sich ergehen lassen mußte. Als der Mann sich zu verteidigen versuchte, sagte Louise mit einem seltsamen Lächeln ganz leise: »Auf einer Seite von diesem Tisch steht ein Lügner.« Überwältigt von kindlichem schlechtem Gewissen und Mitleid mit dem rot angelaufenen Verkäufer, gestand Hilary: »Das bin ich. Ich bin der Lügner.«

Auf dem Rückweg im Auto hatte sie geweint, und ihre Mutter hatte zu ihr gesagt: »Ich wußte von Anfang an, daß du gelogen hast, Hilary. Ich hoffe, ich habe dir heute eine wertvolle Lektion erteilt. Lügen haben immer ein Nachspiel.«

Sie sah auf die Uhr; es war kurz vor halb eins. Wahrscheinlich war Georgia noch nicht drüben in ihrem Bungalow. Durch das schmierige Fenster eines kleinen, zerbeulten Wohnwagens hinter einer Eiche sah Hilary Georgias Kopf mit der Baskenmütze hin und her wandern, während sie mit ihrem Handy telefonierte. Als Georgia Hilary erblickte, winkte sie sie zu sich herüber.

Es war jetzt drei Jahre her, daß Georgia und Rory mit ihrer kleinen Tochter Chloe in das Dorf gezogen waren. Kurz zuvor hatte Rory seinen Job bei einem kleinen pharmazeutischen Unternehmen verloren und beschlossen, sich mit seiner Abfindung als Landschaftsgärtner selbständig zu machen. Doch schon nach kurzer Zeit lief einiges schief, und in Hulme Welford begann der Tratsch zu kursieren. Das glaubwürdigste Gerücht, das Hilary gehört hatte, war, daß Rory mittlerweile mehr trank, als gut für ihn war, und daß die Auftragslage den Nullpunkt erreicht hatte. Wenig später hatte Georgia ihren Mann vor die Tür gesetzt und die Scheidung eingereicht. Rory war ein gutaussehender Mann gewesen, jovial und allseits beliebt im Dorf, so daß zwangsläufig Georgia als das schwarze Schaf angesehen wurde. »Eine Frau sollte zu ihrem Mann halten«, lautete die allgemeine Ansicht, die vor allem von Patricia Longton verkündet wurde. Und das hatte Georgia nicht getan. Sie hatte einem Mann einen Tritt versetzt, als er schon am Boden lag.

Bis gestern hätte sich Hilary diesen selbstgefälligen Äußerungen angeschlossen, aber jetzt war sie sich da nicht mehr so sicher. Wenn man sich ansah, was sie in den letzten vierundzwanzig Stunden über ihre eigene Ehe in Erfahrung gebracht hatte, was konnten die anderen da schon über die von Georgia wissen oder darüber, was sich zuvor abgespielt hatte? Wie leicht hatten sie Stellung bezogen, weil sie alle in der glücklichen Lage waren, sich auf das schützende Netz einer konfliktfreien Ehe verlassen zu können!

Doch das war jetzt alles anders.

Sie erinnerte sich daran, wie David eines Abends nach Hause gekommen war und gesagt hatte: »Der arme Rory steht mit leeren Händen da, und diese Harpyie von einer Ex-Frau war gerade in meinem Büro und hat sich drüben bei Hulme View einen knappen Hektar Land gekauft.« Sogar Hilary hatte gewußt, daß Rory durchaus nicht mit leeren Händen gegangen war – unter anderem hatte er sich ein Großteil ihrer noch vorhandenen Ersparnisse eingesteckt. Um sich das Land kaufen zu können, hatte Georgia das Haus verkauft, das ihr bei der Scheidung zugesprochen worden war, und mit Chloe in einem zugigen alten Wohnwagen gelebt, während sie die Gärtnerei aufgebaut und zum Laufen gebracht hatte. Sie hatte wie eine Wahnsinnige geschuftet und gespart, um sich einen kleinen Bungalow für sie beide bauen lassen zu können.

»Kommen Sie rein«, formte Georgia lautlos mit den Lippen, als Hilary in den Wohnwagen äugte. Verlegen stand sie zwischen Papierstapeln, Samenkatalogen und aufgerissenen Tüten mit Blumentopferde und Knochenmehl herum. Georgia deutete auf eine Sitzbank, und nachdem Hilary eine Spur von weißem Pulver weggewischt hatte, die sie dann als Schimmel identifizierte, setzte sie sich hin und bemühte sich, so zu tun, als ob sie nichts von Georgias einseitigem Gespräch mitbekam.

»Die künstliche Hüfte deiner Mutter ist mir vollkommen schnurz. Ich habe den Rindenmulch schon vor zwei Monaten bestellt... Komm, jetzt beschwer dich nicht bei mir. Ich habe diese verdammte Regierung nicht gewählt... Morgen bist du hier, oder ich komme rüber und baue deiner Mutter selbst 'ne neue Hüfte ein.«

»Hallo«, sagte Georgia, wandte sich Hilary zu und ließ das Handy in eine der vorderen Taschen ihrer Arbeitshose gleiten. »Kommen Sie, gehen wir rüber ins Haus. Hier drinnen ist es lausig kalt.«

Hilary war froh, aus dem Wohnwagen herauszukommen. Der beengte Raum mit seiner feuchten Kälte hatte eine deprimierende Wirkung auf sie. Wie um alles in der Welt hatten sie und Chloe es in dem Ding bloß ausgehalten? Sie folgte Georgia die rostigen Metallstufen hinunter, über den Parkplatz und einen schlammigen Weg entlang, der zu dem kürzlich erbauten Bungalow führte, der Hilary in diesem Chaos aus Dreck und Plackerei wie eine Oase erschien. Sie stellte sich das Haus warm, sauber und einladend vor.

Georgia schloß die Haustür auf und kickte die schlammbeschmierten Stiefel von ihren Füßen. »Ich habe nicht damit gerechnet, daß Sie kommen würden«, sagte sie. »Werfen Sie Ihren Mantel über die Stuhllehne und kommen Sie durch in die Küche.«

Hilarys Gedanke an eine Oase löste sich in Wohlgefallen auf, als sie sah, wie Georgia sich die Hände über dem Spülbecken wusch, in dem sich ein riesiger Haufen von schmutzigen Töpfen und Pfannen stapelte. In der Küche herrschte fast das gleiche Durcheinander wie im Wohnwagen, aber hier war es wenigstens warm, und der verlockende Duft von Knoblauch und Kräutern schlug den des Knochenmehls um Längen.

»Ich werde mich nicht für den Zustand hier drinnen entschuldigen«, sagte Georgia, als sie sich hinunterbeugte, um den Backofen zu öffnen. »Ich weiß, es sieht wüst aus, aber zuerst kommt Chloe und dann die Gärtnerei, und der Staub und die Unordnung müssen mit dem letzten Platz vorliebnehmen.«

»Es sieht überhaupt nicht wüst aus«, sagte Hilary und übersah höflich Georgias und Chloes Unterwäsche, die auf der Heizung trocknete. Zu ihrer Schande ertappte sie sich bei dem Gedanken, wieviel akzeptabler Wäsche doch da war, wenn sie an einem dieser praktischen Trockengerüste aus Uromas Zeiten unter der Decke hing.

»Das ist doch Quatsch, Hilary, und das wissen Sie auch.« Georgia knallte die Backofentür zu. »Was haben Sie denn da?«

Hilary sah auf ihre Hände hinunter und erinnerte sich schlagartig an ihr Mitbringsel. »Die sind für Sie. Pralinen. Ich dachte, Sie mögen so was vielleicht.« Sie überreichte sie Georgia und hielt plötzlich den Atem an. Ein Déjà-vu. Sie atmete wieder aus. Nein, es war doch kein Déjà-vu. Es war etwas aus der Vergangenheit, etwas, das vor langer Zeit geschehen war, als sie auf die Grammar School gekommen war, die auch Charlotte besuchte, damals in ihrem dritten Jahr. In ihrem ersten Trimester hatte Hilary wahnsinnig für ein Mädchen aus der fünften Klasse geschwärmt, und nachdem sie tagelang Mut geschöpft hatte, war sie schließlich mit einer Schachtel Pralinen, die sie das Taschengeld von mehreren Wochen gekostet hatte, auf Naomi Scott zugegangen. »Ich dachte, du magst so was vielleicht«, hatte sie gesagt. Naomi, ebenso schön wie clever, hatte die Schachtel genommen und war ohne ein Wort des Dankes damit verschwunden. Wenig später hatte Hilary mitbekommen, wie Naomi mit ihren Freundinnen über sie gelacht hatte. In der Nacht hatte sie lange im Bett geweint und versucht, ihre erste Lektion in Zurückweisung zu verkraften.

Und nun verspürte sie die geradezu greifbare, intensive Hoffnung, daß Georgia sie als Freundin akzeptieren und sie nicht zurückweisen würde.

»Sind Sie wahnsinnig? Wie lieb von Ihnen«, sagte Georgia, nahm die Schachtel und legte sie neben einen Stapel Bügelwäsche. »Ich kann mich gar nicht mehr erinnern, wann mir das letzte Mal jemand Pralinen mitgebracht hat.«

Das Mittagessen war besser, als Hilary erwartet hatte. Sie hätte nicht gedacht, daß jemand, der so radikal war wie Georgia, irgend etwas Kreatives in der Küche fertigbrachte. Sie wußte nicht, was sie mehr überraschte – daß Fleisch auf dem Tisch war, statt Bohnen und Hülsenfrüchten, oder daß sie es tatsächlich schaffte, etwas davon zu essen. Dies war ihre erste Mahlzeit seit dem gestrigen Morgen.

»Wir müssen noch was für Chloe übriglassen, wenn sie aus der Schule kommt«, wies Georgia sie an, als sie Hilary zum zweiten Mal auffüllte, »sonst macht sie mir tagelang die Hölle heiß.«

Hilary konnte sich kaum etwas Unwahrscheinlicheres vorstellen.

»Also, Hilary, was ist in der Acacia Lane angesagt?«

»Angesagt?«

Georgia lächelte. »Was ist in *The Gables* los, daß Sie eine Spontaneinladung zum Mittagessen von einer Ketzerin wie mir annehmen?« Georgia beobachtete Hilary, während diese den Bissen, den sie im Mund hatte, zu Ende kaute. Sie spürte, daß sie Hilary in Verlegenheit gebracht hatte, und vor allem merkte sie, daß sie ihren Gast nervös machte. Sie hatte schon oft gehört, daß sich Leute in ihrer Gegenwart unwohl fühlten. Das lag wohl an ihrer Offenheit. Die wenigsten Menschen konnten mit solcher Direktheit umgehen. Aber das Leben war zu kurz, um es mit Drumherumreden zu vergeuden.

»Nichts«, sagte Hilary schließlich. »Wie kommen Sie darauf?«

»Nach meiner Erfahrung ist zu Hause immer irgendwas los. Die Probleme fangen erst an, wenn nichts mehr los ist.«

Hilary fühlte sich hin und her gerissen. Sie hätte sich Georgia gerne anvertraut, aber Cindys Rat, den Mund zu halten, ging ihr nicht aus dem Kopf. »Wie lange ist es jetzt her, daß Sie allein sind?« fragte sie, obwohl sie die Antwort längst kannte; sie wollte sie aus Georgias Mund hören.

Das ist es also, dachte Georgia. Die guten alten Eheprobleme lagen Hilary auf der Seele. War es nicht immer dasselbe?

»Zwei traumhafte Jahre«, antwortete sie, stützte die Ellbogen auf den Tisch und das Kinn auf die rauhen und zerkratzten Knöchel. Nach einer kurzen Pause warf sie lachend den Kopf nach hinten, daß ihre langen Ohrringe gegen den schmalen Hals schlenkerten. »Okay, ich geb's ja zu. Ein anstrengendes Jahr und davor ein Jahr Hölle pur.«

»Warum haben Sie ...«

»Warum ich ihn rausgeworfen habe? Ist es das, was Sie wissen wollen?«

Hilary nickte und senkte, unfähig, Georgia in die Augen zu sehen, den Blick.

»Seit Rory entlassen worden war, hatte er mit einer anderen Frau rumgemacht. Der Umzug nach Hulme Welford sollte ein neuer Anfang sein, aber ich bekam bald heraus, daß er sich weiter mit ihr traf. Und weshalb unsere Ehe überhaupt kaputtgegangen ist, ist wahrscheinlich Ihre nächste Frage. Die Antwort darauf ist einfach. Wie so viele Männer konnte Rory die Scharte nicht verkraften, die die Entlassung in sein Selbstwertgefühl geschlagen hatte. Und ja, natürlich ist mir klar, daß Rory nicht der erste Mann ist, der sich eine andere gesucht hat, um sein lädiertes Ego aufzupolieren.«

»Und wo ist er jetzt?«

»Keine Ahnung. Wir haben seit einem halben Jahr keinen Fitz mehr vom ihm zu Gesicht bekommen. Aber Chloe und ich kommen ausgezeichnet ohne ihn zurecht. Wenigstens muß ich jetzt nicht mehr die Hälfte meiner Zeit damit verbringen, einen ausgewachsenen Schuljungen zu bemuttern, der immer noch hören will, was für ein braves Kerlchen er ist. Männer brauchen offenbar ihr ganzes Leben lang eine Mutterfigur, die Klein-Johnny oder Klein-Rory ...«, sie zögerte einen Moment, »... oder Klein-David sagt, was für ein guter Junge er doch ist. Wenn sie von der Arbeit nach Hause kommen, die Aktentasche ausgebeult von den dürftigen Errungenschaften des Tages, haben sie bloß eins im Kopf – von Frauchen gelobt zu werden. Verstehen Sie, was ich meine?«

»Ich denke schon, aber ...«

»Und wenn sie meinen, daß sie zu Hause nicht genug gelobt werden, gehen sie einfach woanders hin.«

»David ist nicht so«, fragte Hilary leise.

»Sind Sie sicher?«

Hilary überlegte einen Augenblick. Sie versuchte sich einen normalen Abend in *The Gables* vorzustellen: David kam von der Arbeit nach Hause, schenkte sich einen Whisky ein, stellte sich vor den Aga – wo er ihr ständig im Weg stand – und begann, ihr von dem neuesten Haus zu erzählen, das er verkauft hatte oder mit dessen Verkauf er beauftragt worden war. Und während sie das Abendessen zubereitete und Philip bei seinen Hausaufgaben half, nickte sie ab und zu und sagte: »Wie schön, mein Schatz.« Sie schluckte. Möglicherweise hatte Georgia recht: Vielleicht hatte David einfach jemanden gefunden, der aufmerksamer zuhörte, jemanden, der all die passenden Fragen stellte, die sich auszudenken sie viel zu müde oder zu gelangweilt war.

Sie legte Messer und Gabel zur Seite und sah Georgia ins Gesicht. Für den Bruchteil einer Sekunde verstummte Cindys Stimme in ihrem Kopf, und sie packte die Gelegenheit beim Schopf, weil sie wollte, daß Georgia Bescheid wußte, daß sie ihr half. »David betrügt mich«, hörte sie sich sagen. »Mein Gott, das hört sich an wie aus einem Roman von Joanna Trollope.«

»Reden Sie keinen Quatsch. Wir sind hier nicht im Roman. Dies ist die harte, schonungslose Realität.«

»Machen Sie sich bitte nicht über mich lustig«, sagte Hilary. Ihr Magen begann sich zu drehen, und der krampfhafte Versuch, die Tränen zurückzuhalten, schnürte ihr die Kehle zu.

»Tut mir leid. Was machen wir denn jetzt?«

»*Wir?*«

»Meine Güte, Hilary. Sie glauben doch wohl nicht, daß ich Sie alleine damit sitzenlasse, oder? Hey, nicht doch. Sie werden mir doch jetzt nicht anfangen zu weinen.«

»Ich kann nicht anders«, flüsterte Hilary, und die Tränen stiegen ihr in die Augen und liefen an ihren blassen Wangen herunter. »Ich kann nicht anders. Sie sind so viel netter als Naomi Scott.«

Georgia hatte nicht den leisesten Schimmer, wovon Hilary sprach, aber sie stand auf und ging zu ihr hinüber. Sie kniete sich neben Hilary und legte die Arme um ihre zuckenden Schultern.

Hilary ließ sich gegen die tröstliche Nähe von Georgias schmalem Körper sinken und weinte nur um so heftiger.

Kapitel 7

Hab ich das richtig verstanden, Dad? Du willst die Welt der Lockenscheren und Fangopackungen eintauschen gegen die Welt der Seelenkrüppel, die jeden Furz analysieren?« Tiffany lachte laut auf. »Das will ich sehen!«

Derek sah seine siebzehnjährige Tochter über den Schreibtisch hinweg an. Er hatte Tiffany soeben von seinem Plan erzählt, aus *In The Pink* ein Zentrum der Selbstfindung zu machen, und wie alle Eltern wußte er, daß der Teenager dort vor ihm vermutlich sein größter Kritiker war. Ein Teil von ihm – der alte Derek – hätte Tiffany am liebsten angebrüllt, sie solle nicht so verdammt frech sein, doch der neue Derek bemühte sich krampfhaft, als Muster an selbstloser Geduld und Nachsicht aufzutreten. In der neuen Welt, die er schaffen wollte, war kein Platz für Empörung und Wutausbrüche. »Vorurteile gegenüber jeden neuen Gedanken lassen auf ein unterschwelliges Gefühl von Unzulänglichkeit und Minderwertigkeit schließen«, sagte er flüssig, stolz, daß er so locker aus dem Buch zitieren konnte, in dem er zuvor im Salon gelesen hatte, während Mrs. Jeffs die Haare gewaschen bekam.

Tiffany lachte wieder. »Heilige Scheiße, Dad. Was ist bloß in dich gefahren? Seit Barrys Wiedergeburtserlebnis bist du nicht mehr der alte.«

Derek wühlte in irgendwelchen Papieren vor sich. Er hielt den Blick gesenkt, weil Tiffanys Worte unangenehm dicht bei der Wahrheit lagen, aber das würde er natürlich auf gar keinen Fall zugeben. Bas' ständiges Gerede von einem lebendigen Gott hatte ihm die Sprache verschlagen und ihn verlegen, aber auch neugierig gemacht. Natürlich war das alles unsinniges Geschwafel, und er konnte absolut nicht begreifen, wieso ein intelligenter Kerl wie Bas auf so etwas reinfiel. Doch das war gar nicht der Auslöser gewesen. Der Auslöser war der Moment gewesen, als Bas mit Meningitis aus Rumänien eingeflogen worden war. Da hatte es bei ihm Klick gemacht. Er hatte Bas gegenüber stets eine gewisse Distanz gewahrt, weil er im stillen ein wenig Angst vor ihm hatte. Was die Intelligenz anging, schlug Bas ihn mit Leichtigkeit, doch als er seinen Sohn hilflos im Krankenbett liegen sah und nicht wußte, ob er leben oder sterben würde, hatte er sich furchtbar nutzlos gefühlt und sich mit der Erkenntnis konfrontiert gesehen, daß er seinen Sohn elendiglich im Stich gelassen hatte. In diesem Moment hatte ihm etwas – irgend etwas, das er nicht so recht einzuordnen vermochte – auf die Schulter getippt und zu ihm gesagt: »Reiß dich zusammen, Derek, alter Junge. Es gibt noch mehr im Leben, als alle drei Wochen Mrs. Jeffs Haaransatz nachzufärben.«

Doch erst als er gehört hatte, wie einige seiner Kunden sagten, daß sie pünktlich zu Hause sein wollten, um die neueste Nachmittags-Talkshow im Fernsehen nicht zu verpassen, hatte sich die Andeutung einer Idee in seinem Kopf festgesetzt.

Am Tag darauf hatte er den Videorekorder programmiert, um die Sendung aufzunehmen, und spätabends, als Tiffany und Cindy bereits schliefen, hatte er sich heimlich angesehen, wie ein Dutzend Amerikaner vor dem Studiopublikum und zahllosen Fernsehzuschauern ihre Neurosen ausgebreitet hatten. Ein Experte mit einer unmöglichen

Weste und einem ebenso unmöglichen Namen – Dr. L. S. Nutter III. – stand bereit, um diesen verstörten Menschen dabei zu helfen, ihre Phobien und Selbstzweifel zu bekämpfen. Derek war platt gewesen. Es war unglaublich. Und er hatte die Kassette zurückgespult und sich noch einmal die Stelle angesehen, wo ein enorm übergewichtiger Mann aufgestanden war und gesagt hatte: »Helfen Sie mir! Ich habe Angst vor meiner linken Hand.« Daraufhin beschrieb er ausführlich, daß er sich seit seinem dreizehnten Lebensjahr nicht dazu überwinden konnte, sie zu benutzen. Dr. L. S. Nutter III. meinte dazu, daß der Mann in Wirklichkeit log und eigentlich sagen wollte: »Hey, seht mich an, ich hole mir jeden Tag einen runter, und wen schert's?« Der Dicke sprang auf und ging Nutter an die Gurgel, doch der Arzt sagte nur seelenruhig: »Die Wahrheit hat Sie geheilt. Sehen Sie, mit welcher Hand Sie gerade zum Schlag ausholen? Es ist die linke!« Der Dicke brach zusammen und weinte wie ein Baby, und das Publikum raste vor Begeisterung, klatschte und trampelte mit den Füßen. Was Derek hier miterlebt hatte, war nicht nur ein Drama aus dem wahren Leben, sondern ein Wunder. Ziemlich beeindruckend, das Ganze.

»Das muß ich unbedingt Barry erzählen.«

Derek ließ die Papiere fallen, die er auf dem Schreibtisch umhergeschoben hatte. »Nein. Es wäre mir lieber, wenn du das nicht tätest.«

Tiffany starrte ihn aus dunklen, kritischen Augen an – genau wie ihre Mutter. Er konnte sich gut vorstellen, was sie dachte, hatte jedoch keine Lust, es zu hören. Er stand auf, ging zu dem Aktenschrank hinter seinem Schreibtisch und zog eine der Schubladen auf. »Ich möchte es Bas gerne selbst sagen«, sagte er beiläufig mit dem Rücken zu Tiffany.

»Wie du meinst.«

Er hörte, wie sie die Tür öffnete, und als er sich umdrehte, war sie verschwunden. Na, das war ja nur halb so schlimm, sagte er sich.

»Klassische Anzeichen einer Midlife-crisis, würde ich sagen«, kam es von Tiffany, die den Kopf noch einmal zur Tür hereingeschoben hatte. Sie grinste ihn an.

»Raus!« brüllte er.

Was für eine alberne Bemerkung. Er und Midlife-crisis! Du liebe Güte, alle würden denken, ihm ginge es wie diesen streßgeplagten Managertypen, von denen man immer hörte, die ohne jeden ersichtlichen Grund auf ihre schicken Geschäftswagen verzichteten, um dann in Wales Tulpen zu züchten. So einer war er nicht. Er hatte lediglich vor, seine Marschroute zu überarbeiten. Es war Zeit für eine Veränderung. Das war doch nichts Ungewöhnliches. Und schließlich mußte man den Trends folgen. Es lohnte sich nicht, zu lange auf derselben Schiene zu fahren, jedenfalls nicht, wenn es jede Menge anderer Möglichkeiten gab.

Allerdings gab es da immer noch die Frage, wie er es Bas sagen sollte. Das letzte, was er wollte, war, daß Tiffany zum Telefon rannte und in den Hörer spöttelte, ihr Vater sei jetzt völlig übergeschnappt. Er hoffte, Bas würde sich freuen, vielleicht sogar stolz auf ihn sein. Die Unterstützung seines Sohnes schien ihm auf einmal sehr wichtig.

»Schon komisch, dieses verdammte Leben«, sagte er laut. »Wie soll ein schlicht gestrickter Kerl daraus schlau werden?«

Tiffany klopfte an die Tür des Wintergartens. Als sich nichts rührte, klopfte sie noch einmal. Sie hoffte, daß Charlotte und Alex zu Hause waren. Sie ging gerne nach nebenan ins Ivy Cottage, weil sie dort nie wie ein überspannter Teenager behandelt wurde – sondern wie eine überspannte Erwachsene. Sie schaute oft bei Alex und Charlotte vorbei, wenn sie *In The Pink* nicht mehr ertragen konnte – hier wurde sie wenigstens von dem Anblick all der einfältigen, aufgestylten Frauen verschont, die ihrer Eitelkeit huldigten. Ein Trauerspiel, das Ganze. Wußten die denn nicht, daß Millionen Menschen auf dieser Welt verhungerten, während sie sich abstrampelten, um ein paar Pfund von ihren wabbeligen Hintern und Schenkeln loszuwerden? Widerlich.

Sie klopfte erneut an die Tür und drückte dann die Klinke hinunter. »Charlotte?« rief sie. »Ich bin's, Tiffany.«

»Hallo, Tiffany«, sagte Alex aus der Küche. »Charlotte ist oben im Bad. Kann ich irgendwas für dich tun?«

Tiffany riß die Augen auf und zog einen Schmollmund. »Ja, ich bräuchte etwas Hilfe bei meinen Bio-Hausaufgaben«, sagte sie mit Tonfall und Hüftgewackel à la Marilyn Monroe. Es war ein Ritual, das sie und Alex gelegentlich pflegten – sie spielte das blonde Dummchen und er den lüsternen Alten.

»So so! Und gehe ich recht in der Annahme, daß es dabei um die Fortpflanzungsorgane geht?«

Sie riß erneut die Augen auf. »Jetzt haben Sie mich ertappt. Vielleicht sollten wir es lieber mit Psychologie versuchen?«

Alex schlängelte sich an Tiffany heran. »Miss Rrrogers«, sagte er, »ich kenne Ihr Prrroblem sehrr gut. Sie sind verrrückt nach dem einzig wahren Mann in Ihrem Leben. Sehe ich das rrrichtig?«

»Oh, oh«, quiekte Tiffany, die jetzt mehr wie Betty Boop klang. »Nehmen Sie mich, Doktor, nehmen …«

»Finger weg, Dr. Kildare!«

Charlotte stand im Türrahmen, in Alex' Bademantel gehüllt und ein Handtuch um den Kopf geschlungen. Sie lächelte. »Also wirklich, da bitte ich dich, die Küche aufzuräumen, und dann erwische ich dich dabei, wie du die Tochter unseres Nachbarn verführst. Liegt's am Alter, oder koche ich deinen Tee zu stark?«

Alex nahm Charlotte in den Arm und küßte sie.

Tiffany räusperte sich laut. »Falls ihr beide mal 'nen Moment aufhören könntet, an Sex zu denken, hätte ich Neuigkeiten für euch.«

Alex spürte die Wärme von Charlottes nacktem Körper durch den Stoff des Bademantels, und plötzlich war der Gedanke an Sex überaus einladend. »Oh, wir wollen dich nicht aufhalten, Tiffany«, sagte er.

»Sei nicht so unhöflich«, sagte Charlotte und schubste ihn weg.

»Schon gut. Diese Art Männer kennt man ja. Also, wollt ihr nun meine Neuigkeiten hören oder nicht? Dad hat 'ne Midlife-crisis. Aber volle Kanne. Er will seine Masche, Frauen unter dem Deckmäntelchen von Schönheit und Gesundheit auszubeuten, an den Nagel hängen und statt dessen einen auf Manager von so 'ner Art Therapieklinik machen. *In The Pink* könnt ihr vergessen, daraus wird jetzt vermutlich *In the Stink*.«

»Wie, Schluß mit dem Don Juan der Lockenwickler?« fragte Alex lachend.

»Schluß mit unserem scherenschwingenden Casanova?« fügte Charlotte verblüfft hinzu.

»Seit Barry krank war, ist er nicht mehr der alte. Ich hab ihn manchmal im Salon rumhängen sehen. Offenbar ödet ihn das Ganze an.«

»Vielleicht glaubt er, daß er mit Therapie mehr verdienen kann. Dein Dad ist nicht dumm.«

»Mag sein, daß du recht hast, Charlotte«, sagte Tiffany. »Aber vielleicht hat er sich auch überlegt, daß er leichter an die Frauen rankommt, wenn er sich um ihre Gefühlsprobleme kümmert.«

»Wo wir gerade dabei sind«, sagte Alex. »Es wird Zeit, daß du gehst. Ich will mit meiner zukünftigen Frau über *ihre* Gefühlsprobleme reden.«

»Zukünftige Frau, so so. Wann, wie und warum?«

»Genau darüber will ich mit ihr sprechen, du neugierige kleine Kröte. Also, raus mit dir.«

»Keine Sorge, bin schon weg«, sagte Tiffany gutmütig. »In ein paar Minuten muß ich bei Hilary sein, zum Babysitten.«

Als Tiffany die Tür hinter sich geschlossen hatte, runzelte Charlotte die Stirn.

»O nein, bitte nicht«, sagte Alex. »Tu jetzt nicht so, als ob du plötzlich Migräne hättest, um dich vor diesem Gespräch zu drücken.« Er hob sie hoch und trug sie hinüber ins Wohnzimmer, wo er zuvor Feuer im Kamin gemacht hatte. Mabel lag ausgestreckt davor auf dem Teppich. Er setzte Charlotte auf dem Sofa ab und kniete sich neben ihr auf den Boden.

»Du bist das personifizierte Mißtrauen, Alex. Mir ist bloß gerade eingefallen, daß ich auch mal zu Hilary rübergehen sollte.«

»Hilary kann warten. Ich nicht.«

Sie zog eine Braue in die Höhe und streckte die Hand nach ihm aus.

»Nein«, sagte er entschlossen. »Ich verweigere mich dir so lange, bis du mir Datum, Zeitpunkt und Ort genannt hast.«

Sie lachte. »Schsch, du bringst Mabel in Verlegenheit.«

Er küßte sie und stand auf. »Ich hole dir ein Glas Wein, und dann will ich deine Antwort hören.«

Als er zurückkam, saß Charlotte vor dem Kaminfeuer; sie hatte das Handtuch vom Kopf genommen und fuhr sich mit der Hand durch das lange, dunkle Haar. Sie sah zu ihm auf, als er vor ihr stand.

»Wie sieht's aus mit Weihnachten?« fragte sie.

»Ich würde gerne hier feiern, wie letztes Jahr.« Er legte einen neuen Scheit ins Feuer und stieß ihn mit dem Fuß zurecht.

»Das meinte ich nicht.«

»Du meinst ...?«

»Heiligabend fällt dieses Jahr auf einen Samstag. Ich habe Malcolm angerufen, und er hat gesagt, er kann uns noch reinquetschen. Was hältst du davon?«

»Nun, das dürfte reichen, um meine Verweigerung aufzuheben.«

»Où est Paul?«

Woher soll ich das wissen? dachte Hilary wütend. Mach weiter, als wenn nichts gewesen wäre, hatte Cindy ihr geraten, und, bei Gott, sie tat ihr Bestes. Dienstags hatte David seinen Squash-Abend und sie ihren Französischkurs in Beckys Schule, und unglaublicherweise saß sie auch hier – aber spielte David tatsächlich Squash?

»Hilary, où est Paul?«

Sie sah hinunter auf ihr Lehrbuch und studierte die Zeichnungen. »Il est encore au lit«, antwortete sie. Typisch. Halb zwölf, und der dämliche Kerl lag noch im Bett.

»Pourquoi?«

Die Tür des Klassenzimmers öffnete sich.

»Bonsoir! Entschuldigung, daß ich zu spät komme.«

Alle blickten auf, auch die Französischlehrerin Martina. »Hallo«, sagte sie von dem Tisch aus, auf dem sie thronte und die Beine baumeln ließ. »Sind Sie sicher, daß Sie im richtigen Raum sind?«

»Das hoffe ich doch. Französisch, Mittelstufe? Ich heiße Nick Bradshaw. Ich müßte auf Ihrer Liste stehen.«

Während Martina ihre Namensliste konsultierte, senkte Hilary den Kopf und ließ sich so tief wie nur möglich in den niedrigen Stuhl sinken. Ihre einzige Hoffnung war, daß er sie ohne die Sonnenbrille und die alberne Kappe nicht wiedererkennen würde.

»Zu spät sind Sie allerdings«, sagte Martina und sah von ihrem Ordner auf.

»Ungefähr drei Wochen, wenn ich mich nicht irre.«

Sie lachte. »Suchen Sie sich einen Platz, und wir unterhalten uns dann nach dem Unterricht. Setzen Sie sich doch da drüben neben Hilary, dann können Sie gleich bei der Dialogübung mit ihr zusammenarbeiten. Hilary, würde es Ihnen etwas ausmachen, ihn in Ihr Buch sehen zu lassen?«

Hilary murmelte etwas und schob das Buch, ohne aufzusehen, über den schmalen Tisch.

»D'accord. Paul, il est encore au lit. Pourquoi? Patricia?«

»Parce qu'il est fatigué«, kam, wie aus der Pistole geschossen, Patricas Antwort.

»Hi«, sagte Nick Bradshaw und zwängte sich auf den Stuhl neben Hilary.

Es gelang ihr, ihm zuzunicken.

»Et maman, où est-ce qu'elle est?«

»Wo alle guten Mütter sind«, flüsterte Nick Bradshaw, »auf der Müllhalde, teure Kristallgläser wegwerfen.«

Hilary erstarrte. Aus dem Augenwinkel sah sie, daß er sie anlächelte. Er machte sich über sie lustig.

Vorne klappte Martina ihr Lehrbuch zu. »Gut«, sagte sie, »jetzt üben wir das Gespräch. Tun Sie sich zu zweit zusammen und wählen Sie eines der folgenden Themen aus.« Sie schrieb an die Tafel: Einkaufen, Gartenarbeit, Gespräch über ein Buch oder einen Film.

»Was sollen wir nehmen?«

»Überlasse ich Ihnen«, murmelte sie, den Kopf noch immer über das Lehrbuch gebeugt.

»Wie wäre es statt dessen mit ein bißchen Small talk?«

O ja, je smaller, desto besser. »Oui«, sagte sie.

Er lachte. »Très bien. Bonsoir, je m'appelle Nick.«

Sie sah ihm endlich direkt ins Gesicht und zuckte leicht unter dem bohrenden Blick zusammen, mit dem er sie bereits auf der Müllhalde bedacht hatte. Er wirkte älter, als sie ihn in Erinnerung gehabt hatte; Anfang vierzig vielleicht. Sein Gesicht hatte ein leicht verknittertes Aussehen, das manche Frauen wohl attraktiv fanden. Es paßte zu seiner Hose, fand sie – ein kurzer Blick nach unten bestätigte ihr, daß er noch die gleiche trug wie am Morgen. Als sie nichts erwiderte, fragte er: »Hilary *qui*?«

»Hilary Parker«, sagte sie widerstrebend.

»Et qui est le bâtard?«

Wer ist der Mistkerl? O mein Gott, er hatte sie also doch gehört. Sie wandte sich ab, und jegliche Farbe wich aus ihrem Gesicht.

»Votre mari peut-être?«

Konnte er zu allem auch noch Gedanken lesen? »Mein Mann? Natürlich nicht«, sagte sie laut.

»En français, Hilary.«

»Tut mir leid, Martina«, sagte Hilary, griff plötzlich nach ihrem Buch und stand auf. »Mir ist nicht gut. Ich gehe lieber nach Hause.«

»Okay, Schluß für heute. Die Zeit ist sowieso rum. Nicht vergessen, nächste Woche ist kein Unterricht, wegen der Herbstferien, Sie haben also zwei Wochen Zeit für Ihre Hausaufgaben. Ich möchte, daß Sie einen Dialog über Ihren letzten Urlaub vorbereiten. Hilary, Sie sehen wirklich ganz blaß aus, soll ich Sie nach Hause bringen?«

»Nein. Ich brauche bloß ein bißchen frische Luft. Liegt wohl an der Heizung hier drinnen.« Sie zog sich hastig ihren Mantel an.

»Wie, keine Kappe?«

Hilary funkelte Nick wütend an. »Wieso kümmern Sie sich nicht um Ihren eigenen Kram?« sagte sie. Dann wollte sie, erstaunt über ihre eigene Bemerkung, aus dem Klassenraum eilen. Doch Patricia stand im Türrahmen und versperrte ihr den Weg.

»Martina hat recht, Hilary, du siehst tatsächlich blaß aus. Du weißt doch, daß die Magen-Darm-Grippe in der Schule kursiert, oder nicht?«

»Dann solltest du mir besser aus dem Weg gehen«, giftete Hilary.

Draußen im Flur, als sie an der selbstgebastelten Herbstdekoration vorbeihastete, fragte Hilary sich, was mit ihr los war. Sie verhielt sich anderen Menschen gegenüber nie schlecht gelaunt. Normalerweise war sie die Geduld in Person, und jetzt fauchte sie jeden an, der ihr über den Weg lief. Dieser verdammte David! Es war alles seine Schuld. Weil er sich verändert hatte, veränderte sie sich auch. Das gefiel ihr nicht. Sie wollte, daß er derselbe alte David blieb und sie dieselbe alte Hilary.

Sie überquerte den hell erleuchteten Schulhof und hielt am Tor inne, um Atem zu schöpfen. Wie lange sollte sie diese Farce noch aufrechterhalten? Wie hatte Cindy das all die Jahre ertragen? Hinter ihrem Rücken näherten sich Schritte.

»Tut mir leid wegen vorhin«, rief eine Stimme. Und bevor sie das Tor öffnen konnte, stand Nick Bradshaw neben ihr im Licht der Straßenlaterne. »Ich habe die Angewohnheit, die Dinge beim Namen zu nennen; Drumherumreden ist nicht mein Fall. Ich gehe Sachen gerne auf den Grund, und dafür werde ich auch bezahlt.«

»Ich muß mich auch entschuldigen«, erwiderte sie, entschlossen, sich durch David nicht völlig verändern zu lassen. Ihre guten Manieren würde sie trotz allem behalten. »Ich hätte Sie nicht so anfahren dürfen.«

»Vermutlich hatte ich's verdient. Wie wär's mit einem Drink?«

Der Rest der Gruppe kam jetzt über den Schulhof auf sie zu. Hilary sah, daß Patricia neben Martina ging. Die ist in der Schule garantiert eine Streberin gewesen, dachte sie. »Ein Drink?« wiederholte sie und begriff plötzlich, was ihr dieser praktisch völlig unbekannte Mann vorgeschlagen hatte. Wie lächerlich. Sie, eine verheiratete Frau und Mutter zweier Kinder, sollte mit ihm etwas trinken gehen.

»So, wie Sie mich ansehen, läuft das wohl auf ein Nein hinaus.«

»Ich muß jetzt wirklich gehen«, sagte sie nervös. »Zu Hause warten mein Babysitter, das Protokoll der Schulpflegschaftssitzung und ...«

»Und Ihr Mann.« Er lächelte. »Kein Problem. Wir sehen uns in zwei Wochen.« Er hielt ihr das Tor auf. »Vergessen Sie Ihre Hausaufgaben nicht.«

Kapitel 8

Als Hilary die Tür aufschloß, war von David und den Kindern keine Spur zu sehen. Tiffany lag auf dem Sofa und las. Sie schob ihre langen Beine zur Seite und machte Hilary Platz.

»Ich hoffe, das sind Hausaufgaben«, sagte Hilary und verriet damit ihre Jahre als Lehrerin. Sie wußte, daß bald Tiffanys Übungsklausuren anstanden, und obwohl Tiffany unzweifelhaft eine intelligente und fleißige Schülerin war, wußte Hilary doch, wie leicht sie sich ablenken ließ. In der kurzen Zeit, die die Rogers in der Acacia Lane lebten, hatte Hilary nicht nur beobachtet, wie Tiffany sich durch die Pubertät kämpfte, indem sie sich mit ihren Eltern über ihre Vorstellung von Individualität stritt – sei es, daß sie sich von Kopf bis Fuß in Schwarz hüllte oder sich die Haare leuchtend pink färbte –, sie hatte auch Tiffanys vegetarische Phase miterlebt, dann die Naturschützer-Phase und, vor gar nicht langer Zeit, ihren einsamen Versuch, die Einwohner von Hulme Welford dazu zu bringen, für die Obdachlosen zu spenden, indem sie sich an einem regnerischen Samstag nachmittag vor Toupet-Teds Laden in einem Karton auf die Straße setzte. Cindy und Derek waren an dem Wochenende unterwegs gewesen und hatten nicht die leiseste Ahnung von Tiffanys Plan gehabt, so daß ihnen sowohl der Anblick ihrer durchnäßten, zitternden Tochter mit der ausgestreckten Hand entgangen war als auch die Gelegenheit, dieses Vorhaben zu vereiteln. Doch Hilary vermutete, daß Cindy und Derek, selbst wenn sie von dem zusammengefalteten Karton unter Tiffanys Bett gewußt hätten, nicht in der Lage gewesen wären, die Protestaktion ihrer Tochter zu unterbinden – wie Hilary selbst mußten auch sie seit langem die unumstößliche Tatsache akzeptiert haben, daß ihre jüngste Tochter durch nichts von einem einmal gefaßten Vorsatz abzubringen war.

»Hintergrundlektüre zu Jane Austen«, erwiderte Tiffany und wedelte Hilary mit dem Umschlag von *Emma* vor dem Gesicht herum. »Ganz schön verwöhnt, die Gute, nicht? Mischt sich dauernd in anderer Leute Angelegenheiten ein und kriegt überhaupt nicht mit, was direkt vor ihrer eigenen arroganten Nase passiert.«

»Wie du noch feststellen wirst, ändert sich das später«, sagte Hilary nachdenklich und versuchte sich an ihre eigene Abschlußprüfung zu erinnern.

»Ja, und wenn Sie mich fragen, hat sie den Streß, der da auf sie zukommt, auch verdient.«

»Ist mit den Kindern alles in Ordnung?« fragte Hilary, der das Gesprächsthema plötzlich unangenehm wurde.

»Philip war friedlich wie immer, und Becky hat sich über alles mögliche aufgeregt.«

»Hm ...«, sagte Hilary zerstreut. Ihre Gedanken waren noch bei *Emma*. Sie gab Tiffany das Geld und begleitete sie zur Tür, dann kehrte sie ins Wohnzimmer zurück und ließ ihren Blick über das Buchregal neben dem Kamin schweifen. Auf dem obersten Regalbrett fand sie, wonach sie suchte. Sie blies den Staub weg und schlug das Buch bei Kapitel eins auf.

Emma Woodhouse, hübsch, klug, reich, mit einem behaglichen Heim und von glücklicher Anlage, schien mit vielen der schönen Gaben des Daseins gesegnet. Sie war nun fast einundzwanzig Jahre auf der Welt, ohne mit Leid und Verdruß noch viel Bekanntschaft gemacht zu haben.

Wenn man mal vom Alter und vielleicht auch von den Adjektiven *hübsch* und *klug* absah, hätte sie es selbst sein können. Hatte sie nicht die ganze Zeit gedacht, sie führe ein wundervolles Leben mit David? All die Jahre war sie auf so selbstgefällige Weise glücklich über ihr Los gewesen ... und jetzt lief sie Gefahr, alles zu verlieren.

Sie stellte das Buch an seinen Platz zurück und erblickte sich dabei im Spiegel über dem Kamin. Sie sah müde aus, fade sogar, aber doch sicher nicht so furchtbar, daß David aufgehört hatte, sie zu lieben, oder? Wann hatte es angefangen? Sie ließ das vergangene Jahr Revue passieren und forstete in ihrer Erinnerung nach einem verräterischen Zeichen, das ihr Davids Gleichgültigkeit hätte offenbaren müssen. Sie konnte keines finden, aber sie hörte Charlottes Stimme, die ihr sagte, wie herrisch sie sei. Und tief in ihrem Innern wußte sie, daß ihre Schwester recht hatte, aber das war doch kein Verbrechen, so war sie nun mal, und schließlich hatte jeder seine kleinen Macken. Doch Charlotte hatte auch anklingen lassen, Hilary habe die Angewohnheit, sich überall einzumischen, und David hatte ihr das im letzten Jahr ebenfalls vorgeworfen. »Hör auf, am Leben anderer Leute herumzudoktern«, hatte er gesagt, »vor allem an dem deiner Schwester.« Seine Worte hatten sie getroffen – schließlich wollte sie Charlotte nur helfen, über Peters Tod hinwegzukommen, indem sie sie in Alex' Richtung stupste. Was hatte sie denn Böses getan? Und waren diese Verbrechen Grund genug für einen Ehemann, seiner Familie furchtbares Leid zuzufügen, indem er sich eine Geliebte nahm? Tiffany hatte eben *Emma* verurteilt und gesagt, sie verdiene ihr Unglück – ob die Leute das auch über sie sagen würden?

Das Telefon klingelte.

»Ich bin's.«

»Wo steckst du?«

»Noch im Squash-Club.«

Hilary preßte den Hörer fester ans Ohr und versuchte, das Geräusch von Squashbällen, die gegen eine Wand prallten, auszumachen – sie wollte David glauben, wirklich.

»Ich komme heute ein bißchen später. Hier gibt's einen freien Court, deshalb mache ich noch ein Spiel ... Hilary, bist du noch dran?«

Sie knallte den Hörer auf die Gabel und weinte noch immer, als sie jemanden an der Haustür hörte.

»Cindy!« Sie hatte noch nie erlebt, daß Cindy spontan bei irgendwem vorbeikam, und schon gar nicht abends.

»Als Tiffany nach Hause kam, dachte ich mir, ich sehe mal nach, wie es dir geht.«

»Nicht besonders gut, wie du siehst«, entgegnete Hilary ohne jeden Versuch, ihre Tränen zu verbergen.

»Möchtest du lieber allein sein?« fragte Cindy vorsichtig.

»Nein, nein. Komm ruhig rein, ich wollte mir gerade was zu trinken holen.«

Cindy folgte ihr in die Küche, und während Hilary einen Kaffee aufsetzte, zog sie ihren Mantel aus und begann, die Sachen wegzuräumen, die anscheinend vom Tee stehengeblieben waren. »Du solltest Tiffany sagen, daß sie beim Babysitten ein bißchen aufräumen soll«, meinte sie.

»Das kann ich nicht machen«, schniefte Hilary, »sie muß doch ihre Hausaufgaben erledigen.« Sie putzte sich geräuschvoll und schlampig die Nase, wohl wissend, daß sie furchtbar aussah; sie sah immer furchtbar aus, wenn sie weinte. Beim ersten Anzeichen einer Träne schwollen ihre Augen an und röteten sich, bis sie fast die Farbe der Gummihandschuhe hatten, die Cindy gerade überstreifte.

Was zum Teufel tat sie da eigentlich? Sie spürte, daß Cindy Tränen nicht billigte, was sie nur noch mehr zum Weinen brachte. Mißbilligung war fast genauso schlimm wie Zurückweisung.

Während sie zusah, wie Cindy den Putzlappen auswrang, wurde ihr bewußt, daß die andere Frau ihr Scham und Minderwertigkeitsgefühle einflößte. Bei Georgia hatte sie nicht diesen Eindruck gehabt. Georgia war voller Wärme und Mitgefühl gewesen, was Hilary überrascht hatte. Von einer so zähen Frau hätte sie nicht so viel Herzlichkeit erwartet.

Cindy war jetzt dazu übergegangen, die Arbeitsflächen abzuwischen. Hilary verspürte plötzlich Wut gegenüber dieser Frau, die so ruhig und kühl war und vermutlich in ihrem ganzen Leben noch nie geweint hatte. »Cindy«, sagte sie und versuchte, selbstbewußt zu klingen, »du brauchst das nicht zu tun. Setz dich und trink deinen Kaffee.«

»Das macht mir gar nichts aus«, entgegnete Cindy, ging zum Spülbecken zurück und sprühte etwas Meister Proper hinter die Mischbatterie. Sie schrubbte kräftig, zog sich dann, erleichtert, daß der schlimmste Tränenanfall vorbei war, die Handschuhe aus, setzte sich Hilary gegenüber an den Tisch und dachte: Dem Himmel sei Dank, daß ich mich nie so habe gehenlassen. Sie war stolz darauf, daß sie es in all den Jahren, in denen sie Dereks Techtelmechtel schon ertragen mußte, stets geschafft hatte, sich und die Familie zusammenzuhalten.

Sie hatte bei Hilary geklopft, um zu sehen, wie es ihr ging, und um Dereks endlosem Gerede über sein neues Lieblingsthema zu entgehen. Es fiel ihr schwer, genauso viel Begeisterung für diese Idee aufzubringen wie er selbst, aber in gewisser Weise gefiel es ihr, Derek so enthusiastisch zu erleben. Kurz nach Barrys Konfirmation im vergangenen Sommer war Derek ihr zufriedener als je zuvor erschienen, doch in letzter Zeit war er distanziert und zerstreut gewesen. Sie hoffte, daß die Umwandlung ihres Geschäfts ihn aus der Lustlosigkeit reißen würde, mit der er durch den Salon geschlichen war. Vielleicht war er gerade dabei, seine wahre Berufung zu entdecken. Möglicherweise würde ihn dies sogar von seinen Seitensprüngen abbringen, ihm ein Gefühl der Erfüllung geben. Jetzt klang sie schon genau wie er, so, als ob sie aus einem seiner verdammten Bücher zitierte.

Ein Schniefen von gegenüber erinnerte sie an Hilary.

»Ich glaube, ich kann nicht mehr lange so tun, als ob nichts wäre«, sagte sie matt.

»Komm doch morgen mal zu mir rüber und gönn dir eine Gesichtsbehandlung, wie wär's?«

»Georgia D'Arcy meint, ich soll David zur Rede stellen.« Sie hielt einen Moment inne. »Genaugenommen hat sie gesagt, ich soll den verdammten Mistkerl zur Rede stellen.« Sie stieß ein seltsames Lachen aus. »Normalerweise habe ich's nicht so mit dem Fluchen, aber seit gestern scheine ich kaum etwas anderes zu tun.«

Cindy betrachtete prüfend einen ihrer langen, lackierten Fingernägel. Er war abgebrochen. Das mußte gerade eben passiert sein. In kühlem Tonfall sagte sie: »Nun, das paßt ja auch zu Georgia D'Arcy.«

Hilary blickte ruckartig auf. »Was soll das heißen?«

»Was hat es ihr denn gebracht, ihren Mann zur Rede zu stellen? Sie mußte in einem Wohnwagen leben und schuften wie eine Wahnsinnige, um über die Runden zu kommen. Ist es das, was du willst, Hilary?« Sie sah sich in der chaotischen, aber gemütlich-warmen Küche um. »All das hier würdest du verlieren. Das ist dir doch klar, oder?«

Hilary fing wieder an zu weinen. »Jetzt lebt sie nicht mehr in einem Wohnwagen, und zumindest hat sie ihre Würde behalten.«

»Und ich wohl nicht?« fragte Cindy.

»Das ... das habe ich nicht gesagt. Ich meinte bloß ...«

»Ich weiß, was du gemeint hast, Hilary, aber bist du stark genug, um das zu tun, was Georgia getan hat?«

»Georgia sagt, eine Frau ist wie ein Teebeutel – erst wenn sie ins heiße Wasser kommt, merkt sie, wie stark sie ist.«

Cindys sonst so harte Gesichtszüge wurden weich. »Das gefällt mir«, sagte sie lächelnd.

»Ich glaube nicht, daß ich deine Stärke habe, Cindy. Ich bin nicht so stoisch veranlagt wie du.«

Stoisch? Stärke? Cindy hatte es nie so empfunden. Sie war einfach immer davon ausgegangen, daß sie alles im Griff hatte.

Hilary schniefte. »Georgia sagt ...«

Cindy hob die Hand. »Schon gut. Ich glaube, ich habe jetzt genug von Ms. D'Arcy gehört. So wie es aussieht, mußt du dich entscheiden, Hilary. Entweder du machst es wie ich und hoffst darauf, daß David dieser Ausrutscher bald langweilig wird ...«

»*Wenn* es ein Ausrutscher ist ...«

»... oder du stellst ihn zur Rede und riskierst, deinen Mann zu verlieren, weil du ihn zu einer falschen Entscheidung zwingst. Es liegt bei dir.«

Kurz nachdem Cindy gegangen war, ging Hilary nach oben, um nach den Kindern zu sehen. Sie stand in Philips Zimmer am Fußende seines Bettes und sah, wie er sich im Schlaf umdrehte. Er war unruhig, hatte die Decke beiseite geschoben, und sein Kopfkissen hing über dem Bettrand. Sie beugte sich vor, um ihn wieder zuzudecken, und mußte daran denken, wie Philip, als er noch ein Baby gewesen war, morgens immer noch genauso dagelegen hatte, wie sie ihn abends hingelegt hatte – das Laken nahezu faltenlos, die Decke unberührt. Wann hatte sich das geändert? Und wann hatte er angefangen, an den Nägeln zu kauen, fragte sie sich, als sie eine seiner Hände in dem Lichtstrahl erblickte, der durch den Türspalt vom Flur hereinfiel. Armer Philip, dachte sie plötzlich, was quälte ihn?

Und wie, um alles in der Welt, konnte sie David zur Rede stellen, wenn das die Sicherheit ihrer Kinder gefährdete?

Kapitel 9

Es war Samstag morgen, als Charlotte einfiel, daß sie noch immer nicht bei ihrer Schwester gewesen war, um zu sehen, wie es ihr ging. Doch als sie die Tür ihres Ladens aufschloß, sagte sie sich, daß Hilary sich schon bei ihr gemeldet hätte, wenn wirklich etwas nicht in Ordnung wäre.

Vor gar nicht langer Zeit war Hilary quasi Dauergast in Ivy Cottage gewesen und hatte unter den fadenscheinigsten Vorwänden hereingeschaut, nur um in Wirklichkeit zu prüfen, wie es mit Charlotte und Alex voranging.

Soweit Charlotte es beurteilen konnte, hatten sie und Hilary eine ganz normale schwesterliche Beziehung gehabt. Als Kinder waren sie im einen Moment die dicksten Freundinnen gewesen und im nächsten Erzfeindinnen. Dickste Freundinnen bedeutete, daß sie zusammen im gleichen Zimmer schliefen, bis nach Mitternacht T-Rex-Platten hörten und dann auf Radio Luxembourg umschalteten. Erzfeindinnen bedeutete, daß Charlotte eines von Hilarys heißgeliebten David-Cassidy-Postern verunstaltete und Hilary sie daraufhin gegen die Wand schubste und ihr mit dem Deckel einer Keksdose auf den Kopf schlug. Bei genauerem Überlegen war dies, wenn Charlotte sich nicht irrte, das einzige Mal gewesen, daß ihre Schwester ausgerastet war. Überhaupt war Hilary von jeher ein Kontrollfreak gewesen, ganz besonders in letzter Zeit; wie ein übereifriger Schäferhund bemutterte und führte sie alle um sich herum.

Und dann hatte es auch eine einseitige Rivalität zwischen ihnen gegeben. Hilary hätte alles darum gegeben, die ältere Schwester zu sein, und hatte sowohl hinterrücks als auch in aller Öffentlichkeit darum gekämpft, Charlottes Rolle zu übernehmen – eine Rolle, auf die Charlotte nie Wert gelegt hatte. Sie wußte, daß Hilary es nach Peters Tod genossen hatte, die barmherzige Schwester zu spielen, die ihr zu Hilfe eilte, und sie hatte sie mit unübertrefflicher Plumpheit gespielt.

Charlotte öffnete den kleinen Tresor im Hinterzimmer und zählte das Kleingeld in die Kasse. Um neun Uhr schaltete sie das Licht ein und wartete auf ihren ersten Kunden, wohl wissend, daß sich vor halb zehn kaum etwas tat, und jetzt, wo das Wetter schlechter wurde, konnte es auch noch später werden. Sie genoß es, wieder einen eigenen Laden zu haben, auch wenn ihre Mutter ihren Entschluß, die Geschäftsräume anzumieten, mit der üblichen Geringschätzung abgetan hatte. »Und komm mir bloß nicht in die Quere«, hatte Louise gesagt. »Hier im Dorf ist nur Platz für *ein* Antiquitätengeschäft.« Wie Charlotte wußte, war ihre Mutter stinksauer, daß sie durch das Pech eines anderen einen der größten Läden im Dorf ergattert hatte, mit zwei großen Schaufenstern – Louise hatte nur eines, und das war restlos überfüllt. Dad war ein Schatz gewesen und hatte ihr und Alex geholfen, die Räume zu renovieren, nachdem Jim Lloyd den Laden von den letzten Resten seiner Badezimmereinrichtungen befreit hatte.

Sie hatte beschlossen, nicht wieder Kleidung zu verkaufen, wie sie es vor einigen Jahren in London getan hatte, bevor Peter sie dazu zwang, das Geschäft aufzugeben und aufs Land zu ziehen. Was in Hulme Welford fehlte, so hatte sie entschieden, war ein Laden mit anspruchsvollen Geschenken und einer preiswerten Linie mit Produkten aus der Dritten Welt für den umweltbewußten Konsumenten der Neunziger.

Während sie einen Korb mit einem neuen Bündel Freundschaftsbändchen füllte – ein Mitbringsel für den kleinen Geldbeutel –, stellte sich Charlotte Hilarys Gesichtsausdruck vor, wenn sie ihr mitteilen würde, daß sie und Alex nun endlich ein Hochzeitsdatum festgelegt hatten. Der einzige Haken daran war, daß Hilary sich möglicherweise darauf stürzen, das Ruder an sich reißen und eine Riesenparty organisieren würde. Das letzte, was Charlotte wollte, war, daß ihre Schwester ihr die Hochzeit vermasselte.

Die Ladentür ging auf, und Charlotte hob den Kopf, um ihren ersten Kunden zu begrüßen. Es war Hilary mit Becky, ihrem Ungeheuer von Nichte. »Hallo«, sagte Charlotte und versuchte, sich ihren Schreck nicht anmerken zu lassen. Ihre Schwester sah furchtbar aus. Sie war so blaß.

»Hallo, Tante Charlotte«, flötete Becky und steuerte schnurstracks auf das Regal mit den Kerzenleuchtern zu.

Charlotte beobachtete, wie Becky die teuren Stücke aus italienischer Keramik wie Figuren eines Schachspiels hin und her zu schieben begann, und merkte gleichzeitig, daß Hilary auf den Ladentisch zukam und ihre Hände nervös über den Stapel Papiertüten neben der Kasse gleiten ließ.

»Du bist aber früh auf den Beinen«, sagte Charlotte, beunruhigt, weil sie zum ersten Mal in ihrem Leben Mitgefühl für ihre Schwester verspürte.

»Ich bin dabei, Eintrittskarten für die Feuerwerksparty in der Schule zu verkaufen. Willst du zwei für dich und Alex?« erwiderte Hilary, ohne Charlotte anzusehen. Ihre Stimme klang mechanisch und ausdruckslos und für Charlottes geübtes Ohr eindeutig falsch. Obwohl Hilary sich für die umsichtigste Frau der Welt hielt, durchschaute Charlotte sie sofort. Ihre Schwester hatte noch nie etwas für sich behalten können – Geheimnisse waren stets mit kometenhafter Geschwindigkeit aus ihr herausgeplatzt, und in ihrem Gesicht konnte man lesen wie in einem Buch.

»Ich hole meine Tasche«, sagte Charlotte.

Als sie aus dem kleinen Hinterzimmer zurückkam, das sie als Büro benutzte, betrachtete ihre Schwester gerade einen handgearbeiteten Adventskalender. Charlotte bemerkte, daß Hilarys Hände zitterten. »Was ist los, Hilary?«

Ohne sich umzuwenden, sagte Hilary: »Ich mußte gerade an unsere Weihnachten früher denken, als wir noch klein waren. Es war immer Dad, der sich um alles kümmerte, nicht? Das ist mir vorher noch nie aufgefallen.«

»Dad hat die Geschenke verteilt, aber du warst diejenige, die sich um alles andere gekümmert hat, du hast uns herumkommandiert, wie eh und je.«

»So herrschsüchtig war ich gar nicht«, protestierte Hilary.

Charlotte runzelte die Stirn. Hilary und Herrschsucht – das war ein und dasselbe, und alle wußten es. »Was kosten die Karten?« fragte sie, um zu einem ungefährlicheren Thema überzuwechseln.

»Zwei Pfund fünfzig pro Stück. Darin ist ein Getränk enthalten.«

Ein plötzliches Krachen aus Beckys Richtung ließ sie herumfahren.

»Ich hab nichts kaputtgemacht«, sagte Becky strahlend.

»Himmelherrgott noch mal«, brüllte Hilary, »kannst du nicht aufpassen?«

Charlotte war baff. Sie hatte Hilary noch nie in diesem Ton mit ihrer Tochter reden hören. Im stillen war Charlotte von jeher der Ansicht gewesen, daß Becky nicht so eine Nervensäge wäre, wenn Hilary sie von Anfang an etwas fester angepackt hätte. »Hilary«, sagte Charlotte leise, »was ist los?«

Hilary wandte sich ab, aber Charlotte waren die bebenden Lippen und die feuchten Augen nicht entgangen.

»Ist irgendwas passiert?«

Hilary schüttelte den Kopf.

»Hilary, bitte, wenn ich dir irgendwie helfen kann …« Sie legte vorsichtig die Hand auf den Arm ihrer Schwester. »Was hast du?«

»Eigentlich darf ich es niemandem erzählen«, platzte Hilary heraus. Es klang albern.

»Wieso, um Himmels willen?«

»Ich ..« Hilary sah ihrer Schwester endlich in die Augen und gab jeglichen Widerstand auf. »Es ist David …« Sie warf einen Blick zu Becky hinüber, die immer noch Schach spielte. »Er betrügt mich«, flüsterte sie, »er hat eine Geliebte.«

»Nein! David? Das glaube ich nicht.«

Die Tür flog auf, und ein dramatischer Windstoß trug einen Blätterwirbel und Iris Braithwaite hinein.

»Mrs. Lawrence, auf ein Wort, wenn ich bitten darf.«

»Kann das nicht einen Moment warten, Mrs. Braithwaite?« fragte Charlotte, ohne das Gesicht ihrer Schwester aus den Augen zu lassen.

Iris schloß polternd die Tür und marschierte auf Charlotte und Hilary zu. Sie hatte ein schwarzes Klemmbrett in der Hand, an dem mit einem langen Band ein Stift befestigt war. »Ich bin unterwegs im Namen der Warenbereinigung«, verkündete sie, »und somit kann es nicht warten. Und im übrigen, Mrs. Lawrence, ist es gerade das Warten, das uns überhaupt dorthin gebracht hat, wo wir jetzt sind. Die Zeit ist reif …«

»Mrs. Braithwaite …«

»Ich bin noch nicht fertig, Mrs. Lawrence. Die Zeit ist reif, Hulme Welford von allem Geschmacklosen und Anrüchigen zu befreien.« Sie ließ ihren Blick vorwurfsvoll über die Regale in Charlottes Laden schweifen.

»Wovon um alles in der Welt reden Sie, Mrs. Braithwaite?« fragte Charlotte.

»Ich rede von einer schmutzfreien Zone, und nebenbei bemerkt gefällt mir der Ton nicht, in dem Sie …«

»Was für eine Zone?« unterbrach Hilary sie und meldete sich zum ersten Mal zu Wort.

Iris trat an den Ladentisch und knallte ihr Klemmbrett darauf. Sie drückte Charlotte ein handgeschriebenes Plakat in die Hand. »Machen Sie Hulme Welford zu einer schmutzfreien Zone«, forderte es in großen Lettern. »Ins Fenster, bitte, Mrs. Lawrence, und wenn Sie dann noch meine Petition unterschreiben, bin ich schon wieder weg. Sie auch, Mrs. Parker.«

Charlotte las laut den Text des Papiers vor: »›Ich, der Unterzeichnete, bin für die Schließung von Ted Coopers Zeitschriftenhandel und werde auch nicht tolerieren, daß in irgendeinem anderen Einzelhandelsgeschäft in Hulme Welford unerwünschte Produkte verkauft werden.‹ Was für unerwünschte Produkte?«

»Pornographie!« rief Iris so heftig aus, daß ihr der braune, kuhfladenähnliche Hut mit einer Art Stengel in der Mitte beinahe vom Kopf gerutscht wäre.

»Aber er verkauft doch schon seit ewigen Zeiten seine Schmierblätter.«

»Die meine ich nicht.« Iris schüttelte sich. »Inzwischen ist er zu pornographischen Kleidungsstücken übergegangen. Als nächstes macht er aus seinem Laden noch einen Sex-Shop. Hulme Welford wird bald das Soho des Nordens werden, wenn wir ihn nicht aufhalten.«

Charlotte hätte am liebsten losgelacht, aber Iris' pingeliges Verhalten näherte sich gefährlich dem Manischen, und ein unbedachtes Kichern könnte der alte Dame womöglich den Rest geben.

»Was verkauft Ted denn nun?« fragte sie geduldig.

»Strumpfhosen mit … Strumpfhosen ohne …« Iris räusperte sich und begann noch einmal von vorne. »Ohne Zwickel«, zischte sie. »›Guckloch‹ hat er das genannt.«

»Guck doch!« zwitscherte Becky, deren Kopf über einem Tisch mit Bettüberwürfen aus Baumwolle auftauchte. »Was ist ein Sex-Shop?«

Es war ein einziges Chaos. Sie würden niemals rechtzeitig fertig werden, und wie, um alles in der Welt, hatte es Derek bloß geschafft, ihr das hier aufzuschwatzen?

Cindy betrachtete das, was bis vor wenigen Tagen noch der Empfangstisch in der Eingangshalle gewesen war – er wurde gerade gegen die Tür gelehnt, von wo er auf den Müll wandern würde. Dereks Worten zufolge würden sie überhaupt keinen Empfangstisch mehr haben. Anscheinend bildete solch ein massiver Block eine Art physische und psychische Barriere und schuf eine »Die-und-wir-Situation«. »Wir müssen zu einem Ganzen verschmelzen«, hatte er ihr gestern abend erklärt und zugesehen, wie sie nach ihrem Besuch bei Hilary die Spülmaschine eingeräumt hatte. In dem Moment war Tiffany auf der Suche nach etwas Eßbarem hereinmarschiert und hatte gemurmelt, man solle besser ihren Vater einschmelzen lassen.

»Und wie sollen wir uns nennen?« fragte Cindy.

»Fragt mich lieber nicht«, kicherte Tiffany, den Kopf in den Kühlschrank versenkt.

Derek sah ausgesprochen selbstzufrieden aus. »›All In The Mind‹. Was haltet ihr davon?«

»›Alle Tassen im Schrank?‹ wäre vielleicht passender«, prustete Tiffany los, und ihr heiseres Gelächter gab Derek unmißverständlich zu verstehen, was sie davon hielt. Auch Cindy hätte am liebsten gelacht, wollte jedoch nicht das kindische Verhalten ihrer Tochter unterstützen.

Wie schon am Abend zuvor kam Cindy wieder dieses neue und vollkommen ungewohnte Phänomen zu Bewußtsein – sie und ihre Tochter einer Meinung. Seit Jahren herrschte zwischen ihnen offener Krieg über die unwichtigsten Kleinigkeiten, hauptsächlich über Tiffanys Aufmachung. Doch in letzter Zeit hatte die Reibung nachgelassen. Es war, als ob ihre Tochter sämtliche Energien auf die übermenschliche Anstrengung konzentrierte, zur Frau zu werden, und keine Kraft mehr übrig hatte, sich mit ihr anzulegen –, obwohl es da noch diesen Zwischenfall mit dem Karton vor Ted Coopers Laden gegeben hatte.

Vor ein paar Monaten hatten sie und Derek einen Seufzer der Erleichterung von sich gegeben, als Tiffany endlich ihren Putzlappen-Look gegen die etwas eleganteren und schmeichelhafteren Kleider ausgetauscht hatte, die sie an diversen Samstagnachmittagen auf Wohltätigkeitsbasaren in Congleton aufgetrieben hatte. Sie trug nach wie vor hauptsächlich Schwarz, verzichtete jedoch auf das düstere Augen-Make-up und das schwarzgefärbte Haar; sie hatte ihre natürliche Sandfarbe nachwachsen lassen und ihrem Vater sogar gestattet, ihr eine neue Frisur zu verpassen. Mit ihrer Einwilligung hatte er die Länge um fast dreißig Zentimeter gekürzt, es auf dem Kopf füllig gelassen und zum Nacken hin angeschnitten. Sie wirkte damit älter, aber auch verletzlicher.

Tiffanys äußere Erscheinung mochte zwar im Laufe des Jahres weicher geworden sein, aber Cindy wußte, und zwar besser als jeder andere, daß dies nicht für ihre Zunge galt. Die war so scharf wie eh und je, doch sie war jetzt nicht mehr gegen sie gerichtet, sondern meistens gegen Derek.

Das Seltsame dabei war, daß Derek offenbar keine Lust hatte oder nicht in der Lage war, sich gegen seine Tochter zur Wehr zu setzen. Ob es daran lag, daß er seine Tochter nicht mehr als Kind, sondern als Frau sah? Derek hatte weiblichem Charme noch nie wiederstehen können, egal welcher Art dieser Charme war. In vielerlei Hinsicht stellte Tiffany für ihn genauso eine Herausforderung dar wie seine früheren Eroberungen. Und Cindy war auch aufgefallen, daß sich die Atmosphäre zu Hause verändert hatte, seit Barry zur Universität ging. Derek stand als einziger Mann gegen zwei Frauen, die allem Anschein nach bereit waren, sich zu verbünden.

Cindy lächelte in sich hinein, als sie den Klang des Radios aus dem Wohnzimmer vernahm. Bob Dylan sang gerade »The Times They Are A-Changin'«. Und es sah ganz so aus, als ob sich die Zeiten tatsächlich ändern würden.

Sie sah durch das große Fenster hinaus auf den Vorgarten und den Parkplatz, der mit den Lieferwagen diverser Bau- und Einrichtungsfirmen zugestellt war. Am Ende der Einfahrt mühten sich zwei Männer damit ab, das alte In The Pink-Schild zu entfernen und ein neues anzubringen. Sie nahm an, daß es nur eine Frage der Zeit war, bis das Haus eine neue Farbe bekam. Cindy hatte durchaus mitbekommen, daß eine Woge der Mißbilligung durch das Dorf geschwappt war, als die erste leuchtendrosa Farbschicht auf die Wände aufgetragen wurde. Sie hatte Derek um ein wenig Zurückhaltung gebeten, doch er hatte ihre Einwände ignoriert. »Cindy«, hatte er gesagt, »das hier soll der Höhepunkt unserer Karriere in der Schönheits- und Fitneßbranche werden, also müssen wir es auch durchziehen.«

Tja, dachte Cindy sarkastisch, während sie den beiden Männern in der Auffahrt zusah, wenn der Höhepunkt ihrer Karriere nun in seine Einzelteile zerlegt wurde, was sollte danach kommen? Bisher hatte es in ihrem Leben stets einen gleichbleibenden Unsicherheitsfaktor gegeben, doch sie war erfolgreich über das Hochseil ihrer wackeligen Ehe balanciert, weil sie wußte, daß unter ihr das Netz des Geschäfts gespannt war. Es war die einzige greifbare Sicherheit in ihrem Leben gewesen, das einzige, worauf sie sich verlassen konnte. Aber welche Sicherheit gab es jetzt? Welche Rolle würde sie bei All In The Mind spielen? Vor gar nicht allzulanger Zeit hatte Tiffany ihr in einem Anfall prämenstrueller Aggressivität vorgeworfen, sie tauge zu nichts anderem als zum Zupfen und Pinseln. Hatte ihre Tochter recht gehabt? Schließlich war sie kein Therapeut oder Gehirnwäscher, wie Tiffany die Leute nannte, die die Plätze von Tracy und Lorraine und all den anderen Mitarbeitern einnehmen würden. Die hatten im übrigen einen Aufstand geprobt, als ihnen gekündigt wurde; ihr Groll war jedoch wenig später durch die großzügigen Abfindungen gemildert worden, die Cindy ihnen angeboten hatte.

Gestern abend hatte sie Derek gefragt, welche Rolle sie spielen würde. Er hatte das Kissen in seinem Sessel aufgeschüttelt und geantwortet: »Mit der Zeit wird jeder von uns seine Nische finden.«

»Meine Nische?« hatte sie wiederholt. »Ich glaube nicht, daß ich eine Nische will, Derek. Ich will eine Aufgabe, etwas, das ich kann. Etwas Greifbares.«

Er hatte gelächelt. »Die Suche nach unserer persönlichen Nische ist die zentrale Herausforderung in unserem Leben.«

An diesem Punkt hatte sie den Fernseher eingeschaltet und es sich gemütlich gemacht, um sich eine aufgezeichnete Folge von *Coronation Street* anzusehen – das war wenigstens etwas, das sie verstand. Ihr Mann kommunizierte jetzt in einer ihr unbekannten Sprache, aber zumindest waren die Vorgänge in der Serie bekanntes Territorium.

»Cindy! Hier bist du, ich habe dich überall gesucht. Ich möchte dir Rosie Williams vorstellen. Sie wird unsere neue Eheberaterin.«

Dafür ist es wohl ein bißchen zu spät, dachte Cindy, als sie sich zu der statuengleichen jungen Frau neben Derek umwandte. Sie sah hellbraune, mit Grün gesprenkelte Augen, ein elegantes Kostüm und endlos lange Beine in einem Hauch von Nylon. Die eine Hand hielt eine Aktentasche, die andere war ihr entgegengestreckt.

»Ihr Mann hat soeben meine Einstellung bestätigt.«

»So, hat er das?« Cindy war gereizt, nicht nur wegen dieser Frau mit ihrem selbstsicheren Auftreten und der gebildeten Stimme, sondern auch wegen Derek. »Ich wußte gar nicht, daß er heute morgen Bewerbungsgespräche führt. Ich dachte, das machen wir *zusammen*, und zwar heute nachmittag.«

Derek gab ein nervöses Lachen von sich, und Rosie erhob ihre erstaunlich große Hand. »Sehen Sie, da haben wir's schon«, sagte sie in belehrendem Tonfall. »Kommunikation. Das ist der springende Punkt. Sie ist die Basis jeder guten und stabilen Ehe.« Sie stellte die Aktentasche ab und zeichnete mit ihren Zeigefingern ein Viereck in die Luft. »Sehen Sie? Die Linien treffen direkt aufeinander, es gibt keine Überkreuzungen.«

»Genau das ist es«, stimmte Derek begeistert zu.

Gott steh uns bei, dachte Cindy.

»Ich bringe Sie zu Ihrem Wagen«, sagte Derek, um Cindys demonstratives Schweigen zu überbrücken. Er steuerte Rosie Williams zur Tür. »Passen Sie auf, wo Sie hintreten, wir wollen ja nicht, daß Sie sich in diesem Müll den Hals brechen, bevor Sie überhaupt bei uns anfangen.« Vorsichtig stieg er über einen großen blauen Werkzeugkasten und ein aufgerolltes Stromkabel, an dessen Ende eine Bohrmaschine hing.

»Nichts ist Müll«, sagte Rosie bedeutungsvoll. »Jedes Ding und jeder Mensch dient einem Zweck. War toll, Sie kennenzulernen, Cindy. Tschüschen.«

»Auf Wiedersehen, Miss Williams, oder ist es Mrs.?« fragte Cindy in ebenso bedeutungsvollem Tonfall.

»Oh, eindeutig Miss.«

Die beste Voraussetzung, um andere durch die Klippen des Ehelebens zu geleiten. Cindy sah zu, wie ihr erster Neuzugang mit Derek zur Tür hinaus und die Stufen zum Parkplatz hinunter ging. »Knapp dreißig vielleicht, und genauso viele Hirnzellen«, murmelte sie. Sie wandte sich ab und versuchte krampfhaft, nicht an das alte Sprichwort vom Kamel und dem Nadelöhr zu denken.

Kapitel 10

Gott sei Dank, dachte Hilary vorne auf der ersten Kirchenbank.

Gott sei Dank, daß sie diesmal nicht mit dem Kindergottesdienst dran war. Und Gott sei Dank, daß Malcolm Jackson einen Hang zu endlosen Predigten hatte und sie anderthalb Stunden lang friedlich hier sitzen konnte. Ohne Becky, die einen anderen unglückseligen Freiwilligen quälte. Und auch ohne Philip, der in einem Rugby-Spiel seiner Schule mitspielen mußte, mit David an der Marklinie ... Bitte, lieber Gott, laß David in der Kälte erfrieren.

Sie konnte kaum glauben, daß schon eine ganze Woche vergangen war, seit sie Davids Seitensprung entdeckt hatte, und als sie nun auf ihr bisheriges Leben zurückblickte, begriff sie, daß sie nie gewußt hatte, was Unglück und Verzweiflung wirklich bedeuteten. Im Fernsehen wurde Untreue immer als Spiel dargestellt, in Romanen als Schicksal und in der Boulevardpresse als Drama. Aber sie wurde nie so gezeigt, wie sie wirklich war. Sie war furchtbar und unfaßlich. So furchtbar und unfaßlich, daß man kaum noch essen, schlafen oder auch nur klar denken konnte.

Charlotte hatte gestern gemeint, sie solle zum Arzt gehen. »Du bist vollkommen erschöpft, Hilary«, hatte sie gesagt, als Iris Braithwaite endlich aus dem Laden verschwunden war. »Ißt du überhaupt was? Schläfst du?«

Schlafen und Essen interessierten sie momentan am wenigsten. Das Wichtigste war Durchhalten, und sie hatte das Gefühl, daß das allein schon ihre gesamte Energie aufsaugte. David, dieser Schweinehund, hatte sogar die Nerven gehabt, sie zu fragen: »Was ist los, Hilary? Du siehst gar nicht gut aus.« In diesem Moment hätte sie ihn beinahe zur Rede gestellt, ihm den ganzen Mist an den Kopf geworfen und geschrien: »Natürlich sehe ich nicht gut aus, aber das ist ja wohl auch kein Wunder, wenn ich weiß, daß du jede freie Minute mit dieser ... verbringst, oder?« Aber sie hatte es nicht getan. Sie hatte den Mund gehalten und weiter sein Hemd gebügelt, das Bügeleisen auf die Manschette geknallt und sich gewünscht, sein Arm stecke noch darin.

Und es kostete sie jeden Tag übermenschliche Selbstbeherrschung, nicht einfach in sein Büro im Dorf zu marschieren und sich diese verfluchte Catherine vorzuknöpfen. Wie konnte sie so etwas tun? Wie konnte eine Frau eine andere Frau so mies behandeln? Sie konnte es nicht begreifen. Doch ein Teil von ihr wollte Catherine gar nicht zur Rede stellen. Es war fast so, als ob ihr Unterbewußtsein ihr sagte: »Solange du nichts unternimmst, ist die Chance größer, daß all das hier gar nicht wahr ist.«

Genau wie Cindy hatte ihr auch Charlotte dringend geraten, sich nicht mit Catherine anzulegen. »Du bist unschuldig an alldem, Hilary«, hatte sie gesagt. »Belaß es dabei. Wenn du sie siehst, wirst du durchdrehen. Tu nichts, was dir hinterher leid tun könnte. Möchtest du, daß Alex mit David redet?«

»Nein!«

»Aber vielleicht würde es ihm gelingen, David klarzumachen, was er da tut, was er riskiert.«

»Ich will nicht, daß David erfährt, daß ich Bescheid weiß.«

»Wieso das denn nicht?«

»Ach, Charlotte, du verstehst das nicht. Du kannst froh sein, daß Peter gestorben ist.«

An dem Punkt war ihr Gespräch durch einen plötzlichen Kundenansturm unterbrochen worden, und Hilary und Becky hatten sich auf den Heimweg gemacht.

Jetzt, als sie in der Kirche saß, war Hilary entsetzt über das, was sie zu ihrer Schwester gesagt hatte: *Du kannst froh sein, daß Peter gestorben ist.* Was für eine geschmacklose Bemerkung. Sie versuchte sich auf Malcolm Jacksons Stimme zu konzentrieren, die ihr und all den anderen Sündern, die an diesem Morgen in St. John's versammelt waren, verkündete, daß sie errettet waren und wie wunderbar das sei.

Doch Hilary konnte nur daran denken, wie wunderbar es wäre, wenn jemand sie davor erretten würde, nach diesem Gottesdienst nach *The Gables* zurückkehren und weiterhin so tun zu müssen, als ob alles in Ordnung wäre. *Nichts* war in Ordnung. Überhaupt nichts. David, ihr Mann, dem sie während ihrer gesamten Ehe bedingungslos vertraut hatte, hatte sie auf übelste Weise hintergangen, und was, so fragte sie sich und blickte zu den bunten Glasfenstern hinter dem Altar auf, was tat Gott dagegen? Zur Hölle mit diesem ganzen Zeug von wegen Errettung der Sünder. Wie wäre es mal mit ein bißchen altmodischer Vergeltung? Ihrer Ansicht nach war jetzt eine ordentliche Dosis alttestamentarischen Zorns fällig. Der eine oder andere Blitzschlag könnte auch nicht schaden, vor allem in Richtung auf die Schlampe, die sich David an den Hals geworfen hatte.

Hilary, die bemerkte, daß alle hinter ihr aufgestanden waren und die Gesangbücher aufgeschlagen hatten, erhob sich. In Gedanken noch immer bei der anderen Frau in Davids Leben, krallte sie sich in ihr Gesangbuch, als hätte sie den Kragen dieses Miststücks in ihren Fingern, und sang mit dem Rest der Gemeinde: »O herrlicher Tag, o fröhliche Zeit.«

Wie üblich wurde der Kaffee hinten in der Kirche von Iris Braithwaite, Mrs. Bradley und Mrs. Haslip serviert. Alex stieß Charlotte in die Seite. »Da haben wir unsere Golden Girls«, flüsterte er.

»Warum machst du Mrs. Bradley nicht eine Freude und gehst auf ein Schwätzchen zur Kaffeemaschine rüber?« erwiderte Charlotte. »Du stehst doch darauf, wenn sie dir schöne Augen macht.«

»Mir wär's lieber, wenn *du* mir schöne ...«

»Ja ja, ich weiß, aber ich muß mit Hilary sprechen.«

Charlotte fand Hilary am Fuß des Altars vor, nicht, wie ihre Haltung vermuten ließ, tief ins Gebet versunken, sondern dabei, an dem üppigen herbstlichen Blumenarrangement herumzuzupfen. Seit gestern morgen hatte Charlotte keine Gelegenheit gehabt, mit Hilary über das zu sprechen, was sie ihr im Geschäft erzählt hatte – schließlich konnte sie ja nicht gut zu *The Gables* hinübergehen, während David da war. Sie begriff noch immer nicht, was ihren Schwager gepackt hatte. Sie beugte sich hinunter und berührte ihre Schwester leicht an der Schulter. Hilary fuhr erschrocken hoch, so daß Charlotte gegen den Altar gedrückt wurde und das Abendmahlsgeschirr zu Boden krachte.

»Charlotte! Entschuldige, ich wußte nicht, daß du hier bist.« Hilary war völlig durcheinander.

Charlotte beseitigte die Spuren des Mißgeschicks und führte ihre Schwester zu einer Bank.

»Sei jetzt bitte nicht nett zu mir«, sagte Hilary plötzlich. »Das ... das könnte ich nicht ertragen.«

»In Ordnung.« Charlotte erinnerte sich noch gut, wie schwer es ihr gefallen war, mit dem Mitgefühl umzugehen, das ihr alle nach Peters Tod entgegengebracht hatten. »Ich spiele einfach weiter die Rolle der gräßlichen Schwester, einverstanden?« Ihr war bewußt, daß Hilary sie diesmal die ältere Schwester sein lassen mußte, ob es ihr nun paßte oder nicht.

Hilary schniefte. »Einverstanden.« Sie starrte vor sich hin und drehte den Stiel einer verwelkten Chrysantheme, die sie gerade aus dem Gesteck auf dem Altar gezogen hatte, zwischen den Fingern hin und her. Plötzlich wandte sie sich Charlotte zu. »Du hast es doch keinem erzählt, oder?«

Charlotte schüttelte den Kopf. »Niemandem.«

»Auch nicht Alex?«

»Hilary, ich habe dir versprochen, es keinem zu erzählen. Jetzt hör auf, dir deswegen den Kopf zu zerbrechen, und erzähl mir, wann du das mit David herausgefunden hast.«

»Am Montag.«

Schon so lange war das her, und ihre Schwester war nicht zu ihr gekommen! »Und wie hast du es rausgekriegt?«

Hilary erzählte es ihr.

»Aber bist du dir sicher? Ich meine ...«

»Meine Güte, Charlotte, natürlich bin ich mir sicher. Du hast mich schon immer wie einen Volltrottel behandelt. Ich konnte machen, was ich ...«

»Halt die Klappe, Hilary«, sagte Charlotte streng. »Jetzt ist nicht der richtige Moment für eine unserer Kabbeleien.«

»Ich wollte mich nicht kabbeln, sondern bloß ...«

»Vergiß es. Was hast du jetzt vor?«

»Cindy meint, ich soll so tun, als wenn nichts wäre, und Georgia D'Arcy meint, ich soll David zur Rede stellen.«

»Wer weiß denn noch alles Bescheid?« fragte Charlotte, überrascht, wie sehr es sie verletzte, daß Hilary damit nicht zu ihr gekommen war. Andererseits hatte sie, als ihre Ehe zerbrach, auch nicht ihre Schwester oder ein anderes Familienmitglied um Rat und Hilfe gebeten. Bis heute hatte Hilary keine Ahnung, daß Charlotte Peter am Morgen seines Todes um die Scheidung gebeten hatte.

»Sonst keiner«, antwortete Hilary, »nur Cindy und Georgia.«

»Du hast mir gesagt, was du ihrer Meinung nach tun sollst, aber nicht, was du selbst tun willst.«

»Das liegt doch auf der Hand, oder nicht? Ich muß versuchen, das Ganze zu ignorieren.«

Nach kurzem Schweigen sagte Charlotte: »Falls es dir irgendwie hilft – ich bin derselben Meinung wie Georgia. Solange ihr beide, du und David, nicht darüber sprecht, könnt ihr auch nicht ...«

»Aber begreifst du denn nicht? Wenn ich das tue, riskiere ich, ihn zu verlieren.«

»Das riskierst du in jedem Fall«, sagte Charlotte leise.

Hilary schluckte. »Aber so ist die Gefahr geringer.«

»Hilary, du konntest noch nie etwas für dich behalten oder überzeugend lügen. Du mußt mit David reden, sonst wirst du noch krank.«

»Ich muß an Becky und Philip denken, sie brauchen ihren Vater. Ich tue es für sie.«

»Und du glaubst allen Ernstes, wenn du den Mund hältst ...«

»Bei Cindy hat's auch funktioniert. Wieso nicht bei mir?«

Charlotte nahm die Hände ihrer Schwester. Arme Hilary. Sie wollte so mutig sein. »Weil du nicht Cindy bist, und weil du nicht daran gewöhnt bist, mit diesem verdammten Chaos zu leben.«

»Das ist aber nicht nett, Tante Charlotte«, sagte Becky und zwängte sich auf die Bank. »Jesus nimmt dich bestimmt nicht in den Himmel, wenn du immer ›verdammt‹ sagst. Ohh!« quiekte sie und schlug schnell die Hand vor den Mund. »Jetzt läßt mich Jesus auch nicht mehr neben seinem Thron sitzen.« Sie riß die Augen auf, als ob sie damit rechnete, den Messias höchstpersönlich hinter einer der Säulen zu entdecken.

Charlotte sah, wie Hilary ihre Tochter an sich drückte. Was für ein Drama, dachte sie und erhob den Blick zu der gewölbten Decke über ihr. Tut mir leid, Jesus, aber Thron hin oder her, das ist ein einziger verdammter Schlamassel hier unten.

Kapitel 11

Montag morgen, der erste Tag der Herbstferien. David war bereits zur Arbeit gegangen, die Kinder saßen unten, in die Zeichentrickfilme vertieft, die praktischerweise während der Ferienzeit gesendet wurden, und Hilary stand unter der Dusche. Weinend wusch sie Davids Samen ab. Wie hatte er nur mit ihr schlafen können? Und wie hatte sie es zulassen können?

Die ganze Nacht lang waren ihr diese Gedanken durch den Kopf gegangen. Sie begriff nicht, wieso David mit ihr schlafen wollte, wo er doch offensichtlich seine Lust woanders befriedigte, aber sie wußte sehr genau, weshalb sie darauf eingegangen war. Das war Teil der Farce: Wenn sie sich ihm hingab, ihn sogar noch animierte, würde vielleicht alles wieder in Ordnung kommen. Wenn sie ihm gestattete, ihre beiden Körper miteinander verschmelzen zu lassen, würde das vielleicht auf wundersame Weise ihre Ehe retten – ihn vielleicht sogar dazu bringen, Catherine fallenzulassen. In dem Augenblick, als er letzte Nacht im Bett nach Hilary getastet hatte, war sie sich sicher gewesen, daß ihre Entscheidung, Cindys Beispiel zu folgen, die richtige war. Sie würde es genauso machen wie Cindy all die Jahre über. Es war ein kleines Opfer, um das Fortbestehen ihrer Familie zu sichern.

Sie drehte das Wasser ab und griff nach einem Handtuch. Sie hüllte sich darin ein und ging zum Waschbecken hinüber, wischte den Dampf vom Spiegel und betrachtete ihr nasses Gesicht. Tränen oder Wasser? Wer würde den Unterschied sehen? Wer würde sich überhaupt darum scheren? Sie spürte, wie sie dem einzigen Gefühl nachgab, das sie bei anderen verachtete: Selbstmitleid. Sie hatte sich noch nie bemitleidet, und etwas in ihrem Innern befahl ihr, sich zusammenzureißen. »Gut«, sagte sie laut, »du kannst unter der Dusche weinen, aber nirgendwo sonst. Du wirst stark sein. Du wirst dich herausputzen und David zeigen, daß du hundertmal besser bist als Catherine – ich wette, sie macht nicht so gute Pfannkuchen wie du!« Sie gab ein tapferes kleines Lachen von sich, spürte aber augenblicklich wieder die Tränen aufsteigen und sprang hastig zurück unter die Dusche, um nicht schon ihren ersten Vorsatz des Tages zu brechen.

Um halb elf überließ sie Becky Philips Obhut, und während sich die beiden ein Video ansahen, ging sie über die Straße zu Cindy hinüber. Cindy, so hatte Hilary beschlossen, würde ihr bei ihrem Plan, David zurückzugewinnen, eine nützliche Verbündete sein.

Einen Moment lang blieb sie in der Einfahrt zu *In The Pink* stehen, das allerdings nicht länger *In The Pink* hieß. Die weinrote Tafel war verschwunden, und an ihrer Stelle hing jetzt ein dezentes dunkelblaues Schild mit der Aufschrift *All In The Mind*, in eleganten goldenen Lettern. Seit wann hing das da? War sie so fertig mit den Nerven, daß sie nicht mehr mitbekam, was um sie herum vorging? Sie ging an der Karawane von Lieferwagen vorbei und stellte fest, daß die Tür sperrangelweit offen stand. Laute Musik schlug ihr entgegen, begleitet vom Kreischen einer Bohrmaschine und einem Schwall Farbgeruch. Ein Mann mit Arbeitsanzug und tief in die Stirn gezogener Wollkappe kniete auf dem Boden und strich die Fußleisten.

»Die sind beschäftigt«, rief er ihr zu und hielt einen Augenblick im Streichen inne. »Vorstellungsgespräche.«

»Oh«, sagte Hilary sichtlich enttäuscht.

»Noch zehn Minuten, würd ich meinen. Sie ham gesagt, um Viertel vor wär'n sie fertig.«

»Dann warte ich.« Sie wußte, wenn sie jetzt nach *The Gables* zurückging, würde sie vielleicht nie wieder den Mut aufbringen, mit Cindy zu sprechen.

»Wie Sie meinen. Da nebenan steht 'n Stuhl.«

Sie bahnte sich vorsichtig einen Weg über die Malerfolie und wich den überall herumliegenden Werkzeugen und Holzresten aus. Der Friseursalon hatte sich dramatisch verändert. Die Haarwaschbecken und Spiegel waren samt und sonders verschwunden, ebenso die Stühle und der glänzende Fußboden. Jetzt war da nur noch ein großer leerer Raum mit elfenbeinfarbenem Teppichboden, dessen Geruch bezeugte, daß er neu und erst vor kurzer Zeit verlegt worden war. Hinter der Tür stapelten sich Hochglanzprospekte auf einem kleinen Hocker. Hilary nahm sich einen. Auf der Vorderseite war ein Foto von Derek und Cindy, gekrönt von dem Schriftzug All In The Mind. Sie schlug die erste Seite auf und begann zu lesen:

Kommen Sie in unsere Stätte der spirituellen Entdeckung und Hoffnung. Gehen Sie mit uns auf eine Entdeckungsreise in die Tiefen Ihres Ichs. Wir helfen Ihnen, Ihr wahres Selbst zu finden, damit Sie Ihr Potential voll ausschöpfen können. Eheprobleme sind eine Spezialität von *All In The Mind*.

Die Bohrmaschine verstummte, und Stille breitete sich aus. »Teepause«, rief eine Männerstimme. Dann hörte Hilary Derek. Sie legte den Prospekt auf den Stapel zurück und ging hinaus in die Eingangshalle.

»Na, Hilary«, sagte Derek, »hast du's eilig, dich für einen unserer Kurse anzumelden? Wir hätten da ›Positives Denken‹, ›Selbstbewußtes Auftreten‹ oder ›Wie peppe ich meine Ehe auf?‹. Such dir was aus.«

»Himmel, was soll ich denn mit so was?« erwiderte Hilary errötend. »Ich bin bloß gekommen, um mit Cindy zu reden.«

»Sie kommt gleich. Sie führt gerade einen unserer neuen Mitarbeiter herum.« Er blickte um sich. »Und, was sagst du? Hat sich ganz schön verändert, was? Macht unser verschlafenes Hulme Welford vielleicht sogar noch berühmt.«

»Toll.« Sie gab sich Mühe, begeistert zu klingen.

»Das mit der Ehe wird ein Renner, glaub mir«, fuhr Derek fort und rieb sich die Hände. »Eheprobleme gibt's immer, vor allem in so einem Kaff.«

»Ach, wirklich?« sagte Hilary leise. »Wie kommst du darauf?«

Grinsend schlang er den Arm um Hilarys Taille. »Schon gut, ich weiß, was du denkst: Unser guter Derek hat's gerade nötig. Aber glaub mir, ich bin ein neuer Mensch. Ich ...«

»Und was hat man sich darunter vorzustellen?«

»Ah, Cindy, mein Schatz«, sagte Derek und schwenkte zu seiner Frau herum.

Hilary versuchte sich aus Dereks Umarmung zu winden, aber er machte keinerlei Anstalten, sie loszulassen. Neben Cindy stand jemand, den sie sofort erkannte. Nick Bradshaw. Er lächelte ihr zu, und sie wünschte sich noch dringender, daß Derek endlich seinen Arm wegnehmen würde.

»Na, was halten Sie von dem Aufbau, Nick?« fragte Derek. »Froh, daß Sie zur ersten Liga gehören, was?«

»Ich bin beeindruckt. Sie haben das alles sehr gut geplant.« Seine Worte waren an Derek gerichtet, doch er sah dabei Hilary an. Sie fühlte sich unwohl unter dem mittlerweile vertrauten Blick und sehnte sich danach, Dereks

Griff und dem unverwandten Starren dieses Mannes zu entkommen.

»Entschuldigung«, sagte Derek plötzlich. »Ich vergesse schon wieder meine Manieren. Darf ich Ihnen Hilary Parker vorstellen, sie wohnt gegenüber und ist eine unserer fleißigsten Nachbarinnen, bringt uns alle auf Trab, daß uns Hören und Sehen vergeht.«

»Wir sind uns bereits begegnet ...«

O bitte, sag nichts von der Müllhalde, dachte Hilary, bitte nicht.

»... und zwar ausgerechnet auf der hiesigen Müllhalde«, sagte Nick mit einem kurzen, ungezwungenen Lachen.

Derek drückte Hilary an sich. »Du bist mir vielleicht ein Früchtchen, Hilary«, sagte er. »Aber ich kann mir doch angenehmere Orte für ein heimliches Rendezvous vorstellen.«

»Du solltest nicht immer von dir auf andere schließen, Derek«, bemerkte Cindy kühl.

»Ich habe bloß etwas Abfall weggeworfen«, sagte Hilary nervös.

»Aha.« Derek erinnerte sich an Rosies Worte zwei Tage zuvor. »So was wie Abfall gibt es gar nicht. Jedes Ding und jeder Mensch dient einem Zweck.«

Cindy schüttelte den Kopf, und Nick Bradshaw lächelte seinem neuen Arbeitgeber höflich zu.

»Nick wird sich bei *All In The Mind* um Streßabbau und positives Denken kümmern«, fuhr Derek fort. »Vielleicht solltest du deinen David für einen Kurs einschreiben. Er sieht in letzter Zeit ziemlich fertig aus. Hat sich wohl 'n bißchen übernommen, was?«

»Derek!« fuhr Cindy ihn an. »Was David tut oder nicht, geht uns überhaupt nichts an. Mr. Bradshaw, ich begleite Sie hinaus. Hilary, ich nehme an, du wolltest zu mir. Ich bin gleich wieder da. Derek, geh und mach uns einen Tee.«

»Jawoll, mein General!« sagte Derek und ließ Hilary los.

Kapitel 12

Es war fast halb vier, als Neville Archer einfiel, daß er noch nicht einkaufen gewesen war. Er warf noch eine Handvoll Blätter ins Feuer, nahm seine Harke und schlurfte den Weg zur Hintertür des schwarzweißen Fachwerkhauses hinauf.

Er zog die Gummistiefel aus und tappte zur Küche, wo er seine Schuhe vor gut einer Stunde abgestellt hatte. Vom Fenster aus konnte er eine schmale Rauchfahne sehen, die in die windstille feuchte Nachmittagsluft aufstieg. Ihm war klar, daß er das Feuer eigentlich nicht unbeaufsichtigt lassen durfte, aber Louise würde einen Tobsuchtsanfall kriegen, wenn sie vom Laden zurückkam und nichts zu essen vorfand, und diese Vorstellung erschien ihm im ersten Moment wesentlich furchteinflößender als die Möglichkeit, daß ihr Reetdach Feuer fangen könnte. Doch dann setzte sich der Gedanke durch, Louise die verkohlten Reste ihres Cottages erklären zu müssen, und er griff nach dem Plastikeimer unter der Spüle. Er trug ihn in den Garten und löschte das Feuer.

Wieder im Haus, nahm er die Schlüssel vom Haken über dem Boiler, zog seinen Mantel an und ließ die Haustür hinter sich zufallen. Er stellte seinen Volvo auf dem Parkplatz hinter der Arztpraxis ab, in der Hoffnung, daß weder seine Frau noch Hilary ihn dort entdecken würden. »Du bist noch nicht zu alt, um Radfahren zu lernen«, würde Louise garantiert gegen seine Faulheit sticheln. Er überquerte die Straße und suchte in seiner Manteltasche nach der Einkaufsliste. Verdammt, er hatte sie auf dem Küchentisch liegenlassen. Mit einer Welle des Bedauerns dachte er daran, wie klar und einfach seine Tage als Arzt gewesen waren – das Diagnostizieren und Verschreiben war ein Kinderspiel gewesen im Vergleich zu dem planlosen Leben, das er jetzt führte.

Da er sich seit einiger Zeit aus der Praxis zurückgezogen hatte, war das Kochen und Einkaufen an ihm hängengeblieben. Nicht, daß ihm das etwas ausmachte. Aber es schien Louise größte Freude zu bereiten, alles unnötig zu komplizieren. Anstatt eine einfache, leserliche Nachricht auf der Wandtafel in der Küche zu notieren, wenn ihnen etwas ausgegangen war, hinterließ sie ihm überall im Haus geheimnisvolle Botschaften, gelbe Papierquadrate mit Inschriften wie: »Wir brauchen neues Fettfrei und Quietschsauber« – das war Geschirrspülmittel – oder: »Streichelweich ist alle« – sprich: Toilettenpapier.

Sie steckte gerade in einer Phase unersättlichen Fernsehkonsums und plünderte allabendlich die Werbespots auf der Suche nach neuen Slogans für ihre Sammlung obskurer Bezeichnungen für Haushaltsprodukte und nach neuen, schnelleren Essensvarianten. Vorbei die Zeiten, als sie ihn verbissen auf ein ihrer Meinung nach besseres Gewicht herunterhungern wollte. Jetzt war Fast food angesagt. »Das sieht doch ganz einfach aus«, kommentierte sie beispielsweise ein mit Petersilie garniertes Essen für zwei Personen, das aus einem schimmernden Mikrowellenherd hervorgezaubert wurde. »Selbst du könntest das auf die Reihe kriegen, Neville.«

Aus Rache hatte er begonnen, sich eine Kochsendung anzusehen, die vor den Mittagsnachrichten lief. Letzte Woche hatte er sich ein Rezept notiert und am Abend darauf Rindfleisch mit geschnetzeltem Gemüse in Orangensauce serviert. Er war stolz auf seinen kulinarischen Triumph gewesen und hatte Louise später dabei erwischt, wie sie im Mülleimer nach der Packung suchte.

In der heutigen Sendung hatte die junge, hübsche Blondine mit dem Lispeln eine Karottensuppe gekocht. Es schien nicht weiter schwierig zu sein: einfach alle Zutaten in den Mixer geben und fertig war der Lack – wenn er sich bloß an die Zutaten erinnern könnte.

Das Lebensmittelgeschäft war leer, als er die Tür aufstieß. Joan Carter, bei der er vor drei Jahren Angina diagnostiziert hatte, bediente ihn.

»Karottensuppe? Tja, da brauchen Sie doch sicher Karotten, nicht?« sagte sie und legte ein paar lehmverschmierte Exemplare auf die Waage. »Zwei Pfund dürften wohl reichen.«

»Eine Zwiebel brauche ich auch noch.«

»Spanische oder hiesige?«

»Da fragen Sie mich was«, erwiderte Neville und versuchte sich zu erinnern, was die lispelnde Blondine über den Lärm des Mixers hinweg gesagt hatte.

»Ich traue diesem ganzen Euro-Kram nicht«, sagte Joan. »Nehmen Sie hiesige. Wie wär's mit etwas Koriander?«

»Korea-was?«

»Koriander. Das ist ein Gewürzkraut. Hier.« Sie reichte ihm ein Bund. »Es wird feingehackt und über das Essen gestreut. Ist jetzt der letzte Schrei, aber warten Sie's ab, bald sind wir wieder bei der guten alten Petersilie. Irgendwelche Neunmalklugen werden garantiert herausfinden, daß Koriander ungesund ist, vielleicht sogar giftig.«

Neville mußte an Louise denken und hätte beinahe noch ein zweites Bund genommen.

Er trat wieder auf die Straße hinaus und ging an der Reihe von Geschäften vorbei, bis er zu Charlottes Laden kam.

Sie war gerade dabei, ein Regal mit Weihnachtsdekoration zu füllen. Es kam ihm vor, als sei es erst gestern gewesen, daß Charlotte, wie jedes Jahr, auf einem Stuhl gestanden und ihm geholfen hatte, den Weihnachtsbaum zu schmücken; er hatte ihr den zerbrechlichen Glasschmuck hinaufgereicht, und sie hatte jedes Teil mit unendlicher Sorgfalt nach Farbe und Größe geordnet aufgehängt. »Nein, nicht da«, hatte sie gemurmelt, »die Kugel braucht mehr Platz.«

»Hallo, Dad«, sagte sie und wandte sich zu ihm um. »Und bevor du was sagst: Ja, ich weiß, daß ich früh dran bin mit den Weihnachtssachen, aber was soll's? Kannst du mir bitte mal die Schachtel vom Ladentisch rübergeben?«

Er reichte sie ihr. »Ich habe nicht viel Zeit. Ich wollte bloß mal vorbeischauen und fragen, wie's dir geht.«

»Mir geht's gut.«

»Und Alex?«

Charlotte lächelte. »Dem geht's auch gut. Und wie geht's dir?«

»Gut.«

»Wunderbar«, sagte Charlotte boshaft. »Wie schön, daß es uns allen gutgeht.«

Neville nahm eine große Glaskugel in die Hand und drehte sie hin und her. Sein Gesicht spiegelte sich darin, mit hervorquellenden Augen und Knollennase. »Irgendwelche Neuigkeiten von wegen ... na ja, du weißt schon?«

»Ach, Dad. Hör auf, drumherum zu reden. Frag mich doch einfach geradeheraus.«

»Was soll ich dich fragen?« fragte Neville und legte die Kugel ins Regal zurück.

»Wann Alex und ich heiraten.«

Betreten sah Neville weg. »Ich wollte dich nicht aushorchen, Charlotte.«

Sie nahm ihn in den Arm und atmete den rauchigen Geruch nach verbranntem Laub ein, der an seinen Kleidern haftete. »Ich weiß, und da wir nun schon dabei sind, hätte ich eine Bitte. Hast du Heiligabend Zeit?«

»Ich denke schon. Du kennst mich ja, ich weiß gar nicht, was ich mit meiner ganzen Zeit anfangen soll.«

»Gut, halte dir den Tag frei. Wir werden zusammen einen kleinen Spaziergang machen.«

»So? Doch wohl keine von diesen gräßlichen Wanderungen, oder? Das ist mehr was für deine Mutter.«

»Nein, ich hatte mehr an den Mittelgang in St. John's gedacht. Vielleicht kriegen wir's diesmal ja besser hin, hm?«

Neville warf seiner Lieblingstochter einen zärtlichen Blick zu. Letztes Jahr hatte Charlotte ihm die Wahrheit über ihre Ehe mit Peter erzählt. Zuerst war er schockiert gewesen, nicht so sehr, weil Charlottes Leben mit Peter schiefgelaufen war, sondern wegen der furchtbaren Zeit, die sie nach Peters Tod allein durchgemacht hatte – bis Alex aufgetaucht war.

»Ich glaube, Alex wird einen guten Ehemann abgeben«, sagte er schlicht. »Peter war in Ordnung, aber irgendwie ...«

»Er war einfach nicht der richtige Mann für mich, Dad.«

»Und du bist ganz sicher, daß Alex der Richtige ist?«

»So sicher, wie ich es nur sein kann.«

»Soll ich deiner Mutter sagen, daß ihr einen Termin festgesetzt habt?«

»Warum nicht? Einer muß es ihr ja früher oder später sagen.«

»Hilary wird ganz aus dem Häuschen sein. Sie ist überzeugt, es sei ihr Verdienst, daß ihr beide euch gefunden habt. Bei so einem glorreichen Erfolg darf man gespannt sein, wen sie als nächstes mit ihrem Amorbogen aufs Korn nimmt.«

Arme Hilary, dachte Charlotte. Eine Hochzeit war im Moment vermutlich das letzte, worüber sie nachdenken wollte, ganz zu schweigen von Amors Bogen. Sie fragte sich gerade, ob sie ihrem Vater von der Sache erzählen sollte, als die Tür aufging und Catherine Renshaw, Davids Sekretärin, hereinkam.

Zu dünn, war Charlottes erster Gedanke. Zu dünn und viel zu sehr der Typ »kleines, hilfloses Mädchen«.

Davids frühere Sekretärin hatte letztes Jahr ein Baby bekommen, und Catherine hatte die Vertretung übernommen. Dann hatte David ihnen vor knapp einem halben Jahr bei einem Abendessen in *The Gables* berichtet, daß Catherine im Büro in Tränen ausgebrochen war. »Dieser Schuft von Ehemann hat einfach die Segel gestrichen und sie sitzenlassen. Was für ein Mann tut denn so was? Ich habe ihr natürlich gesagt, daß ich ihr helfe, wo ich kann. Eine Gehaltserhöhung wäre vielleicht keine schlechte Idee.«

Ein Jammer, daß David sich nicht darauf beschränkt hatte, das Gehalt seiner Sekretärin um ein paar Pfund aufzustocken, dachte Charlotte wütend, als sie Catherine in ihrer eleganten Wolljacke durch den Laden schlendern sah. Sie blieb vor dem Regal mit Silberrahmen stehen und zog ihre Lederhandschuhe aus. Muß ja eine ziemliche üppige Gehaltserhöhung gewesen sein, dachte Charlotte bitter. Wie schnell doch Männer wie David auf diesen uralten weiblichen Trick hereinfielen und der in Tränen aufgelösten Frau, die angeblich niemanden hat, der ihr hilft, die starke Schulter zum Anlehnen boten.

»Ich muß los«, sagte Neville. »Deine Mutter kriegt heute selbstgekochte Karottensuppe.«

»Mum hat's gut«, sagte Charlotte und hielt ihrem Vater die Tür auf.

Dann wandte sie sich wieder dem Dekorieren und Auszeichnen des Weihnachtsschmucks zu, behielt dabei aber mißtrauisch ihre einzige Kundin im Auge. Sie empfand einen starken Beschützerinstinkt gegenüber ihrer Schwester und hätte diesem kleinen Miststück, das mit aller Macht dabei war, das Leben eines anderen Menschen zu zerstören, am liebsten gründlich den Kopf gewaschen.

»Haben Sie den hier auch in kleiner?«

Passend zu deinem Hirn? »Nein, das ist der kleinste.« Charlotte starrte auf den Rahmen in Catherine Renshaws Hand, weil sie fürchtete, daß sie ihr nicht in die Augen sehen konnte, ohne sich ihre Wut anmerken zu lassen. Zu ihrer Erleichterung hatte es, obwohl diese Frau im Büro ihres Schwagers arbeitete, im Dorf bisher keinen gesellschaftlichen Kontakt zwischen ihnen gegeben, so daß sie keinen lockeren Small talk anstimmen mußte. Sie konnte reserviert bleiben und notfalls auf den Umsatz verzichten.

»Ach, wie schade. Vielleicht könnte ich den hier trotzdem nehmen und ein Passepartout hineintun.«

»Könnten Sie«, erwiderte Charlotte obenhin.

»Aber eigentlich mag ich keine Fotos mit Passepartout.«

Und ich mag dich nicht, also verzieh dich und laß meinen Schwager in Ruhe. »Arbeiten Sie heute nicht?«

»Doch, ich bin bloß schnell mal rausgehuscht. Im Moment ist es so ruhig. Zu dieser Jahreszeit hat keiner Lust, sein Haus auf den Markt zu bringen.«

»Komisch. David scheint in letzter Zeit reichlich zu tun zu haben. Erst gestern hat Hilary mir gesagt, daß er momentan immer erst ziemlich spät nach Hause kommt.« Sie fixierte Catherine mit einem langen, bohrenden Blick, um ihr zu verstehen zu geben, daß mit den Archer-Schwestern nicht gut Kirschen essen war.

»Ich glaube, ich kann mich heute noch nicht entscheiden.«

»Wie?«

»Wegen des Rahmens. Ich werde noch mal darüber schlafen.«

»Gut.« Und zwar allein, wenn ich bitten darf!

Kapitel 13

»Was meinst du dazu?«

Cindy antwortete nicht. Ihr ganzes Arbeitsleben lang war sie darum gebeten worden, Frauen in etwas zu verwandeln, das sie nicht waren. Sie wußte schon nicht mehr, wie viele Frauen von ihr verlangt hatten, aus ihnen Prinzessin Diana zu machen – mit oder ohne Eheprobleme. Vor ein paar Jahren hatte es natürlich auch eine Phase gegeben, in der plötzlich alle jungen Mädchen wie Kylie Minogue oder Madonna aussehen wollten, aber die älteren Frauen standen normalerweise mehr auf die Fernsehmoderatorinnen. Jill Dando war momentan sehr gefragt mit ihrem Jedes-Haar-an-seinem-Platz-Look. Judy Finnigan und Anne Diamond, beide der Hausfrau-und-Mutter-Typ, hatten nach wie vor viele Fans, aber Gaby Roslin und Anthea Turner mit ihrer leicht zerzausten Frisur waren bei den Nachahmerinnen ganz klar Nummer eins.

»Nun?«

»Hilary, hältst du das für eine gute Idee?«

»Sonst wäre ich ja nicht hier«, entgegnete Hilary mit mehr Selbstsicherheit, als sie tatsächlich verspürte. Sie wäre lieber zu Hause in der Küche gewesen, um für die traditionelle Guy Fawkes Night, die heute mit einem großen Herbstfeuer und anschließendem Feuerwerk gefeiert wurde, Pfefferkuchen zu backen und Kartoffeln in Alufolie zu wickeln, anstatt hier in Cindys blitzblankem Badezimmer zu sitzen. Als sie am Montag vorbeigekommen war und Cindy gebeten hatte, ihr im Laufe der Woche die Haare zu machen, waren sie beide ganz begeistert gewesen, aber da hatte sie auch noch nicht verraten, was ihr vorschwebte.

Cindy betrachtete erneut das Foto, das Hilary ihr in die Hand gedrückt hatte. Es war ein Ausschnitt aus der *Radio Times*, und Anthea Turner starrte ihr mit funkelnden Augen, breitem Lächeln und makelloser Haut entgegen. Cindy unterzog Hilarys Gesicht im Spiegel einer professionellen Begutachtung: gerötete Augen, hängende Mundwinkel, unreiner Teint. Sie würde lügen müssen, wie bei all den anderen Frauen. Weshalb zögerte sie dann? Weil ... tja, weil Hilary sich auf sie verließ. Die Ärmste hoffte, daß dies ausreichen würde, um ihre Ehe zu retten. Und es war nicht das erste Mal, daß man Cindy bat, ein solches Wunder zu vollbringen.

»Möchtest du nicht lieber deine eigene Haarfarbe behalten?« schlug Cindy vor. »Das hier wäre eine ziemlich drastische Veränderung.«

»Ich will es aber genau so haben«, erwiderte Hilary und zeigte auf das Bild in Cindys Hand. Ihre Stimme war lauter geworden und hatte einen weinerlichen Klang bekommen. »Ich will, daß mein Haar und mein Make-up genauso aussehen wie bei ihr. David mag Anthea Turner. Früher hat er sich jeden Samstag ihre Sendung angesehen. Er hat mal gesagt, ein Abend mit Anthea wäre ihm lieber als ein Lottogewinn.« Hilary riß Cindy das Stück Papier fast aus der Hand. Sie betrachtete es genau. Als sie jünger gewesen war, hatte sie ihr Haar immer aufgehellt, aber seit die Kinder da waren, hatte sie sich nicht mehr darum gekümmert. Über die Jahre hinweg hatte David das eine oder andere Mal angefragt, ob sie sich das Haar nicht wieder so machen lassen könne, wie sie es bei ihrem Kennenlernen getragen hatte. »Warum?« hatte sie einmal zurückgefragt. »Magst du mich so nicht, wie ich jetzt bin?«

»Bitte, Cindy«, sagte sie, »können wir es nicht versuchen? Was habe ich denn zu verlieren? So schwierig kann es doch nicht sein. Schließlich ist sie doch ungefähr so alt wie ich, oder?«

Stimmt, dachte Cindy, aber damit hört die Ähnlichkeit leider auch schon auf. »Es tut mir leid, Hilary, aber zaubern kann ich nicht.«

»Dann tut es *mir* leid, daß ich deine Zeit so lange in Anspruch genommen habe«, entgegnete Hilary, klaubte die Reste ihrer Würde zusammen und erhob sich von ihrem Stuhl.

Plötzlich meldete sich Cindys professioneller Stolz – sie hatte noch nie einen Kunden verloren. »Entschuldige, Hilary. Es war nicht so gemeint, wie es geklungen hat. Setz dich, und ich erklär's dir.«

Unter dem sanften, überzeugenden Druck von Cindys Händen auf ihren Schultern setzte sich Hilary wieder hin.

»Was ich sagen wollte, ist folgendes: Ich kann insofern nicht zaubern, als ich aus dir keine Kopie von Anthea Turner machen kann. Deine Knochenstruktur ist vollkommen anders, und dein Haar ...«

»Wie wär's mit: so ähnlich wie möglich?«

Cindy lächelte. »Wenn du die Grenzen des Machbaren akzeptierst.«

Hilary nickte.

»Gut. Laß uns anfangen. Es wird ein paar Stunden dauern. Ich mache erst den Schnitt, dann trage ich die Strähnen auf, und wenn ich dir die Haare geföhnt und das Make-up aufgetragen habe, fahren wir nach Manchester.«

»Nach Manchester?«

»Klamotten, Hilary. Wir gehen einkaufen.«

»Aber ich kann nicht, die Kinder ...«

»Tiffany hat sicher nichts dagegen, ein paar Stunden länger zu babysitten. Sie braucht das Geld.«

In Manchester war mehr los, als sie erwartet hatten, und nachdem sie im dritten Geschoß des Parkhauses endlich einen Platz gefunden hatten, mischten sich Hilary und Cindy unter das einladende Kundengewimmel bei Kendal's.

»Die sind viel zu teuer«, protestierte Hilary, als Cindy sie zu einer geräumig eingerichteten Abteilung mit Kostümen und Kombimodellen führte. »Die Preise kann ich mir nicht leisten.«

»Wir sind hier, um deine Ehe zu retten, nicht dein Geld«, sagte Cindy ungeduldig.

»Aber du weißt doch, wie geizig David ist. Demnächst recycelt er noch das Klopapier. Und wenn er den Kontoauszug sieht, geht's nicht mehr nur darum, meine Ehe zu retten, sondern meinen Hals. Können wir nicht nach unten gehen? Die Sachen da sind billiger – ich meine, preiswerter.«

Resigniert wandte sich Cindy zur Rolltreppe. Hilary folgte ihr eilig, und die beiden fuhren nach unten. Auf halbem Weg erblickte sich Hilary in dem Spiegel, mit dem die Wand zu ihrer Rechten verkleidet war. Sie verspürte ein leichtes Ziehen in der Magengegend bei der Vorstellung, wie sie David überraschen würde, wenn er abends von der Arbeit nach Hause kam. Sie war überzeugt, daß ihn ihre neue Frisur und das Make-up zur Vernunft bringen und ihn mit dem versöhnen würden, was er zu Hause hatte.

Als Cindy den Stuhl herumgedreht und Hilary zum ersten Mal ihr Haar gesehen hatte, das jetzt mehrere Nuancen heller war als ihr natürliches Mausbraun, war ihr ganz mulmig geworden. Auf alle Fälle war es eine verblüffende Veränderung, zusammen mit Cindys geschickt aufgetragenem Make-up. Nachdem sie den ersten Schreck verdaut hatte, war Hilary begeistert von ihrem neuen Look und lächelte ihrem Spiegelbild zu, überzeugt, daß sie die Lösung gefunden hatte. *Sie würde ihren Mann zurückbekommen.*

Sie stiegen von der Rolltreppe und gingen auf die Ständer mit farblich sortieren Coordinates zu. Hilarys Augen leuchteten auf, als sie einen Tisch mit roten Rollkragenpullovern entdeckte. Auf der Vorderseite war ein Scotchterrier mit einer karierten Krawatte aufgenäht.

»Nein!« sagte Cindy unerbittlich.

»Was soll das heißen?« fragte Hilary, während sie bereits nach Größe vierzig suchte.

»Kommt nicht in Frage!«

Hilary sah verletzt aus. »Aber die sind so niedlich.«

»Hör zu, Hilary. Mit niedlichen Sachen wirst du David nicht von seinen Spätschichten im Büro weglocken.«

»Aber ich habe immer solche ...«

»Sie sind grauenhaft, und ich werde nicht zulassen, daß du einen davon kaufst. Nicht nach all der Mühe, die ich mir gemacht habe. Glaub mir, Anthea würde so was nie im Leben anziehen. Und jetzt komm.«

Hilary zog die Augenbrauen hoch. Diese Härte hätte sie Cindy nie zugetraut – und Charlotte behauptete, *sie* sei herrschsüchtig!

Anderthalb Stunden später ließ sich Cindy erleichtert auf einen Stuhl im Restaurant Venedig sinken, das sich im vierten Stock des Kaufhauses befand. Sie schlüpfte mit den Fersen aus ihren Schuhen und ließ die Füße ein wenig kreisen, um sich von der anstrengenden Zusammenstellung von Hilarys neuer Garderobe zu erholen. Aus der Porzellankanne schenkte sie zwei Tassen Tee ein und sah, wie Hilary sich an den voll besetzten Tischen vorbei zu ihr durchschlängelte. Sie sah erhitzt und erschöpft aus, und das Haar begann, in sich zusammenzufallen. Mehr Schaumfestiger, überlegte Cindy. Sie würde Hilary darauf hinweisen müssen.

»Entschuldige, daß es so lange gedauert hat. Die Schlange vor dem Klo war endlos. Ich dachte, ich käme nie an die Reihe.« Sie ließ sich auf ihren Stuhl plumpsen und verstaute ihre ganzen Tüten auf einem Sims hinter sich. »Oh, wie schön, eine Tasse Tee.«

»Ich habe dir auch ein Stück Kuchen bestellt.« Cindy schob Hilary den Teller zu.

Hilary war gerührt. »Danke«, sagte sie. »Und danke auch für, na ja, du weißt schon ... Ich bin sicher, daß es funktionieren wird.« Erwartungsvoll und in der Hoffnung auf Zustimmung sah sie Cindy an.

Cindy sagte nichts. Sie faltete ihre Serviette auseinander und breitete sie auf ihrem Schoß aus. Sie wußte genau, was Hilary hören wollte – *Keine Sorge, damit ist Davids Seitensprung Vergangenheit* –, aber sie brachte die Worte nicht über die Lippen. Voller unerwartetem Mitgefühl für Hilary schlürfte sie ihren Tee und erinnerte sich daran, wie sie sich Jahre zuvor, als sie zufällig entdeckt hatte, daß Derek sie zum zweiten Mal betrog, ihrer engsten Freundin Angela anvertraut hatte. Angela war so hilfsbereit gewesen, hatte Cindy sich an ihrer Schulter ausweinen lassen und ihr gut zugeredet, daß schon alles wieder in Ordnung kommen würde. Eine Woche später hatte sie herausbekommen, daß es Angela war, mit der Derek ins Bett ging. Seither hatte sie nie wieder einer Frau vertraut, und das war vielleicht auch der Grund dafür, daß sie so große Hoffnungen auf Tiffany gesetzt hatte. Tiffany sollte die enge weibliche Vertraute werden, die sie so dringend brauchte, ein Mensch, der sie niemals hintergehen würde. Arme Tiffany, dachte Cindy, kein Wunder, daß sie sich bereits im Kindesalter ihren Versuchen widersetzt hatte, sie zur Verbündeten zu machen. Wahrscheinlich hatte sie sich benutzt und mißbraucht gefühlt.

Und jetzt saß sie hier und half einer anderen Frau, mit der Affäre ihres Mannes fertigzuwerden. Warum? Was empfand sie für Hilary, mit der sie nichts gemeinsam hatte, außer dem untreuen Ehemann?

Cindys Schweigen irritierte Hilary. Sie spürte, wie ein Teil ihrer frisch erwachten Hoffnung dahinschmolz. »Cindy, findest du, daß die Sachen richtig sind?«

Cindy stellte die Tasse ab, und als sie Hilarys besorgten Blick sah, wurde ihr klar, daß sie nicht nur Mitgefühl für Hilary empfand, sondern sie sogar recht gern hatte. Seit sie in Hulme Welford lebte, hatte sie Hilary lediglich als Nachbarin betrachtet – eine bisweilen etwas aufdringliche Nachbarin –, aber vor allem als »sicher«, als eine Frau, die Derek nicht interessieren würde und somit keine Bedrohung darstellte. Jetzt betrachtete sie sie nicht mehr nur als neutrales Territorium, sondern als jemanden, dem sie vertrauen konnte. Plötzlich war es ihr wichtig, daß Hilary auch ihr vertrauen konnte.

»Ich werde dich nicht belügen«, sagte Cindy, »aber ich glaube wirklich, daß das, was du heute getan hast, wichtig für dein Selbstwertgefühl ist. Es wird dir mehr Selbstvertrauen geben, was meiner Ansicht nach das Wichtigste ist, wenn man ein neues Image ausprobieren will.«

»Du hast recht«, sagte Hilary und rührte nachdenklich in ihrem Tee. »Vollkommen recht. Und ich werde nach Hause gehen und David zeigen, daß ich das Beste bin, was ihm je untergekommen ist.« Sie nahm einen ausgiebigen Schluck von ihrem Tee und fragte dann: »Cindy, darf ich dir etwas sagen?«

»Sicher«, sagte Cindy argwöhnisch.

»Seit du bei uns im Dorf lebst, bist du immer auf Distanz geblieben, und das finde ich sehr schade, denn bis heute ist mir nie aufgefallen, was für ein starker und hilfsbereiter Mensch du bist. Ich hoffe, es stört dich nicht, daß ich das sage.«

Cindy schlüpfte wieder in ihre Schuhe. Zum ersten Mal seit Angelas Verrat hatte sie sich getraut, sich mit jemandem anzufreunden. »Nein«, sagte sie leise, »es stört mich überhaupt nicht.«

Hilary spürte, daß Cindy nichts mehr zu dem Thema sagen würde, und da ihr lastende Gesprächspausen immer unangenehm waren, gab sie das erstbeste von sich, das ihr durch den Kopf schoß. »Dieser Nick Bradshaw, den ihr da gerade eingestellt habt, was ist das für ein Typ?«

»Das bleibt abzuwarten«, antwortete Cindy, vorsichtig wie eh und je. »Jedenfalls hat er gute Referenzen, und zumindest ist er …« Ihre Stimme erstarb.

»Ist er was?« fragte Hilary neugierig.

»Ich wollte sagen, zumindest ist er ein Mann, und nicht noch eine Frau, die bei uns herumschleicht.«

»Oh«, sagte Hilary enttäuscht. Aus irgendeinem Grund hatte sie gehofft, Cindy würde eine lange, spannende Geschichte über diesen Mann vom Stapel lassen, der plötzlich aus dem Nichts in Hulme Welford aufgetaucht war. »Ist er verheiratet?« rutschte es ihr heraus.

»Gewesen, glaube ich.«

Komm schon, dachte Hilary, nun laß dir doch nicht alles aus der Nase ziehen. »Wie alt ist er und wo lebt er? In Hulme Welford?«

»Vierundvierzig, glaube ich, und nein, er wohnt nicht im Dorf, aber ich kann mich jetzt nicht erinnern, wo genau. Wieso willst du das wissen?«

»Nur so«, antwortete Hilary, wütend auf sich selbst, weil sie überhaupt an diesen blöden Kerl gedacht hatte. Aber immerhin hatte er ihr ein paar Augenblicke geschenkt, an denen sie an etwas anderes gedacht hatte als an den Schmerz, den David ihr zufügte. Vielleicht war er gar nicht so übel.

Kapitel 14

Heiliger Strohsack!« David stand mit offenem Mund in der Küchentür, die Aktentasche in der einen Hand, die Abendzeitung in der anderen. »Was hast du denn gemacht?«

»Gefällt's dir nicht?« fragte Hilary und reichte ihm mit einem Lächeln sein Glas Whisky. Beides hatte sie rechtzeitig vorbereitet.

»Es ist so ... anders.« Er nahm einen Schluck Whisky und fuhr fort, sie anzustarren.

»Hat Cindy gemacht. Mir war nach einer Veränderung«, sagte Hilary so beiläufig, wie es nur ging. Zuvor hatte sie sich im Schlafzimmer vor den Spiegel gestellt und eingeübt, was sie zu David sagen wollte. *Mir war nach einer Veränderung* sollte begleitet werden von einem Schmollblick und dem lässigen Zurückwerfen des Haars, während sie sich rücklings gegen die Arbeitsfläche lehnte – der Inbegriff sexueller Verlockung. Doch nach Davids Blick zu urteilen, mußte sie ungefähr so verführerisch aussehen wie eines der Mannequins aus den Strickanleitungen der fünfziger Jahre.

»Du erinnerst mich an jemanden«, sagte David, stellte seine Aktentasche ab und lockerte seinen Schlips.

Befangen kehrte Hilary ihm den Rücken zu und zupfte das Geschirrtuch über dem Türgriff des Herdes gerade.

»Mir fällt ums Verrecken nicht ein, an wen.«

»Aber es gefällt dir doch, oder?« O Gott, sie bettelte ihn ja fast an. So war das alles nicht geplant gewesen. Warum konnte sie nicht selbstsicherer sein?

»Hoffentlich hat Cindy dir wenigstens einen Sonderpreis gemacht.«

Hilary riß das Tuch vom Griff und wrang es in ihren Händen. »Nein, hat sie nicht«, schrie sie beinahe und drehte sich zu ihm um. »Cindy hat es umsonst gemacht, wenn du es unbedingt wissen willst, als Freundin.«

David lächelte. »Ganz schön clever, altes Haus. Was sagen die Kinder dazu?«

Ich scheiß auf die Kinder! hätte Hilary am liebsten gebrüllt. Die ganze Mühe habe ich mir doch nicht für Becky und Philip gemacht!

Die Reaktion bei ihrer Rückkehr aus Manchester war erwartungsgemäß wenig schmeichelhaft ausgefallen, und Beckys Kommentar hatte ihr einen ganz schönen Stich versetzt. »Mum sieht aus wie die Frau aus dem Fernsehen.«

»Welche?« hatte Hilary hoffnungsvoll gefragt.

»Die aus dem Film, den wir uns angeguckt haben. Mrs. Doubtfire!« Dann hatte sie sich unter kreischendem Gelächter auf dem Fußboden in Philips Zimmer gewälzt.

Philips Urteil war noch vergleichsweise mild ausgefallen. »Es macht dich ... hm ... irgendwie zu jung.«

»Zu jung? Was ist denn dagegen einzuwenden?«

Ohne noch einmal von seinem Computerbildschirm aufzusehen, hatte er hinzugefügt: »Na ja, du bist doch alt, Mum, oder nicht? Und jetzt siehst du eben nicht richtig aus. Du siehst falsch aus. Besser kann ich's nicht erklären.«

Tiffany hingegen war reizend gewesen, aber sie hatte ihr auch gerade das Geld fürs Babysitten in die Hand gedrückt. »Sie sehen fantastisch aus.« Sie hatte Hilary eingehend von Kopf bis Fuß betrachtet und die neuen Kleider gemustert, in die Hilary auf Cindys Drängen hin geschlüpft war, bevor Cindy sie in *The Gables* abgesetzt hatte. »Jetzt haben Sie nicht mehr diesen Marks & Spencer-Touch.«

Hilary spürte, wie sie trotz Grundierung und Rouge, die Cindy aufgetragen hatte, unter Davids kritischem Blick errötete. »Becky hat gelacht, wenn du es unbedingt wissen willst«, sagte sie.

David fing ebenfalls an zu lachen.

Hilary starrte ihn an und merkte, daß sie die ganze Wut, die sie seit der Entdeckung von Davids Untreue so mühevoll unter Kontrolle zu halten versuchte, nicht länger zu beherrschen vermochte. Sie nahm David das Glas aus der Hand, goß ihm den letzten Fingerbreit Whisky über den Kopf und gab es ihm seelenruhig zurück.

»Spinnst du?«

»Gute Frage, David«, sagte sie über die Schulter, bevor sie ihn stehen ließ. »Ich werde bei Gelegenheit darüber nachdenken.«

»Die Flammen der Hölle werden für einige Leute in diesem Dorf noch wesentlich heißer werden«, verkündete Iris Braithwaite, während sie und Charlotte von dem sechs Meter hohen Feuer zurückwichen – von dem armen Guy Fawkes, den sie soeben feierlich verbrannt hatten, war nur ein Paar verkohlte Schutzschuhe übriggeblieben, das der Werbung des Herstellers alle Ehre machte.

In der Dunkelheit und dem flackernden, orangefarbenen Licht ähnelte Iris' Gesicht einem erleuchteten Halloween-Kürbis. Sie sah gefährlich und bedrohlich aus, und da Charlotte annahm, daß die alte Dame sich mit ihrer Bemerkung auf den unmoralischen Status ihrer Verbindung mit Alex bezog, bereitete sie sich auf eine Moralpredigt über die Vermeidung der Sünde vor. Statt dessen zischte Iris über das Knistern der brennenden Gartenabfälle und Holzpaletten hinweg nur zwei Worte: »Ted Cooper.«

Charlotte entspannte sich und lockerte die behandschuhten Hände. Zumindest war sie außerhalb der Schußlinie. »Ted Cooper?« fragte sie unschuldsvoll. »Was hat er denn angestellt?«

»Angestellt?« wiederholte Iris. »Angestellt, Mrs. Lawrence? Der Mann ist ein Monster. Ein sexbesessener Dämon, der ...« Sie hielt inne, um Atem zu schöpfen.

»Der was, Mrs. Braithwaite?« Charlotte hoffte, daß sie das Lachen in ihrer Kehle noch ein paar Minuten unterdrücken konnte.

Iris fixierte sie mit einem langen, bohrenden Blick. »Ich mußte feststellen, daß Sie mein Plakat nicht ins Fenster gehängt haben, wie ich Sie gebeten hatte.«

Charlotte stampfte mit den Füßen auf den steinharten Boden; ihr Gesicht war von der Hitze des Feuers heiß und gerötet, aber ihre Füße waren eiskalt. »Ich begreife nicht, was Ted Schlimmes getan haben soll«, sagte sie. »Solche Strumpfhosen kann man in fast jedem Kaufhaus bekommen. Dagegen ist gar nichts einzuwenden, und Frauen mit Pilzerkrankungen tragen ...«

»Ich wäre Ihnen dankbar, wenn Sie mich mit den Einzelheiten verschonen würden, Mrs. Lawrence. Aber anscheinend waren Sie heute nicht bei ihm, um eine Zeitung zu kaufen?«

»Nein.«

»Dann würde ich vorschlagen, daß Sie von Ihrem hohen Roß heruntersteigen, Mrs. Lawrence, und sich selbst davon überzeugen, was hier in Hulme Welford vor sich geht. Es ist offensichtlich, daß Ted Cooper nicht bei diesem einen obszönen Artikel in seinem Laden haltmachen wird. Er hat sein Lager erweitert, und das ist die Schuld von Leuten wie Ihnen, die sich keinen Deut um solche Dinge scheren. Ich hoffe, Ihr Gewissen gestattet es Ihnen, sich hier heute abend gut zu amüsieren. Auf Wiedersehen.«

Charlotte sah zu, wie Iris Braithwaite in der Menschenmenge verschwand. Sein Lager erweitert, überlegte sie. Was um alles in der Welt mochte Toupet-Ted in seine Auslagen gepackt haben, daß Iris darüber so wütend wurde?

Auf der anderen Seite des Feuers erblickte sie Derek Rogers in einem sportlichen blau-weißen Skiblouson mit passendem Stirnband. Er winkte ihr durch den Rauch und die Flammen zu. Sie winkte zurück, und er begann, sich einen Weg zu ihr zu bahnen, quer durch das Gewimmel aufgedrehter Kinder, die mit Wunderkerzen in der Luft herumfuchtelten, und erschöpfter Eltern, die sich bemühten, größere Katastrophen zu verhindern.

Falls es irgendwelche anrüchigen Vorgänge im Dorf gab, wußte Derek garantiert darüber Bescheid, dachte Charlotte. Schließlich war er seit seiner Ankunft in der Acacia Lane das beliebteste Objekt von Klatsch und Tratsch.

»Na, Charlotte, wo ist denn dein Kerl geblieben?« begrüßte Derek sie und küßte sie auf die Wange. »Hat dich wohl schon sitzenlassen, was?«

»Er holt uns einen Glühwein.«

»Wie ich höre, bist du nun doch noch seinem Charme erlegen, hm? Hoffentlich bin ich eingeladen. Ich würde mich zu gerne während der Zeremonie in St. John's erheben und einen berechtigten Einwand oder Hinderungsgrund vorbringen.«

»Nun, einen Hinderungsgrund hättest *du* ja auf jeden Fall«, erwiderte Charlotte mit einem Lachen.

»Ach, Charlotte, wieso habe ich mir dich bloß durch die Finger schlüpfen lassen?«

»Derek«, sagte Charlotte bestimmt, »du hast mich überhaupt nie in den Händen gehabt.«

Er grinste. »Ich erinnere mich aber noch sehr genau

an einen Moment, in dem ich dich in einer, wie Verfasser von Liebesromanen sich ausdrücken würden, leidenschaftlichen Umarmung gegen die Küchenspüle gedrückt habe.«

»Blödsinn. Du hast mich geküßt und versucht, deine Hand mit einem, wie pubertierende *Bravo*-Leser sich ausdrücken würden, Grapschen unter meine Bluse zu schieben.«

»Ja ja, nenn es, wie du willst, aber der gute alte Derek-Rogers-Charme hat noch nie versagt. Immerhin habe ich dich dazu gekriegt, mich zu küssen.« Und wie zum Beweis beugte er sich vor und küßte sie auf die Lippen.

»Hast du Probleme mit dem Gleichgewicht?« fragte Alex, der hinter Derek aufgetaucht war. »Oder testest du deine Verführungskünste?« Er reichte Charlotte einen Styroporbecher mit Glühwein und legte besitzergreifend den Arm um ihre Schultern. »Oh, und Derek, falls du vorhast, Charlotte öfters zu küssen, solltest du vielleicht etwas sparsamer mit dem Aftershave umgehen. Fällt dann nicht so auf.«

»Hey, du siehst das völlig falsch«, sagte Derek und hob die Hände in einer Geste der Unschuld. »Ich habe Charlotte nur zu ihrem Glück gratuliert. Der Bessere hat eindeutig gewonnen.«

»Ach, hör auf, Derek«, lachte Charlotte, »erzähl uns lieber, wie es mit *All In The Mind* läuft.«

Für ein paar Minuten war Derek in das Territorium seines alten Ichs zurückgekehrt. Hastig schaltete er auf den neuen Derek um – die geplante Metamorphose schien doch schwieriger zu werden, als er gedacht hatte. »Wir eröffnen nächste Woche«, sagte er mit der salbungsvollen Willkommen-in-der-Gemeinde-Stimme, die er sich zugelegt hatte. »›Reise ins Ich‹ ist bereits ausgebucht. ›Wie schöpfe ich meine Möglichkeiten optimal aus?‹ ebenfalls.«

»Was ist mit den Eheberatungsseminaren, für die du diese Woche im *Chronicle* geworben hast?« fragte Alex. »Viele Interessenten?«

»Eher ein bißchen enttäuschend. Offenbar trauen sich die Leute nicht, gerade mit diesen speziellen Problemen herauszurücken. Sie haben Angst davor zuzugeben, daß unterhalb der Gürtellinie nicht alles so prima läuft. Sehr häufig rühren Eheprobleme von sexueller Unzulänglichkeit her, und das wollen sich die Leute natürlich nicht eingestehen. Aber du, Alex, du hättest doch sicher keine Skrupel, zu unserem ›Rammen Sie Ihre Hemmungen in den Bettpfosten‹-Seminar zu kommen, falls du Charlottes Ansprüchen nicht genügen solltest, oder?«

Alex lächelte. »Vielleicht können die Leute auch einfach *All In The Mind* nicht mit einem Mann auf einen Nenner bringen, der vermutlich *Der Mann, der seine Frau mit einem Hut verwechselte* für eine Witzsammlung von Les Dawson hält.«

Charlotte versetzte Alex einen Stoß in die Rippen, doch Derek sah ihn nur an, als wäre er ein Marsmännchen.

»Schon mal an eine Therapie gedacht, Alex? Vielleicht solltest du dich bei Nick Bradshaw anmelden. Er kümmert sich bei uns um die Gestreßten und könnte all deinen komischen kleinen Marotten mal auf den Grund gehen. Er ist heute abend als mein Gast hier, zusammen mit Rosie Williams. Ich werde euch miteinander bekannt machen. Er analysiert dich im Handumdrehen.«

»Falls Alex irgendwelche komischen kleinen Marotten hat, werde ich mich schon darum kümmern«, lachte Charlotte und wechselte dann das Thema. »Erzähl mir lieber, was du über Toupet-Ted weißt. Was hat er angestellt, daß Iris so in Wallung gerät?«

»Ich bitte dich! Selbst der Papst würde unsere alte Ma Braithwaite in Wallung versetzen, ganz zu schweigen von Teds Kollektion intimer Kleidungsstücke.«

»Seiner was?«

Derek zwinkerte Charlotte zu. »Am besten gehst du direkt zu ihm und bestellst dir deine Aussteuer. Vielleicht findest du dabei sogar ein neckisches Mitbringsel für deinen Mann.«

»Herrgott noch mal, rede endlich Klartext! Was genau verkauft er denn nun?«

»Die Sachen sind vollkommen harmlos, bloß ein paar Erotika, die man zusammen mit seinem täglichen Revolverblatt kaufen kann – du weißt schon.«

Charlotte und Alex sahen ihn erwartungsvoll an. »Komm schon, was denn nun?« fragte Alex schließlich.

»Na ja, er ist von den Beinen ein Stück weiter raufgewandert, verkauft ein paar Dessous. Ganz normale Sachen, zum größten Teil Billigimporte aus den Ausbeutungsbetrieben unserer Freunde aus dem Fernen Osten – natürlich nichts, was ich Cindy mitbringen würde.«

»Aber warum?«

»Cindy mag lieber reine Seide als ...«

»Nein«, unterbrach Charlotte ihn ungeduldig. »Ich meine, warum macht Ted das?«

»Du kannst dem Mann doch nicht vorwerfen, daß er sein Angebot erweitert, Charlotte.«

»Quatsch!« entgegnete sie. »Wieso nuttige Unterwäsche? Wieso nicht Vogelfutter?«

»Das liegt doch auf der Hand«, sagte Alex. »Nach Mrs. Braithwaites Unterschriftensammlung fährt er erst recht schweres Geschütz auf.«

Charlotte schüttelte den Kopf, und als die ersten Raketen am Ende des Schulhofs losgelassen wurden, dachte sie an das Feuerwerk, das bald im Dorf hochgehen würde, und an Iris Braithwaite, die sich, wie es schien, für den Kampf ihres Lebens rüstete.

Als die Feuerwerkskörper hoch über ihrem Kopf explodierten, erblickte Hilary zufällig David und Catherine Renshaw, die beieinander standen. Catherines Gesicht hielt ihr Gesicht nach oben gewandt und hatte die Lippen in der obligatorischen *Aah*-Position geöffnet, als Diamanten aus weißem Magnesiumfeuer den windstillen Nachthimmel sprenkelten und für ein paar magische Sekunden eine vollkommen geformte Pusteblume bildeten.

Hilarys erster Gedanke war, wegzulaufen, zurück nach Hause, in die Sicherheit von *The Gables*. Dann packte sie die Lust, den Hot-dog in ihrer Hand mit aller Kraft in diesen *Aah*-Mund zu stopfen.

Doch sie tat weder das eine noch das andere, da sie hörte, wie jemand ihren Namen sagte.

»*Bonsoir*, Hilary.« Es war Nick Bradshaw. »Vorsicht mit dem armen Hot-dog – Sie erwürgen ihn noch.«

Beim Anblick der Masse aus Senf und Ketchup, die zwischen ihren Fingern herausquoll, zog Hilary eine Grimasse. Das zusammengequetschte Brötchen mit der Wurst darin sah unappetitlich aus. Sie warf es auf den Rasen.

»Hier.« Nick nahm ein Papiertaschentuch aus seiner Manteltasche und gab es ihr.

»Danke«, murmelte sie.

»Ich hätte Sie fast nicht erkannt.«

Sie sah ihn verwirrt an.

»Ihr Haar. Sie haben eine andere Farbe und einen neuen Schnitt. Steht Ihnen.«

Verlegen wandte sie sich ab.

»Ah«, sagte er.

»Was soll das heißen, *ah*?«

»Sie haben verlernt, Komplimente anzunehmen, nicht? Vor allem von einem Mann, den Sie kaum kennen und dessen Motive man bestenfalls für zweifelhaft und schlimmstenfalls für manipulativ halten könnte.«

»Mein Gott, wie albern.«

Über ihnen erleuchtete ein weiterer Feuerwerkskörper den raucherfüllten Himmel, und Nicks Gesicht schien plötzlich viel zu nah zu sein. Sie trat einen kleinen Schritt zurück.

»Irritiere ich Sie, Hilary?«

»Sie sagen die seltsamsten Dinge. Werden Sie dafür bezahlt?«

Er lachte. »Mehr oder weniger, aber wenn die Leute dadurch auch nur ein kleines bißchen mehr über sich selbst erfahren, kann ich dazu stehen. Dieses erdrosselte Würstchen, ist das jemand, den ich kenne?«

Hilary hielt den Atem an. »Ich glaube kaum. Und überhaupt – wieso sollte es *jemand* sein?«

»Ich habe mich bloß gefragt, ob es irgendwas mit den Gläsern zu tun hat, die Sie neulich zerschmissen haben, und mit den reizenden Ausdrücken, die das Ganze begleiteten.«

Hilary hatte genug. Alles ging schief. Ihr neues Image hatte David nicht im geringsten zur Besinnung gebracht, eher im Gegenteil. Auf dem Weg hierher hatte er sie sogar gelöchert, wieviel Geld sie mit Cindy in Manchester ausgegeben hatte, und dann hatte er noch gefragt, wo seine heißgeliebten Whiskygläser abgeblieben waren – ohne ihn anzusehen, hatte sie ihm eine dämliche Geschichte über ein Mißgeschick beim Putzen des Schranks erzählt –, und nun erfreute er sich zusammen mit seiner Mätresse am Feuerwerk. Und sie hatte diesen blöden Kerl mit seinen nervtötenden Fragen am Hals, der seine Nase in Sachen steckte, die ihn gar nichts angingen. »Wieso kümmern Sie sich nicht um Ihren eigenen Kram?« stieß sie wütend aus.

»Autsch!« sagte Nick. »Das ist schon das zweite Mal, daß Sie das sagen. Aber ist schon okay. Machen Sie ruhig weiter, vielleicht begreife ich dann irgendwann, daß Sie mich nicht mögen.«

Hilary kehrte ihm den Rücken zu und beobachtete, wie Patricia Longtons Mann die Zündschnur für das aufwendige Feuerwerksspektakel in Brand setzte. Als erstes ging ein Katharinenrad los. In der erwartungsvollen Stille fing Hilary plötzlich an zu lachen.

»Erzählen Sie mir den Witz?« flüsterte Nick ihr ins Ohr.

»Ganz bestimmt nicht«, erwiderte sie und bemühte sich, erneutes Gelächter zu unterdrücken, als sich das Bild ganz klar und deutlich vor ihrem inneren Auge ausbreitete: Davids Mätresse, die sich, auf einen Dorn gespießt, immer schneller um sich selbst drehte und dann auf Nimmerwiedersehen ins All hinausgeschossen wurde.

»Amüsierst du dich gut, Hilary?«

»David!« Sie beschloß, ihn auf die Probe zu stellen. »Wo warst du?«

»Gleich da drüben.« Er deutete zu Catherine hinüber, die mit jemandem sprach, den Hilary nicht erkennen konnte. »Komisch, daß du mich nicht gesehen hast.«

Wie dreist er war!

»Ich fürchte, das ist meine Schuld«, sagte Nick. »Ich habe zu viel geredet.«

»Das ist Nick Bradshaw, David. Er fängt nächste Woche bei *All In The Mind* an.«

David stieß ein verächtliches Lachen aus. »Sie sollten selbst mal Ihren Kopf untersuchen lassen, wenn Sie Derek bei seinem neuesten hirnverbrannten Projekt unterstützen wollen!«

»David!«

»Das ist doch alles ein Haufen Bockmist, oder etwa nicht?« fuhr David fort, ohne auf Hilarys Ermahnung zu achten. »Bloß eine neue Art, gelangweilten Hausfrauen das Geld aus der Tasche zu ziehen. Ich garantiere Ihnen, daß Sie nicht einen ernstzunehmenden, hart arbeitenden Mann finden werden, der sich auf Ihrer Couch herumdrückt und sich seine intimsten Gedanken aus der Nase ziehen läßt. Wie nennen Sie das noch gleich? Ach ja, ›zu sich selbst finden‹.«

»Das ist eine ziemlich verbreitete Ansicht. Wird aber

meistens von Leuten vorgebracht, die etwas zu verbergen haben. Sagen Sie, David, wovor haben Sie am meisten Angst?«

»Was soll das werden? Eine Gratis-Therapiestunde?« entgegnete David aggressiv. »So blöd bin ich nicht. Als nächstes fangen Sie dann mit dieser Tintenklecks-Geschichte an und versuchen, meine feminine Seite herauszulesen.«

»David, sei nicht so grob.«

Eine Rakete kreischte über ihren Köpfen und schoß im Zickzack in den Himmel hinauf. In dem plötzlichen silbrigen Licht sah Hilary die beiden Männer klar und deutlich vor sich. Bei David überraschte sie die Härte der Gesichtszüge und die zu einer schmalen Linie zusammengepreßten Lippen, die ihr in diesem Moment seinen Widerwillen gegen ihre Ehe zu verraten schienen. Falls sie auch nur den Hauch einer Hoffnung in sich getragen hatte, daß David des Verbrechens, das sie ihm unterstellte, nicht schuldig war, so bestätigte jetzt sein Gesicht das Gegenteil. Sie fühlte sich krank, von Schmerz überwältigt, als hätte man ihr die Eingeweide herausgerissen. Sie betrachtete Nick und fand in seinem Gesicht all das, was sie so gerne in Davids gefunden hätte – Wärme und Verständnis, Freundlichkeit und Humor. Es war alles da ... *aber im falschen Mann.*

»Ich entschuldige mich für meine angebliche Grobheit, auf die meine Frau freundlicherweise hingewiesen hat«, sagte David steif, als der Himmel wieder dunkel wurde. »Ich wollte Ihnen nur zu verstehen geben, daß Sie mit so was bei mir an der falschen Adresse sind.«

»Wahrscheinlich haben Sie recht«, sagte Nick leichthin. »Aber in manchen Augenblicken unseres Lebens braucht jeder von uns eine leitende Hand. Wenn wir mit dem Rücken an der Wand stehen, ist das die beste Zeit, die finsteren Ecken und Winkel unseres Wesens zu erforschen.«

»Und was soll das bitte heißen? Wollen Sie mir vielleicht erzählen ...«

»Ich sage nur, daß wir, wenn wir Gelegenheit bekommen, uns selbst besser kennenzulernen, häufig unsere Einstellung ändern oder unsere Situation verbessern können, nicht nur um unserer selbst willen, sondern vor allem für die anderen um uns herum.«

»Hmm ...«, machte David. »Da könnte was Wahres dran sein.« Er wandte sich an Hilary. »Aber du hast doch keinen Grund, dich über mich zu beschweren, oder?«

Hilary hätte am liebsten den zerquetschten Hot-dog vom Rasen aufgehoben und ihn David ins Gesicht geschleudert. Keinen Grund! Ach nein, nur einen klitzekleinen. Sie mußte bloß ihren Mann mit einer anderen Frau teilen. »Nun ja, David, manchmal denke ich schon, du könntest ...«

»Na bitte!« ging David auf Nick los. »Da sehen Sie, was Sie angerichtet haben. Sie haben ihr einen Haufen Unsinn in den Kopf gesetzt, daß ich irgendwie nicht gut genug für sie bin.«

»Ist es das, wovor Sie Angst haben, David?« fragte Nick leise. »Nicht gut genug zu sein?«

Einen Moment lang schien David kein Wort hervorbringen zu können. Seine Wut war fast greifbar. Dann sagte er, wobei er sichtlich mit aller Kraft gegen den Drang kämpfte, Nick am Kragen zu packen: »Das ist ein Haufen Scheiße. Und wenn Sie jemanden analysieren wollen, versuchen Sie's mit Hilary. Fragen Sie sie, was die neue Frisur soll und warum sie mir vorhin Whisky über den Kopf geschüttet hat.« Er ging davon, die Schultern hochgezogen, die Hände tief in die Manteltaschen gestopft.

Hilary war sprachlos.

»Interessanter Mensch, Ihr Mann.«

»Ach, halten Sie doch endlich die Klappe!«

Kapitel 15

Das ist ja der Hammer!« rief Georgia begeistert aus und warf den *Chronicle* zu dem übrigen Papierkram, der auf dem kleinen Tisch im Wohnwagen ausgebreitet lag. Gordon, der draußen auf den Besen gestützt herumstand, warf ihr einen fragenden Blick zu. Sie ging zur Tür und rief ihn zu sich. »Kommen Sie her und sehen Sie sich das an!«

Gordon lehnte den Besen gegen ein Gewächshaus, dankbar für die Gelegenheit, für ein paar Minuten aus der Kälte herauszukommen. Er zog die Handschuhe aus und kletterte in den Wohnwagen. »Was ist los? Doch nicht wieder dieser Knilch von einem Ex-Mann, der Ihnen Ärger macht, oder?«

Georgia schüttelte den Kopf. Seit dem Tag, als sie Gordon als ihre – wie er sich selbst bezeichnete – linke Hand eingestellt hatte, sprach er von Rory nur in dieser Form, und das gleiche galt für seinen früheren Arbeitgeber. Vor ein paar Jahren, als er sechzig geworden war, hatten kommunale Sparmaßnahmen im National Health Service seinen Posten als Krankenhausportier gekappt. Als er dann von seinem Cottage aus die Arbeiten auf der anderen Straßenseite beobachtet hatte, war er eines Morgens hinübergegangen und hatte Georgia gefragt, ob sie einen Job für ihn hatte. Zunächst hatte sie ihn abgewiesen, und zwar schlichtweg deshalb, weil nicht genug Geld da war, um ihn zu bezahlen. Doch vier Monate später hatte sie an seine Tür geklopft und war in der Lage gewesen, ihm einen Teilzeitjob anzubieten. »Es ist nicht viel«, hatte sie zu ihm gesagt.

»Er wird's nehmen«, hatte seine Frau Winnie sich eingeschaltet. »Ich bin froh, wenn ich ihn für 'n paar Stunden loswerde. Er redet mir immer dazwischen, wenn ich Jimmy Youngs Radiosendung hören will. Wegen dem medizinischen Kram, den kann er nicht ausstehen, der macht ihn ganz kirre. Wenn er Ihnen auf den Wecker geht, erzählen Sie ihm einfach was von Prostrata. Weiß der Himmel, wie er's all die Jahre im Krankenhaus ausgehalten hat.«

Georgia hatte Winnie – die sich als begeisterter Babysitter für Chloe entpuppte – und Gordon, der ihr bald eine unschätzbare Hilfe in der Gärtnerei war, sofort gemocht.

Sie hielt ihm die Zeitung hin. Er stieß einen langen Pfiff aus. »Da werden wohl bald die Fetzen fliegen, was?«

Von der Titelseite starrte ihnen ein Schwarzweißfoto personifizierten Zorns entgegen – Iris Braithwaite vor Toupet-Teds Laden, mit der Überschrift: »Hulme Welfords Mary Whitehouse.« Darunter berichtete der Reporter über Mrs. Braithwaites Kampagne zur Säuberung von Hulme Welford. »Wir alle müssen diese schändliche Sünde bekämpfen und unserer Bürgerpflicht nachkommen«, wurde sie zitiert. Der Redakteur der Zeitung hatte dem Artikel eine Aufforderung an die Leser zugefügt, ihre Meinung zur Debatte »Zensur: ja oder nein?« zu schicken – einer Debatte, von der er zweifelsohne hoffte, daß sie ewig dauern und seine Auflagen in die Höhe treiben würde.

»Ich hab's einmal gesagt, und ich sag's noch mal«, verkündete Georgia. »Das ist der Hammer! Und gut für unsere alte Ma Braithwaite.«

»Mag sein«, sagte Gordon und zog sich die Handschuhe an, um wieder nach draußen zu gehen. »Aber es wär möglich, daß sie sich und anderen 'nen Haufen Ärger einhandelt.«

»Was für eine tiefsinnige Bemerkung, Gordon. Haben Sie wieder das Wort zum Sonntag gehört?«

Von der Tür des Wohnwagens sah sie zu, wie Gordon seinen Besen nahm und begann die Blätter zusammenzufegen, die den Weg zu einem der Gewächshäuser bedeckten. Sie hielt noch immer die Zeitung in der Hand, und als ihr Blick wieder auf Mrs. Braithwaite fiel, beschloß sie, ihr einen Besuch abzustatten.

»Gordon«, rief sie, »ich fahre ein bißchen eher, um Chloe abzuholen, ich habe noch was zu erledigen. Halten Sie die Stellung, ja?«

Georgia parkte vor dem White Cottage in der Acacia Lane und ging den Weg zum Haus entlang. Sie gab sich ernsthaft Mühe, den pingelig gepflegten Vorgarten nicht mit allzuviel Geringschätzung zu betrachten. Kein Blatt lag auf dem Boden, nicht eine übriggebliebene, verwelkte Sommerblume verunzierte das Beet. Alles war makellos und furchtbar kahl.

Laut und schwungvoll betätigte sie den Türklopfer aus Messing. Sie hatte Mrs. Braithwaite eine Menge zu sagen. Sie wußte, daß die meisten Leute im Dorf Angst vor ihr hatten, sich von ihrer tyrannischen Art einschüchtern ließen. Georgia hatte im stillen von jeher bewundert, wie sie ihr Leben in die Hand nahm. Bevor sie die ältere Frau kennengelernt hatte, war ihr noch nie jemand über den Weg gelaufen, der noch zielstrebiger war als sie selbst – eine Eigenschaft, die ihr Rory bei mehr als einer Gelegenheit vorgeworfen hatte.

Doch sie war an Kritik gewöhnt, da sie seit ihrer Trennung von Rory und seinen ewigen Ausreden eine saftige Portion davon hatte einstecken müssen. Sie wußte nur zu gut, was Leute wie Patricia Longton über sie sagten: Was ist das für eine Frau, die den Vater ihrer Tochter vor die Tür setzt? Sie hätte mit der Wahrheit kontern können – daß Rory nämlich schlicht und ergreifend nicht in der Lage war, sich alleine die Schuhe zuzubinden, geschweige denn ein Geschäft zu führen –, doch sie hatte statt dessen beschlossen, jedem, der es wagte, ihr Vorwürfe zu machen, die Zunge herauszustrecken. Sie wußte aber auch, daß die Leute sie inzwischen widerwillig respektierten, weil sie die Gärtnerei aufgebaut und zum Laufen gebracht hatte. Wo Rory gescheitert war, hatte sie Erfolg gehabt. Georgias Meinung nach mochten die Leute im allgemeinen lieber Erfolgsstorys als deprimierende Geschichten von Niederlagen.

Sie pochte erneut gegen die Tür.

»Wer auch immer da draußen ist, benehmen Sie sich bitte wie ein zivilisierter Mensch und gedulden Sie sich einen Augenblick.«

Georgia lächelte und hörte, wie der Schlüssel im Schloß gedreht wurde.

»Ach, Sie sind das, Mrs. D'Arcy«, sagte Iris überrascht. »Was kann ich für Sie tun?«

»*Miss* D'Arcy, wenn ich bitten darf«, sagte Georgia bestimmt. »Ich wollte mit Ihnen über Ted Cooper sprechen.« Georgia spürte, wie die ältere Frau sie mit einem mißtrauischen Blick maß. Sie beschloß, die Flucht nach vorn anzutreten. »Darf ich hereinkommen?«

Iris schürzte ob solcher Dreistigkeit die Lippen. »Ich bin eine vielbeschäftigte Frau, Mrs. D'Arcy.« Sie setzte an, die Tür zuzudrücken.

»Ich ebenfalls«, parierte Georgia. »Ich habe nicht viel Zeit, aber ich bin extra hergekommen, um mit Ihnen zu sprechen.«

Die ältere Frau schien einen Moment lang zu überlegen und sagte dann: »Ein paar Minuten kann ich wohl erübrigen, aber nicht mehr.« Sie öffnete die Tür ganz und ließ Georgia widerwillig über die Schwelle treten. Doch prompt schimpfte sie: »Die Stiefel! Ziehen Sie bitte sofort diese schmutzigen Stiefel aus. Ich habe diesen Teppich seit zweiundzwanzig Jahren und nicht die Absicht, ihn mir ruinieren zu lassen.«

Sie ließ Georgia stehen, um die Steine des Anstoßes zu entfernen, und ging in die Küche. »Ich nehme an, Sie trinken Tee, Mrs. D'Arcy«, rief sie, »oder ist das zu konventionell für Sie?«

»Tee wäre wunderbar, und ich heiße *Miss* D'Arcy. Ich war Mrs. Maddox, aber jetzt, wo ich geschieden bin, habe ich meinen Mädchennamen wieder angenommen, okay? Vielleicht wäre Georgia für Sie einfacher zu merken?«

Iris' Kopf erschien augenblicklich an der Küchentür. »Wollen Sie damit andeuten, ich sei nicht imstande, mir etwas so Simples wie einen Namen zu merken? Ich bin nicht senil, junge Frau, falls Sie das gedacht haben sollten.«

»Ganz und gar nicht, Mrs. Braithwaite«, sagte Georgia amüsiert.

»Dann würde ich vorschlagen, Sie setzen sich ins Wohnzimmer, und ich komme gleich nach.«

Georgia ging nach nebenan, schlenderte jedoch zunächst durch den ordentlichen Raum. Er war fast so kahl und klinisch wie der Vorgarten, ohne all die persönlichen Erinnerungsstücke, die sich im Laufe eines Lebens normalerweise ansammeln. Georgia kam der Gedanke, daß dies vielleicht Absicht war. Vielleicht wollte Mrs. Braithwaite nicht, daß sich das klare Wasser der Gegenwart mit dem Schlamm der Vergangenheit mischte, denn wie Georgia selbst gelernt hatte, brachte der Blick zurück meist nichts als Bedauern.

Sie setzte sich in einen hochlehnigen Ohrensessel und

wärmte ihre Füße am Kaminfeuer. Es war Dienstag nachmittag, halb drei, und sie lümmelte sich in einem Sessel – ein geradezu dekadentes Gefühl, so, als ob sie die Schule schwänzte. Fast hätte sie angefangen zu lachen, doch dann änderte sich ihre Stimmung, und sie bemitleidete sich selbst, weil so ein schlichtes Vergnügen für sie nun purer Luxus war. Sie setzte sich gerade hin und zog ruckartig die Füße vom Kamin weg. Selbstmitleid war pure Verschwendung, und sie konnte sich keinerlei Verschwendung leisten.

»Ich glaube, Sie könnten ein Stück Mandelkuchen vertragen«, sagte Iris, als sie mit einem Teetablett samt Spitzendeckchen aus Papier hereinkam. »Sie sehen aus, als würden Ihnen ein paar Pfund mehr nicht schaden.«

»Fangen Sie bloß nicht an, mich zu verwöhnen«, sagte Georgia munter. Ein bißchen zu munter. Iris warf ihr einen schnellen Blick zu.

»Ich habe noch nie jemanden verwöhnt«, sagte sie bestimmt und reichte Georgia eine Tasse. »Das war lediglich eine Feststellung. Meiner Meinung nach sehen Sie aus wie ein Strich in der Landschaft. Sie arbeiten eindeutig zu hart und nehmen sich keine oder zu wenig Zeit zum Essen. Obwohl Sie vermutlich ganz anderer Meinung sind und mir gleich sagen werden, daß ich mich um meine eigenen Angelegenheiten kümmern soll.« Sie gab Georgia ein großes Stück Kuchen und eine Serviette und fügte in sanfterem Ton hinzu: »Aber es ist bestimmt auch nicht einfach für Sie, mit allem, was Sie alleine schaffen müssen.«

»Danke«, murmelte Georgia verlegen. Dies war ein Bereich ihres Lebens, über den sie lieber nicht nachdachte. Es brachte absolut nichts, sich in wehleidige Seelenerforschung zu stürzen. Wenn sie erst damit anfing, brächte sie vielleicht nicht mehr die Kraft auf, sich morgens aus dem Bett zu schwingen. Es war auch so schon schwierig genug, jeden Tag die Energie zum Weitermachen zusammenzukratzen.

»Und was wollen Sie nun mit mir besprechen?« fragte Iris in die Stille hinein. »Ich nehme an, Sie sind hergekommen, um mir zu sagen, daß ich ein dummes altes Weib bin, das sich überall einmischt. Stimmt's?«

»Ganz im Gegenteil, Mrs. Braithwaite«, sagte Georgia, froh, daß sie das Gespräch auf ein weniger persönliches Thema lenken konnte. »Ich bin gekommen, um Ihnen zu gratulieren und Ihnen meine Unterstützung anzubieten.«

Jetzt war es an Iris, überrascht zu sein. »Sie wollen mir helfen, Hulme Welford von Ted Cooper und seinesgleichen zu befreien? Fahren Sie fort.«

Georgia beugte sich im Sessel vor. »Ja«, sagte sie und nickte, daß ihre langen Ohrringe hin und her tanzten. »In dieser Welt ist kein Platz für widerwärtige alte Kerle wie ihn.«

»Wie recht Sie haben, Mrs. ... Miss D'Arcy. Und wie erfrischend, eine so klare Meinung zu diesem unerfreulichen Thema zu hören. Ich hatte gedacht, Leute wie Sie wären Anhänger eines zügellosen Liberalismus und verträten die Ansicht, daß alles erlaubt ist.«

»Ich glaube an uneingeschränkte Gleichheit, Mrs. Braithwaite, und das bedeutet, daß die Ausbeutung von Frauen ein Ende haben muß. Verstehen Sie, was ich meine?«

»Herr im Himmel, junge Frau, halten Sie mir bitte keine Vorträge.«

»Entschuldigung«, sagte Georgia und biß in ihr Kuchenstück. Als sie den Mund wieder frei hatte, fragte sie: »Wie sieht der nächste Schritt Ihrer Kampagne aus?«

»Ich hoffe, daß der Zeitungsartikel diesen schmuddeligen kleinen Kerl so sehr beschämt, daß er seine üblen Pläne aufgibt.«

Georgia schüttelte den Kopf, was ihre Ohrringe erneut zum Tanzen brachte. »Das können Sie vergessen!« platzte sie mit solchem Nachdruck heraus, daß Iris ihre Tasse auf die Untertasse klirren ließ. »Ich glaube nicht, daß das funktioniert. Der Artikel wird ihn nur zum Widerstand anspornen. Wir werden uns weitergehende Vergeltungsmaßnahmen ausdenken müssen. Wir müssen einen Hagel der Empörung gegenüber seinen Machenschaften auslösen.«

»Sie scheinen sich diesbezüglich bereits einige Gedanken gemacht zu haben. Und was genau sollen wir Ihrer Ansicht nach unternehmen?«

Langsam breitete sich ein Lächeln über Georgias Gesicht aus. »Geben Sie mir noch eine Tasse Tee, Mrs. Braithwaite, und ich werde es Ihnen mit Vergnügen mitteilen.«

Iris schenkte Georgia nach und gab ihr die Tasse zurück, doch Georgia hätte das lindgrüne Porzellan vor Überraschung beinahe fallen lassen, als sie die Worte vernahm: »Nennen Sie mich doch einfach Iris.«

Die Fünfzehn-Uhr-dreißig-Versammlung am Schultor diskutierte angeregt die Neuigkeiten des Tages.

Patricia Longton zog Hilary mit missionarischem Eifer in den Kreis. »Ich erwäge ernsthaft, ein Gegengesuch einzureichen«, sagte sie. »Was Ted da verkauft, ist vollkommen harmlos. Du wirst natürlich auch unterschreiben, Hilary, oder etwa nicht?«

Hilary zitterte trotz ihres Mantels und fragte sich, wieso Patricia nie den Reißverschluß ihrer muffeligen alten Wachsjacke zuzog.

»Ich bin sicher, daß wir uns auf Hilarys Unterstützung verlassen können«, stimmte Kate Hampton ein. »Schließlich gehörte sie schon immer zu den Mädels.«

»*Les Mädels*, das sind wir.« Patricia lachte.

Hilary fühlte sich ganz und gar nicht wie eins von den Mädels, jedenfalls nicht nach Patricias morgendlichen Kommentaren vor dem Schultor. Sie hatte sich mindestens eine Viertelstunde lang über die angeblich miserable Organisation der Feuerwerksparty ausgelassen. »Wie kann man bloß zu wenig Hot-dogs bestellen?« hatte sie losgelegt. »Weit und breit keine Spur von Relish, und was die Wunderkerzen für die Kinder betraf, so grenzt es an Zauberei, daß es keinen ernsthaften Zwischenfall gegeben hat. *Die* wird nicht lange am Ruder sitzen, das garantiere ich dir. Und du weißt ja wohl, was man über sie erzählt, oder?«

Aus Gewohnheit hatte Hilary den Kopf fragend zur Seite geneigt, was Patricia grünes Licht gab, mit ihrer Schlammschlacht fortzufahren.

»Angeblich ist Rory zu anderen Frauen gegangen, weil ...« – hier hatte Patricia eine dramatische Pause eingelegt und vorsichtig nach rechts und links geblickt –, »... weil sie lesbisch ist. An deiner Stelle würde ich ihr nicht zu nahe kommen. Überleg dir nur mal, was David sagen würde, wenn es Gerüchte gäbe, daß du, nun ja, du weißt schon, was ich meine. Die Leute möchten vielleicht kein Haus von einem Mann kaufen, dessen Frau ... Ich bin sicher, ich brauche nicht deutlicher zu werden, Hilary.«

Selbstverständlich war es in Ordnung, wenn ein Immobilienmakler seine Sekretärin bumste, hatte Hilary auf dem Heimweg vor sich hin gebrummelt, nachdem sie endlich Patricias böser Zunge entronnen war, aber wehe, wenn seine Frau Gemahlin mit einer Frau befreundet war, deren sexuelle Neigungen für Gesprächsstoff sorgten. Und wie konnte Patricia es wagen, so furchtbare Sachen über Georgia zu erzählen, vor allem nachdem Georgia neulich so nett zu ihr gewesen war? Diese dämliche, eingebildete Patricia war vermutlich nur eifersüchtig, weil sie eine neue Freundin gefunden hatte.

»Heute abend ist Französischkurs, Hilary«, sagte Patricia und brachte Hilary wieder zur nachmittäglichen Tratschrunde zurück. »Hast du deine Hausaufgaben gemacht?«

Verdammt! Hatte sie nicht. »Ist ja noch reichlich Zeit«, sagte sie lässig.

»Ich hoffe doch, daß du diesen reizenden Nick Bradshaw heute nicht den ganzen Abend mit Beschlag belegst. Ich würde gerne selbst ein paar Konversationsübungen mit ihm machen.« Patricia zwinkerte Kate Hampton zu.

»Tu dir keinen Zwang an«, entgegnete Hilary.

»Aha, schon Besitzansprüche angemeldet?« zirpte Kate. »Was gibst du mir, damit ich David nichts erzähle?«

Welch eine Ironie, dachte Hilary. Voller Erleichterung sah sie Patricias allgemein berüchtigte Söhne über den Schulhof kommen.

»Bis morgen dann«, rief Patricia und führte ihre beiden kleinen Jungen davon, die hinter ihr hertrödelten und mit Blättern nach vorbeifahrenden Autos warfen.

Kate Hamptons pferdeverrückte Tochter Victoria war die nächste in der Kinderschar, und als die beiden verschwanden, entspannte sich Hilary zusehends. *Les Mädels*, also wirklich. *Les Schnepfen* traf es eher. Und sowas hatte sie als Freundinnen betrachtet.

»Hallo, Hilary.«

»Georgia«, sagte Hilary strahlend.

»Ich weiß nicht, was ich getan habe, um ein solches Lächeln zu verdienen, aber trotzdem danke.«

»Hast du Lust, auf einen Tee und ein Stück Kuchen mitzukommen?« fragte Hilary, unsicher, ob sie damit auf Georgias unterernährte Erscheinung reagierte – sie war in einen Dufflecoat gehüllt und sah heute noch mehr wie ein Kobold aus als sonst – oder Patricia eins auswischen wollte.

»Heute scheint ja mein Glückstag zu sein, was Tee und Kuchen angeht. Bist du sicher? Mußt du nicht noch Philip abholen?«

»Er hat heute eine Theaterprobe. Ich muß ihn erst um sechs abholen.«

»Also gut, aber nicht zu lange. Ich habe Gordon das Zepter überlassen. Und ich sollte dich wohl vor Chloe warnen – zu spät, da kommt sie schon.«

Ein Mädchen in einem schweren Dufflecoat, der kaum kleiner war als Georgias, kam über den Schulhof auf sie zu. Und wie Georgia trug sie kurzes Haar, das ein schmales, koboldhaftes Gesicht umrahmte. Um die Ähnlichkeit vollkommen zu machen, fehlte lediglich ein Paar baumelnde Ohrringe.

Weiter hinten hüpfte Becky selig und verträumt vor sich hin, daß die Zöpfe auf ihren Schultern wippten und die rosafarbene Lunchbox in ihrer Hand hin und herschwang.

»Alles klar, Schätzchen?« begrüßte Georgia ihre Tochter.

»Schon wieder ein Fall von typischer weiblicher Unterdrückung«, verkündete Chloe düster. »Mrs. Arnold besteht darauf, daß ich beim Krippenspiel die Maria spiele. Ich habe ihr gesagt, daß ich lieber Josef sein will, daß ich prima mit einem Hammer umgehen kann und was Besseres vorhabe, als einem Baby den Hintern abzuwischen.«

Georgia lächelte. »Hilary hat uns zum Tee eingeladen, ist das in Ordnung?«

»Klar.«

»Mummy, Mummy! Weißt du schon das Neueste?« sagte Becky atemlos, als sie bei ihnen ankam. »Ich bin ein Engel in dem Krippenspiel. Du mußt mir ganz viel Lametta für meinen Heiligenschein kaufen, und Flügel, eine weiße Strumpfhose und ein riesiges weißes Tuch.«

Chloe gab ein verächtliches Schnauben von sich.

Hilary deckte das Teegeschirr auf dem Holztisch in der Küche. Sie wußte, daß sie zuviel des Guten tat, daß sie versuchte, einen Ausgleich zu schaffen für die Kritik der zehnjährigen Chloe an allem, was Becky tat oder sagte. Aber Becky war nun mal ein typisches Mädchen, sie konnte nicht anders. Sie hatte schon immer langes Haar geliebt und gerne mit Puppen gespielt.

»Du warst beim Friseur«, bemerkte Georgia und half ihr, den Kuchenteller herumzureichen.

Hilary vermutete weitere Kritik. »Mir war nach etwas Neuem«, verteidigte sie sich, überzeugt, daß Georgia den wahren Grund für ihren plötzlichen Stilwechsel erraten hatte. »Möchtest du Johannisbeersirup oder Orangensaft, Chloe?«

Chloe verzog das Gesicht. »Ich möchte bitte lieber Tee. Schwarz, ohne Zucker.«

Becky war beeindruckt. Sie bekam auch manchmal Tee, aber mit viel Milch und, wenn sie Glück hatte, ein klein wenig Zucker. Schwarz ohne Zucker war nur was für Erwachsene. »Ich auch«, sagte sie und sah ihre Mutter an.

Mit hochgezogenen Brauen nahm Hilary zwei weitere Becher heraus und warf Georgia einen vielsagenden Blick zu.

Als sie mit dem Tee fertig waren, erklärte sich Chloe widerwillig bereit, nach oben zu gehen, um sich Beckys Zimmer anzusehen.

»Arme Chloe«, sagte Hilary, als die beiden Mädchen die Küche verlassen hatten, »sie ist so erwachsen und modern. Becky ist das komplette Gegenteil.«

»Keine Sorge. Chloe wird sie sich schon zurechtbiegen. Jetzt erzähl mal von deinem neuen Look. Hat's funktioniert?«

Peinlich berührt begann Hilary, den Tisch abzuräumen.

»Laß den Kram stehen«, sagte Georgia scharf. »Setz dich hin, hör auf herumzufummeln und rede mit mir. Hat die Ratte überhaupt gemerkt, wieviel Mühe du dir gemacht hast?«

»Oh, gemerkt hat er es schon«, sagte Hilary. Sie ließ sich auf ihren Stuhl sinken. »Ich glaube, zum ersten Mal in seinem Leben wußte er nicht, was er sagen sollte.« Sie kaute auf ihrer Unterlippe herum. »Dann hat er gelacht ... Oh, Georgia, er hat mich ausgelacht. Wahrscheinlich hat er sich auch mit ihr über mich lustig gemacht.«

»Denk lieber nicht darüber nach«, sagte Georgia leise.

»Ich hab's bloß getan, weil ich weiß, wie gut ihm Anthea Turner im Fernsehen gefällt. Ist es nicht erbärmlich? Ich habe Cindy überredet, mich so zurechtzumachen ... Sie wollte erst nicht, aber ich habe nicht lockergelassen, weil ich ...«

»Weil du David gefallen wolltest?«

»Ja.«

Georgia lehnte sich kopfschüttelnd in ihrem Stuhl zurück. »Glaub mir, das funktioniert nicht. Ich habe es jahrelang bei Rory versucht. Für manche Männer kannst du tun, was du willst, es ist einfach nie genug.«

Beide Frauen schwiegen einige Minuten, nur das Ticken der Uhr über dem Aga war zu hören sowie ein paar dumpfe Geräusche aus Beckys Zimmer über ihnen.

Schließlich blickte Hilary auf. Erschrocken stellte sie fest, daß Georgia sie unverwandt ansah, als täte sie das schon seit einer ganzen Weile. Irgend etwas in ihrem Gesichtsausdruck erinnerte Hilary an ihre Schulzeit mit Naomi Scott. Wie sehr sie sich gewünscht hatte, daß Naomi sie so ansähe wie Georgia –

Plötzlich fiel ihr wieder ein, was Patricia ihr am Schultor zugeflüstert hatte: »*Angeblich ist sie ...*«

Entsetzt schluckte Hilary. Was tat sie da? Was entwickelte sich da zwischen ihr und Georgia?

»Du Ärmste«, hörte sie Georgia sagen. Dann streckte sich eine Hand über den Tisch nach ihr aus.

Von Panik erfaßt, sprang sie auf. »Ich muß noch das Gemüse fürs Abendessen vorbereiten«, krächzte sie. »Und dann muß ich Philip abholen.«

Georgia runzelte die Stirn. »Du hast doch gesagt, er hätte erst um sechs Schluß. Es ist noch nicht mal halb fünf.«

»Ich habe gelogen ... Ich meine, ich habe vergessen, daß die Probe gar nicht heute ist, sondern morgen.« Klappernd stellte sie die Teller zusammen und trug sie zur Spülmaschine. »Passiert mir in letzter Zeit öfters. Ich vergesse ständig alles mögliche. Sind wahrscheinlich die Hormone oder so. Geradezu senil. Ja, das ist es. Ich werde vermutlich senil. Mit so jemandem willst du sicher nicht befreundet sein.«

Georgia lachte und stand auf. Sie ging mit ausgestreckten Händen auf Hilary zu.

Oh, mein Gott, dachte Hilary. Sie wird mich küssen. Hilfe! Kann mir denn niemand helfen?

Hilfe nahte im selben Moment in Form eines energischen Klingelns an der Tür.

Kapitel 16

Noch nie in ihrem Leben war Hilary so erfreut gewesen, einen Mann vor sich zu sehen. Und Nick Bradshaw, der in seiner ganzen Größe von einem Meter achtzig, mit seiner Kordhose, dem pflaumenfarbenem Wollsakko und locker um den Hals geschlungenem Schal vor der Tür stand, war ein Geschenk des Himmels.

»Kommen Sie doch herein«, sagte sie und zerrte ihn über die Türschwelle. »Tee! Sie hätten doch bestimmt nichts gegen eine Tasse Tee, oder?«

Nick war verwirrt. Er war auf gut Glück vorbeigekommen, um sich bei Hilary für die Dinge zu entschuldigen, die er bei der Feuerwerksparty letzte Woche zu David gesagt hatte, und war auf eine frostige Begrüßung gefaßt gewesen. »Danke, gern«, sagte er, »aber nur, wenn es Ihnen keine Mühe macht.«

»Ganz und gar nicht«, zwitscherte Hilary und führte ihn zur Küche.

»Ich dachte, du hättest es eilig, Philip abzuholen?« sagte Georgia kühl und fixierte Hilary. Sie stand gegen den Aga gelehnt, die Füße gekreuzt und die Arme vor der schmalen Brust verschränkt.

Nick sah von der einen Frau zur anderen. Er merkte, daß er in irgend etwas hereingeplatzt war. Und er spürte, daß von der Frau am Herd Feindseligkeit ausging. »Hi«, sagte er mit einem Lächeln und ausgestreckter Hand. Wie er erwartete hatte, erntete er nur ein herablassendes Zucken der zerbrechlich wirkenden Schultern.

»Ich gehe dann mal«, sagte Georgia und nahm ihren Dufflecoat von der Stuhllehne. »Während du dich um deinen *Gast* kümmerst, rufe ich Chloe runter.«

»Bleib doch noch«, sagte Hilary.

Überrascht von der Falschheit in ihrer Stimme, beobachtete Nick sie genau. Ihr Gesicht war ein einziger Ausdruck der Erleichterung. Neugierig wandte er sich der anderen Frau zu. »Bitte gehen Sie nicht meinetwegen.«

»Ihretwegen würde ich gar nichts tun«, kam blitzschnell die Abfuhr.

Er hörte die höflichen Abschiedsfloskeln im Flur und das Zufallen der Haustür.

»Tut mir leid«, sagte Hilary, als sie in die Küche zurückkam. »Georgia ist zusammen mit mir in der Schulpflegschaft. Ich kenne sie eigentlich kaum, genaugenommen könnte man fast sagen ...«

»Ist schon in Ordnung, Sie müssen sich nicht für Ihre Freunde rechtfertigen. Ich war gerade drüben bei Cindy und Derek, und da dachte ich mir, ich schaue mal rein, um mich für letzte Woche zu entschuldigen.«

»Oh«, sagte sie überrascht.

»Wie sieht's aus mit dem Tee?« Er nahm seinen Schal ab und lehnte sich, wie zuvor Georgia, gegen den Aga. »Oder war das nur eine Finte, um Ihre unerwünschte Besucherin loszuwerden?«

Hilary fand es allmählich ermüdend, sich auf so viele ständig wechselnde Gespräche einzustellen. Früher war ihr Leben nie so kompliziert gewesen. Das anspruchsvollste Wortspiel, auf das sie sich bisher eingelassen hatte, war die Interpretation von Beckys verschlüsselten Andeutungen. Genervt füllte sie den Wasserkessel.

»Es tut mir leid, daß ich Ihren Mann so provoziert habe. Manche Leute würden vielleicht sagen, daß ich mich unprofessionell verhalten habe, aber ich muß gestehen, daß ich den altbewährten, allgemein verbreiteten Ansichten häufig nicht viel abgewinnen kann. Vergeben Sie mir?«

»Wenn Sie sich dann besser fühlen, ja«, antwortete sie matt und starrte hinaus in den Garten. Draußen war es dunkel, und irgend etwas mußte die Sicherheitsbeleuchtung in Gang gesetzt haben; der Rasen und die Beete waren hell erleuchtet. Sie sah eine Katze in den Lorbeerbüschen am Ende des Gartens verschwinden.

»Mir wäre es lieber, wenn *Sie* sich dann besser fühlten.«

»Wie bitte?«

»Sie sehen müde aus, Hilary.«

»Bin ich auch«, erwiderte sie trocken. Sie machte ihm einen Becher Tee und fragte sich, weshalb sie sich so unwohl fühlte, wenn er sie mit ihrem Vornamen anredete.

»Glauben Sie, daß Ihr Mann meine Entschuldigung akzeptieren wird?«

Hilary dachte daran, wie abwehrend und aggressiv David plötzlich geworden war, und an seine zahllosen Vorurteile; an seine Verurteilung der zweieinhalb Millionen Arbeitslosen im Land, sein Mißtrauen gegenüber Veränderungen, seinen Geiz und nun auch seinen unübersehbaren Zynismus gegenüber der Welt der Therapie – etwas, das ihr bisher nicht aufgefallen war. »Ganz gewiß nicht«, sagte sie.

Als Nick sie daraufhin nur schweigend über den Rand seines Bechers ansah, fühlte sie sich noch unwohler und verspürte den Drang, die Stille zu durchbrechen. »Beraten Sie Leute mit Eheproblemen?«

»Das habe ich früher mal gemacht«, sagte er langsam, »aber bei *All In The Mind* werde ich etwas anderes tun.«

»Aber Sie könnten zum Beispiel einer Freundin von mir helfen, die Probleme hat?« Was zum Teufel tat sie da?

Natürlich würde er sie sofort durchschauen. Warum konnte sie nicht einfach den Mund halten, warten, bis er seinen Tee ausgetrunken hatte, und ihn dann hinauskomplimentieren?

»Ich fände es schön, wenn jemand, der einen Rat braucht, direkt zu mir kommen und mich um Hilfe bitten würde. Das gilt auch für Sie, Hilary.«

Na bitte, schon wieder. Wieso mußte er sie dauernd so direkt ansprechen? Sie beschloß, nichts mehr zu sagen. Sollte er doch die Unterhaltung weiterführen.

»Sind Sie und David …«

Die Tür flog auf und knallte gegen ein Regal. Becky erschien, die Arme voller Barbiepuppen und entsprechendem Zubehör. »Chloe sagt, ich soll die wegschmeißen. Oh, wer sind Sie denn?« Sie starrte Nick vorwurfsvoll an.

»Ach, daß ist bloß ein Mann«, sagte Hilary hastig, ausnahmsweise dankbar für die Angewohnheit ihrer Tochter, in Gespräche hineinzuplatzen.

Becky gab ein schrilles Lachen von sich und preßte die Augen fest zu. Sie sah aus, als hätte sie Verstopfung, aber Hilary wußte schon, was kam: Gleich würde sie irgend etwas Neues, das sie aufgeschnappt hatte, zum Besten geben.

»Chloe sagt, als Gott den Mann erschuf, hat sie bloß geübt.«

Es war stockfinster, und Philip war allein. Alle anderen waren weg, von ihrem Vater oder ihrer Mutter abgeholt worden. Er spähte hinaus in die Dunkelheit der schlecht beleuchteten Schuleinfahrt, in der Hoffnung, den Renault Clio seiner Mutter zu erblicken. Ein paar Mütter kamen in Sportwagen zur Schule, die meisten fuhren Kombis oder Geländewagen. Es wäre nicht übel, wenn Mum ein schickeres Auto hätte. Morgens kam er mit dem Bus zur Schule, was auch okay war, aber da er nach der Schule immer noch so viele Arbeitsgemeinschaften hatte, mußte Mum ihn meistens nachmittags abholen.

Die meisten seiner Freunde aus der Grundschule gingen jetzt zur Highschool, aber er hatte ein Stipendium für die Schule bekommen, auf die Tiffany ging. Er erinnerte sich noch an den Gesichtsausdruck Dads, als der Brief angekommen war. Mann, das war schon klasse gewesen. Er und Mum hatten ihm als Belohnung für sein gutes Zeugnis einen Computer geschenkt. Aber es war ganz schön hart in St. Hugh's, schwieriger, als er gedacht hatte. Ein paar von den Lehrern schienen richtig Spaß daran zu haben, ihn fertigzumachen, wenn er seine Hausaufgaben nicht schaffte. Bei der Erinnerung, wie er sich am ersten Tag in die Hose gemacht hatte, zuckte er zusammen. Verdammter Mist! Elf Jahre alt, und er hatte sich in die Hose gemacht. Verfluchte Scheiße!

Er sah auf die Uhr. Wo blieb sie nur? Er hoffte, daß alles in Ordnung war. Er hatte sie letzte Woche weinen hören, und gestern auch. Weshalb? Warum war sie traurig?

Batesy sagte, seine Mutter sei letztes Jahr auch so gewesen. Aber sie hatte auch einen Grund dafür gehabt. Batesys Dad war Weihnachten von zu Hause weggegangen; er hatte ihnen allen noch Geschenke gekauft, sagte Batesy, und war dann am zweiten Weihnachtsfeiertag mit einer anderen Frau verschwunden.

Philip kaute an dem Rest seines abgeknabberten Daumennagels herum. Sein Dad würde sie nicht verlassen, also konnte Mum doch nicht deswegen weinen, oder? Blöder Batesy! Sein Dad war bestimmt von zu Hause abgehauen, weil Batesy so ein Idiot war. *Er* war kein Idiot, er hatte ein Stipendium bekommen. Da konnte also nichts schiefgehen.

Aber wo blieb Mum?

»Immer noch hier, Philip?«

»Ja, Sir.«

»Dann komm doch lieber ins Warme und warte drinnen.«

»Nicht nötig, Sir. Ich bin sicher, meine Mutter kommt gleich.«

»Wie du meinst.«

Er sah zu, wie Mr. Wells, der Lateinlehrer, im Schulgebäude verschwand. Mr. Wells war in Ordnung. Er gehörte zu den netteren Lehrern. Mr. Wells war es auch gewesen, der neulich diese blöden Jungen erwischt hatte. Tiffany hatte ihn gewarnt, daß es in der Schule Piesacker gab. Sie hatte ihm sogar angeboten, sie sich vorzuknöpfen, falls er Hilfe brauchte. O Mann, so weit kam's noch, daß er sich von einem Mädchen helfen ließ. Und überhaupt, wenn die Typen es noch mal versuchten, würde er es ihnen schon zeigen.

Er schaute wieder auf seine Uhr. In der Ferne hörte er ein Auto, dann sah er Scheinwerfer auf sich zukommen. Er hielt den Atem an. Bitte, laß es Mum sein. Der Wagen hielt neben ihm an, und er erblickte Becky, die ihm die Zunge herausstreckte. Er atmete in einem einzigen, langen Seufzer aus.

»Wie kommst du mit *Emma* voran?« fragte Hilary, als sie sah, wie Tiffany ihre dicke Schultasche auf den Wohnzimmerfußboden fallen ließ.

»Dieser gräßliche Mr. Elton macht sich gerade an sie ran. Er ist wirklich scharf auf sie, nicht? Geschieht ihr recht, wenn Sie mich fragen. Ich begreife nicht, was George Knightley an Emma findet – der könnte doch leicht was Besseres haben.«

»Na, ich laß dich dann mal lieber arbeiten«, sagte Hilary und sammelte ihre eigenen Schulbücher ein. »Becky ist in ihrem Zimmer und mistet aus, und Philip sitzt an seinem Computer. Ich habe dir ein Stück Kuchen aufgehoben, und im Schrank sind jede Menge Kekse.«

»Danke, und viel Spaß bei Ihrem Französischkurs.«

Hilary zog die Tür hinter sich zu und schlug den Mantelkragen gegen den Wind hoch, während sie das kurze Stück zur Schule ging. Viel Spaß, hatte Tiffany gesagt. Sah nicht danach aus. Erstens würde dieser verdammte Nick Bradshaw dasein, und zweitens hatte sie ihre Hausaufgaben nicht gemacht. Ein plötzlicher Windstoß erfaßte ihren Mantel und ließ sie erschauern. Und drittens würde Patricia sich diebisch freuen, weil *sie* ihre natürlich gemacht hatte.

Hilary hatte den ganzen Tag über so viel um die Ohren gehabt, daß sie kaum Zeit gehabt hatte, an David zu denken. Selbst als er von der Arbeit nach Hause gekommen war, war sie in Gedanken so mit Georgia und Nick beschäftigt gewesen, daß sie nicht eine Sekunde darüber nachgedacht hatte, was David wohl im Büro gemacht hatte und ob er an diesem Abend – angeblich – in den Squash-Club gehen würde. Im nachhinein schien es ihr, als sei er beim Abendessen mit seinen Gedanken ganz woanders gewesen; er hatte nicht einmal etwas gesagt, als die Kinder angefangen hatten, sich zu kabbeln. Philip hatte wieder mit einem seiner Witze angefangen, woraufhin Becky ihn herablassend angesehen und gesagt hatte: »*Du* bist ja bloß ein Junge.«

»Na klar. Und?« hatte er erwidert.

»Meine neue Freundin Chloe sagt, Jungen wachsen langsamer als Mädchen, und du weißt ja wohl, was das bedeutet, oder? Das bedeutet, daß ich wahrscheinlich intelligenter bin als du.«

»Dann zeig uns mal, wie *du* an ein Stipendium kommst!«

Selbst als Becky à la Miss Piggy mit hoch erhobener Nase aus der Küche stolziert, dabei gegen die Tür gelaufen war und losgeheult hatte wie eine Sirene, hatte David keinerlei Reaktion gezeigt, sondern war einfach mit den Worten aufgestanden, er müsse sich beeilen, sonst käme er zu spät zum Squash.

Gerade als Hilary auf der Höhe von St. John's die Hauptstraße überquerte, fing es an zu regnen. Sie beschleunigte ihren Schritt und zuckte zusammen, als ihr ein Wassertropfen am Hals herunterlief. Als sie schließlich am Schultor ankam, hatte sich der Regen in Hagel verwandelt. Mit gesenktem Kopf rannte sie über den Schulhof, das Lehrbuch schützend an die Brust gedrückt. Sie schlüpfte durch den Haupteingang, schnappte nach Luft und schüttelte ihr nasses und zerzaustes Haar. Als sie den hallenden Flur entlangging, vernahm sie Martinas Stimme, die Anweisungen für den Unterricht gab.

Mist! Sie war zu spät.

Dann hörte sie, wie hinter ihr die Tür zuschlug und eilige Schritte den Gang entlangkamen.

»Wie gut, daß ich nicht der einzige bin, der zu spät kommt.«

Ohne sich umzudrehen, wußte sie, wer es war. Unbewußt verlangsamte sie ihren Schritt. Irgendein übergeschnappter Teil von ihr wollte den Klassenraum zusammen mit Nick betreten – Patricia würde schön blöd gucken.

Nick hielt ihr die Tür auf, und sie ging hinein. »Hallo, Martina«, sagte sie munter. »Entschuldigung, daß ich zu spät komme.«

»Gleichfalls«, ergänzte Nick.

»Lassen Sie sie zur Strafe in der Ecke stehen«, sagte Patricia, »aber nicht zusammen.«

»Schade«, lachte Nick und ging zu dem Platz in der letzten Reihe, wo er beim letzten Mal auch gesessen hatte. Hilary steuerte augenblicklich auf den freien Stuhl neben einer älteren Frau zu, die, soweit Hilary sich erinnern konnte, im Unterricht bisher noch nie den Mund aufgemacht hatte.

»Hilary, würde es Ihnen etwas ausmachen, sich wieder neben Nick zu setzen?« fragte Martina. »Ich habe noch kein Buch für ihn gefunden. Wir sind auf Seite einunddreißig: ›Dans la chambre a coucher‹.«

Hilary hörte ein Kichern aus der ersten Reihe – Patricia. Widerwillig setzte sie sich neben Nick.

»Tut mir leid, daß Sie mich jetzt schon wieder am Hals haben«, sagte er. Dann fügte er mit leiserer Stimme hinzu: »Danke übrigens für den Tee vorhin.«

Nach Beckys dramatischem Auftritt in der Küche war Hilary überrascht gewesen, wie Nick mit Becky umgegangen war. Er hatte sich zu ihr hinuntergebeugt und nachdenklich eine der Barbiepuppen betrachtet, die in den Müll wandern sollten. Kopfschüttelnd hatte er mit der Zunge geschnalzt. »Puppen – Instrumente der Unterdrückung, ganz ohne Zweifel. An deiner Stelle würde ich sie alle wegwerfen.« Dann war er aufgestanden, hatte Becky den Rücken zugekehrt und Hilary lächelnd zugezwinkert. »Wird Zeit, daß ich gehe. Sieht aus, als ob Sie eine Revolution erwartet, da lasse ich Sie lieber allein.«

»Hilary. Qu'est-ce qu'il y a dans l'armoire?«

Hilary betrachtete das Bild. *Armoire*. Was zum Henker war ein *armoire*? »Ähm ... *le lit*?« antwortete sie hoffnungsvoll.

Patricia lachte. »Da müßte der Schrank aber ziemlich groß sein!«

»Quelle chatte!« flüsterte Nick neben Hilary. »Mi-auu!«

»Non, Hilary, le lit est sur le plancher. Qu'est-ce qu'il y a dans l'armoire?«

Hilary zögerte. Was war das verdammte Wort für Kleider?

»Vêtements«, flüsterte Nick.

»Weiß ich selbst«, zischte sie ihm zu. »Ich brauche keine Hilfe. Vêtements«, sagte sie laut.

»Bien, et maintenant vos devoirs. Patricia?«

»Oui, Martina. Mes vacances en Florida.«

Hilary schloß die Augen und stöhnte innerlich. Sie hatte die ganze Geschichte bereits am Schultor gehört. Patricia mit Anhang am Flughafen. Patricia mit Anhang auf wundersame Weise in die Luft gehoben. Patricia mit Anhang im Kennedy Space Center. Patricia mit Anhang in den Universal Studios. Jemand stupste sie an, und als sie die Augen öffnete, sah sie ein Stück Papier vor sich auf dem Tisch liegen. Darauf stand: *Denken Sie auch, was ich denke?*

Sie hätte beinahe losgelacht – was ihr einen mißbilligenden Blick von Patricia eingetragen hätte. Sie drehte den Zettel um und schrieb auf die Rückseite: *Wohl kaum.*

Er schob ihr eine weitere Botschaft zu: *Meinen Sie, Sie könnten sich zu einem einzigen Drink überreden lassen, wenn wir hier fertig sind?*

Ganz sicher nicht. Ich bin verheiratet! kritzelte sie in großen Buchstaben.

»Heißt das, Sie haben nie Durst?« flüsterte er.

Sie lachte. Patricia gab ein mißbilligendes Schnauben von sich. »Quand nous sommes arrivés ...«, wiederholte sie extra für Hilary.

Du lieber Himmel, dachte Hilary, wir sind noch nicht mal bei der Stelle angekommen, wo der Hotelportier ihre nagelneue Samsonite-Ausstattung mit irgendwelchen ordinären Koffern verwechselt.

Wenn das so weiterging, könnte sie nach dem Unterricht vielleicht wirklich einen Drink gebrauchen.

Kapitel 17

Jetzt hör auf, dir Sorgen zu machen. Den beiden wird schon nichts passieren.«

Hilary hörte, wie David das Zimmer verließ und nach unten ging. Wie leicht es doch den Männern fiel, ihre Gefühle abzuschalten, selbst wenn es um ihre Kinder ging.

Ganz vorsichtig setzte Hilary sich auf den Rand von Beckys Bett – sie schlief fest und sah aus wie ein Engel. Hilary küßte sie zart auf die Wange und atmete den Duft ihres frisch gewaschenen Haars ein. Am liebsten hätte sie ihren Mantel wieder ausgezogen und sich neben Becky gekuschelt. Sie hatte keine Lust auszugehen. Sie hatte keine Lust auf diesen Abend mit David, bei dem sie gegenüber sämtlichen Gästen von Dereks und Cindys Eröffnungsparty so tun mußte, als ob sie glücklich und zufrieden wären. Sie war ganz und gar nicht glücklich und zufrieden, und sie hätte mit Vergnügen allen ins Gesicht geschrien, daß David ein treuloses, egoistisches Schwein war.

Sie gab Becky noch einen Kuß, quasi als Glücksbringer, und ging dann hinüber in Philips Zimmer, aus dem das leise Bumm-Bumm der neuesten Oasis-CD drang. Philip saß über seinen Schreibtisch gebeugt und starrte auf ein Buch.

»Na, was machen die Hausaufgaben?« fragte sie.

»Die Kreuzzüge«, antwortete er, ohne aufzusehen. »Hier

steht, daß sie Babys bei lebendigem Leib gekocht und dann gegessen haben. Könnten wir das nicht auch mit Becky machen?«

»Philip!«

»War nur 'n Witz.«

»Und ich wollte nur tschüs sagen. Bist du sicher, daß wir euch allein lassen können?«

»Kein Problem, Mum, wirklich.«

»Ich werde alle halbe Stunde mal nach euch sehen.«

»Ihr geht doch bloß über die Straße. Ich komm schon klar.«

»Du wirst dir doch keine Erwachsenenfilme im Fernsehen angucken, oder?«

»Mum!«

Sie gab ihm einen schnellen Kuß auf den Kopf, bevor er Zeit hatte, sich zu ducken.

Philip wartete, bis die Tür ins Schloß gefallen war. Dann streckte er den Arm über den Schreibtisch, teilte die Gardinen mit der Spitze seines Stiftes und spähte durch den schmalen Schlitz. Er beobachtete, wie seine Eltern die Straße überquerten, zog aber hastig den Stift weg, als er sah, daß seine Mutter sich umwandte und zum Haus zurückblickte. Hatte sie ihn gesehen? Hoffentlich nicht. Er wollte nicht, daß sie dachte, er hätte Angst so allein.

Er hatte keine Angst.

Genauso wie er keine Angst vor diesen Idioten in den Umkleideräumen in der Schule hatte. Batesy war ein Feigling, weil er sich ihnen gefügt hatte. Das hätte er nicht tun sollen, wo sie sich doch geschworen hatten, zueinander zu halten.

Er kaute an seinem kleinen Finger und konzentrierte sich wieder auf die scheußlichen Bilder von abgeschnittenen Köpfen und blutverschmierten Speeren in seinem Geschichtsbuch, überzeugt, daß das, was die Kreuzritter durchgemacht hatten, im Vergleich zu seinen Qualen lächerlich gewesen war.

Als schließlich nichts mehr von seinem Nagel übrig war, klappte er das Buch zu, warf sich auf das Bett und vergrub den Kopf unter seinem Kissen, um die Gedanken an Batesys Verrat und seine Einsamkeit zu verscheuchen.

Wie in der Wettervorhersage angekündigt, war die Temperatur fast auf dem Gefrierpunkt angelangt, und der Atem bildete zarte Wölkchen in der windstillen Nachtluft. Alex schlang seinen Arm um Charlotte. »Sollen wir laufen?« fragte er, als sie die Einfahrt von Ivy Cottage hinuntergingen.

»Was, mit den Absätzen?«

»Also, tragen werde ich dich nicht. Ich muß meine Kräfte für die Flitterwochen schonen. Es gibt da gewisse Verpflichtungen, denen ein Mann in seiner Hochzeitsnacht nachzukommen hat.«

Charlotte lachte. »Du hast mir immer noch nicht gesagt, wo wir hinfahren.«

»Und das werde ich auch nicht tun.«

Als sie auf Dereks und Cindys Haus zugingen, blieb Charlotte stehen und sah Alex an. »Auch nicht, wenn ich ...« Sie vergrub das Gesicht an seinem Hals und flüsterte ihm etwas ins Ohr. Er lachte laut auf und küßte sie.

»Also wirklich!« entrüstete sich Iris Braithwaite, die aus dem Nichts in der Dunkelheit aufgetaucht war, und spie eine Dampfwolke aus wie ein Drachen.

Ohne sich um die Rüge zu scheren und mit einem Blick auf Iris' voluminösen Pelzmantel sagte Alex: »Sie sehen heute abend ganz bezaubernd aus, Mrs. Braithwaite.«

»Ihre Schmeicheleien können Sie sich schenken, junger Mann. Heben Sie sie für Mrs. Lawrence auf. Vielleicht kriegen Sie sie damit schneller vor den Altar.«

»Haben Sie es denn noch nicht gehört, Mrs. Braithwaite? Wir haben bereits einen Hochzeitstermin festgesetzt«, sagte Charlotte, als sie gemeinsam die hell erleuchtete Auffahrt zu *All In The Mind* entlanggingen.

Iris warf ihr einen vorwurfsvollen Blick zu. »Doch, man hat mir davon berichtet, aber da ich keine Spur von einer Einladung entdecken konnte, habe ich das Ganze als leeres Gerücht abgetan.«

»Alex, du hast doch wohl hoffentlich nicht Mrs. Braithwaites Einladung vergessen?«

»Ach, ich Dummkopf«, sagte er und drückte Charlottes Hand. »Ich muß gestehen, ich bin überrascht, Sie heute abend hier zu sehen«, sagte er zu Iris. »Sie gehören doch nicht gerade zu Dereks größten Anhängern, oder?«

»Ich bin in offizieller Funktion hier. In einer kleinen Gemeinde wie der unseren ist es wichtig, immer auf dem neuesten Stand zu bleiben.« Und da sie inzwischen an Dereks und Cindys Haustür angekommen waren, hob sie die Hand und drückte lange und energisch auf die Klingel.

Tiffany öffnete ihnen.

»Tolles Kleid«, sagte Charlotte und gab Tiffany einen Kuß. »Richtig vampmäßig.«

Tiffany lächelte. Mit der einen Hand spielte sie an einer feinen Haarsträhne herum, die sich vor ihrem rechten Ohr ringelte, mit der anderen strich sie über das schwarze Samtband an ihrem Hals.

»Sie werden sich noch die Schwindsucht holen, junges Fräulein«, verkündete Iris mit einem mißbilligenden Blick auf Tiffanys Dekolleté. Dies faßte Tiffany als Ermutigung auf, die Hände herunterzunehmen und damit ihren Busen verführerisch anzuheben.

»So ist's brav«, flüsterte Alex und gab ihr ebenfalls einen Begrüßungskuß. »Laß sie reden. Du siehst fantastisch aus – vor allem ohne die Doc Martens.«

»Ich hab's jetzt mehr mit Glamour«, schnurrte sie provozierend und versetzte ihm einen spielerischen Tritt mit ihrem hochhackigen schwarzen Lederpumps. »Gebt mir eure Mäntel, ich werfe sie oben übers Bett.«

»Mit meinem werden Sie das ganz gewiß nicht tun«, sagte Iris. »Ich habe diesen Mantel seit 1957.«

»Dann dürfte es wohl zu spät sein, ihn dem armen Tier zurückzugeben, dem er abgenommen wurde.«

»Wie meinen Sie, junges Fräulein? Ich hätte ihn ganz gerne ...«

»Ausgestopft?« murmelte Tiffany unhörbar.

»Aufgehängt, wenn ich bitten darf.«

»Geht schon mal durch und nehmt euch was zu trinken«, sagte Tiffany zu Charlotte und Alex. »Barry ist auch da. Er ist extra für Dads große Party übers Wochenende nach Hause gekommen.«

Das Wohnzimmer war überfüllt, und einige Gäste wichen bereits in den Wintergarten aus. Beide Räume waren mit Girlanden in Dunkelblau und Gold und dazu passenden Luftballons mit der Aufschrift »All In The Mind» dekoriert. Im Hintergrund lief Musik, die aber über dem lauten Stimmengewirr kaum zu hören war.

»Da ist Dad«, sagte Charlotte sofort, als sie ihren Vater allein herumstehen sah. Er schien vollkommen in ein großes, aufwendig gerahmtes Familienfoto der Rogers vertieft zu sein. Sie und Alex schnappten sich Champagnergläser von einem vorbeigehenden Kellner und steuerten auf Neville zu.

»Charlotte. Endlich! Wieso kommst du so spät? Ich warte schon seit Ewigkeiten auf dich. Du weißt, wie sehr ich Partys hasse.«

»Das ist zum Teil meine Schuld«, sagte Alex. »Mrs. Braithwaite hat uns beim Küssen erwischt.«

»Wird viel zu selten gemacht, finde ich«, lachte Neville.

»Was wird viel zu selten gemacht?«

»Küssen«, sagte Charlotte mit einem Zwinkern und

machte Platz für Derek. Er trug eine cremeweiße Hose und ein dunkelblaues T-Shirt mit der Aufschrift »All In The Mind«, die in Goldbuchstaben quer über seine Brust verlief.

»Du mußt wirklich mit diesen sexuellen Übergriffen aufhören, Charlotte, schließlich bin ich ein verheirateter Mann.«

»Als ob dich das je von irgend etwas abgehalten hätte«, sagte Cindy, die sich mit einem Tablett voller winziger Blätterteigpasteten näherte. Auch sie trug eine cremeweiße Hose und das gleiche Oberteil wie Derek.

»Und, wie läuft's mit dem Umbau?« fragte Alex.

»Wunderbar«, antwortete Derek. »Das einzige, was noch gemacht werden muß, ist der Außenanstrich des Hauses. Ich weiß, ihr werdet alle furchtbar enttäuscht sein, aber es ist Zeit, daß wir uns von unserer rosaroten Wolke verabschieden. Davon abgesehen, wie findet ihr die T-Shirts? Guter Werbegag, nicht? Vielleicht werde ich sie demnächst an unsere Kunden verscherbeln – ich meine: verkaufen.«

»Ich könnte eins mit der Aufschrift ›Alles im Eimer‹ gebrauchen«, spöttelte Cindy.

»Hey! Das gefällt mir.« Derek lachte. »Klasse Slogan – Alles im Eimer? Dann kommen Sie zu *All In The Mind*‹. Du bist genial, Cindy. Vielleicht können wir das Ganze mit einer Melodie unterlegen und es als Werbung im Radio senden.«

Cindy stöhnte – vermutlich meinte er es sogar ernst.

»Nun, ich finde, wir sollten auf euer neues Projekt anstoßen«, sagte Charlotte und erhob ihr Glas. »Auf *All In The Mind*. Möge die Kasse klingeln.«

»Ach, Charlotte.« Derek schüttelte den Kopf. »Nein, nein, nein. Hier geht es nicht darum, Geld zu verdienen. Dies ist eine wundervolle Möglichkeit, verlorene Seelen zu retten.«

»Ich dachte, das sei mein Zuständigkeitsbereich«, rief Malcolm Jackson herüber, der sich gerade mit Louise unterhielt.

Derek grinste. »Die hoffnungslosen Fälle schicken wir zu Ihnen rüber, versprochen.«

»Sehr großzügig von euch«, entgegnete Malcolm. »Wie sieht's aus, schaffen wir heute abend 'ne Neuauflage von Barrys Konfirmationsparty? Bis jetzt ist die Musik noch etwas öde.«

Cindy sah schuldbewußt zur Seite. Als Vorsichtsmaßnahme hatte sie einige von Dereks Lieblings-CDs versteckt, weil sie nur zu gut wußte, wie der Abend ausgehen würde, wenn er und Malcolm zu Meat Loafs »Bat Out Of Hell« ausflippten. Sie hatte Derek und Barry noch vor Augen, wie sie vor gut einem Jahr auf Barrys Konfirmationsfeier zusammen gesungen hatten. Damals waren ihr vor Rührung die Tränen in die Augen gestiegen, weil Vater und Sohn nach achtzehn Jahren endlich an einem Punkt angekommen waren, an dem sie einander schätzten.

»Hoppla, Cindy ist am Träumen«, stichelte Derek.

»Entschuldigung«, sagte sie hastig, »ich habe gerade an Barry gedacht.«

»Wo ist er?« fragte Charlotte. »Tiffany sagte, er sei übers Wochenende zu Hause.«

»Als ich ihn das letzte Mal gesehen habe, wollte er nur noch schnell irgendeine Arbeit fertig machen«, antwortete Cindy.

»Es hat sich also nichts geändert«, sagte Alex.

»*Au contraire*«, sagte Derek geheimnisvoll. Er deutete auf seine Brust. »*Au contraire.*«

Hilary wollte nach Hause. Sie hatte es satt, sich Davids Vorträge über den Zustand des Immobilienmarktes anzuhören. Und vor allem hatte sie es satt daneben zu stehen, wenn er das Blaue vom Himmel herunterlog. Er war ein Lügner, ein Betrüger, ein Verräter und ein hinterhältiger, falscher Mistkerl – die besten Voraussetzungen für einen guten Immobilienmakler, wie manche sagen würden.

Deprimiert ließ sie David stehen, der nicht einmal merkte, daß sie gegangen war – er schloß einfach die Lücke, die sie hinterlassen hatte, indem er einen Schritt nach rechts trat und bei den Gesten, mit denen er seine Worte untermalte, noch weiter ausholte.

»Sie sehen niedergeschlagen aus.«

Automatisch zwang sie sich zu einem Lächeln, bevor sie überhaupt erkannt hatte, wer da mit ihr sprach. Es war Nick Bradshaw, und er trug, genau wie Derek und Cindy, eines der speziell entworfenen T-Shirts. Sie fand jedoch, daß er in Rollkragenpulli und Sakko besser aussah.

»Wie gefiel Ihnen die detaillierte Schilderung von Florida neulich abend?« fragte sie und stellte fest, daß es ihr diesmal leichter fiel, ein Gespräch mit ihm anzufangen, als sonst.

»Es kommt mir vor, als wäre ich selbst dagewesen«, antwortete er.

»Mir auch. Mehrmals.«

»Geben Sie's zu, Hilary, Sie waren doch fast in Versuchung, mit mir nach dem Unterricht noch was trinken zu gehen, oder?«

Wie arrogant er war. »Nicht eine Sekunde lang«, gab sie zurück.

Auf dem Heimweg hatte sie sich immer wieder die Frage gestellt: Warum eigentlich nicht? Warum sollte sie nicht auf ein Glas mit ihm in den Pub gehen? Wenn er eine Frau gewesen wäre, hätte sie überhaupt nicht weiter darüber nachgedacht und David einfach gesagt, sie sei mit einer anderen Kursteilnehmerin noch etwas trinken gegangen.

»Ich wäre Ihnen nicht zu nahe getreten, falls Sie sich deshalb Sorgen gemacht haben.«

»Natürlich nicht«, sagte sie hastig, »das ist mir klar.«

Er sah sie überrascht an. »Wieso?«

»Wieso was?«

Er lächelte. »Wieso sind Sie so sicher, daß ich nicht mit Ihnen flirten würde?«

»Weil ... Nun, Sie würden es einfach nicht tun, nicht mit jemandem wie mir. Männer flirten mit Frauen wie meiner Schwester Charlotte. Sehen Sie, da drüben steht sie, neben Derek vor dem Kamin, und das daneben ist Alex. Die beiden heiraten nächsten Monat.«

»Eine attraktive Frau«, sagte Nick und sah zu ihr hinüber. Dann wandte er sich wieder Hilary zu. »Und ich gehe wohl recht in der Annahme, daß Sie die jüngere Schwester sind?«

Hilary runzelte die Stirn. »Ja, aber was hat das damit zu tun?«

»Eine ganze Menge. Wann haben Sie Becky das letzte Mal *Das häßliche Entlein* vorgelesen?«

Sie öffnete den Mund, um zu antworten, und klappte ihn dann wieder zu.

»Denken Sie mal darüber nach, Hilary.«

»Hören Sie auf, sich über mich lustig zu machen«, sagte sie kleinlaut.

»Das tue ich nicht, ganz bestimmt nicht.«

Ein lautes Lachen von David ließ Hilary erneut die Stirn runzeln. Wut schäumte in ihr hoch.

»Ihr Mann scheint sich prächtig zu amüsieren«, sagte Nick, wobei er sie genau beobachtete.

»Warum sollte er nicht?« fragte sie mürrisch.

»Das ist nicht der Punkt. Warum tun Sie's nicht?«

»Wer sagt das?«

»Hilary, was glauben Sie, wie lange Sie das noch durchhalten?«

Erschrocken starrte sie ihn an. »Was durchhalten?« fragte sie zögernd.

»So zu tun, als ob das, was Sie quält – was immer es ist – gar nicht existiert.«

»Gütiger Himmel, Mr. Bradshaw. Wie kommen Sie denn auf so eine alberne Idee?«

»Spielen Sie doch nicht die Entrüstete, Hilary. Hören Sie auf, sich und andere zu belügen, und stellen Sie sich dem, was David Ihnen antut.«

Hilary wurde übel. Das Gemurmel zahlloser Stimmen und die Musik der Gipsy Kings begannen, in ihrem Kopf zu pochen. Nicks Gesicht schien plötzlich näher zu kommen, und sie schwankte leicht. Sie spürte seine Hand auf ihrem Arm und zuckte zurück. »Ich muß nach meinen Kindern sehen«, sagte sie und drängte sich an ihm vorbei.

Draußen angekommen, atmete sie tief durch und wünschte sich, die eisige Luft würde sie durchschneiden, würde all das, was ihr weh tat, sauber aus ihr herausschneiden.

»Alles in Ordnung?«

Verdammt. Er schon wieder. »Ja«, log sie und begann, sich vom Haus zu entfernen. Doch sie hörte seine Schritte hinter sich. Sie wußte nicht, was sie sagen sollte, also schwieg sie und ließ zu, daß er ihr über die Straße zu *The Gables* folgte.

Beide Kinder schliefen tief und fest, und als sie wieder nach unten kam, fand sie Nick in der Küche vor. Er reichte ihr ein Glas Wasser. Sie nahm es dankbar entgegen und setzte sich hin. »Liegt bestimmt an dem vielen Champagner«, sagte sie, ohne ihn anzusehen. »Mir ist plötzlich ganz komisch geworden.«

»Seit wann geht das schon so?«

Ihre Finger klammerten sich um das Glas. Sie brachte kein Wort heraus.

Er nahm ihr gegenüber Platz. »Hilary, ich weiß, ich bedränge Sie. Aber ich spüre, daß zwischen Ihnen und David irgend etwas schiefläuft, und es wird nicht lange dauern, bis alle anderen es auch merken. Und was wollen Sie dann tun?«

Sie ignorierte seine Frage.

»Hören Sie«, fuhr er fort, »die Menschen müssen Schmerz nicht einfach hinnehmen, und das gilt auch für Sie. Wenn Sie sich den Arm gebrochen hätten und ich Arzt wäre, würden Sie mich Ihnen doch auch helfen lassen, oder?«

Sie nickte.

»Sie schlagen sich vermutlich mit einem gebrochenen Herzen herum, also warum lassen Sie mich Ihnen nicht helfen?«

»Das stimmt überhaupt nicht«, sagte sie eisern. Ein gebrochenes Herz – wie furchtbar das klang, wie schnulzig! »Und wie können Sie es wagen zu behaupten, daß David mich nicht liebt? Warum um alles in der Welt sollte er das nicht tun? Also tun Sie mir bitte ...«

»Das habe ich nicht gesagt, Hilary.«

»Ach, hören Sie auf, hören Sie auf! Sie sind zu clever für mich. Sie versuchen, mir Fallen zu stellen. All diese widerlichen Wortspiele, über die ich immer wieder stolpere. Wenn Sie mir helfen wollen, lassen Sie mich einfach allein und hören Sie auf, mir Sachen in den Mund zu legen, die ich gar nicht sagen will.«

Kurz darauf hörte sie, wie die Haustür leise ins Schloß fiel.

»Ach, kommt schon. Was hat er denn Schlimmes getan?«

»Heilige Scheiße, Dad! Das ist doch wohl ein Witz.« Tiffany blickte sich, nach Unterstützung suchend, in der Gruppe um. Charlotte sprach als erste.

»Tiffany hat recht«, sagte sie. »Ted ist zu weit gegangen.«

Derek lachte. »Hätte nicht gedacht, daß du so prüde bist, Charlotte.«

»Ganz im Gegenteil«, ergänzte David und torkelte auf Charlotte zu.

Angewidert schob sie ihn von sich weg. Was für eine armselige Figur ihr betrunkener, untreuer Schwager in diesem Moment abgab.

»Und Sie, Mr. Hamilton«, sagte Iris und bohrte Alex den Zeigefinger in die Schulter. »Wie stehen Sie zu dieser Angelegenheit? Finden Sie, daß wir diesen Schund, den Mr. Cooper offenbar direkt vor unserer Nase unter die Leute bringen will, tatenlos hinnehmen sollten?«

Alex nahm einen langen, bedächtigen Schluck aus seinem Weinglas. »Nein«, sagte er schließlich, »nein, ich finde nicht, daß wir das sollten, ich denke ...«

»Danke, Mr. Hamilton«, sagte Iris zufrieden und wandte sich Derek zu. »Es sieht ganz so aus, als ob Sie in der Minderheit wären, Mr. Rogers.«

»Wie wär's, wenn wir den Kreis erweitern?« schlug Derek vor.

»Aber gerne«, erwiderte Iris selbstsicher.

Derek ging in den Wintergarten und bat Nick und Rosie, sich zu ihnen zu gesellen.

»Nun, Nick«, sagte er gutgelaunt und legte seine Hand auf Nicks Schulter, »Sie sind doch ein Mann von Welt, liberal und tolerant, nicht wahr?«

»Ich hoffe schon.«

»Ich weiß, Sie wohnen nicht hier in Hulme Welford, aber Sie haben doch sicher mitbekommen, daß es im Dorf Unstimmigkeiten gibt, weil unser Zeitungsmann ein paar etwas exotischere Waren verkauft als die üblichen Zeitschriften und Süßigkeiten.« Er tippte ihm auf die Nase und fügte hinzu: »Und ich spreche nicht von Mangos.«

Nick fuhr sich mit der Hand über das Kinn und blickte auf die erwartungsvollen Gesichter um ihn herum. »Alles in allem halte ich es nicht für angemessen, daß der Zeitungshändler eines Dorfes solche Dinge verkauft wie Ted

Cooper.« Dann fuhr er mit einem Schulterzucken fort: »Vielleicht bin ich altmodisch, aber wenn ich verführerische Wäsche für jemanden kaufen möchte, den ich gern habe, würde ich eher in ein Geschäft gehen, das auf so etwas spezialisiert ist, und nicht in einen Zeitungsladen, der von einem Mann geführt wird, der ein Bustier nicht von einer Filterzigarette unterscheiden kann.«

»Ich habe gehört, was ich hören wollte«, verkündete Iris und gestattete sich ein kleines triumphierendes Lächeln. »Mr. Rogers, ich gratuliere Ihnen zu der Auswahl Ihrer Mitarbeiter. Mr. Bradshaw hat eine kultivierte Art, die ich bewundere und Ihnen nur zur Nachahmung empfehlen kann.« Sie nickte dem Objekt ihres Lobes anerkennend zu und verschwand auf der Suche nach etwas Eßbarem.

»Hört, hört!« lachte Tiffany. Sie war begeistert von Nicks Reaktion ihrem Vater gegenüber und schenkte Nick ihr betörendstes Lächeln. Charlotte stupste Alex an und flüsterte: »Ich glaube, du bist gerade auf den zweiten Platz abgerutscht.«

»Ich bin nicht Ihrer Meinung, Nick«, sagte Rosie Williams gelassen, die langen Finger wie in einer Geste innigen Betens unter ihrer Nasenspitze aneinandergelegt. »Wovor haben Sie denn alle Angst?« fragte sie und sah jeden von ihnen der Reihe nach an. »Weshalb sind Sie alle so verklemmt, wenn es um Sex geht, denn genau darum geht es doch hier, oder nicht?«

»Stimmt genau«, sagte Derek. »Unser alter Freund, der Sex, zieht mal wieder seine Vorhaut zurück und penetriert die Verklemmten.« Alle zuckten bei dieser anschaulichen Metapher zusammen, doch Derek fuhr unbeirrt fort. »Der Sex«, verkündete er, »ist des Engländers ...«

»Achillesferse?« schlug Rosie hilfsbereit vor.

»Lattenschuß!« ergänzte Derek.

Alles lachte, verstummte jedoch, als Iris mit gefülltem

Teller zurückkehrte. In die nachfolgende Stille hinein sagte eine Stimme: »Hilary mag Unterwäsche.«

Überrascht sahen alle David an, der unter der Last der plötzlichen Aufmerksamkeit zu schwanken schien.

»Sie hat ganze Schubladen voll von dem Zeug. Sie denkt, ich weiß das nicht. Erst kauft sie's, und dann versteckt sie's. Was haltet ihr davon?« Er ließ seinen Blick über die betreten schweigende Gruppe schweifen. Als er Nick Bradshaw sah, wiederholte er die Frage: »Was halten Sie davon, hm?«

»Ich glaube, Sie haben zuviel getrunken«, bemerkte Nick höflich.

»Nein, habe ich nicht«, entgegnete David mit leicht erhobener Stimme. »Und jetzt beantworten Sie meine Frage, Mr. Oberschlauer-Psycho ... Psycho-Scheiß-Experte.«

»Laß doch, David«, drängte Charlotte. »Hör auf damit und geh nach Hause, bevor du dich lächerlich machst.«

Er schüttelte ihre Hand von seinem Arm und trat einen Schritt auf Nick zu.

Derek versuchte zu vermitteln. »Komm, alter Junge, ich hole dir noch was zu trinken. Laß uns in die Küche gehen.«

»Noch was zu trinken? Ganz sicher *nicht*!« ereiferte sich Iris. »Auspeitschen sollte man ihn für sein unglaubliches Benehmen – den guten Namen seiner Frau in aller Öffentlichkeit so in den Schmutz zu ziehen.«

»Ich will eine Antwort«, verlangte David stur.

»Also gut«, sagte Nick ruhig. »Vielleicht verspürt Ihre Frau das Bedürfnis, eine Leere auszufüllen, die jemand geschaffen hat, den sie liebt.« Ohne mit der Wimper zu zucken, hielt er Davids wütendem Blick stand, bis dieser ihm seine Faust ins Kinn grub und ihn zu Boden streckte.

Kapitel 18

Hilary streifte den Aushilfspfarrer aus Knutsford mit einem flüchtigen Blick und fuhr sich mit der Zunge über ihre obere Zahnreihe. Sie war an diesem Morgen früh aufgestanden, nachdem sie aus einem ihrer regelmäßig wiederkehrenden Träume aufgeschreckt war – dem Zahntraum. Seit ihren Prüfungen für die Mittlere Reife hatte sie in Streßphasen immer wieder den gleichen Traum gehabt, in dem sich ihre Zähne lockerten und dann ausfielen. Offenbar war das ein sicheres Zeichen von Angst.

Am Abend zuvor hatte sie keine Lust mehr gehabt, zur Party zurückzukehren, nachdem Nick *The Gables* verlassen hatte, und da sie überzeugt war, daß David sie ohnehin nicht vermissen würde, war sie zu Bett gegangen. Er war knapp eine Stunde später nach Hause gekommen, und als er sich angezogen aufs Bett fallen ließ, hatte sie so getan, als ob sie schliefe. Er war fast augenblicklich in Tiefschlaf versunken, während sie hellwach neben ihm gelegen und daran gedacht hatte, was für ein Quatsch doch der Spruch »Ein gutes Gewissen ist ein sanftes Ruhekissen« war.

Als sie vor einer halben Stunde gegangen war, hatte er noch immer geschlafen, inzwischen jedoch unter der Decke. Die Kinder hatten Lust zu faulenzen, und da sie das Bedürfnis verspürte, allein zu sein, hatte sie sie bereitwillig mit einem Video zu Hause gelassen und sich nach St. John's geflüchtet.

»Und nun lasset uns dem allmächtigen Gott unsere Sünden beichten«, sagte der Aushilfspfarrer mit ausgestreckten Armen und einem Hauch zuviel Pathos in der Stimme. Hilary senkte wie der Rest der Gemeinde den Kopf. Aber ich habe nicht gesündigt, dachte sie und hob den Kopf wieder. Ich habe nichts Schlimmes getan. Es ist David, der pausenlos sündigt. Empörung breitete sich in ihr aus, während sie den Geistlichen vor sich anstarrte. Wie konnte dieser alberne junge Hilfspfarrer mit seiner frisch erworbenen Universitätsfrömmigkeit es wagen, ihr vorzuhalten, wie verdorben sie war. Wenn er einen wirklichen Sünder suchte, sollte er David aus dem Bett zerren und ihn zur Beichte schleifen. Wieso sollten eigentlich immer die Unschuldigen um Vergebung bitten?

In einem der Chorstühle zur Rechten des Hilfspfarrers erblickte Hilary Iris Braithwaite, die sie mit ihren dunklen Knopfaugen ansah. Hilary senkte sofort wieder den Kopf und kniff die Augen zu, um dieses schreckliche Gesicht nicht mehr sehen zu müssen – nicht so sehr die Knopfaugen, sondern vielmehr das schockierende und unglaubliche Lächeln, mit dem die Frau sie gerade bedacht hatte – schockierend deshalb, weil Hilary es als Lächeln des Mitgefühls erkannte. Sollte das heißen ... Mrs. Braithwaite wußte von Davids Affäre?

Ob Charlotte ihr davon erzählt hatte? Bestimmt nicht. Dann also Cindy? Noch unwahrscheinlicher. Vielleicht waren David und Catherine zusammen gesehen worden, und die Gerüchteküche brodelte bereits.

Lieber Gott! begann sie zu beten. Laß nicht zu, daß alle über mich reden. Es tut mir leid, wenn ich je getratscht haben sollte. Und es tut mir leid, falls ich mal etwas Unfreundliches über jemanden gesagt habe. Ich tu's auch bestimmt nie wieder. Aber bitte laß die Leute nicht über mich reden – gib ihnen jemand anders, über den sie tratschen können.

Die Gemeinde von St. John's hatte noch nie viel von aktiver Teilnahme am Gottesdienst gehalten, und der heutige Morgen machte da keine Ausnahme. Der unerfahrene Hilfspfarrer hatte sich inzwischen in die Kanzel begeben und seine Predigt angestimmt, und sie ging in die Hose. Der Mann tat Hilary fast leid. So was mochte ja vielleicht in Knutsford durchgehen, aber die Leute hier in Hulme Welford konnten es ganz und gar nicht leiden, wenn man ihnen dämliche Fragen stellte. Ein paar rebellische Gemeindemitglieder riefen sogar absichtlich falsche Antworten. Was für Schauergeschichten mochten wohl nach Knutsford dringen, fragte sie sich. Daß die Bewohner von Hulme Welford allesamt strohdoof waren? Unverzagt führte er sie weiter an der Hand durch Jesajas Verurteilung der Sünde, wild entschlossen, seine Botschaft herüberzubringen.

»Hat jemand vielleicht eine Idee«, wollte der Hilfspfarrer mit einem suchenden Blick durch die Gemeinde wissen, »was der große Prophet wohl geantwortet hätte, wenn einer seiner Zeitgenossen ihn gefragt hätte: ›Was ist los, Jesaja?‹«

»Das ist doch offensichtlich«, rief jemand von hinten.

Die Erleichterung des Hilfspfarrers, daß jemand ihm tatsächlich zuhörte, war ebenfalls offensichtlich. »Ja?« fragte er eifrig.

»Er hätte gesagt: Je saja der Prophet, desto schlechter die Predigt!«

Schallendes Gelächter erfüllte die Kirche, und selbst der junge Mann in der Kanzel hatte den Anstand, sich ein kleines Lächeln abzuringen. Falls er sich zu Beginn des Gottesdienstes noch für einen Laurence Olivier der Liturgie gehalten hatte, so steuerte er jetzt aufs Schmierentheater zu, wobei er froh sein konnte, daß er seine Nummer überhaupt zu Ende bringen durfte.

Doch getreu seiner Profession fuhr er tapfer fort. »Denken Sie nicht, daß ich Panik verbreiten will«, tönte er mit erhobener Stimme, was auch dem Begriffsstutzigsten klarmachte, daß er genau das vorhatte, »aber da draußen geht wahrhaft Böses vor sich. Wir leben in einer gefallenen Welt – die Gesellschaft zerfällt, Geschäfte gehen pleite, Ehen ...«

Halt! hätte Hilary am liebsten geschrien. Hören Sie auf. Ich will das alles nicht hören. Begreifen Sie denn nicht, Sie dämlicher Kerl, daß wir so was nicht hören wollen? Hulme Welford ist ein hübsches kleines Plätzchen. Wir führen ein angenehmes, komfortables Leben, in dem nicht viel passiert. Wir wollen nicht, daß Leute wie Sie hierherkommen und uns erzählen, wie furchtbar der Rest der Welt ist. Lassen Sie uns in Ruhe. Ich will glücklich sein. Ich will nicht traurig sein und träumen, daß mir die Zähne ausfallen.

»Ich spüre tiefen Schmerz in dieser Kirche«, verkündete der Hilfspfarrer theatralisch und wies mit seinem ausgestreckten Zeigefinger auf die Gemeinde.

»Stimmt, und zwar jedesmal, wenn ich dich ansehe, du Pfeife«, knurrte jemand hinter Hilary.

Beim anschließenden Kaffee sah es so aus, als seien Hilarys Gebete erhört worden. Fast alle sprachen über die Predigt, die sie gerade über sich hatten ergehen lassen müssen, und waren sich einig, daß Malcolm Jackson kein Recht dazu hatte, seine betagte Mutter in Lincolnshire zu besuchen, ohne sich zuvor von den Fähigkeiten seines Stellvertreters zu überzeugen.

Da sie keine Lust hatte, nach Hause zu gehen, sammelte Hilary die Bibeln ein, die auf den Bänken liegengeblieben waren.

»Da bist du ja, Hilary«, sagte ihre Mutter und reichte ihr eine Bibel. »Das war mit Abstand die langweiligste Predigt, die wir je gehört haben. Wie geht's David nach gestern abend?«

»Was soll das heißen?« fragte Hilary argwöhnisch.

Louise lächelte. »Genau das, was ich gesagt habe.«

»Er schlief noch, als ich gegangen bin.«

»Glaube ich gerne. Schläft vermutlich seinen Rausch aus.«

»Möchtest du mir damit etwas Bestimmtes sagen, Mutter?«

»Ich hoffe, du hast ihm die Hölle heiß gemacht und ihn nicht noch voller Mitgefühl umsorgt.«

»Mitgefühl?« wiederholte sie. »Weshalb?« Manchmal hatte Hilary das Gefühl, Louise lebte auf einem anderen Planeten.

»Komm schon, Hilary, man sollte es mit der Loyalität nicht übertreiben. Es ist bewundernswert, daß du zu deinem Mann hältst, vor allem nach dem, was er über dich gesagt hat, aber gestern abend haben so viele Leute mitbekommen, was er sich geleistet hat, daß du dich den Tatsachen stellen mußt.«

»Mutter, ich habe nicht die geringste Ahnung, wovon du sprichst. Ich bin gestern abend früh nach Hause gegangen. Was hat David denn nun ...«

»Fang nicht an zu plärren, Hilary«, sagte Louise. Offenbar hatte ihre Tochter tatsächlich keinen Schimmer, worum es ging. »David hat gestern abend jemanden geschlagen. Zu Boden geschlagen, um genau zu sein.«

»Das glaube ich nicht«, sagte Hilary verblüfft.

»Mach den Mund zu, Hilary, es zieht. Wenn du mir nicht glaubst, frag deine Schwester. Sie wird dir genauestens erklären, was wir alle mit eigenen Augen gesehen haben. David hat einen Mann zu Boden geschlagen, direkt vor unserer Nase.«

»Wen?«

»Diesen neuen Typen, der gerade bei Derek und Cindy angefangen ...«

»Nick Bradshaw?«

»Ja, genau. Du kennst ihn?«

Etwas in Louises Stimme weckte in Hilary Schuldgefühle. Blödsinn. Sie hatte überhaupt keinen Grund, sich schuldig zu fühlen. »Er ist in meinem Französischkurs«, erklärte sie. »Aber warum hat David ihn geschlagen?«

»Ich glaube, David hatte sich etwas zu reichlich bei Dereks und Cindy Champagner bedient und fing an zu reden. Na ja, genaugenommen hat er aus dem Nähkästchen geplaudert. Du weißt ja, wie er ist, wenn er zuviel getrunken hat.«

»Könntest du bitte auf den Punkt kommen, Mutter?«

»Also gut, wenn du unbedingt willst. Aber ich warne dich, es wird dir nicht gefallen. David hat etwas über dich gesagt, das ziemlich privater Natur war, und wollte dann von diesem Nick Sowieso eine Meinung dazu hören. Er hat sich geweigert – offenbar ein Gentleman, im Gegensatz zu deinem Mann –, und da ist bei David wohl eine Sicherung durchgebrannt, und er hat Nick regelrecht gezwungen, seine Frage zu beantworten. Als Nick es dann tat, hat er ihm einen Kinnhaken versetzt.« Louise lachte. »Eins muß man Derek lassen – wenn er bei einer Party ist, passiert immer irgendwas. Weißt du noch, bei deiner Feier anläßlich von Charlottes Rückkehr, wie betrunken er ...«

»Was hat er gesagt?« unterbrach sie Hilary, der Dereks Auswirkungen auf gesellschaftliche Zusammenkünfte momentan herzlich egal waren.

»Wann? Als Nick am Boden lag?«

»Nein. Über mich.«

Louise bemühte sich um einen neutralen Gesichtsausdruck. »Du hättest angeblich eine Schwäche für Schubladen voller Unterwäsche, oder so.«

Hilary lief rot an. Wie konnte er nur! »Und was hat Nick dann gesagt, das David so auf die Palme brachte?«

»David wollte, daß Nick diese Schwäche von dir psychologisch analysiert. Erst hat er sich geweigert. Dann, als David ihn provoziert hat – und du weißt ja, wie provozierend David am Ende eines feuchtfröhlichen Abends werden kann –, sagte er, daß du damit vielleicht eine Leere ausfüllen würdest, die jemand geschaffen hätte, den du liebst.«

»So ein Quatsch!«

»Du mußt es ja wissen, Hilary. Sag mal, könnte es sein, daß David irgendwie unter Streß steht? Das würde eventuell sein merkwürdiges Verhalten erklären. Vielleicht solltest du ihn mal zu *All In The Mind* schicken. Denk darüber nach. Ich muß los. Bis bald.«

Streß! Was für ein Witz, dachte Hilary, als sie ihre Mutter davoneilen sah, um dem Hilfspfarrer die Hand zu schütteln.

»Mutter sieht aus, als ob sie ihn am liebsten am Kragen packen würde, nicht?«

»Charlotte!« rief Hilary aus, als sie ihre Schwester neben sich erblickte. »Sag jetzt nichts, nimm mich bitte nur mit nach Ivy Cottage. Ich will heute nicht nach Hause zurück. Mir reicht's.«

Draußen vor der Kirche schnitt ihnen die Kälte ins Gesicht, und nachdem sie sich die Mäntel zugeknöpft hatten, gingen Charlotte, Alex und Hilary schweigend den Kiesweg entlang, durch das Friedhofstor und hinaus auf die Hauptstraße. Dort stießen sie auf Iris Braithwaite, die starr geradeaus blickte und sich an ihre Handtasche klammerte wie an einen Schutzschild.

Charlotte folgte ihrem Blick. »Was ist denn da los?«

Die Hauptstraße des Dorfes war beidseitig von Autos gesäumt, Stoßstange an Stoßstange, und vor Toupet-Teds Laden stand eine Schlange von Männern.

»Armageddon!« antwortete Iris mit zornbebender Stimme. »Ich habe Sie gewarnt.«

Sie überquerten die Straße, Iris vorneweg. Neben ihr stieg gerade ein junger Mann aus einem verrosteten Ford Fiesta. Er trug eine verkehrtherum aufgesetzte Baseball-Kappe und ein offenes, kariertes Holzfällerhemd über einem T-Shirt mit der Aufschrift *Stay Cool*. Er warf Iris einen abfälligen Blick zu und sagte: »In dem Pelzmantel kriegen Sie Myxomatose.«

»Wie bit ...«

»Vergessen Sie's«, entgegnete er und schlenderte davon, um sich in die Schlange einzureihen.

Hilary und Alex gingen hinüber und spähten in den Laden. Er war proppenvoll, und Ted stand bis zu den Ellbogen in roter und schwarzer Spitze. Hilary mußte daran denken, was ihre Mutter ihr gerade berichtet hatte, und wandte sich ab.

»Kommen Sie, Mrs. Braithwaite«, sagte Charlotte, als Alex und Hilary zurückkamen. »Wir gehen nach Hause.«

»Unglaublich. Einfach unglaublich. Ich werde persönlich dafür sorgen, daß dieser widerwärtige Ted Cooper aus dem Dorf gejagt wird.«

Sie begleiteten Iris bis zu ihrer Einfahrt und gingen weiter zum Ivy Cottage, wo Mabel sie begrüßte, als Charlotte die Tür zum Wintergarten öffnete.

»Geh schon mal ins Wohnzimmer, Hilary«, sagte Charlotte. »Wir haben den Kamin angemacht, bevor wir gegangen sind, und es müßte jetzt schön warm und gemütlich sein.«

Als sie alleine waren, sah Alex Charlotte fragend an. »Was ist denn mit Hilary los?« flüsterte er. »Sie ist ganz anders als sonst.«

»Nichts«, erwiderte sie mit Rücksicht auf das Versprechen, das Hilary ihr abgenommen hatte.

»Tatsächlich?«

Ach, wozu das Ganze? So wie die Dinge lagen, würden bald noch mehr Leute herausfinden, was los war. Und vielleicht konnte Alex sogar helfen.

»Es ist David«, erklärte sie. »Er betrügt sie mit seiner Sekretärin.«

»Ach du Scheiße! Seit wann das denn?«

»Keine Ahnung«, sagte sie und schüttelte den Kopf. »Und Hilary wahrscheinlich auch nicht. Bis jetzt weiß David noch gar nicht, daß Hilary ihm auf die Schliche gekommen ist. Sie denkt, wenn sie den Mund hält und den Sturm über sich hinwegziehen läßt, kommt David wieder zur Besinnung und überwindet seine Midlife-crisis, oder was immer einen Mann dazu bringt, all das aufs Spiel zu setzen, was ihm mal wichtig war.«

»Aber dazu braucht man die Kaltblütigkeit und Entschlossenheit von ...«

»Jemandem wie Cindy«, ergänzte Charlotte und holte eine Flasche Wein aus dem Kühlschrank. »Deshalb geht's Hilary ja so mies. Sie ist zu impulsiv für die Rolle der harten, selbstbewußten Frau, die ihre Ehe verteidigen will.« Sie nahm drei Gläser aus dem Schrank und drückte Alex die Weinflasche in die Hand. »Komm«, sagte sie, »ich werde meine Schwester ein bißchen auftauen und sie dann hoffentlich zur Vernunft bringen.«

»Was ist mit David? Wird er sich nicht wundern, wo Hilary bleibt?«

»Vergiß David! Soll er sich doch wundern.«

Kapitel 19

Als Georgia die Acacia Lane entlangfuhr, ging ihr durch den Kopf, daß eine gute Sache erstaunlicherweise immer eine ganze Anzahl von Menschen zusammenschweißte, wie verschieden sie auch sein mochten. Ihrer Erfahrung nach war diese Loyalität meist nicht von langer Dauer, aber auf jeden Fall spornte sie den Kampfgeist aller Beteiligten an.

»Sind Sie sicher, daß wir genug Zeug haben?«

»Klar«, antwortete Georgia und warf Tiffany im Rückspiegel einen Blick zu. Neben Tiffany saß Chloe, das schmale Gesicht unter einer Kapuzenmütze versteckt, auf dem Schoß einen großen Pappkarton, dessen Deckel fest verschlossen war. Georgia hatte ihre Tochter nicht nach dem Inhalt des Kartons gefragt, als sie nach Iris' Anruf aus dem Haus geeilt waren, doch beim Abschließen der Hintertür hatte sie bemerkt, daß das Katzenklo verdächtig leer war. Tiffanys Karton hingegen sah weit weniger bedrohlich aus und enthielt eine harmlose Sammlung von Haarpflegemitteln.

Auf dem Beifahrersitz saß, starr wie eine Leiche und ungefähr genauso bleich, Iris Braithwaite mit einem weiteren Karton im Arm, der die Reste von Chloes und Georgias chinesischem Essen vom Abend zuvor enthielt, außerdem ein halbes Dutzend Eier, ein paar überreife Tomaten sowie Iris' persönlichen Beitrag, einen Haufen halbverrotteter Gemüse- und Kartoffelschalen. Diesmal hatten sie auf chemische Waffen umgesattelt.

Sie hatten kaum Zeit gehabt, ihr Arsenal zusammenzustellen – Iris hatte sie erst vor einer Viertelstunde angerufen.

»Ms. D'Arcy«, hatte sie in den Hörer gebellt, »ich würde Ihre Unterstützung außerordentlich schätzen. Jetzt gleich!«

Chloe hatte sofort die Chance genutzt, sich an der Aktion zu beteiligen. »Nieder mit den Unterdrückern!« hatte sie ausgerufen, als sie in den Jeep gestiegen war. Sie hatten einen verdutzten Gordon zurückgelassen, der nun die Stellung hielt.

Tiffany war aufgetaucht, als sie vor Iris' Haus geparkt hatten. Tiffany hatte ein- oder zweimal bei Georgia das Babysitten übernommen, als Winnie nicht konnte, und als Chloe sie aus der Einfahrt von *All In The Mind* kommen sah, hatte sie sich aus dem Fenster gebeugt und ihr zugerufen: »Wir machen uns 'nen kleinen Spaß bei Toupet-Teds Laden. Kommst du mit?«

Am Ende der Acacia Lane bogen sie rechts ab und fuhren die Hauptstraße des Dorfes entlang. Georgia konnte eine Reihe von geparkten Autos sehen und einen großen, dünnen Mann, der vor dem Zeitungsladen stand. Sie spürte, wie ihr das Adrenalin ins Blut schoß.

»Da ist einer!« kreischte Chloe. »Mach das Sonnendach auf, Mum, schnell.«

Georgia schob das Glasdach auf. »Alles bereit?« fragte sie grinsend. »Wie ist es mit Ihnen, Iris?«

»Alles bereit«, erwiderte die ältere Frau. »Wir sollten keinen Moment länger warten.«

Tiffany und Chloe holten bereits zum Wurf aus, und als Georgia den Jeep abbremste, wurde die erste Ladung grauer, breiiger Munition durch die Luft gefeuert. Sie traf einen Mann mitten ins Gesicht, als er gerade aus dem Laden kam. Sein überraschtes, nun mit Rauhputz versehenes Gesicht wurde erst richtig sichtbar, als er die klebrige Masse wegwischte. Er sah nach oben, als erwarte er, über sich einen Vogel von enormen Ausmaßen zu entdecken. Der große dünne Mann neben ihm begann zu lachen, bis er selbst eine üppige Ladung abbekam. Ungläubig hob auch er den Kopf gen Himmel.

Chloe quiekte begeistert und benahm sich ausnahmsweise mal so, wie man es von einer Zehnjährigen erwarten würde.

»Jetzt kommt's noch dicker«, rief Tiffany, zielte mit einer Shampooflasche und feuerte Kleckse zäher, orangefarbener Flüssigkeit ab. Sie war selbst überrascht, was für eine wirkungsvolle Waffe sie in der Hand hielt. Sie drückte erneut auf die Flasche, und ein großer, marmeladenartiger Klacks landete mitten auf dem Schädel eines glatzköpfigen Opfers, das ebenfalls im Türrahmen des Ladens stand.

Da sie sah, daß Teds Kunden inzwischen mitbekommen hatten, woher die Geschosse kamen, trat Georgia schwungvoll aufs Gas und schoß bis zum Ende des Dorfes. Vor Patricia Longtons Doppelhaushälfte hielten sie an.

»Mach den Karton zu, Chloe!« rief Georgia. »Das stinkt ja grauenhaft.«

»War aber eine glänzende Idee«, gratulierte Iris und drehte sich zu Chloe um, deren Augen aus den Öffnungen ihrer Kapuzenmütze hervorblitzten.

»Jetzt sind Sie dran, Mrs. Braithwaite«, sagte Chloe. »Diesmal erwischen Sie sie von Ihrer Seite, wenn wir vorbeifahren.«

»Fertig für die zweite Runde?« fragte Georgia und ließ den Motor aufheulen.

»Fahren Sie los«, ordnete Iris an, zog sich Gummihandschuhe über und griff in den Karton auf ihrem Schoß.

Noch mit ihrer Säuberung beschäftigt, achteten die drei Männer nicht auf das Geräusch des herannahenden Jeeps – erst als er wieder auf ihrer Höhe war, ihnen die volle Breitseite zuwandte und sich eine Art Rachegöttin aus dem Beifahrerfenster lehnte und eine Ladung Sojabohnensprossen und abgenagter Knochen abfeuerte, nahmen sie ihn wahr. Schleimige, zusammengerollte Kartoffelschalen, die aussahen wie Schnecken, kamen gleich hinterher, dicht gefolgt von den Eiern, die Tiffany mit dem Schlachtruf: »Boden-Luft-Raketen« abschoß.

»Myxomatose, daß ich nicht lache!« rief Iris und holte mit einer Tomate aus.

Georgia nahm an, daß der Angriff mittlerweile das Blut ihrer Opfer in Wallung gebracht hatte, und trat wieder aufs Gaspedal, doch der Motor erstarb. »Mist!« Sie drehte den Zündschlüssel. Nichts. Sie sah den Gesichtsausdruck von Iris neben sich und hörte wütende Stimmen vom Gehweg. Erneut drehte sie den Schlüssel und schwor dem Jeep, ihn niemals im Stich zu lassen, wenn er nur anspringen würde. Er tat es, und als der Motor röhrend zum Leben erwachte, krallte sie sich in das Lenkrad und trat den Fuß bis zum Bodenblech durch. Sie schossen in dem Moment davon, als sich die Gruppe von Männern auf sie zubewegte. Georgia warf einen Blick in den Rückspiegel und grinste, als sie sah, wie der Mann, der die erste Ladung Katzendreck abbekommen hatte, auf der schleimigen Mischung von Shampoo und rohen Eiern das Gleichgewicht verlor und unsanft auf seinem Hintern landete.

Der Glatzkopf mit dem Häubchen aus proteinhaltigem Shampoo trug mittlerweile auch eine Epaulette aus Sojabohnensprossen an der rechten Schulter. Er schleuderte die Arme in die Luft. »Himmel noch mal! Ich wollte doch bloß ein Geschenk für meine Frau kaufen.« Verwirrt wischte er die Sprossen weg und kehrte in die Sicherheit seines Autos zurück. Von jetzt an würde er sich an Versandkataloge halten, beschloß er, das war ungefährlicher.

Bei der Gärtnerei brachte Georgia den Jeep schwungvoll in einer Staubwolke zum Stehen.

»Auftrag ausgeführt«, sagte sie und zog die Handbremse an.

»Kann man wohl sagen«, stimmte Tiffany mit breitem Grinsen zu und zog sich die Skimütze ihres Vaters vom Kopf.

»Iris?« fragte Georgia vorsichtig. »Alles in Ordnung?«

Die ältere Frau starrte geradeaus durch die Windschutzscheibe. Sie rührte sich nicht und war nach wie vor leichenblaß. Das einzig Farbige in ihrem Gesicht waren die Augen, so dunkel und glänzend wie die eines Vogels.

»Iris?«

Sie drehte sich zu Georgia um. »Ich habe Sie bereits beim ersten Mal gehört«, sagte sie und zog ihre Gummihandschuhe so vorsichtig aus, als wären sie aus teurem Glacéleder.

»Ich muß mir die Hände waschen«, verkündete Chloe, öffnete die Tür und stieg aus.

»Das glaube ich dir gerne«, sagte Georgia und zog ihre Tochter spielerisch an den Ohren. »Nimm Mrs. Braithwaite und Tiffany schon mal mit ins Haus, ich sehe nur schnell nach, ob bei Gordon alles in Ordnung ist. Bin gleich wieder da.«

Chloe führte die beiden hinein, verschwand dann, nachdem sie sich die Hände gewaschen hatte, wieder nach draußen und überließ Tiffany und Iris sich selbst.

Tiffany warf sich aufs Sofa und spielte mit den Fransen des Überwurfs. Sie beobachtete Iris Braithwaite, die reglos am Fenster stand, und fragte sich, wie es dazu gekommen war, daß sie einen Teil ihres Sonntagnachmittags damit zugebracht hatte, Abfälle aus dem Sonnendach eines Autos zu schleudern, und zwar ausgerechnet mit der guten alten Ma Braithwaite. Sie selbst war im Dorf ja als Unruhestifterin bekannt, aber was mochten die Leute wohl über Mrs. Braithwaite sagen, wenn bekannt wurde, daß sie an dem Anschlag auf Toupet-Teds Laden beteiligt gewesen war?

»Gordon scheint sehr gut ohne mich klargekommen zu sein«, sagte Georgia, als sie hereinkam. »Wollen Sie sich nicht setzen, Iris?«

Iris warf einen geringschätzigen Blick auf den einzigen freien Sessel mit seinen abgewetzten Armlehnen und der Sammlung bunter Kissen und blieb stehen. Sie sah immer noch aus wie ein Gespenst.

»Ist alles in Ordnung?« fragte Georgia besorgt. Seit ihrem Nachmittagsbesuch bei Iris vor ein paar Tagen hatte sie erstaunlich oft an sie gedacht und zu ihrer Überraschung festgestellt, daß sie sie mochte. Sie war zwar neugierig, herrisch, aufdringlich und stur wie der Teufel, aber das alte Mädchen hatte Kampfgeist, was man von den meisten Leuten in Hulme Welford nicht gerade behaupten konnte. Es amüsierte sie, daß offenbar eine Art Seelenverwandschaft zwischen ihr und Iris bestand. Sie hatte nur noch nicht herausbekommen, weshalb. »Sie bereuen es doch wohl nicht, oder?«

Die lockere Haut unter Iris' Kinn begann zu zittern, was Georgia an einen Truthahn erinnerte, und plötzlich erfüllte Lachen den Raum. »Um Himmels willen, warum sollte ich irgendwas bereuen? Ich habe noch nie im Leben soviel Spaß gehabt!«

»Ich fürchtete, Sie fänden vielleicht, daß wir zu weit gegangen sind«, erwiderte Georgia erleichtert. Wie hatte sie an Iris' Mut zweifeln können?

»Zu weit? Wir haben gerade erst angefangen. Wir haben noch einen langen Weg vor uns, junge Frau, wenn wir unseren Feind Beelzebub besiegen wollen. Paulus selbst befahl Timotheus, den guten Kampf zu kämpfen.«

»Gut für Sie«, sagte Georgia, die nicht so sicher war, ob sie Paulus und Konsorten dabei haben wollte – er hatte ein paar ziemlich merkwürdige Vorstellungen von der Rolle der Frau geäußert. »Ich sehe schon, Sie wären zur Zeit der Suffragetten sicher eine der ersten gewesen, die sich an die Zäune gekettet hätte.«

»Das mag ja sein, aber ich wäre ganz gewiß nicht so dumm gewesen, mich wie Emily Davidson unter ein galoppierendes Pferd zu werfen.«

»Ich hätte allerdings nichts dagegen, Toupet-Ted unter eins zu schubsen«, sagte Tiffany kichernd.

Ted zog die Jalousie an der Ladentür herunter. Er war fix und fertig und fühlte sich, als hätte ihn eine Dampfwalze überrollt. Der Laden war noch nie so voll gewesen. Ein Glücksfall, diese unerwartete Gratiswerbung in der Zeitung – die hatte einen Haufen Kunden angelockt. Ein Jammer, daß er nicht genug auf Lager gehabt hatte. Lederstrings waren eindeutig der Hit, und er hatte ganz schön blöd dagestanden, als er einige seiner Kunden mit leeren Händen hatte gehen lassen müssen.

Und was diese Sache vor der Tür betraf, so wußte er ganz genau, wer dahintersteckte. Blöde alte Ziege. Was war denn so Schlimmes dabei, ein bißchen neckisches Spielzeug zu verkaufen? Viele von den Stammkunden waren schon dagewesen und hatten im Lauf der Woche ein paar Sachen gekauft, zum Beispiel Mr. Longton. Er war gestern vorbeigekommen, um seine Zeitungsrechnung zu bezahlen, und war mit einem hübschen Slip für seine Frau nach Hause gegangen.

Schließlich bediente er nur eine Nachfrage, weiter nichts.

Er öffnete die Kasse und begann, die Tageseinnahmen zu zählen.

Kapitel 20

Es überraschte Charlotte, wieviel Verachtung sie für David empfand, als er vor ihrer Tür stand. Sie war mit ihrem Schwager immer gut ausgekommen. Es hatte sogar Zeiten gegeben, in denen sie sich gegenseitig geholfen hatten, vor allem wenn Hilary mal wieder »ihre Touren hatte«, wie David es nannte.

»Tut mir leid.« Sie stand zwei Stufen höher als David und hatte die Arme vor der Brust verschränkt – eine Selbstsicherheit vermittelnde Haltung, die Peter auf einem seiner zahlreichen Management-Seminare gelernt und zu Hause gleich an ihr ausprobiert hatte. »Hilary hat sich hingelegt. Sie schläft jetzt vermutlich.«

»Aber warum?«

»Habe ich dir doch gesagt, sie hat Kopfschmerzen.«

»Das meine ich nicht. Warum ist sie nicht nach Hause gekommen und hat sich da ins Bett gelegt?«

Charlotte verdrehte die Augen. »Ach, komm schon, David. Du weißt doch genau, daß ihr drei sie nicht einen Moment in Ruhe gelassen hättet. Sobald sie zur Tür hereingekommen wäre, hätte es geheißen: ›Wann essen wir?‹ ›Wo sind meine Fußballschuhe?‹«

»Komisch«, grunzte er. »Ich find's verdammt komisch, wenn eine Ehefrau nach der Kirche nicht nach Hause kommt und sich statt dessen bei fremden Leuten ins Bett legt. Woher soll ich überhaupt wissen, daß sie wirklich hier ist? Sie benimmt sich in der letzten Zeit ziemlich merkwürdig.«

Charlotte versuchte, die Atmosphäre mit einem Lachen aufzulockern. »Fremde Leute? Wußte gar nicht, daß ich auch dazugehöre.«

Er kratzte mit dem Fingernagel ein Stück loser Farbe am Türrahmen ab. »Ich hätte wissen müssen, daß es nur Ärger gibt, wenn du wieder hierher zurückkommst.«

Wieder lachte sie. »Du weißt doch, wie Schwestern sind.« Sie begann, die Tür zuzuschieben. »Ich lasse sie nach Hause, sobald ich sicher bin, daß sie sich genug ausgeruht hat. In der Zwischenzeit könntest du ja Mittagessen für dich und die Kinder kochen. Sie haben jetzt bestimmt Hunger.« Sie schloß die Tür und hörte, wie sich Davids wütende Schritte entfernten.

»War er sehr sauer?« fragte Hilary, als Charlotte ins Wohnzimmer zurückkam.

»Eigentlich nicht, eher verwirrt. Ich habe ihm gesagt, er soll nach Hause gehen und was zu essen kochen.«

»Wo wir gerade dabei sind«, sagte Alex, »wie wär's, wenn ich uns ein paar Omelettes mache?«

»Ich kriege eh nichts runter«, sagte Hilary verdrossen und starrte ins Feuer.

»Unsinn«, gab Charlotte zurück und merkte sofort, daß sie genau wie ihre Schwester klang – nicht wie das Häufchen Elend, das da vor ihr saß, sondern wie die tatkräftige, herrische Hilary, die mit ihrer energischen »Ärmelhochkrempeln-und-los«-Einstellung jede monumentale Krise in ein ganz alltägliches Ereignis verwandelte. Im Krieg wäre sie phantastisch gewesen.

Alex legte sanft die Hand auf Hilarys Arm. »Mit etwas im Magen fühlst du dich sicher besser.«

Sie sahen ihm nach, als er aus dem Zimmer ging. Mit

Tränen in den Augen sagte Hilary: »Du heiratest ihn doch ganz bestimmt, Charlotte, nicht wahr?«

Charlotte kam zu ihr und setzte sich vor Hilarys Sessel auf den Boden. »Natürlich tue ich das. Du weißt doch, daß die Maschinerie für den großen Tag bereits in Gang gesetzt ist.«

»Aber bis dahin könntest du ja noch kalte Füße bekommen.«

Charlotte dachte an ihre Hochzeit mit Peter und erinnerte sich, wie sie vor dem Altar gestanden und gegen das nagende Gefühl angekämpft hatte, daß sie dort fehl am Platz war. Sie schüttelte den Kopf. »Diesmal nicht.«

Hilary sah auf. »Diesmal?« wiederholte sie. »Was meinst du damit?«

»Ach, Hilary, das ist eine lange Geschichte, und ich werde sie dir ein andermal erzählen. Laß uns lieber über David reden.«

»Was macht das Kleid?«

Charlotte hätte ihre Schwester wegen ihrer ewigen Ausweichmanöver am liebsten angebrüllt, aber sie wußte, daß sie das keinen Schritt weiterbringen würde. Druck war jetzt nicht das richtige Mittel; sie würde ihr gut zureden müssen. Sie nahm die Weinflasche und schenkte Hilary erneut ein. Der Gedanke, daß Becky am Heiligabend ihre Schleppe tragen würde, ließ sie innerlich mit den Zähnen knirschen. Sie mußte wahnsinnig gewesen sein, als sie ein paar Wochen zuvor dem Betteln ihrer Nichte nachgegeben hatte. »Oh, bitte, bitte laß mich«, hatte sie gebettelt, »ich durfte noch nie Brautjungfer sein.« Das überrascht mich nicht, hätte Charlotte beinahe entgegnet. Niemand, der auch nur halbwegs bei Trost war, würde an so einem wichtigen Tag vorsätzlich das Schicksal herausfordern. Der Himmel mochte wissen, warum, aber sie hatte sich schließlich erweichen lassen.

»Wie lieb von Dad, daß er angeboten hat, den Empfang

bei sich zu machen«, sagte Hilary. »Ich wußte gar nicht, daß er sich inzwischen zum Meisterkoch entwickelt hat.«

Charlotte runzelte die Stirn. Noch so eine leichtsinnige Dummheit von ihr. Was zum Teufel würden sie wohl zu essen bekommen? Dad mochte ja die Kochsendungen im Fernsehen zu seinem neuen Hobby erkoren haben, aber das Büffet für ihren Hochzeitsempfang überstieg sicher bei weitem seine Fähigkeiten. Plötzlich mußte sie lächeln – schließlich hatte er sie noch nie im Stich gelassen, oder?

»David ist in der Küche ziemlich nutzlos«, sagte Hilary leise. Im Hintergrund hörten sie Alex vor sich hinpfeifen, während er das Mittagessen für sie zubereitete. »Genaugenommen ist er bei fast allem ziemlich nutzlos.«

»Ach, Hilary, was für ein Durcheinander. Können wir dir irgendwie helfen?«

»Wir?«

»Ich ... ich hab's Alex eben erzählt, als wir in der Küche waren«, gestand Charlotte.

Hilary bedeckte ihr Gesicht mit den Händen. Sie begann zu schluchzen. »Nicht *noch* jemand, der weiß, was für ein Versager ich bin. Ich ertrag's nicht. Oh, Charlotte, wie konntest du nur?«

Charlotte ließ ihre Schwester weinen.

»Wie konntest du nur? Wie konntest du nur?« sagte Hilary immer wieder und wiegte sich im Sessel vor und zurück. »Ich will nicht, daß irgend jemand das erfährt. Ich fühle mich David gegenüber so unloyal. Als wenn ich aus dem Nähkästchen plaudern würde.«

»Wo ist denn Davids Loyalität bei alldem?« fragte Alex, der mit einem großen Tablett hereinkam.

Charlotte stand auf, nahm einen der Teller und reichte ihn Hilary. »Alex hat recht«, sagte sie. »Weshalb solltest du dir soviel Mühe geben, loyal zu sein, wenn David sich offensichtlich einen Dreck darum schert?«

Hilary gab ein lautes Schniefen von sich und betrachtete das Omelette auf ihrem Schoß. Sie sollte jetzt eigentlich zu Hause sein und Schweinebraten mit Röstkartoffeln, einer Füllung aus Salbei und Zwiebeln, Apfelsauce und gebratenen Pastinaken zubereiten – David bestand immer auf Pastinaken –, anstatt hier herumzusitzen. Was sie wohl da drüben taten? Wie kamen sie ohne sie zurecht? Was war sie denn für eine Mutter, die ihrer Familie den Sonntagsbraten verweigerte? Und woher wollte Charlotte wissen, ob David sich einen Dreck darum scherte? »Er liebt mich«, sagte sie trotzig. »Ich weiß es.«

»Da hast du vielleicht sogar recht«, sagte Alex und setzte sich neben Charlotte auf das Sofa, »aber das Problem bleibt bestehen. Wie willst du damit klarkommen, daß David dich liebt, aber vielleicht glaubt, er liebt eine andere?«

Lustlos stocherte sie in ihrem Omelette herum. »Ich weiß nicht, aber wenn Cindy es ihre gesamte Ehe hindurch geschafft hat, dann schaffe ich es auch.«

»Aber du bist nicht Cindy«, sagte Charlotte.

»Dann sollte ich vielleicht versuchen, so zu werden wie sie.«

»Das«, sagte Alex leise, »wäre verdammt schade. Was würde denn dann aus der wahren Hilary?«

»Ist er immer so?« fragte Hilary Charlotte.

Ihre Schwester lächelte. »Seit dem Augenblick, als ich ihn kennengelernt habe. Erinnerst du dich nicht, wie er mich damals während des Essens bei dir ins Kreuzverhör genommen hat?«

Hilary brachte ein Lächeln zustande; sie erinnerte sich sehr genau an die Szene, von der ihre Schwester sprach. »An dem Abend war ich so selbstsicher und stolz auf mich ... Und seht mich jetzt an.«

»Du hast gerne alles unter Kontrolle, Hilary, nicht wahr?« fragte Alex überraschend.

»Ja«, antwortete sie, ohne ihn anzusehen. »Ich weiß gerne, was passiert, wann und wie. Das ist doch nichts Schlimmes, oder?«

»Ganz und gar nicht. Was meinst du denn, wer jetzt die Kontrolle hat? Du oder David?«

Hilary schob den vollen Teller von sich. Sie griff nach dem Karton mit Papiertüchern. »Ich ... ich weiß nicht. Und ich weiß nicht, warum die Frage mich so durcheinanderbringt.«

Aber ich, dachte Charlotte. All die Jahre ihrer trostlosen Ehe mit Peter hatte sie sich vorgemacht, sie habe die Kontrolle über ihr Leben. Sie hatte sich eingeredet, solange sie die Fäden in der Hand hielt, könne sie die Stärke des Schmerzes kontrollieren. Doch das war eine Lüge. Peter war derjenige gewesen, der die Fäden ihrer Gefühle in der Hand gehalten hatte. Sie war ihm ausgeliefert gewesen, hatte jeden Tag darauf gewartet, daß er an ihrem Herzen herumzerrte – vielleicht würde es ein erträglicher Tag werden, vielleicht aber auch ein Tag der Verzweiflung. Sie hatte nicht einmal mehr ihrer inneren Stimme vertraut, weil sie ständig damit beschäftigt war, alles um sich herum unter Kontrolle zu halten, in dem Glauben, daß ihr dann nichts weh tun könne. Sie hatte zu lange so gelebt – Peter belogen, aber vor allem sich selbst. So wie Hilary es jetzt tat und anscheinend weiter tun würde, solange es nötig war. »Beantworte Alex' Frage, Hilary«, sagte sie. »Denk mal ernsthaft nach und sag die Wahrheit. Wer von euch beiden hat die Kontrolle?«

Hilary schüttelte den Kopf. »David«, sagte sie. »Dieser verdammte David hat sie, und ich hasse ihn dafür.« Sie biß sich auf die Lippe. »Nein!« rief sie aus. »Ich hasse ihn nicht. Ich liebe ihn. Wirklich. O Gott, ich muß völlig verrückt klingen.«

»Nicht verrückt«, sagte Alex, »nur verletzt und durcheinander.«

In der nachfolgenden Stille stand Charlotte auf und warf

einen neuen Scheit ins Feuer. Draußen wurde es schon langsam dunkel. Sie schaltete die Lampen ein, die den Raum in ein sanftes, rosafarbenes Licht tauchten, und zog die Vorhänge zu.

Hilary sah zu, wie ihre Schwester umherging. Hier in Charlottes warmem und gemütlichem Wohnzimmer kam sie sich vor wie ein kleines, verwöhntes Kind. Im Vergleich zu *The Gables* war es eine Oase der Ruhe. Charlotte hat's gut, dachte sie und merkte, daß sie zum ersten Mal, seit sie verheiratet war, ihre Schwester um etwas beneidete.

Seit sie David kannte, hatte sich ihr ganzes Leben um ihn gedreht, und während Charlotte als Jugendliche und in ihren frühen Zwanzigern von einer katastrophalen Beziehung in die nächste gestolpert war, waren sie und David unzertrennlich gewesen und hatten sorgfältig jeden Lebensabschnitt geplant – Karriere, Heirat und Kinder. Alles war so klar und kontrolliert gewesen ... bis jetzt. Das unverrückbare Gleichmaß, das ihr soviel Sicherheit und Geborgenheit gegeben hatte, war ihr plötzlich weggenommen worden, und nun war zur Abwechslung Charlotte diejenige, die von der Liebe und der Stabilität einer gesicherten Existenz beschützt wurde.

Das will ich auch haben, quengelte sie innerlich mit der Stimme, die Becky für gewöhnlich zum Einsatz brachte, wenn sie etwas haben wollte, das ihrem Bruder gehörte.

Um kurz nach sechs klopfte es an der Hintertür. Es war Philip.

»Deine Mutter schläft leider noch«, sagte Charlotte, diesmal wahrheitsgemäß, da Hilary tatsächlich am Kamin eingeschlafen war.

»Oh«, sagte er enttäuscht.

»Hat dein Vater dich rübergeschickt?« fragte sie mißtrauisch.

Philip schüttelte den Kopf.

Charlotte hatte wenig Erfahrung mit Kindern, aber dieses hier sah beunruhigt aus. »Alles in Ordnung?«

Er machte eine undefinierbare Kopfbewegung.

Sie wußte nicht so recht, was sie mit ihrem ernst dreinschauenden Neffen, zu dem sie nie viel Kontakt gehabt hatte, anfangen sollte. Und jetzt stand er wie ein Häufchen Elend in ihrer Küche. Was sollte sie tun? »Wie läuft's in der Schule?« startete sie einen Versuch.

»Ganz gut.« Philip kannte das Spiel. Alle Erwachsenen fragten nach der Schule.

»Schon viele Freunde gefunden?«

»Ein paar. Batesy zum Beispiel. Er ist okay ...« Doch er wollte nicht an Batesy denken. »Ist mit Mum alles in Ordnung?«

»Ihr geht's gut. Sie ist bloß erschöpft«, erwiderte Charlotte, überrascht von der Besorgnis in Philips Stimme. Auch in seinen Augen war sie zu erkennen. »Sie kommt bald nach Hause. Mach dir keine Sorgen.«

Er zuckte die Achseln und trottete mit hängendem Kopf und traurig schlurfenden Füßen davon.

Charlotte sah ihn in der Dunkelheit verschwinden. Armer Philip, dachte sie. Sie hatte noch nie zuvor ein Kind gesehen, das so unglücklich wirkte.

Kapitel 21

Cindy vermißte den Geruch von *In The Pink* – das Shampoo und Haarspray im Salon, den Chlor im Whirlpool, die Kombination aus Schweiß und Deodorant im Fitneßraum und sogar den Geruch von Handtüchern im Trockner.

All In The Mind roch nach neuem Teppichboden und frischer Farbe, hier und da untermalt von einem Hauch Aromaöl. Cindy hatte darauf bestanden, daß sie ihre Aromatherapeutin behielten, und heute, am Eröffnungstag, wo Hazel wieder in ihrem frisch renovierten Raum saß, milderte der vertraute Duft von Lavendel und Rosmarin ein wenig ihr mulmiges Gefühl.

Der Anfang war bisher gar nicht so übel. Die Kurse waren komplett ausgebucht, genau wie Derek es vorhergesagt hatte. Selbst als Cindy den Interessenten beim Ausfüllen der Anmeldeformulare für ihre Seminare geholfen hatte, hatte sie sich geweigert zu glauben, daß *All In The Mind* je laufen könnte. Jetzt tröstete sie sich mit dem Gedanken, daß es keinesfalls lange währen würde.

Sie konnte einfach nicht begreifen, weshalb sich irgend jemand in einen Raum voller Fremder setzen und sein Innerstes vor ihnen ausbreiten wollte. Warum konnten die Leute nicht einfach lernen, den Mund zu halten und allein mit ihren Problemen fertig zu werden? Ihrer Meinung nach brachte es überhaupt nichts, ständig über ein Problem zu reden. Und noch schlimmer waren die, die einen Psychiater nur dazu mißbrauchten, ihre Missetaten durch regelmäßiges Erörtern ihres miesen Verhaltens absegnen zu lassen.

Bloß gut, daß sie nicht jedesmal, wenn Derek ihr weh getan hatte, zu so einem Typen gelaufen war. Dann hätte sie nämlich nie Zeit für irgend etwas anderes gehabt. Und weiß der Teufel, wie ein Psychiater Dereks Verhalten interpretiert hätte.

Sie saß im Büro und stellte einen Scheck für die astronomische Rechnung des Dekorateurs aus. Sie schob den Scheck in einen Umschlag, klebte ihn zu und trommelte dann seufzend mit ihren langen Fingernägeln auf den Tisch.

Sie langweilte sich. Zu Zeiten von *In The Pink* hatte sie pausenlos Termine mit ihren Stammkunden gehabt. Jetzt hatte sie nichts zu tun. Soviel zu der »Nische«, die sie laut Derek finden würde.

Sie stand auf und öffnete die Tür zum Flur. Alles war still. Kein Fön, kein Radio, nicht einmal das Summen der Waschmaschine. Das Haus kam ihr völlig verlassen vor. Sie atmete tief ein. Der Geruch von Lackfarbe erinnerte sie daran, wie sie und Derek ihren ersten Salon eingerichtet hatten. Ein winziger Kasten drüben in Northwich, zwischen eine heruntergekommene Eisenwarenhandlung und einen Blumenladen geklemmt – Derek hatte oft nebenan bei der alten Frau Blumen für sie gekauft; er behauptete immer, sie sähe aus wie die Blumenverkäuferin aus der Kinderserie *Trumpton*. An ihrem Eröffnungstag, damals vor all den Jahren, waren sie beide unglaublich aufgeregt gewesen. Derek, mit seiner Kevin-Keegan-Frisur, war durch den Salon geflitzt und hatte mit den Kunden geplaudert, um Stammkundschaft zu gewinnen, und sie war stolz und zufrieden gewesen, daß sie es geschafft hatte, ein eigenes Geschäft zu gründen. Doch vor allem war sie glücklich gewesen, Derek so zufrieden zu sehen.

Warum war sie dann heute nicht glücklich? Es war unübersehbar, daß Derek über ihr neues Projekt völlig aus dem Häuschen war, wie Tiffany morgens beim Frühstück angemerkt hatte: »Dad sieht aus, als ob der Weihnachtsmann und der Osterhase zusammen vorbeigekommen wären.«

»Ein Mann muß Erfüllung finden, um sich selbst zu erkennen und glücklich zu sein«, hatte er, ein Croissant in der Hand, verkündet.

Wie nicht anders zu erwarten, hatte Tiffany gelacht und ihrem Vater das Croissant stibitzt. Dann hatte sie jedoch überraschenderweise Cindys Arm gedrückt und gesagt: »Viel Glück. Ich glaube, du wirst es brauchen.«

Cindy kehrte wieder ins Büro zurück. Sie brauchte kein Glück, sondern eine Beschäftigung. Und was ihr am meisten angst machte, war der Verdacht, daß sie nicht mehr gebraucht wurde. Ob Derek das absichtlich so eingerichtet hatte? Wollte er sie aus dem Geschäft verdrängen – und aus seinem Leben?

Sie trat zum Regal neben dem Aktenschrank und überflog einige der Titel von Dereks neuen Büchern – *Die Suche nach dem Ich*, *Reise ins Unbekannte* und schließlich *Haben Sie die Kontrolle?* Letzteres nahm sie aus dem Regal und begann, darin zu blättern.

»Ich hoffe, ich störe Sie nicht, alter Junge«, sagte Derek, als er den größten der Seminarräume betrat. »Dachte bloß, ich setze mich mal hinten hin und lasse mich ein bißchen erleuchten.«

Die Gruppe von Frauen sah begeistert auf. Nick allein war schon Bestätigung genug gewesen, daß der zweitägige Kurs, zu dem sie ihr Geschäftsführer geschickt hatte, keine pure Zeitverschwendung sein würde, und jetzt tauchte auch noch ein Doppelgänger von Phil Collins auf.

»Ich gestatte für gewöhnlich keine Zuschauer«, sagte Nick bestimmt. Ein Bein übergeschlagen und die Hände hinter dem Kopf verschränkt, saß er vor den hufeisenförmig aufgestellten Stühlen – er wußte besser als jeder andere, wie wichtig Körpersprache war, und als er Derek nach hinten schlendern sah, war ihm sofort klar, daß sein Arbeitgeber uneingeschränktes Vertrauen einflößte.

»Ich werde mucksmäuschenstill sein«, sagte Derek und lächelte in die Runde. »Vergessen Sie einfach, daß ich da bin.«

»Das wäre aber verdammt schade«, sagte eine der Frauen provokant und gab ein heiseres Lachen von sich. Ihre Kolleginnen aus der Personalleitung stimmten in das Gelächter ein, und sofort nahm die Atmosphäre im Raum Partystimmung an.

Derek lächelte der Anführerin zu; er genoß es einerseits, im Zentrum der Aufmerksamkeit zu stehen, verspürte aber andererseits den Drang, sich ihr Haar vorzuknöpfen und die viel zu hellen Strähnchen dunkler zu tönen. Zu spät fiel ihm ein, daß er eigentlich den Menschen in ihr hätte sehen sollen.

»Also«, sagte Nick laut, beugte sich vor und klatschte kurz in die Hände. Sofort konzentrierte sich die Gruppe wieder auf ihn. »Wie kann ich meine Fähigkeiten voll ausschöpfen? Darum wird es heute nachmittag und auch morgen gehen. Was ich Ihnen zeigen möchte, ist, wie Sie sich unbewußte Reaktionen, die Sie sich als Kind angewöhnt haben, wieder abgewöhnen können. Wenn Sie diese Tür öffnen, werden Sie entdecken, wie viele Fähigkeiten in jeder von Ihnen schlummern. Dies ist der erste Schritt, um uns von dem geistigen und körperlichen Streß zu befreien, dem wir alle in verschiedenen Abschnitten unseres beruflichen und privaten Lebens ausgesetzt sind. Können Sie mir bis hierhin folgen?«

Die Frau mit den Strähnchen sah zu Derek hinüber.

»Klar doch.«

»Leicht verdiente Kohle«, dachte der alte Derek spöttisch, als er Nick seiner Nachmittagssitzung überließ, aber der neue Derek schluckte diesen unwürdigen Kommentar sofort herunter.

In der Hoffnung, Cindy dort vorzufinden, stieß er die Tür zum Büro auf, aber es war keine Spur von ihr zu sehen. Er war enttäuscht. Er wollte mit ihr darüber reden, wie gut der Tag lief. Dieser Therapiekram war offenbar viel einfacher, als er gedacht hatte. All die Jahre hatte er sich mit der Außenseite der Köpfe herumgeschlagen, wo doch die Innenseite wesentlich unkomplizierter war. Es war ihm ein Rätsel, wieso er nicht schon eher auf dieses Geschäft mit der Psyche gekommen war.

Er lehnte sich in seinem Sessel zurück und legte die Füße auf den Tisch. Das alles hatte er natürlich Bas zu verdanken. Guter alter Bas. Ihn überkam eine Welle väterlichen Stolzes. Was hatte er für einen phantastischen Sohn. Medizinstudium. Das stelle man sich mal vor – sein Sohn würde eines Tages Arzt sein, vielleicht sogar Chirurg. Und gehörte er jetzt nicht selbst quasi zur Welt der Medizin? Er lächelte. Nie wieder Minderwertigkeitsgefühle gegenüber seinem Sohn. Die Zeiten waren vorbei. Nun war er endlich auf einer Stufe mit Bas.

Er warf einen Blick auf den Terminplan an der Wand und sah, daß Rosie gleich mit ihrem sechswöchigen Seminar »Ehe, Sex und Glück – sie müssen nicht unvereinbar sein« beginnen würde. Er beschloß, auch dort mal reinzuschnuppern.

Rosie begrüßte ihn mit breitem Lächeln – im Gegensatz zu Nick, wie Derek konstatierte. »Stört es Sie, wenn ich mich dazusetze?« fragte er.

»Rumgammeln gibt's aber nicht«, sagte sie forsch.

Derek fragte sich, ob sie im Bett genauso schroff war.

»Paß auf, Schatz«, hörte er sie im Geiste, »mehr links ... mehr rechts ... Komm, laß mich das mal machen!«

»Mr. Rogers?«

»Entschuldigung«, sagte er. Nicht nur Rosie sah ihn an, sondern auch ihre Kursteilnehmer – ein fades Grüppchen von zwei Paaren. »War gerade ganz woanders.«

»Wenn Sie bleiben wollen, Mr. Rogers, müssen Sie sich an der Sitzung beteiligen.«

»Oh ... dann vielleicht lieber nicht.« Er bewegte sich auf die Tür zu.

»Sie haben doch nicht etwa Angst, oder?«

Er hörte die Herausforderung in ihrer Stimme. »Gruppensex? Jederzeit!« gab er zurück und ließ sich prompt neben einer bleistiftdünnen Frau mit Blümchenkleid und riesigen Kulleraugen nieder. Ihre bessere Hälfte war so ein Spießer in einem selbstgestrickten Pullover, der viel zu klein war – der Kerl mußte ja fast darin ersticken. Der alte Derek dachte bei sich, die beiden sollten lieber in einen schicken Laden in Wilmslow gehen, um sich aufzupeppen, oder, falls das nichts half, einen Strick nehmen, um sich umzubringen und damit dem Rest der Welt die Qual ihres Anblicks zu ersparen. Doch der neue Derek überlegte, wie viele Sitzungen und Seelenmassagen wohl nötig waren, um die beiden auf Vordermann zu bringen und ihnen ein neues Leben zu schenken.

»Können wir jetzt vielleicht weitermachen?« fragte eine große stämmige Frau, deren Brustwarzen wie Federbälle unter ihrem Rollkragenpullover hervorstanden. Ihre Gesichtsbehaarung war stärker als alles, was Derek in seiner Laufbahn je gesehen hatte. »Wo ist das Epiliergerät?« hätte Derek am liebsten durch den Raum gerufen. »Einer hält sie fest, und ich nehme sie mir vor.« Er gab sich alle Mühe, sie als ganze Person wahrzunehmen, doch alles was er sah, waren die beiden riesigen Brustwarzen und dieser Bart, bei dessen Anblick ZZ Top vor Neid erblaßt wäre. »Wir haben bereits fünf Minuten verloren«, fuhr sie fort, »und wenn ich schon hierherkomme, erwarte ich auch etwas für mein Geld, schließlich gehen wir kaum noch aus, seit der arme Alan seine Depressionen hat.«

Wenn Cindy so einen Bart hätte, würde ich auch Depressionen kriegen, dachte Derek und betrachtete den *armen Alan* neben der vollbärtigen Frau. Der *arme Alan* trug etwas, das verdächtig nach einer Jerseyhose aussah und bis fast an die Knie hochgezogen war, während er stocksteif und peinlich berührt dasaß und versuchte, sich mit dem Zurückschieben seiner Nagelhaut abzulenken.

»Die Ehe«, stimmte Rosie an, die Hände vor sich zu einem Dach aneinandergelegt, »wird im Himmel geschlossen, aber in der Hölle gelebt. Kommt Ihnen das bekannt vor?«

Niemand sagte etwas, aber der Mann in Jersey zog seine Hose noch ein Stückchen höher.

Tiffany sah Nick, bevor er sie sah. Sie warf das Haar nach hinten, bis auf eine Strähne, die sie um ihren Finger wickelte. Trotz des kalten Windes knöpfte sie den Dufflecoat auf, der zu ihrer Schuluniform gehörte, und schlenderte lässig die Einfahrt hinauf. »Hi«, sagte sie, als er seine Autotür aufschloß.

»Hallo«, entgegnete er. »Wie war's in der Schule?«

Sie suchte nach einer intelligenten Antwort. »Sie ist ein Mittel zum Zweck«, sagte sie mit einem ausgiebigen, gelangweilten Seufzer.

Nick lächelte. Sie erinnerte ihn an seine jüngste Tochter, die vor kurzem von zu Hause ausgezogen war, um ihr Studium zu beginnen – jede Menge widerstrebende Lebenslust, gespeichert in einer bildhübschen Verpackung.

»Und wie war Ihr erster Tag?« Sie ging zur Fahrerseite herum und lehnte sich gegen den Wagen.

»Ihr Vater ist offenbar sehr zufrieden.«

Tiffany schnippte die Haarsträhne weg. »Sie meinen, keiner hat ihn als miesen Quacksalber beschimpft?«

»Nein«, antwortete Nick lachend.

»Auch nicht als Volltrottel? Das hat doch bestimmt jemand gesagt.«

Er schüttelte den Kopf.

»Als Betrüger ...«

»Warum sollte jemand solche Dinge über Ihren Vater sagen?«

»Weil es stimmt! Therapie – daß ich nicht lache!« Plötzlich bemerkte sie ihren Fehler. »Ich meine, er hat doch keinen Schimmer, was in anderen Leuten vor sich geht.« Sie legte den Kopf schief und lächelte. »Aber ich bin sicher, Sie wissen, was Sie tun.«

»Nicht auf den Kopf gefallen, was, Tiffany?« spöttelte er gutgelaunt.

Froh, daß sie die Situation so leicht gerettet hatte, aber wütend auf sich selbst, weil sie wertvolle Zeit mit Geschwafel über ihren Vater vertan hatte, fragte sie: »Was macht ihr Kiefer?«

»Keine Narben«, erwiderte er und rieb sich über das Kinn.

»Lassen Sie gegenüber anderen Leuten immer so provokante Kommentare ab?«

Er lachte. »Sie rufen unweigerlich die gewünschte Reaktion hervor.«

»Sie hatten es also darauf abgesehen, daß David Parker Ihnen eine reinhaut?«

»Tja, wie Sie eben schon sagten: Es war ein Mittel zum Zweck.« Er warf seine Aktentasche auf den Rücksitz und bückte sich, um einzusteigen.

»Na dann – wir sehen uns sicher«, sagte Tiffany.

Er hörte den erwartungsvollen Ton in ihrer Stimme. »Sieht ganz so aus«, erwiderte er und steckte den Zündschlüssel ins Schloß.

Als er an der Ausfahrt den Blinker setzte, um nach links abzubiegen – wohl wissend, daß Tiffanys Blicke ihm folgten –, sah er Hilarys Wagen auf sich zukommen. Er gab ihr in der Dunkelheit ein Zeichen mit der Lichthupe, und sie hielt neben ihm an. Als sie beide ihre Scheibe hinunterkurbelten, hörte er ganz deutlich, wie ihre kleine Tochter sagte: »Da ist Mummys Freund«, gefolgt von einem lauten »Schsch!«

»Wie geht's?« fragte er.

Furchtbar, hätte Hilary am liebsten geantwortet, ich bin kurz vorm Durchdrehen. Doch statt dessen sagte sie: »Hektisch. Ich muß tausend Sachen für den Weihnachtsbasar in der Schule vorbereiten.«

Er sah sie nachdenklich an. Es verblüffte ihn immer wieder, wie geschickt die Menschen waren, wenn es darum ging, sich zu verstellen.

»Ich habe das mit Ihnen und David gehört ...«, begann sie.

Doch da er spürte, daß sie in Gegenwart der Kinder nicht darüber sprechen wollte, schüttelte er nur den Kopf und sagte: »Schon gut. Er hat momentan offenbar ziemlich viel um die Ohren.« Er sah, wie sich ihre Hände um das Lenkrad krallten, bis die Knöchel weiß wurden, und griff in die Jackentasche, um eine Karte mit seinem Namen und seiner Telefonnummer herauszuholen. Er gab sie ihr. »Rufen Sie mich an, wenn Ihnen danach ist.«

»Ich werde nie heiraten«, verkündete Becky, nachdem Nick davongefahren war.

»Warum das denn, Liebes?« fragte Hilary und parkte den Wagen vor *The Gables*. Sie wischte eine Träne weg, die ihr plötzlich über die Wange lief.

»Ich werde in einer Kolumne leben, mit ganz vielen anderen Frauen, und wir werden über wichtige Sachen reden, zum Beispiel wie wir es schaffen, daß die Männer zu Hause bleiben und sich um die Babys kümmern. Chloe sagt, dann gibt's keinen Krieg mehr, weil die Männer viel zu beschäftigt und zu erschöpft sind, um sich zu bekämpfen.«

»Es heißt *Kommune*, du Trottel«, sagte Philip verächtlich.

»Gut, dann eben in einer Kommune. Mummy, glaubst du, daß Daddy beschäftigt genug ist?«

Nick hielt noch einmal auf der Acacia Lane an, oder vielmehr: Iris Braithwaite veranlaßte ihn zu einer Vollbremsung, indem sie in der Dunkelheit neben dem Eingang von White Cottage stehend wie ein Straßenräuber mit den Armen in der Luft herumfuchtelte. Sofort kurbelte er die Scheibe herunter. »Was ist los?«

Sie ließ die Arme sinken und kam zur Fahrerseite herum. »Vielleicht könnten Sie mir freundlicherweise behilflich sein, Mr. Bradshaw.«

»Selbstverständlich. Worum geht es? Sie haben sich doch nicht ausgesperrt, oder?«

»Ich verfüge über eine Menge Eigenschaften, Mr. Bradshaw, aber Schusseligkeit gehört nicht dazu. Wenn Sie einen Augenblick warten könnten, ich habe da etwas, das ich gerne einer Freundin zukommen lassen würde. Keinen Führerschein zu haben, kann manchmal schon recht lästig sein.«

Nick sah Iris nach, die zur Haustür zurückging und in ihrem Cottage verschwand. Sekunden später tauchte sie mit zwei großen Keksdosen wieder auf.

»Ich bin so froh, daß ich Sie abgepaßt habe«, sagte sie und reichte ihm die Dosen mit einem Lächeln durchs Autofenster. »Eigentlich wollte ich Sie im Laufe des Tages bei *All In The Mind* aufsuchen, aber wer weiß, in was ich da hereingeplatzt wäre. Wirklich reizend von Ihnen, daß Sie das für mich tun. Ich wußte gleich, daß Sie ein anständiger und ehrenhafter Mann sind, als ich Sie bei der Party der Rogers' kennengelernt habe und Sie meine Kampagne hier in Hulme Welford bereitwillig unterstützten. Ich bin Ihnen außerordentlich dankbar. Guten Abend.«

»Aber, Mrs. Braithwaite«, sagte Nick verwirrt, »wo soll ich die Sachen denn überhaupt hinbringen?«

Sie gab ein unerwartetes Lachen von sich. »Oh, habe ich das nicht gesagt? Entschuldigen Sie bitte. Ich wäre Ihnen dankbar, wenn Sie sie bei Miss D'Arcy abgeben würden. Soweit ich weiß, wohnen Sie nicht allzu weit von ihr entfernt.«

»Tatsächlich?«

»Ihr gehört die Hulme View Gärtnerei, gleich neben ...«

Er nickte. »Ja, ich weiß, wo das ist. Ich hatte keine Ahnung, daß sie ihr gehört, und um ehrlich zu sein, glaube ich kaum, daß sie begeistert sein wird, mich zu sehen.«

»Unsinn, Mr. Bradshaw. Sie muß sich da draußen sehr einsam fühlen, so ganz allein mit ihrer kleinen Tochter. Sie wird sich über Ihre Gesellschaft freuen. Jetzt habe ich Sie aber lange genug aufgehalten, fahren Sie nur los. Und sagen Sie Miss D'Arcy, die Scones sollten am besten noch heute gegessen werden, aber der Kuchen hält sich ein paar Tage.«

Als er aus dem Dorf hinausfuhr, lächelte Nick leise vor sich hin. Er hatte das bestimmte Gefühl, manipuliert zu werden. Doch nach allem, was er selbst von Iris Braithwaite wußte und was Derek ihm über die Frau erzählt hatte, wäre sie die letzte, die sich als Kupplerin betätigen würde. Wahrscheinlich hatte sie lediglich einen etwas merkwürdigen Sinn für Humor.

Den Haupteingang zur Hulme View Gärtnerei versperrte ein großes Metalltor mit Vorhängeschloß, so daß Nick gezwungen war, seinen Wagen an der Straße stehenzulassen und den Parkplatz zu überqueren, auf den er durch ein kleines, schief in den Angeln hängendes Holzgatter gelangte. In der Dunkelheit knirschten seine Schuhe laut auf dem Schotter, und zweimal stolperte er über irgendwas Undefinierbares und wäre beinahe in die Büsche gestürzt.

»Verfluchter Mist!« Zum dritten Mal richtete er sich auf und hätte um ein Haar Iris' Keksdosen fallen gelassen. Er tastete sich noch ein paar Schritte vorwärts und landete schließlich auf etwas, das ein Weg zu sein schien. Plötzlich ging eine Sicherheitsbeleuchtung an, die ihn im ersten Moment blendete, dann öffnete sich vor ihm die Tür eines kleinen, niedrigen Hauses und sandte noch mehr Licht nach draußen.

»Ich habe kein Geld für Doppelverglasung oder Teilzeit ... Ach, *Sie* sind's, was wollen Sie denn hier?«

»Mrs. Braithwaite hat mich gebeten, Ihnen das hier zu bringen«, erklärte er, als er bei Georgia D'Arcy angekommen war, die sich gegen den Türrahmen lehnte.

Sie sah erst ihn und dann die Dosen in seiner Hand mißtrauisch an. »Was ist da drin?«

»Hoden. Plattgetreten und püriert.«

Sie bemühte sich krampfhaft, ein Grinsen zu unterdrücken. »Wollen Sie mir damit etwas Bestimmtes sagen?«

»Nein, ich spiele bloß den Botenjungen, der versucht, etwas abzuliefern.« Er drückte ihr die Dosen in die Hand. »Und ich soll Ihnen ausrichten, der Kuchen muß heute gegessen werden und ... Nein, Moment, andersrum. Die Scones sollen Sie heute essen und den Kuchen aufheben.«

Georgia lachte. »Hinterlistiger alter Vogel.«

»Wie bitte?«

»Ach, nichts. Und keine Sorge, ich werde nicht höflich sein und Sie hereinbitten, um Ihnen dann eine halbe Stunde tödlichen Small talk aufzudrängen.«

»Es würde mir nicht im Traum einfallen, Ihnen soviel Mühe zu bereiten«, entgegnete er seelenruhig und wandte sich zum Gehen. »Guten Abend.«

»Wer war das, Mum?« fragte Chloe, die aus dem Badezimmer in den Flur kam.

Georgia schloß die Tür. »Nur jemand, den Mrs. Braithwaite als Botenjungen engagiert hat.« Sie öffnete eine der beiden Dosen und lächelte. »Dieses dumme alte Weib denkt, ich kriege nicht genug zu essen.«

Chloe nahm sich ein Scone heraus. »Hmm, lecker. Haben wir irgendwo Marmelade?«

»Keine Ahnung. Kannst ja mal nachsehen, ich rufe in der Zwischenzeit Iris an und bedanke mich.«

Während Chloe in den Küchenschränken herumwühlte, ging Georgia ins Wohnzimmer und suchte nach dem Telefonbuch. Dann nahm sie ihr Handy und wählte.

»Iris?«

»Mrs. Braithwaite am Apparat.«

»Ich bin's, Georgia, ich wollte nur …«

»Ah, Mr. Bradshaw hat Sie also gefunden. Netter Mann, finden Sie nicht auch?«

Sie hatte also recht.

So unwahrscheinlich der Gedanke war, zweifelte Georgia nicht länger daran, daß Iris sich nicht nur um ihr Gewicht sorgte. Warum sagte sie ihr dann nicht, sie solle sich um ihre eigenen Angelegenheiten kümmern? Iris hatte kein Recht, sich in ihr Leben einzumischen. Ihr ging es wunderbar. Das letzte, was sie jetzt gebrauchen konnte, war so ein dämlicher Mann, der ihr ganzes Leben wieder durcheinanderbrachte.

»Miss D'Arcy, sind Sie noch dran? Ich sagte gerade, was für ein netter …«

»Ich habe Sie sehr gut verstanden, Iris, und ich wünschte, Sie würden aufhören …«

»Ja?«

»Ich wünschte, Sie würden aufhören …« Sie holte tief Luft. »Sie müssen wirklich aufhören, mich dauernd Miss D'Arcy zu nennen. Ich hab's Ihnen doch schon gesagt – nennen Sie mich Georgia, okay?«

Verdammt! Sie fing langsam an zu spinnen. Der Himmel möge ihr beistehen.

Kapitel 22

Essen gehen?« David ließ seinen *National Geographic* sinken. »Warum das denn?«

»Muß es dafür einen Grund geben?« fragte Hilary. »Ich dachte, es wäre nett, morgen abend mal wieder ins Restaurant zu gehen. Das letzte Mal ist schon Ewigkeiten her.«

»Na gut, wenn du unbedingt willst.«

»Ja, ich will«, sagte Hilary bestimmt. In dem Buch, das sie sich aus der Stadtbücherei geholt hatte, stand, man müsse, um eine Ehe lebendig zu erhalten, unbedingt Zeit alleine mit dem Partner einplanen – *nur Sie beide*, betonte der Autor, *damit Sie sich aufeinander konzentrieren können.*

Seit der Party bei Derek und Cindy war eine Woche vergangen, und obwohl David den Zwischenfall mit Nick Bradshaw heruntergespielt hatte, indem er seinen Wutanfall mit einem Lachen auf die feuchtfröhliche Stimmung und ein Mißverständnis zwischen ihm und Nick schob, merkte Hilary, daß die anderen diese Erklärung nicht so ohne weiteres akzeptierten.

Patricia hatte Hilary am Schultor auf ihre berüchtigte Art verständnisvoll den Arm gedrückt. »Steht dein David momentan sehr unter Druck? Er wird doch zu Hause nicht gewalttätig, oder?«

Und als ob es nicht schon schlimm genug wäre, daß David vor versammelter Mannschaft jemanden zu Boden geschlagen hatte, gab es da noch die unwesentliche Tatsache, daß er in aller Öffentlichkeit verkündet hatte, daß sie … daß sie sich gerne hübsche Unterwäsche kaufte und sie für eine besondere Gelegenheit aufhob. Es war nur ein harmloses Extra, das sie sich ab und zu gönnte, aber David hatte es irgendwie geschafft, daraus etwas Vulgäres und geradezu Perverses zu machen. Sie traute sich nicht, ihn direkt darauf anzusprechen, weil sie fürchtete, daß dann ihre Gefühle der Wut und Erniedrigung hervorbrachen, was mit ziemlicher Wahrscheinlichkeit dazu führen würde, daß sie ihr Wissen über seine Affäre herausschrie.

Doch zumindest hatte der Zwischenfall bei Toupet-Ted am vergangenen Sonntagnachmittag ihren Zorn gedämpft und Patricia und Konsorten ein wenig abgelenkt. Das Foto von Ted im *Chronicle*, wie er vor seinem Laden stand, mit der Überschrift »Tomaten werfende Taugenichtse terrorisieren Ted« hatte die Diskussion darüber, ob Ted Coopers Geschäftspraktiken akzeptabel waren, erst richtig angeheizt. Über die Verantwortliche für den Überfall war man sich jedoch einig. Es galt allgemein als Tatsache, daß Georgia D'Arcy und ihr Jeep darin verwickelt waren; was allerdings ihre Komplizen betraf, so konnte niemand irgendwelche Namen nennen.

»Sie hat eine Weile vor unserem Haus gestanden«, hatte Patricia Hilary erzählt, wiederum vor dem Schultor. »Ihr Gesicht habe ich genau gesehen, aber die anderen waren vermummt wie Verbrecher. Wahrscheinlich eine Truppe von ihren *Freundinnen*. Die tun so etwas, weißt du. Was bin ich froh, daß wir hier im Dorf keine Bäume haben, die gefällt werden müssen, sonst säßen sie und ihre Freundinnen im Null Komma nichts da drauf! Ich bin sicher, daß Ted Cooper schon mit meiner Aussage allein prozessieren könnte. Aber ich sage natürlich nichts, denn was würde aus der kleinen Chloe, wenn ihre Mutter ins Gefängnis käme?«

Es kam Hilary seltsam vor, daß der wahre Sinn dessen, was Georgia getan hatte – falls Georgia tatsächlich für diese Aktion gegen Toupet-Ted verantwortlich war – völlig unterging. Der eigentliche Protest wurde unter der trivialen Frage begraben, ob die Protestierenden überhaupt das Recht hatten, so etwas zu tun.

Hilary fand, daß es Ted recht geschah, aber David hatte nach der abendlichen Lektüre der Mittwochszeitung gemeint: »Die bräuchten dringend jemanden, der ihnen zeigt, wo's langgeht!«

»Zum Beispiel einen rechtschaffenen Ehemann, nicht wahr?« hatte sie zurückgegeben.

Die Ironie in ihrer Stimme war ihm entgangen. »Ja, zum Beispiel«, sagte er. »Nehmen wir doch mal dich, Hilary. Du fährst schließlich nicht durch die Gegend und bewirfst wahllos fremde Männer mit Eiern und Tomaten, oder? Und weshalb nicht? Weil du immer mich in deinem Leben gehabt hast.«

»Von wahllos kann überhaupt nicht die Rede sein«, erwiderte sie leise, entsetzt über Davids Arroganz. »Und hast du schon vergessen, daß ich dir neulich Whisky über den Kopf geschüttet habe, oder zählt das nicht?«

Seine Antwort war in Beckys Gepolter untergegangen, die mit weiteren für den Mülleimer bestimmten Spielsachen in die Küche gestürmt kam.

»Es täte uns bestimmt mal gut, ein bißchen rauszukommen«, hakte Hilary nach, als sie sah, wie David nach der Fernbedienung griff.

»Meinetwegen.« Er schaltete die Zehn-Uhr-Nachrichten mit Trevor McDonald ein. »Wie wär's mit Tony Farrands Laden in Knutsford? Die Kinder gehen gern dahin.«

»Die Kinder?« widerholte Hilary fassungslos. »Ich dachte, wir gehen allein.«

»Nein. Wir sollten sie besser mitnehmen – dann brauchen wir keinen Babysitter.«

Nein, den brauchen wir dann nicht, dachte Hilary. Und du kannst dich den ganzen Abend hinter Philip und Becky verstecken und brauchst nicht mit mir zu reden. Sie stand vom Sofa auf und ging in die Küche, wo sie ein ganzer Stapel Bügelwäsche erwartete. Sie schaltete das Bügeleisen an und nahm eins von Philips Schulhemden aus dem Wäschekorb. Das Telefon klingelte. Sie wartete darauf, daß David abnahm. Nach dem sechsten Klingeln ging sie selbst in den Flur.

»Hallo, ist dort Hilary – ehemals Hilary Archer?«

»Ja«, antwortete sie vorsichtig.

»Hi, hier ist Lesley Blake, beziehungsweise der Dürre Lesley oder Lesley die Latte, wie man mich auch früher nannte. Ich habe deine Eltern im Telefonbuch gefunden, sie gerade eben angerufen, und deine Mutter hat mir deine Nummer gegeben.«

Die Stimme am anderen Ende der Leitung plapperte weiter, während Hilary in ihrem Gedächtnis kramte. Sie überlegte, woher sie den Namen kannte, bis sie das Wort *Ehemaligentreffen* hörte.

»Ich dachte, die Zeit wäre reif für ein Treffen«, sagte Lesley gerade, »vor allem als ich hörte, daß der arme alte Richard bei dem Flugzeugabsturz in Schottland ums Leben gekommen ist. Höchste Zeit, mal die ganze Mannschaft zusammenzutrommeln, bevor noch mehr von uns ins Gras beißen. Das war vielleicht 'ne Arbeit, euch alle wiederzufinden. Du kommst doch, Hilary, oder?«

Hilarys Hand krampfte sich um den Hörer. Ein Treffen mit den alten Schulkameraden war das letzte, was sie jetzt brauchte. Ein Haufen kluger Leute, die zusammenkamen, um sich gegenseitig die Schau zu stehlen – und was hatte sie zu bieten? Eine gescheiterte Ehe. Sonst nichts. »Schön, von dir zu hören«, sagte sie munter und versuchte sich den

Dürren Lesley als Erwachsenen vorzustellen, »aber ich werde leider nicht kommen können. Ich habe im Moment zu viel um die Ohren.«

»Aber ich habe dir doch noch gar nicht gesagt, wann es stattfindet.«

»Oh.«

»Du hast schon immer voreilige Schlüsse gezogen, Hilary. Weißt du noch, wie du mich in der Schule mit einer Handvoll Wagon Wheels erwischt hast und dachtest, ich hätte sie im Süßwarenladen geklaut, und mich dann verpetzt hast?« Der Dürre Lesley lachte.

Hilary schloß die Augen. »Wann ist das Treffen?« fragte sie höflich.

»Am achten Dezember. Sag, daß du kommst. Alle werden dasein. Sogar Johnboy Malone hat zugesagt. Du errätst nie, wen er geheiratet hat. Diese eingebildete Naomi Scott! Unglaublich, was? Und dabei war er so verknallt in dich, Hilary.«

Ja, es war unglaublich. Genau wie dieses Telefongespräch.

»Ich schicke dir einen Brief mit dem ganzen Drumherum. Ich frage dich jetzt nicht, was du in den letzten achtzehn Jahren angestellt hast, das kannst du mir ja am Achten erzählen. Bis dann!«

Es klickte in der Leitung, und Hilary kehrte in die Küche zurück, wo sie vor dem Bügelbrett und Philips Hemd stehenblieb. Vor ihrem inneren Auge erschienen der Dürre Lesley, Johnboy Malone und Naomi Scott. Wütend fuhr sie mit dem Bügeleisen über sie hinweg.

Das Star Struck war proppenvoll. Das war es immer, und nicht nur, weil die Küche des Restaurants einen guten Ruf genoß. Es war auch für seinen amüsanten Besitzer Tony Farrand bekannt, der sich wie ein exzentrischer Showmaster aufführte, und genau das war er – zumindest hatte er damals in den Siebzigern, als er für ein paar kurze Jahre überaus gefragt gewesen war, nicht nur eine eigene Comedy-Show moderiert, sondern auch *Star Struck*, eine Quizsendung, in der es um berühmte Leute ging. Seine Show war pompös und exaltiert gewesen und in den glamourösen Siebzigern gut angekommen, aber das Publikum der Achtziger hatte nach etwas Zurückhaltenderem und Feinsinnigeren verlangt. Seine Popularität war geschwunden, und so war er in den Nordwesten gekommen, wo die Immobilienpreise niedriger waren als im Süden und er seine Fähigkeiten im Restaurantbetrieb nutzbringend einsetzen konnte.

Er empfing Hilary und David an der Tür in einem extravaganten Anzug, der geradewegs aus dem Kostümfundus von Liberace zu kommen schien. Er glitzerte wie ein Weihnachtsbaum, nahm Becky an der Hand und führte sie zu einem Tisch am Mittelgang. Er gab ihr einen Kuß, und Hilary beobachtete amüsiert, wie bereitwillig Becky sich dies trotz ihrer nagelneuen feministischen Tendenzen gefallen ließ. Philip bekam eine Zigarre überreicht, die ihm sofort wieder weggeschnappt wurde, und als Tony hineinblies, sprang am anderen Ende ein Gänseblümchen heraus.

Als nächstes gab Tony Hilary einen Handkuß und drehte David eine lange Nase. Paß bloß auf, dachte Hilary, als sie sich setzte, sonst fängst du dir noch einen Haken ein.

Die Speisekarten wurden herumgereicht, und dazu eine Flasche Benuron für die Kinder. »Ach, ihr seid gar nicht krank?« fragte er, als er Beckys verdutzten Gesichtsausdruck sah. »Na gut, dann bringe ich euch etwas anderes.« Er kam mit zwei Gläsern Limonade zurück und sagte: »Die gehen aufs Haus – auf mein Haus. Ihr bezahlt ja meine Hypothek!« Er lachte und ließ sie allein.

Hilary spürte plötzlich Panik in sich aufsteigen. Tonys Gegenwart war wie ein Schutzschild gewesen. Durch seine verrückte Art erschien einem das Leben normal und wesentlich erträglicher. Sie spähte über den Rand ihrer Speisekarte zu David hinüber und ertappte ihn dabei, wie er den Ärmel seines Sakkos hochschob, um auf die Uhr zu sehen.

»Hast du's eilig?« fragte sie.

Er ignorierte sie, oder vielleicht hatte er sie wegen der lauten Musik gar nicht gehört – noch wollte sie die Devise »im Zweifel für den Angeklagten« gelten lassen.

Neben David schob sich Becky Grissini in den Mund, während Philip mit dem Stuhl kippelte und die Speisekarte studierte.

»Was möchtest du?« fragte sie ihn.

»Die Ravioli mit Ricotta, bitte«, antwortete er, warf die Speisekarte auf den Tisch und ließ seinen Stuhl mit einem Krachen auf dem Boden aufsetzen.

»Nicht die mit Bolognese? Das nimmst du doch sonst immer, wenn wir hier sind«, sagte Hilary.

»Das gab's gestern mittag in der Schule.«

»Und, wie gefällt's dir in der Schule?« fragte David und beteiligte sich damit endlich am Gespräch.

Philip sah seinen Vater an. »Überhaupt nicht!« hätte er ihn am liebsten angeschrien. »Und es ist ganz allein deine Schuld, daß ich da bin!« Es stimmte; Dad war derjenige gewesen, der ihm vorgeschlagen hatte, an der Prüfung für das Stipendium teilzunehmen, und es war ebenfalls Dad gewesen, der ihm einen Computer versprochen hatte, wenn er bestehen würde. Nun, er hatte bestanden, und er hatte seinen Computer bekommen, aber dafür wurde er nach Strich und Faden verprügelt. Er griff unter den Tisch und rieb sein blaugeschlagenes Schienbein. Gestern hatten sie ihn zu Boden geschubst. Dann hatten sie ihm die Schultasche weggenommen und seine ganzen Hefte im Klassenzimmer verteilt, und all das, weil er nicht bereit gewesen war, ihnen Geld zu geben. Wenigstens hatte Batesy ihm geholfen, alles wieder einzusammeln. »Tu einfach, was sie sagen, dann lassen sie dich in Ruhe. Damit machst du's dir leichter«, hatte er geflüstert. Einen Teufel würde er tun!

»Geht so«, sagte Philip schließlich.

»Was ist mit Latein und den humanistischen Fächern? Du hättest sicher nicht gedacht, daß dir das Spaß machen würde, oder?«

Philip starrte wieder seinen Vater an und zuckte die Achseln. »Nicht übel. Gestern war's allerdings ziemlich öde – da ging's um Liebe.«

»Igitt«, sagte Becky und verzog das Gesicht. Hilary griff nach einem Päckchen Grissini und fummelte an der Verpackung herum.

»Aha«, sagte David. »Und zu welchen welterschütternden Erkenntnissen seid ihr gelehrten Burschen gekommen? Daß ihr nichts damit zu tun haben wollt, nehme ich an.« Er stieß ein kurzes Lachen aus, das in Hilarys Ohren wichtigtuerisch klang. Hatte er schon immer so gelacht? Hielten andere Leute ihn für wichtigtuerisch?

Philip ignorierte die Frage seines Vaters. »Es gibt drei Arten von Liebe«, erklärte er, »*eros*, *agape* und noch eine, auf die ich jetzt nicht komme. Unser Lehrer sagt, *eros* ist die Art von Liebe, wegen der man Dummheiten macht, so wie Romeo und Julia, und *agape* ist die bedingungslose Liebe, die angeblich ewig dauert. Auf welche Art liebst du Mum, Dad, *eros* oder *agape*?«

David rutschte nervös auf seinem Stuhl herum. »Das einzige, was ich damals im Lateinunterricht über die Liebe gelernt habe, war *amo*, *amas*, *amat*. Bis zu diesem Agathe-Zeug sind wir nie gekommen.«

»*Agape*«, verbesserte ihn Philip.

»Ich will eine Pizza«, verkündete Becky und knallte ihre Speisekarte auf den Tisch, wobei sie eine kleine Vase mit einer einzelnen roten Nelke umwarf. Auf der Papiertischdecke breitete sich Wasser aus.

»Ah!« rief Tony, der aus dem Nichts auftauchte, um den Schaden zu beseitigen. »Zehn Pfund mehr auf eurer Rechnung. Das war nämlich Weihwasser, das ich aus dem Vatikan mitgebracht habe, wo ich für den *Papa* gekocht habe. Du glaubst mir nicht, was? Ich werde ihn anrufen und darum bitten, daß er es bezeugt.« Er schnappte einem vorbeigehenden Kellner eine riesige Pfeffermühle aus der Hand. »Hallo«, sagte er, als spräche er in einen Telefonhörer. »Hey, Papa, erzähl dem Mädel hier mal von dem Weihwasser.« Er hielt Becky die Pfeffermühle hin, und sie schob sie langsam an ihr linkes Ohr, aber als sie Philips Gesichtsausdruck sah, schleuderte sie sie zu Tony zurück.

»Blöder Kerl«, sagte sie verlegen.

Er nahm ihre Bestellung auf, und wieder verspürte Hilary das bedrückende Gefühl, allein gelassen zu werden.

»Ich muß mal«, verkündete Becky über die Musik von Wet Wet Wet hinweg – das Barometer ihrer Langeweile hatte fast den Nullpunkt erreicht.

»Du willst doch bloß mit dem Seifenspender spielen«, warf Philip ihr vor.

»Ist gar nicht wahr. Ich platze gleich, und ich werd's euch beweisen, wenn ...«

»Dann aber nichts wie los«, unterbrach Hilary, die es lieber nicht darauf ankommen lassen wollte, das Geplänkel.

»Ich geh auch mal«, sagte Philip.

Dann sind wir also unter uns, David, dachte Hilary und betrachtete sein abgewandtes Gesicht, während Becky und Philip verschwanden. Rede mit mir! Sag etwas Nettes. Gib mir ein bißchen Hoffnung ... nur ein Fünkchen Hoffnung, daß du mich noch liebst.

Er reagierte nicht auf ihr stilles Flehen, und sein Schweigen weckte in ihr den Drang, wegzulaufen und zu weinen. Sie tat sich unendlich leid und putzte sich die Nase, um die Tränen zurückzudrängen. Lieber Gott, laß mich jetzt bitte nicht losheulen, nicht vor all den Leuten. »Ich sehe besser mal nach Becky«, murmelte sie, stand auf und stolperte davon.

Philip und Becky kamen ihr auf der schmalen Treppe entgegen. In der Damentoilette war alles voller Seife. Ohne nachzudenken, begann sie, die Waschbecken sauberzumachen, und warf die Papierhandtücher – die Becky anscheinend als Wasserbomben benutzt hatte – in den Mülleimer.

Während Wet Wet Wet »Put the Light On« durch die Musikanlage des Restaurants säuselte, versuchte sie, die Tränenflut zu unterdrücken, die jeden Moment ihre Wangen zu überschwemmen drohte. Warum liebt er mich nicht? fragte sie sich mit einem Blick in den Spiegel, während sie fortfuhr, die Seife wegzuwischen. Was stimmt denn an mir nicht? Wieso genüge ich ihm nicht? Nick findet mich doch offenbar sehr nett.

Entgeistert starrte sie ihr Spiegelbild an. Wo war denn dieser Gedanke hergekommen? Und weshalb war Nick Bradshaw genau in dem Moment in ihrem Leben aufgetaucht, als sie Davids Untreue entdeckt hatte? Der Gedanke an einen Schutzengel schlich sich in ihren Kopf. War er erschienen, um ihr zu helfen? *Rufen Sie mich an, wenn Ihnen danach ist.* Das Echo seiner Worte schien sich mit der Stimme von Marti Pellow zu vereinigen: »... put a little light in her darkest day ... ring me.«

Als sie zum Tisch zurückkehrte, stand bereits das Essen auf dem Tisch.

»Wir haben nicht auf dich gewartet«, sagte David, spießte ein Nudelhörnchen auf und starrte einer jungen Kellnerin hinterher, deren Rock oberhalb der langen, schlanken Beine kaum größer war als eine Serviette.

Wann hatte er damit angefangen? fragte sich Hilary. Früher hatte er doch nie anderen Frauen nachgesehen, und schon gar nicht irgendwelchen jungen Mädchen, die seine

Tochter hätten sein können. Wann hatte er angefangen, sich mit ihr zu langweilen und sich zu verändern? Oder war sie es, die sich verändert hatte? War er schon immer so gewesen, und sie bemerkte sein wahres Wesen und seine ärgerlichen Angewohnheiten erst jetzt?

»Ich muß noch mal«, sagte Becky. Sie hatte ihre Pizza einer minutiösen Prüfung unterzogen und den Rand ihres Tellers mit Zwiebelstückchen dekoriert.

Ach, wenn das Leben doch so einfach wäre und man bei einem Anfall von Langeweile bloß mit dem Seifenspender herumzuspielen bräuchte, dachte Hilary und sah zu, wie Becky erneut verschwand.

Herumspielen. Sie warf David über den Tisch einen Blick zu. Er starrte zurück.

»Du ißt ja gar nichts«, sagte er und wies mit seinem Messer auf ihren unberührten Teller.

»Ich habe keinen Hunger«, erwiderte sie schwach.

Er verdrehte die Augen. »Ein vergeudeter Abend und noch mehr Geld, das zum Fenster rausgeworfen wird!«

»Noch mehr Geld?« fragte sie. »Was soll das heißen?«

»Neue Frisur, neue Klamotten, Essen im Restaurant – und wozu das alles?«

Jetzt reichte es! Er war zu weit gegangen. Ihr Entschluß war gefaßt.

Rufen Sie mich an, wenn Ihnen danach ist.

Sie würde es tun! Sie würde Nick anrufen. David war selbst Schuld.

»Heißt das, daß eine zweite Limo nicht mehr drin ist?« fragte Philip betreten.

»Das solltest du besser Mister Scrooge fragen«, entgegnete Hilary, unfähig, den Zorn und Sarkasmus in ihrer Stimme zu mildern. Sowohl eine Geliebte als auch eine Familie zu unterhalten, war offenbar ein teurerer Spaß, als David sich das gedacht hatte.

Kapitel 23

Hilary war lange vor allen anderen wach. Draußen war es noch stockdunkel, als sie sich im Lichtschein der Flammen des Agas einen Topf Porridge aufsetzte.

Sie hatte abends im Restaurant keinen Bissen gegessen und war um fünf Uhr morgens völlig ausgehungert aufgewacht. Da sie es keine Sekunde länger neben David aushielt, der sich im Schlaf unruhig hin und her wälzte, war sie auf der Suche nach etwas Eßbarem nach unten gegangen.

Der Duft nach warmer Milch, der von der blubbernden Masse aufstieg, hatte etwas Wohltuendes und Beruhigendes. In den ersten Tagen nach ihrer Entdeckung, daß David sie mit Catherine betrog, hatte sie lustlos und mechanisch gekocht. Ihr war einfach alles zu anstrengend gewesen. Letzte Woche dann hatte sie Stunden damit zugebracht, den Kühlschrank und die Keksdosen mit all den Sachen zu füllen, die David ganz sicher zu *The Gables* zurücklocken würden, zum Beispiel mit seinen heißgeliebten, klebrigen Toffee-Puddings *à la* Delia Smith und Gingerbread. Das hatte sie getan, weil sie sich an eine Bemerkung Davids einige Monate zuvor erinnert hatte, Catherine sei eine lausige Köchin. Damals war Hilary gar nicht auf die Idee gekommen, ihn zu fragen, woher er das wußte. Hatte sie es ihm einfach irgendwann im Büro erzählt, oder hatte er selbst herausgefunden, daß sie zwar katastrophal in der Küche, aber sensationell im Bett war?

Jetzt jedoch, als sie sich etwas Porridge in ein Schälchen füllte, war es ihr vollkommen gleichgültig, ob es ihr gelang, Davids Liebe durch seinen Magen zurückzugewinnen. Sie kochte sich eine Kanne Tee, nahm eine Flasche Milch aus dem Kühlschrank und fand bei der Gelegenheit einen angebrochenen Becher Sahne. Sie goß etwas davon über das Porridge, streute eine Fingerspitze braunen Zucker darüber, dann noch eine und krönte das Ganze mit einem Tropfen Honig. Sie erwog, noch etwas Ahornsirup hinzuzufügen, ließ es dann jedoch bleiben. Das wäre zuviel des Guten.

Ach, was soll's, dachte sie, dies ist nicht der Moment für falsche Zurückhaltung. Sie hielt die Plastikflasche über ihr Schälchen, drückte darauf, und ein lautes prustendes Geräusch ertönte.

Jahre der Mäßigung flogen über Bord, als Hilary den ersten verruchten Löffelvoll zum Mund führte, und sie fragte sich, ob Eva wohl genauso empfunden hatte. War sie eines Morgens in der Frühe aufgestanden, in den Garten hinausgegangen und hatte das Undenkbare getan, weil Adam die Grenze des Erträglichen überschritten hatte – so wie David? Sie nahm einen weiteren Löffel Porridge und schob den Gedanken beiseite; sie verglich sich lieber mit Schneewittchen – die hatte ja schließlich nichts Böses im Sinn gehabt, oder? Sie fügte noch ein wenig Sahne hinzu und dachte an den Entschluß, den sie gestern abend im Restaurant gefaßt hatte: die Kontrolle zu übernehmen.

Als sie in den frühen Morgenstunden wachgelegen und auf Davids unregelmäßigen Atem und die unverständlichen, im Schlaf gemurmelten Worte gelauscht hatte, war ihr nicht nur Nick Bradshaw in den Sinn gekommen, sondern auch Johnboy Malone.

Der Dürre Lesley hatte recht gehabt: Johnboy war damals in sie verliebt gewesen. Und während ihrer Lehrerausbildung hatte es diesen Rugbyspieler gegeben, mit Armen wie ein Gorilla, der ständig vor ihrer Tür gestanden hatte, weil er mit ihr Kaffee trinken wollte – sehr zu Davids Verdruß. Sie war doch mal attraktiv gewesen, oder? Wann hatte sich das geändert? Wann war sie zum Neutrum geworden? Während ihrer Schwangerschaft? Oder danach, in den unromantischen Jahren der tropfenden Brüste und stinkenden Windeln, der showreifen Momente des Töpfchen-Trainings und der heroisch durchwachten Nächte? Sie wußte es nicht. Sie stand auf, ging zur Spülmaschine und räumte ihr leeres Schälchen in das obere Gitter. Zu weiterer Zügellosigkeit entschlossen, öffnete sie einen der oberen Küchenschränke, in dem sie einen heimlichen Süßigkeitenvorrat angelegt hatte – absichtlich außerhalb von Beckys Reichweite. Sie zog ein Päckchen Schokoladenkekse heraus, setzte sich wieder an den Tisch und begann in der neuesten Ausgabe von *Hello!* zu blättern. Schokolade und dazu die Reichen und Berühmten mit ihren schönen Designer-Wohnungen und Edelklamotten – was gab es Besseres, um sich Mut und Inspirationen für das Aufpolieren des eigenen, langweiligen Lebens zu holen?

Als sie den Teil über die wichtigsten gesellschaftlichen Ereignisse in London gelesen hatte, wechselte sie zu *Cheshire Life*, die in diesem Monat mit den reichsten Männern des Nordwestens warb, die noch zu haben waren. »Neununddreißig, und wie viele Millionen?« fragte sie laut und betrachtete das Foto des gutaussehenden Besitzers einer namhaften Kette von Sportgeschäften. Sie fragte sich, ob die Zeitschrift wohl irgendwann einen Artikel über Dereks und Cindy neues Projekt bringen würde. Vor ihrem inneren Auge sah sie die beiden in die Kamera lächeln, dem Anschein nach das perfekte Paar, das auf eine langjährige

Ehe und Geschäftspartnerschaft zurückblicken und mit seinem neuesten Unternehmen in eine rosige Zukunft sehen konnte.

Wie viele Lügen verbargen sich hinter alldem? Taten denn alle so, als ob sie ein traumhaftes Leben führten, obwohl es in Wirklichkeit manchmal unerträglich war? Vielleicht mußte man einfach versuchen, das Beste aus allem zu machen und sich seine Befriedigung zu holen, wo immer es ging?

Sie nahm einen weiteren Schokoladenkeks und schob ihn sich nachdenklich in den Mund.

»Nick?« flüsterte sie fünf Minuten später in den Telefonhörer.

»Ja – Hilary?«

»Entschuldigung, daß ich so früh störe, aber Sie sagten, wenn ich Hilfe bräuchte, könnte ich …«

»In zehn Minuten bin ich fertig. Wo sollen wir uns treffen?«

»Ich weiß nicht«, sagte sie, plötzlich verunsichert.

»Kommen Sie am besten hierher, da können wir reden. Das wollen Sie doch, Hilary, oder nicht?«

Sie nickte stumm in den Hörer und ließ sich den Weg zu seinem Haus beschreiben.

»Mit wem hast du telefoniert?« fragte David, als sie hinauf kam, um sich anzuziehen.

»Mit Georgia D'Arcy«, log sie.

»Was zum Teufel willst du um die Tageszeit von dieser Männerhasserin?« Er gähnte.

»Schulpflegschaftskram«, kam die Antwort aus den Tiefen des Kleiderschranks. »Wir müssen noch ein paar organisatorische Dinge wegen des Weihnachtsbasars besprechen. Ich fahre jetzt zu ihr.«

»Was, so früh? Und überhaupt – die ist doch bestimmt

damit beschäftigt, sich in ihrer komischen Gärtnerei die Krallen zu wetzen.«

»Sie ist durchaus in der Lage, zwei Sachen gleichzeitig zu tun. Vielleicht könntest du dich ja aus dem Bett schwingen und nachher mit den Kindern in die Kirche gehen.«

David stöhnte. »Gott wird sie schon nicht vermissen, wenn sie mal einen Sonntag nicht da sind.«

»Sie sind letzte Woche schon nicht dagewesen, also wird's höchste Zeit.« Sie wollte ihre Kinder für die nächsten paar Stunden in Gottes sicheren Händen wissen. Sie wählte eines der Outfits, die sie mit Cindys Hilfe in Manchester gekauft hatte, und eilte ins Bad, um sich anzuziehen. Der Gedanke, sich vor Davids Augen für eine Art Rendezvous zurechtzumachen, war denn doch zuviel. Sie schlüpfte in die weichfallende Bundfaltenhose, die Cindy anstelle des sportlichen dunkelblauen Modells ausgewählt hatte, das sie selbst gerne genommen hätte, und zog sich den zartrosa Angorapullover über den Kopf. Dann bürstete sie sich das Haar aus dem Gesicht und versuchte, ein wenig Make-up aufzulegen. Rouge und Lippenstift bekam sie noch hin, aber ihre Hände zitterten so sehr, daß sie auf Wimpertusche verzichten mußte. Sie sah überhaupt nicht mehr wie Anthea Turner aus, aber für den guten Willen gab sie sich immerhin noch eine Drei plus.

Sie zog die Haustür hinter sich zu, stieg in ihr Auto und setzte rückwärts aus der Einfahrt. Sie sah nicht zum Haus zurück, aus Angst, hinter einem der Fenster ihre Kinder zu erblicken, die ihr womöglich nachschauten. Das hier, so sagte sie sich eisern, hatte nichts mit den Kindern zu tun. Das war eine Sache zwischen ihr und David.

Am Ende der Acacia Lane hielt sie an und nahm ihr Fläschchen Anaïs Anaïs aus der Handtasche. Sie besprühte ausgiebig Hals und Handgelenke und mußte dann die Scheibe herunterdrehen, weil sie keine Luft mehr bekam. Unter Husten und Spucken versuchte sie, wieder zu Atem zu kommen, und hätte sich fast zu Tode erschreckt, als sie Schritte hörte und gleich darauf Iris Braithwaites Gesicht am offenen Fenster auftauchen sah.

»Sie fahren doch sicher nicht zur Morgenandacht, Mrs. Parker.«

»Um Himmels willen, nein«, krächzte Hilary.

»Wohin wollen Sie denn dann zu dieser frühen Stunde, noch dazu so schick?«

So direkt konnte nur Mrs. Braithwaite sein. Schuldgefühle und Nervosität dämpften Hilarys Stimme auf ein Flüstern.

»Was sagten Sie, Mrs. Parker?«

»Schulpflegschaft ... Georgia D'Arcy«, brachte sie etwas verständlicher hervor.

Auf Mrs. Braithwaites gepudertem Gesicht breitete sich ein überraschendes Lächeln aus. »Hulme Welford wäre ein wesentlich angenehmerer Ort, wenn mehr solche Leute wie diese junge Frau hier leben würden. Wie geht es übrigens Ihrem ungehobelten Mann? Prügelt sich in aller Öffentlichkeit, und weshalb? Wo waren sein Ehrgefühl und sein Respekt, als er auf die Idee verfiel, Ihren Namen zu beschmutzen?«

»Ich muß jetzt wirklich los«, sagte Hilary kühn, ohne auf die Fragen der anderen Frau einzugehen, trat aufs Gaspedal und ließ aus Versehen den Motor aufheulen, weil sie vergessen hatte, einen Gang einzulegen.

Als sie in die Hauptstraße des Dorfes einbog, hatte Hilary das unangenehme Gefühl, daß Mrs. Braithwaite noch immer mitten auf der Acacia Lane stand, ihr mißtrauisch nachsah und sich ihren Teil dachte. Das Erscheinen der älteren Frau hatte die gleiche Wirkung gehabt wie der Auftritt eines Geistes während eines Festmahls; sie war in einen Bereich eingedrungen, in dem Hilary niemanden haben wollte, der sie an ihr alltägliches Leben erinnerte. Während sie aus dem Dorf hinausfuhr, bemühte sie sich, das Weltbild wiederherzustellen, das sie sich bei der Lektüre über den Malediven-Urlaub des Earl of Soundso und seiner hübschen neuen Freundin zurechtgelegt hatte.

Nick wohnte nicht weit von Philips neuer Schule, und als die Felder und die kürzlich zurückgeschnittenen Hecken entlang der vertrauten Straßen vorbeiglitten, sah sie, wie sich der Himmel am Horizont endlich von den letzten Überresten der Nacht verabschiedete und die rötlichen und enzianblauen Strahlen des Morgens aufsteigen ließ.

Sie erblickte das Schild der Forellenfarm, das Nick ihr beschrieben hatte, und schaltete, wie angewiesen, in der Kurve in den dritten Gang herunter. Sein kleines Cottage, das letzte in einer Reihe, war ein Stück von der Straße zurückgesetzt, und aus seinem Schornstein stieg eine dünne Rauchfahne auf. Sie spürte, wie sich ihr Körper in nervöser Erwartung verkrampfte.

Sie parkte den Wagen am Straßenrand, schaltete den Motor aus, griff nach ihrer Handtasche, schloß die Autotür ab und atmete tief durch. Hoch oben in den Eichen hörte sie das laute Krächzen der Krähen – oder waren es Raben? Meine Güte! Worüber sie nachdachte, wo sie doch gerade auf dem besten Weg war … Sie räusperte sich, klemmte sich die Tasche unter den Arm und ging zur Tür, die sich an der Seite des Hauses befand. Sie ging auf, bevor Hilary auch nur die Hand auf den Türklopfer gelegt hatte.

»Ich habe uns Kaffee gemacht«, sagte er, als sie eintrat. Er nahm ihren Mantel und hängte ihn an die Rückseite der Küchentür, neben einen anderen, den sie von der Guy Fawkes Night wiedererkannte. »Haben Sie schon gefrühstückt?«

Sie nickte und sah sich verlegen in der Küche um; auf dem Boden standen eine leere Weinflasche und eine braune Papiertüte mit Alubehältern, an deren Rändern die Reste eines Reis-Pilaws klebten. »Sie sind nicht besonders ordentlich, was?«

Er reichte ihr einen Becher mit Kaffee. »Und Sie machen Small talk.«

Sie wandte sich ab und starrte aus dem bleiverglasten Fenster, das zur Straße hinausging. Sie fragte sich, ob wohl jemand ihr Auto erkannte.

»Das tun wir alle«, sagte er.

»Was?« fragte sie und drehte sich wieder zu ihm um.

»Dem ausweichen, was wir eigentlich sagen wollen. Kommen Sie mit nach nebenan. Da ist es genauso unordentlich, aber wenigstens warm. Ich habe Feuer gemacht, sobald ich den Hörer aufgelegt hatte.«

»Es tut mir leid, daß ich Ihnen solche Mühe mache. Oh«, sagte sie, als sie im Wohnzimmer stand, »Sie haben recht, es ist genauso unordentlich.«

Er lachte, nahm einen Stapel Bücher und Ordner von einem Sessel vor dem Kamin und ließ das Ganze auf den Boden fallen, wo bereits ein weiterer Bücherturm vor sich hin schwankte. »Sie sind enttäuscht von mir, nicht wahr?«

»Wie lange wohnen Sie schon hier?« fragte sie und setzte sich vorsichtig auf den Sessel, den er frei geräumt hatte. Halb rechnete sie damit, daß er unter ihr zusammenbrach. Der Stoff war an den Armlehnen durchgescheuert, und sie spielte mit einem Faden, der aus einer verblichenen Nelke herausragte.

»Ungefähr drei Jahre. Und wenn Sie erst meine Lebensgeschichte hören wollen, bevor Sie mit der Sprache herausrücken, dann erzähle ich sie Ihnen.«

»Das sollte nicht so klingen, als ob ...«

»Entspannen Sie sich und hören Sie zur Abwechslung mal zu. Ich habe den Eindruck, Zuhören ist nicht gerade Ihre Stärke, Hilary. Sie ziehen eine Menge voreiliger Schlüsse, nicht wahr?«

Sie sagte nichts. Die Dinge liefen nicht ganz so, wie sie

es sich vorgestellt hatte. Auf die Art hatte der Earl die bezaubernde Anabel jedenfalls nicht verführt.

»Ich bin achtundvierzig Jahre alt. Früher habe ich Vorträge über Personalführung gehalten; als dann vor fünf Jahren meine Ehe zu Bruch ging, habe ich mich selbst mal gründlich unter die Lupe genommen, und das, was ich sah, gefiel mir nicht besonders. Ich beschloß, vom ständigen Reden zu gelegentlichem Zuhören zu wechseln, und das möchte ich auch bei Ihnen tun.« Er wandte sich vom Kamin ab und setzte sich in den Sessel, der ihr gegenüber stand. »Sind Sie jetzt bereit, mit mir zu reden?«

Ob Tränen halfen? überlegte sie. Wenn sie anfing zu weinen, würde er sie dann in die Arme nehmen und …?

»David liebt mich nicht«, murmelte sie mit gesenktem Kopf. »Er sieht mich in letzter Zeit kaum noch an, und mit mir reden will er auch nicht. Er … hat eine Affäre, und ich fühle mich so …«

Sie hörte, wie er sich auf sie zu bewegte, dann spürte sie seine Hand auf ihrer.

»Sie fühlen sich verletzt«, sagte er und nahm ihr den unberührten Becher mit Kaffee aus der Hand. »Sie fühlen sich betrogen und zurückgewiesen. Sie fühlen sich, als ob jemand Sie auf dem Boden zerschlagen hätte, vollkommen wertlos … und Sie wünschen sich, daß jemand Sie wieder zusammensetzt und alles in Ordnung bringt.«

»Ja«, flüsterte sie. Nun mach schon, küß mich.

Was er auch tat.

Kapitel 24

Nick war überraschend zärtlich zu ihr, im Gegensatz zu David, der sie immer wie eine Gummipuppe behandelt hatte. »Schubs mich nicht so rum«, hatte sie damals bei ihrer zweiten Verabredung zu ihm gesagt, als er sie gegen die Tür ihres Zimmers im College-Wohnheim gedrückt hatte.

Als Nick den Kopf zur Seite neigte, fragte sie sich, ob sie es überhaupt richtig machte – es war so lange her, daß sie in so einer Situation gewesen war. Wäre es besser, wenn sie den Mund weiter öffnete? Und was war mit ihren Händen? Sollte sie etwas damit tun?

Nick streichelte mit der einen Hand ihren Nacken. Sie bekam weiche Knie und spürte seine Lippen, die so warm und sanft auf ihren lagen, nur um so stärker.

Gerade als sie die Augen schloß, entzog Nick sich ihr. »Nun, Hilary, haben Sie sich jetzt besser gefühlt?« fragte er. »Hat Sie das für einen Moment von David abgelenkt?«

»Ja«, log sie, »voll und ganz.«

Er sah sie lange an, und sie saß da und wartete darauf, daß er etwas tun oder sagen würde – sie wollte, daß er wieder ihren Nacken streichelte. Abrupt stand er auf und stellte sich vor den Kaminsims.

»Das ist nur eine Scheinlösung, Hilary«, sagte er bestimmt, die Arme vor der Brust gekreuzt. Auf einmal sah er aus wie ein gestrenger Schulleiter. »Und was ist mit den Schuldgefühlen? Könnten Sie damit umgehen?«

Küß mich noch mal, und dann sehen wir weiter, hätte sie am liebsten gewitzelt; sie war völlig aufgedreht, weil sie einen anderen Mann geküßt hatte – sie hatte tatsächlich einen anderen Mann geküßt! »David scheint damit keine Probleme zu haben«, sagte sie.

»Sind Sie da so sicher? Sein Doppelleben scheint ihn momentan ganz offensichtlich unter enormen Druck zu setzen. Was glauben Sie, wie lange er das noch durchhalten kann?«

»Warum machen sich alle solche Sorgen wegen David? Was ist mit dem Druck, unter den er *mich* setzt? Das hier ist keine Party für mich, soviel kann ich Ihnen versichern.«

Er lächelte und setzte sich wieder neben sie. »Ich weiß«, sagte er sanft, nicht länger der gestrenge Schulleiter. »Aber eine Affäre mit dem erstbesten Mann anzufangen, ist keine Lösung.«

»Weshalb haben Sie mich dann geküßt?« fragte sie. »Wollten Sie sich über mich lustig machen?«

»Ich habe Sie geküßt, weil ich wußte, daß Sie es wollten.«

»Das ... das stimmt nicht«, stotterte sie.

»Und ich wollte Ihnen beweisen, daß es keine Lösung für Ihre Probleme ist. Sagen Sie, Hilary, hat Ihre Ehe Sie glücklich gemacht?«

»Ich ...«

»Oder haben Sie nur angenommen, glücklich zu sein – Heirat gleich Glück? Können Sie sich daran erinnern, wann Sie das letzte Mal so richtig atemlos-herzklopfend-überschäumend vor lauter Liebe zu David waren?«

Sie senkte den Blick und fummelte an ihrem Verlobungsring mit dem Saphir herum. »So ist das nicht«, sagte sie schließlich. »Man wurschtelt sich so durch. Nach zehn Jahren Ehe tanzt man am Montagmorgen nicht vor lauter Glück durch den Supermarkt. Irgendwie kommt einem immer das Leben dazwischen.«

»Was ist das für eine traurige Welt, in der unsere Erwartungen so sehr vom Alltag angekratzt werden. Hilary, wann werden Sie und all die anderen endlich begreifen, daß das hier keine Kostümprobe ist? Dies ist das Leben. Sie müssen es ausschöpfen, so gut Sie können.«

»Ich nehme an, David ist gerade dabei«, sagte sie kleinlaut und zupfte gedankenverloren an dem Faden auf der Sessellehne herum.

»Könnte sein. Aber überlegen Sie mal – kommt er Ihnen bei dem, was er tut, glücklicher vor?«

Hilary dachte an Davids frustrierten Gesichtsausdruck, die zu einer schmalen Linie zusammengepreßten Lippen und seine offensichtlich skeptische Einstellung gegenüber ihrem gemeinsamen Leben. »Nein«, sagte sie, »er sieht nicht wie ein Mann aus, der Spaß am Leben hat.«

»Weil er sich schuldig fühlt. Er weiß, daß er mit dem, was er tut, Sie und die Kinder sehr verletzen würde, falls es herauskommt. Wie so viele, die ein bißchen Abwechslung suchen, hat er das Ganze nicht zu Ende gedacht. Er hätte sich sein Leben genau ansehen sollen, um herauszufinden, weshalb er überhaupt den Drang verspürt auszubrechen.«

»Vielleicht ist alles meine Schuld. Vielleicht habe ich ihn durch mein Verhalten in diese Affäre getrieben. Wenn ich mehr ...«

»Schon möglich. Aber meistens wird die Untreue eines Partners gar nicht durch das ausgelöst, was zu Hause abläuft. Ich versuche jetzt nicht, Davids Verhalten zu entschuldigen oder zu rechtfertigen, aber ich bin absolut sicher, daß der Grund für diese Affäre in seinem eigenen Wesen verborgen liegt, nicht in Ihrem. Oder frei nach Thoreau: ›Die meisten Männer führen ein Leben in stiller Verzweiflung.‹«

Hilary hob abrupt den Kopf. »Wieso sind es immer die Männer, die es so schwer haben?«

Er lächelte. »Nehmen Sie's nicht zu wörtlich. Und wie ich schon sagte, ich will Davids Verhalten nicht entschuldigen, ich versuche lediglich, Ihnen klarzumachen, daß wir alle auf eine vorgegebene Situation reagieren, und die Art unserer Reaktion bestimmt die Konsequenzen.« Er sah sie scharf an. »David beschloß, eine Affäre anzufangen ... genauso, wie Sie beschlossen haben, heute hierherzukommen.«

Sie wandte sich ab.

»Haben Sie ernsthaft erwartet, daß ich Sie nach oben schleife und aufs Bett werfe?«

Sie starrte ins Feuer und sah zu, wie die Flammen an der lockeren Rinde eines Holzscheits leckten. »Aus Ihrem Mund klingt das so schmutzig.«

Er lachte leise. »So, wie mein Bettzeug aussieht, wäre es das auch gewesen.«

Sie versuchte ebenfalls zu lachen, aber es klang eher wie ein Winseln. »Ich habe mich total lächerlich gemacht, nicht?«

»Ganz und gar nicht. Sie haben das getan, was unglaublich viele Leute in ihrer Situation tun.«

»Vorhersehbar und idiotisch. Tut mir leid, daß ich so langweilig bin.«

»Hören Sie auf, sich das Leben so schwer zu machen, Hilary. Sie sind eine attraktive, intelligente Frau, der alle Türen offenstehen ...«

»Bitte lassen Sie das, sonst fange ich noch an zu weinen.«

Er legte den Arm um ihre Schultern und küßte sie auf die Stirn. »Nur zu. Tun Sie sich keinen Zwang an. Aber schonen Sie den Sessel ein bißchen, sonst fällt er auseinander, bis Sie gehen.«

Sie sah hinunter auf den Baumwollfaden zwischen ihren

Fingern – er war doppelt so lang wie zuvor, und die Nelke hatte in der Mitte ein Loch. »Tut mir leid ...«

»Nun lassen Sie doch die ewigen Entschuldigungen, und hören Sie mir noch ein bißchen zu. Sie haben ein paar sehr schwierige Entscheidungen vor sich, und die kann Ihnen niemand abnehmen. Sie können mit mir darüber reden, wenn Sie wollen, oder mit beliebig vielen Freunden und Verwandten, aber letzten Endes sind Sie diejenige, die mit den Entscheidungen leben muß, und deshalb sollten Sie auch diejenige sein, die sie trifft. Denken Sie immer daran: Nichts ist Zufall. Jeder von uns trifft eine Wahl, die unsere Zukunft beeinflußt. Und das Wichtigste in Ihrer nächsten Zukunft ist, David zu sagen, daß Sie von seiner Affäre wissen. Wann werden Sie es ihm sagen?«

»Noch nicht. Nicht jetzt, wo die Hochzeit meiner Schwester und Weihnachten vor der Tür stehen. Ich werde im neuen Jahr mit ihm reden.«

»Und werden Sie es verkraften, wenn er Ihnen sagt, daß er Sie verlassen will?«

»Ich habe das Gefühl, er hat mich schon verlassen. Wenigstens ist dann dieses grauenhafte Versteckspiel zu Ende.«

Auf dem Heimweg hielt Hilary bei der Hulme View Gärtnerei an, um ihr Alibi ein bißchen zu untermauern, falls David Verdacht schöpfen sollte, daß sie ihn angelogen hatte. Sie hatte Georgia seit der peinlichen Szene in der Küche, als sie sie zum Tee eingeladen hatte und Nick unerwartet aufgetaucht war, nicht mehr gesehen. Wie schrecklich kompliziert ihr Leben geworden war. Ob es je wieder so wie früher sein würde?

In der Gärtnerei waren zahlreiche Sonntagskunden, die sich Paletten mit winterharten Stiefmütterchen und Heidekraut zusammenstellten. Hilary entdeckte Georgia, die auf einem großen schlammverschmierten Transportwagen mannshohe Koniferen mit Topf vor sich her schob.

»Tag, Fremde.« Georgia blieb neben ihr stehen und begann, den Wagen zu entladen. »Ich würde dich ja bitten, mir zu helfen«, sagte sie und wuchtete die erste Konifere hoch, »aber du hast dich rausgeputzt wie ein Sahnetörtchen. Du warst wohl in der Kirche, was?«

Hilary nickte.

»Erstaunlich, daß die Frommen immer noch glauben, Gott würde sie mehr lieben, wenn sie im Sonntagsstaat bei ihm aufkreuzen.«

»Tun sie nicht!« gab Hilary zurück. Mein Gott, sie hatte die Nase voll von all diesen schlagfertigen Leuten um sie herum.

»Tut mir leid«, sagte Georgia und stellte die Konifere neben eine Reihe kleiner Lorbeerbüsche. »Das war gemein von mir. Die Ungläubigen haben kein Recht, die wenigen Gläubigen zu piesacken. Was kann ich für dich tun?«

Hilary zögerte. Das tat sie in letzter Zeit ziemlich oft. Früher nie. Sie hatte immer genau gewußt, was sie tun und sagen wollte. »Der Weihnachtsbasar«, platzte sie heraus. »Ich dachte, wir könnten noch ein paar Dinge wegen der Organisation besprechen.«

Georgia runzelte die Stirn. Sie griff nach der nächsten Konifere, überlegte es sich jedoch anders. Sie schob den Ärmel ihrer Arbeitsjacke hoch. Viertel vor elf. Dann wandte sie sich wieder Hilary zu. »Moment mal. Verstehe ich dich richtig – du warst vorhin in der Kirche und bist eher gegangen, um hierherzukommen und mit mir über den Weihnachtsbasar zu sprechen?«

Hilary sah verlegen auf ihre Füße. »Ich hatte bloß die Idee ...«

»Das Abendmahl ausfallen zu lassen und hierherzuflitzen. Klingt vollkommen plausibel. Ich wünschte, alle Mitglieder der Schulpflegschaft wären so eifrig wie du. Was für eine Vorstellung: Du hockst da auf deinen Knien und plötzlich denkst du an mich, oder vielleicht hat sogar Gott seine Hand im Spiel – ›Weih-nachts-ba-sar‹ hallt seine Grabesstimme vom Deckengewölbe wider.«

»In St. John's kniet sich kaum jemand hin«, sagte Hilary gereizt.

»Sagst du«, sagte Georgia und kämpfte mit der nächsten Konifere. »Ich bin andauernd auf den Knien.«

Hilary war erschöpft und ratlos.

Georgia betrachtete Hilarys unglückliches, verwirrtes Gesicht. »Ach, Scheiße«, sagte sie. »Tut mir leid. Ich kriege bald meine Tage und bin aufgebläht wie die *Hindenburg* und ungefähr genauso unberechenbar. Vergibst du mir?«

Hilary nickte. »Und mir tut es leid, daß ich dich belogen habe.«

Georgia lächelte. »Also keine Organisationsbesprechung? Was für eine Überraschung. Komm, wir gehen zum Wohnwagen, und dann sagst du mir, weswegen du wirklich gekommen bist.«

»Und deine Kunden?«

»Gordon ist heute da. Er kümmert sich um sie, damit ich Platz machen kann für die Weihnachtsbäume mit Ballen, die morgen reinkommen.«

»Ich will dich nicht von der Arbeit abhalten, ich kann genausogut ...«

»Ist schon okay, Hilary.«

Im Wohnwagen war es kaum wärmer als draußen. Georgia schaltete einen kleinen Heizlüfter an, der laut vor sich hin surrte. »Magst du einen Kaffee? Ich habe welchen in der Thermosflasche.«

Hilary schüttelte den Kopf.

»Wie du meinst.« Georgia schenkte sich einen Becher ein und legte die Hände mit den Halbhandschuhen darum. »Und, was gibt's Neues in *The Gables*, seit wir uns das letzte Mal gesehen haben? Dabei fällt mir ein, du hast dich an dem Tag ausgesprochen merkwürdig benommen.

Ich hätte schwören können, du hattest plötzlich Angst vor mir.«

Hilary griff nach einem Päckchen Lupinensamen und stellte es auf den Kopf. Sie hörte, wie die Samen von der einen Seite zur anderen rieselten.

Georgia lachte. »Und wenn ich's nicht besser wüßte, würde ich sagen, daß diese Hexe Patricia Longton dir einen Floh ins Ohr gesetzt hat.«

»Um Himmels willen, natürlich nicht.«

»Seit dem Tag, als ich Rory rausgeworfen habe, hat die blöde Kuh sich in den Kopf gesetzt, ich sei lesbisch. Nun, um es ein für allemal klarzustellen: Ich bin's nicht. Sieh mich an, wenn ich mit dir rede, Hilary. Ich bin keine sexgeile Lesbe, die sich über wehrlose Frauen hermacht, okay?«

»Okay«, erwiderte Hilary schnell. Meine Güte, was für ein Morgen!

»Nicht daß irgendwas Schlimmes dabei wäre, homosexuell zu sein; ein paar meiner besten Freunde sind's. Aber darum geht es nicht. Also, raus damit: Weshalb bist du hergekommen?«

Als Hilary auf den Parkplatz der Gärtnerei gefahren war, hatte sie nicht die Absicht gehabt, Georgia etwas von Nick Bradshaw zu erzählen, doch jetzt, wo ihre Freundschaft wieder ein stabileres Niveau erreicht hatte, beschloß sie, sich ihr anzuvertrauen. Sie erklärte Georgia, daß sie sie als Alibi benutzen wollte und warum, und dann berichtete sie ihr, zumindest teilweise, was in Nicks Haus geschehen war.

»Heiliger Strohsack! Du hast dir von diesem gerissenen Schuft die Zunge in den Hals stecken lasen?«

Hilary runzelte die Stirn. »Er hat mich bloß geküßt«, verteidigte sie sich.

»Quatsch! *Du* hast *ihn* geküßt.«

Die beiden Frauen sahen sich schweigend an. Hilary war enttäuscht. Sie hatte Georgia wütend gemacht, und das hatte sie nicht gewollt. Dann sah sie, wie sich ein Lächeln auf dem Gesicht ihrer Freundin ausbreitete. »Tja, du hast heute morgen zwei wichtige Dinge gelernt, Hilary. Erstens: Du brauchst keine Angst zu haben, daß ich über dich herfalle; und zweitens: Falls du dich auf das lebensgefährliche Unterfangen einlassen willst, dir einen Mann zu angeln, weißt du, daß du's kannst. Was schließt du daraus?«

»Weiß der Teufel. Wahrscheinlich, daß ich langsam völlig durchdrehe.«

Kapitel 25

Sie war verrückt. Restlos, vollkommen und absolut verrückt. Sie sah noch einmal auf die Uhr am Armaturenbrett. Fünf vor acht – fast eine halbe Stunde zu spät. Wieso hatte sie nur Lesleys Einladung angenommen? Und schlimmer noch – wieso hatte sie sich tatsächlich auf den Weg gemacht, wo sie doch ganz einfach im letzten Moment Kopfschmerzen hätte vorschieben können? Keiner hätte etwas gemerkt.

Charlotte hatte sie dazu überredet. »Das wird ein Riesenspaß, Hilary«, hatte sie nachmittags in ihrem Laden gesagt.

»Woher willst du das denn wissen?« hatte sie ihrer Schwester entgegnet. »Du bist doch noch nie bei so einem Treffen gewesen.«

»Bloß weil sich noch keiner die Mühe gemacht hat, eines für meinen Jahrgang zu organisieren.«

»Nun, mir wär's lieber, der Dürre Lesley hätte sich die Mühe erspart. Was um alles in der Welt soll ich diesen Leuten, die ich seit fast zwanzig Jahren nicht gesehen habe, denn erzählen?«

»Dir wird schon was einfallen«, hatte Charlotte gesagt und dann hinzugefügt: »Ist es nicht seltsam, daß wir kaum jemanden aus unserer Schulzeit wiedergesehen haben?«

Hilary schaltete auf der unbeleuchteten Landstraße ihr Fernlicht ein und dachte über diese Bemerkung ihrer Schwester nach. Charlotte hatte recht, es war seltsam. Ihre frühere Schule war nicht gerade Tausende von Kilometern von Hulme Welford entfernt, lag aber in einer anderen Grafschaft, und ihre Mutter hatte sie extra wegen der strengen Arbeitsmoral und der vielen Schulstunden ausgewählt – es war die einzige Tagesschule im Umkreis von dreißig Kilometern gewesen, die stur darauf bestanden hatte, auch am Samstagmorgen zu unterrichten, was hervorragend zu Louises geschäftlichen Verpflichtungen in ihrem Antiquitätengeschäft und den Praxisöffnungszeiten und Hausbesuchen des Vaters gepaßt hatte.

Aber vielleicht lag es gar nicht so sehr an der geographischen Lage ihrer Schule, daß der Kontakt zwischen den Schulfreunden nach dem Abschluß im Sande verlaufen war, sondern vielmehr daran, daß die meisten von ihnen bei der erstbesten Gelegenheit weggezogen waren und sie als einzige phantasieloserweise nach ihrer Lehrerausbildung wieder in die Heimat zurückgekehrt war. Nach kurzem Nachdenken tröstete sie sich damit, daß Charlotte jetzt, Jahre später, genauso langweilig geworden war.

Sie bog am Kreisverkehr links ab, und da war sie. Ihre Schule. Nicht, daß das düstere viktorianische Bauwerk ihr Angst eingejagt hätte – sie hatte den Lebensabschnitt genossen, den das Gebäude repräsentierte. Die Schule hatte ihr Spaß gemacht. Der geordnete Tagesablauf und das gewissenhafte Erledigen all der Aufgaben hatten ihr gut gefallen. *Was* ihr allerdings Angst einjagte, war die Aussicht, heute abend allen gegenüberzutreten und zu erleben, wie einer nach dem anderen erriet, daß ihre Ehe den Bach runterging.

Der Parkplatz, früher ein Korbballfeld, war bereits gut bestückt mit windschnittigen Autos: Mercedes, BMW, Audi, Volvo, ein paar Jaguar und alle möglichen Varianten von Geländewagen – schimmernde Zeugnisse von Erfolg und Wohlstand. Die müssen es ja alle weit gebracht haben, dachte sie zynisch.

Sie parkte ihren Clio neben einem schicken dunkelblauen BMW-Coupé. Eigentlich hatte sie mit Davids Volvo kommen wollen, doch er hatte ihn gerade an diesem Nachmittag zur Inspektion gegeben. Die Werkstatt hatte später angerufen und Bescheid gesagt, daß sie einen Fehler an der Radaufhängung gefunden hatten und der Wagen frühestens Dienstag fertig sein würde. Soviel zum Thema »elegant vorfahren«!

Sie zog die Handbremse an, löste den Sicherheitsgurt und drehte den Rückspiegel zu sich, um ihr Make-up zu überprüfen. Sie bleckte die Zähne, um zu sehen, ob sich womöglich Lippenstift darauf abgesetzt hatte.

Der Haupteingang war mit ein paar Luftballons geschmückt, von denen einer bereits anfing zu schrumpfen und Falten zu werfen – genau wie sie selbst, dachte Hilary, als sie die Tür mit den Glasfenstern aufdrückte. Die Eingangshalle war leer, abgesehen von einem riesigen Weihnachtsbaum, der mit Dekorationsstücken aus dem Kunstunterricht und blinkenden Lämpchen geschmückt war. Die Tür zur großen Halle, die früher für den Sportunterricht und morgendliche Versammlungen genutzt worden war, stand weit offen, und dahinter erblickte sie eine Menge heiterer Gesichter. Automatisch setzte sie ihr strahlendstes Lächeln auf und hoffte, es würde den Versagerausdruck auf ihrem Gesicht kaschieren.

»Nicht so schnell. Wenn du auch nur einen Schritt weiter willst, brauchst du einen Aufkleber.«

Hinter einem Tisch stand, mit einem Klemmbrett in der Hand, ein Wachposten – der Dürre Lesley?

»Hilary, du bist's!« jubelte ein erstaunlich dicker Dürrer Lesley.

»Lesley!«

»Du siehst phantastisch aus, Hilary, und du hast dich kein bißchen verändert.«

»Du auch nicht.«

»Ach, Unsinn! Seit damals habe ich fünfundzwanzig Kilo zugenommen – fünf für jedes Kind, das ich produziert habe, und zehn als Reserve.« Er stieß ein dröhnendes Lachen aus und klatschte Hilary ein Namenschild auf die Schulter. Hilary ging unter dem Gewicht von Lesleys Hand leicht in die Knie. »Also, das Ganze läuft folgendermaßen. Die erste Frage lautet: Lebst du noch hier in der Gegend? Die zweite: Bist du verheiratet, und wie viele Kinder hast du? Die Bar ist drüben in der Ecke. Ich geselle mich später zu euch, wenn meine Schicht vorbei ist.«

Hilary wandte sich von Lesleys atemberaubender Tüchtigkeit ab und entdeckte prompt Carrie Maxwell, die mit einem leeren Weinglas in der Hand allein herumstand – Himmel, mit einem Hockeyschläger in der Hand war sie einst der Alptraum jeder Gegnerin gewesen! Sie ging zu ihr hinüber. »Hallo, Carrie.«

»Hilary!« Carries Freude war unübersehbar. »Einfach unglaublich! Abgesehen von deiner Haarfarbe siehst du genauso aus wie früher.«

»Bloß daß ich keine Pullunder mehr trage«, erwiderte Hilary lächelnd. Ihre Nervosität begann ein wenig nachzulassen.

»Dafür trägt sie meine älteste Tochter. Du solltest sie mal sehen: Schlaghosen, Plateausohlen – der ganze Klimbim ist wieder da.«

Hilary lachte und sah sich kurz in der Halle um. »Ist das hier nicht vollkommen abgedreht? Mit wem bist du denn so in Kontakt geblieben?«

»Mit niemandem. Nach meinem Abschluß bin ich weggezogen und nie wieder hergekommen. Ich lebe jetzt in Kent.«

»Verheiratet?« wagte Hilary sich vor.

»Himmel, nein! Der Mistkerl ist schon vor Jahren abgehauen.«

»Oh, das tut mir leid.«

»Und du?«

»Hilary Archer! Ich glaub's einfach nicht!«

Beide drehten sich um und sahen Johnboy Malone auf sie zukommen. »Ich glaub's einfach nicht!« wiederholte er im Stil von Victor Meldrew – er hatte sogar dasselbe kurzgeschnittene, dünner werdende Haar wie er.

»Hallo, Johnboy«, sagte Hilary leise.

»Nein, nein, nein. So läuft das nicht. Du mußt dich schon an die Regeln halten. Die Männer hauen sich auf die Schulter oder in den Bauch, und ihr Mädels müßt den Kopf in den Nacken werfen, wie wild mit den Armen rudern und hysterisch kreischen. Hier, halt mal mein Glas, ich mach's dir vor.«

»Du bist so ein Exhibitionist, John«, erklang eine tiefe, sexy Stimme hinter ihm. Es war Naomi Scott.

Hilary nahm, ohne nachzudenken, einen Schluck aus Johnboys Weinglas – Naomi Scott, dunkelhaarig, dunkeläugig und bildhübsch wie ein Model, in einem schwarzen Etuikleid *à la* Audrey Hepburn und mit einer zierlichen, glänzenden Handtasche von der Größe eines Taschentuchs, die von ihrem Handgelenk herunterbaumelte. Sie war atemberaubend, und das wußte sie auch. Fasziniert sah Hilary zu, wie Naomi eine Hand mit rotlackierten Fingernägeln auf Johnboys Schulter plazierte.

»Stell mich vor«, schnurrte Naomi in Johnboys Ohr, warf Hilary und Carrie einen Blick aus langbewimperten Augen zu und sagte: »Eigentlich habe ich hier gar nichts zu suchen, weil ich nicht in eurem Jahrgang war, aber John geht eben nirgends ohne mich hin.«

»Ich erinnere mich dunkel an dich«, sagte Hilary trocken. Sie war stocksauer, weil diese glühende Schönheit nicht einmal mehr wußte, wer sie war. »Du bist doch vier

Jahre älter als wir, nicht?« fuhr sie fort. Angefeuert von ihrer Wut deutete sie auf das Namensschild an ihrer linken Schulter und fügte hinzu: »Du scheinst deine Brille vergessen zu haben.«

»Ich bin kurz vorm Verdursten«, erklärte Naomi desinteressiert, nachdem sie Hilary mit leerem Blick angesehen hatte. Sie entließ Johnboy aus ihrer Umschlingung und ging davon.

»Ich wußte gar nicht, daß du solche Krallen hast, Hilary«, sagte Johnboy mit einem Lachen. »Wie wär's mit einem Kuß in Erinnerung an alte Zeiten?« Er beugte sich zu ihr und küßte sie auf die Wange. »Kann ich jetzt mein Glas wiederhaben?«

Hilary gab es ihm. Plötzlich fühlte sie sich unglaublich mutig. In dem, was sie gerade zu Naomi gesagt hatte, war mehr als nur ein Hauch Bosheit gewesen, und ihr war klar, daß sie nicht nur jedes Wort davon ernst gemeint hatte, sondern daß sich auch die bohrende Erniedrigung wegen der verdammten Pralinen und ihrer einstigen Schwärmerei für Naomi Scott auf wundersame Weise in Luft aufgelöst hatte.

»Ich hole dir ein Glas Wein, damit Johnboy wie in alten Zeiten mit dir flirten kann«, sagte Carrie und war schon halb verschwunden.

»Du siehst gut aus«, sagte Hilary verlegen, als sie allein waren und sie Gelegenheit gehabt hatte, Johnboys teures Wollsakko und die Seidenkrawatte zu begutachten.

»Danke. Obwohl man nicht behaupten kann, daß die Börsentätigkeit meinen Haarwuchs gefördert hat.« Er fuhr sich mit der Hand durch die kümmerlichen Reste. »Übrigens gefällt mir dein Haar so kurz. Früher hast du es immer lang getragen, allerdings hatte ich dich nicht so blond in Erinnerung.«

Sie lächelte verlegen. »Ist gefärbt.«

»Aha. Damit das Grau nicht so auffällt?«

»Blödsinn!«

»Naomi macht das andauernd. Aber sie würde mich glatt umbringen, wenn sie wüßte, daß ich es dir erzählt habe.«

Hilary hätte Johnboy am liebsten umarmt. Welche Geister aus ihrer Vergangenheit würde er wohl heute abend noch für sie verscheuchen?

»Was ist mit dir, Hilary? Was hast du seit Achtundsiebzig so alles gemacht?«

»Nichts besonders Spannendes, fürchte ich. Lehramt, Heirat und Kinder.«

»Ich habe dich immer als Karrierefrau gesehen. Während wir anderen rumgeblödelt haben, hast du die längsten Aufsätze des Jahrhunderts verfaßt. Ich darf gar nicht darüber nachdenken, wie oft du meinen Hals gerettet hast – du hast mich immer abgucken lassen, so daß ich wenigstens eine Ahnung bekam, was die Lehrer überhaupt von mir wollten. Aber, Mann, du warst echt süß!«

»Wie lange bist du schon mit Naomi verheiratet?« fragte Hilary, die Johnboys Schmeicheleien genoß. Er hatte sich nicht verändert.

»Erst ein Jahr.«

»Länger nicht?«

»Ich habe das Heiraten immer vor mir hergeschoben, und dann ist mir per Zufall Naomi über den Weg gelaufen. Wir sind uns letztes Jahr bei einem Skiurlaub in Wengen begegnet.«

Hilary stellte sich gerade die schöne Naomi auf Skiern vor – schnell und wendig wie eine Schlange –, als Johnboy sagte: »Wir passen nicht zusammen, ich weiß. Es steht den Leuten jedesmal ins Gesicht geschrieben, wenn sie uns ansehen. Ich bin ihr dritter Ehemann.«

Hilary sah ihn überrascht an. »Der dritte?« Johnboy tat ihr aus tiefstem Herzen leid. Gab es hier heute abend denn niemanden, der in einer ganz normalen, glücklichen Ehe lebte?

»Erzähl mir was über deinen Mann, Hilary.«

»Er ist Immobilienmakler ...«

Johnboy warf den Kopf in den Nacken und lachte. »Du meinst, so ein mieser, verlogener Schleimer?«

Hilary biß sich auf die Lippen. Dann fiel ihr ein, daß sie Lippenstift trug.

Aber Johnboy hatte den Wechsel ihres Gesichtsausdrucks mitbekommen. »Tut mir leid«, sagte er. »Das war wohl ziemlich geschmacklos.«

Sie wußte nicht, was sie sagen sollte, und war froh, als sie Carrie mit zwei Weingläsern auf sich zukommen sah.

»Tut mir leid, daß es so lange gedauert hat, aber ich habe gerade Craig Montana getroffen – er wohnt gar nicht weit von mir entfernt. Und verheiratet ist er auch nicht.« Sie reichte Hilary ein Glas. »Würd's dir was ausmachen, wenn ich zu ihm zurückgehe?«

Sie sahen zu, wie Carrie wieder verschwand.

»Kinder?«

Hilary wandte sich wieder Johnboy zu. »Wie bitte?«

»Du hast gesagt, du hättest Kinder. Wie viele?«

»Zwei. Philip und Becky.«

»Wie schön. Und, ist Becky wie ihre Mutter?«

»Um Himmels willen, hoffentlich nicht. Ich meine, hoffentlich denkt keiner, sie käme nach mir. Sie kann manchmal verdammt schwierig sein.«

»Nenn es lieber anspruchsvoll«, sagte Johnboy leise. Er beugte sich zu Hilary. »Das sage ich mir manchmal, wenn's um Naomi geht.«

»Jetzt kommt doch wohl hoffentlich nicht die alte Meine-Frau-versteht-mich-nicht-Schiene«, kicherte Hilary, die seine Nähe und seinen teuren Duft genoß.

»Ich doch nicht«, erwiderte er mit einem Zwinkern. »Und sowieso war es schon immer deine Spezialität, mich auf Abstand zu halten.«

Hilary errötete. In diesem Moment hätte sie diese Fähigkeit nur zu gerne gegen eine andere eingetauscht. »Wo lebt ihr?«

»In Haslemere. Ein Riesenkasten, und nichts, um ihn zu füllen.«

Zum ersten Mal in ihrem Gespräch verspürte Hilary einen Hauch von Zorn in Johnboys Stimme, oder war es Bedauern?

»Kinder«, sagte er ausdrucklos. »Ich liebe Kinder, aber ich kann keine kriegen.«

»Ihr könntet doch welche adoptieren.« Hilary war ein wenig irritiert über die Richtung, die ihr Gespräch nahm. Sollten sie überhaupt über so persönliche Dinge sprechen? War der Abend nicht eher dazu gedacht, oberflächlichen Small talk zu halten und zu vergleichen, was jeder von ihnen erreicht hatte?

»Kannst du dir Naomi mit einer Windel in der Hand vorstellen?«

»Das kommt vielleicht noch«, sagte Hilary munter.

»Sie hat mich nur geheiratet, weil sie wußte, daß ich ihr kein Kind andrehen und damit ihren hübschen Körper verunstalten kann.«

»Ich bin sicher, das stimmt nicht.«

Er schüttelte den Kopf. »Du hast dich wirklich nicht verändert, Hilary. Du hast schon immer nur das Gute gesehen und das Leben durch eine rosarote Brille betrachtet. Was für eine beneidenswerte Einstellung.«

Kurz nach elf war die Party zu Ende. Ein paar Leute wollten noch in einen Nachtclub in der Stadt, doch Hilary fuhr, nachdem sie sich verabschiedet hatte, nach Hause und ließ sich den Abend noch einmal durch den Kopf gehen. Was ihr zunächst wie ein Alptraum vorgekommen war, hatte sich schließlich als angenehmer Abend entpuppt. Es war lustig gewesen, all die Leute wiederzusehen, an die sie seit Jahren nicht mehr gedacht hatte. Am meisten hatte es sie überrascht, daß keiner versucht hatte, den anderen auszustechen. Das Leben hatte ihnen allen einen Satz Karten gegeben, den sie schlicht und einfach aufgenommen und ausgespielt hatten. Es war nicht mehr wichtig, ob sie unglaublich reich und berühmt waren oder arbeitslos, ob sie verheiratet waren oder geschieden, ob sie Kinder hatten oder nicht – sie lebten einfach ihr Leben, so gut es ging; so etwas wie Scheitern gab es nicht. Was hatte Johnboy noch gesagt, als sie die alten Fotos betrachtet hatten? »Wir sind schon absolute Helden, weil wir es bis hierhin geschafft haben.«

Er hatte recht. Und vielleicht hatte er auch mit der Andeutung recht gehabt, es wäre allmählich Zeit, mal wieder an sich selbst zu denken, jetzt, da beide Kinder zur Schule gingen? »Fang wieder an zu unterrichten«, hatte er gesagt, »wenn dir das liegt.«

Eine halbe Stunde später – sie fuhr die Hauptstraße des Dorfes entlang und war in Gedanken noch immer bei dem Abend – wurde Hilary schlagartig klar, daß Davids Untreue sie ab sofort nicht mehr zur Versagerin abstempelte. Sie würde sich von ihrem gebrochenen Herzen nicht länger einreden lassen, ihr Leben sei vollkommen wertlos. Der Dürre Lesley, Carrie Maxwell und Johnboy – vor allem Johnboy – hatten ihr, ohne es zu ahnen, geholfen, die Dinge klarer zu sehen.

Sie bog in die Acacia Lane ein, und als die Straßenlaterne das Wageninnere beleuchtete, fiel ihr Blick auf die Handtasche, die auf dem Beifahrersitz lag. Sie lächelte, als sie an Johnboys Visitenkarte in ihrem Portemonnaie dachte. Er hatte darauf bestanden, daß sie ihre Adressen austauschten. »Wir müssen in Kontakt bleiben«, hatte er gesagt. »Wer weiß, was von heute abend an mit uns geschieht?«

»Ja, wer weiß?« sagte Hilary laut und sah nachdenklich zu *The Gables* hinauf.

Kapitel 26

Es war nicht mal mehr eine Woche bis Weihnachten, und Hilary rollte zu den Klängen von John Mathis' »When a Child is Born« ein ungleichmäßiges Teigoval aus. Zum allerersten Mal war sie mit ihren Festtagsvorbereitungen im Verzug: Das Marzipan war noch nicht auf dem Kuchen, die Knallbonbons waren noch nicht gekauft, und an die Brandy-Butter hatte sie noch nicht einmal gedacht.

Sie streute mehr Mehl auf die Arbeitsfläche, froh, daß sie zumindest die ganzen Weihnachtskarten und das Geschenkpapier über einen der Wohltätigkeitskataloge in der Schule bestellt hatte, und daß die Geschenke für die Kinder sorgfältig oben im Wäscheschrank versteckt waren – sie lagen da schon seit der Zeit bevor ... bevor sie das mit David herausbekommen hatte.

Sie hatte den Überblick verloren, wie viele Wochen inzwischen vergangen waren, seit ihr Leben sich so dramatisch verändert hatte, doch irgendwann mittendrin, in der Zeit, in der der Herbst vom Winter abgelöst worden war, war das Unmögliche geschehen: Sie hatte sich an dieses neue Leben gewöhnt. Erst gestern hatte einer der momentan beliebten Geistlichen im Radio gesagt, wenn die Menschen akzeptierten, daß ihr Leben dabei sei, sich zu verändern, seien sie eher in der Lage, mit dem umzugehen, was auf sie zukäme.

Hilary begann, kleine Kreise aus dem Teig auszustechen. Es war ja gut und schön, die Veränderungen, die David ihr aufzwang, zur Kenntnis zu nehmen, aber sie hatte doch noch einige Probleme damit, die Konsequenzen zu akzeptieren.

Sie blickte von dem Förmchen in ihrer Hand auf und dachte daran, was Nick an dem schrecklichen Tag in seinem Haus gesagt hatte: »… die Art unserer Reaktion bestimmt die Konsequenzen.«

Ihre Reaktion bestand fürs erste darin, den Mund zu halten und sich Gedanken über eine neue Richtung für ihr eigenes Leben zu machen, so wie Johnboy es vor ein paar Wochen gesagt hatte: »Fang wieder an zu unterrichten.« Nun, im neuen Jahr würde sie sich mal umhören. Zumindest würde ein Job ihr Unabhängigkeit geben … eine Unabhängigkeit, die sie vielleicht auch brauchen würde.

Die Eieruhr auf der Fensterbank gab ein durchdringendes Schrillen von sich. Sie klopfte sich das Mehl von den Händen, zog die Backhandschuhe über und öffnete die Ofentür, um das vierte Blech Mince Pies herauszuziehen, das sie an diesem Nachmittag gebacken hatte. Sie stellte das heiße Blech auf der Spüle ab und fragte sich, was David ihr wohl zu Weihnachten schenken würde. Wahrscheinlich die neueste Ausgabe des *Großen Scheidungsratgebers*. Schließlich wollte er doch sicher eine schnelle, billige Scheidung, oder?

Letztes Jahr hatte er ihr ein gewagtes Négligé in einem großen Karton mit Schleife geschenkt, und er war vor Scham fast im Boden versunken, als alle nach der Ansprache der Queen darauf bestanden hatten, daß sie ihr Geschenk hier und jetzt vor aller Augen auspacken solle.

»Nun mach schon«, hatte ihre Mutter gedrängt. »Wir wollen sehen, was David für dich ausgesucht hat.«

David war ein Anblick für die Götter gewesen, als er

versucht hatte, Louise mit einem weiteren Glas Portwein abzulenken. Seine Mutter wiederum hatte sich bemüht, ihren Schock über die Durchsichtigkeit des Kleidungsstücks zu verbergen, als der Karton schließlich geöffnet worden war. »Sehr hübsch«, hatte sie gemurmelt und so getan, als interessiere sie sich viel mehr für den *Batman*-Film, den sich die Kinder gerade ansahen.

Hilary setzte den letzten der heißen Mince Pies zum Abkühlen auf ein Gitter und wollte das Gebäck gerade mit Puderzucker bestreuen, als es an der Tür klingelte.

Es war Charlotte mit Mabel. »Heute ist Dienstag, mein freier Tag im Laden, und ich dachte mir, wir machen einen Spaziergang.«

»Das klingt eher nach einem Ultimatum als nach einer Einladung«, sagte Hilary.

»Stimmt, ist es auch. Also hol deinen Mantel und schließ die Tür ab.«

»Aber es hat den ganzen Tag geregnet, es ist bestimmt überall naß und ...«

»Es hat aufgehört. Nun mach schon.«

Sie schlugen den schmalen Weg zum Teich ein, der zwischen *All In The Mind* und White Cottage entlangführte. Iris Braithwaite war in ihrem Garten. Sie trug einen alten Regenmantel und eine Plastikhaube, die mit einem breiten Band unter ihrem Kinn zusammengebunden war. Sie stocherte mit einem langen Stock in einem müden Feuer herum. »Ich kriege das verflixte Ding nicht in Gang«, sagte sie durch die Ligusterhecke. »Die Blätter sind zu naß nach all dem Regen.«

Während Hilary und Charlotte den geschützten, aufgeweichten Weg entlanggingen, brach die tiefstehende, blasse Sonne durch die Wolken, traf auf die Regentropfen, die an den nassen schwarzen Ästen der Bäume rechts und links von ihnen hingen, und verwandelte jeden einzelnen von ihnen in eine schimmernde Perle. Doch als sie das offenere

Gelände oberhalb des Teiches erreichten, wo eine große Lichtung war, wehte ein eisiger Windhauch über das Wasser und kräuselte die Oberfläche.

Hilary knöpfte ihren Mantel bis zum Kinn zu. Sie sah zu, wie Charlotte sich hinunterbeugte, um Mabel von der Leine zu lassen. »Es kommt mir vor, als wären unsere Rollen vertauscht worden«, sagte sie plötzlich.

Charlotte hatte Hilary nie viel Intuition zugetraut. Wann immer sich eine Situation der Nachdenklichkeit ergeben hatte, war ihre Schwester mit der Sensibilität und geistigen Beweglichkeit eines Elefanten hindurchgetrampelt. »Ich weiß, was du meinst«, sagte sie und hakte sich bei Hilary ein. »Zum ersten Mal habe ich wirklich das Gefühl, die Ältere zu sein.«

»So lange ich denken kann, wollte ich die ältere Schwester sein. Als Kind hat mich Mutters Unfähigkeit wahnsinnig gemacht, und ich habe schon als kleines Kind beschlossen, die Rolle der Glucke zu übernehmen, falls sie sie nicht wollte. Und jetzt ...«

»Und jetzt schaffst du es nicht mehr, mich zu beaufsichtigen, weil dein wohlgeordnetes Leben durcheinandergeraten ist ... genau wie meins damals.«

Sie gingen die gewundene Böschung hinunter zum Rand des Teichs. Hilary hob einen flachen Stein auf und ließ ihn über die Wasseroberfläche hüpfen. »Eins ... zwei ... drei«, zählte sie, bis der Stein außer Sichtweite war. Sie drehte sich um und sah Charlotte an. »Glaubst du, Peter hätte auch irgendwann eine Affäre angefangen?«

Charlotte mußte lachen. »Ach, Hilary, Peter hatte von dem Tag an, als ich ihn kennengelernt habe, eine Affäre, wahrscheinlich sogar schon davor.«

Hilary war schockiert. »Aber davon hast du nie etwas gesagt. Wer war es? Kanntest du sie?«

Charlotte beugte sich hinunter und nahm einen Stein. Sie winkelte den Arm an und warf ihn Richtung Wasser.

Er versank sofort. »Bei Peter war es die Arbeit. Seine Geliebte war die alles verschlingende Karriere.«

»Hm, das zählt aber nicht«, sagte Hilary, ohne nachzudenken. Sie hob einen weiteren Stein auf.

»O doch, das tut es. Wenn ein Mann seiner Frau zu verstehen gibt, daß ihm sein Job wichtiger ist als seine Ehe, dann zählt das, glaub mir. Eine Affäre mit dem Job ist genauso zerstörerisch wie eine sexuelle. Und zwar so sehr, daß ich Peter an dem Morgen, bevor er starb, um ... um die Scheidung gebeten hatte.«

Der Stein in Hilarys Hand fiel zu Boden. »Charlotte ... ich weiß gar nicht, was ich sagen soll. Warum hast du mir nichts davon erzählt? Weiß es Mutter?«

Charlotte schüttelte den Kopf. »Nein, aber ich hab's Dad vor ein paar Monaten gesagt.«

»Ich wußte nicht, daß du so unglücklich warst. Ich wünschte, ich hätte es gewußt – vielleicht hätte ich dir irgendwie helfen können.«

»Ich habe es niemandem erzählt ... Die Leute sollten nicht erfahren, daß ich versagt hatte.«

»Meine Güte, genauso fühle ich mich jetzt auch, und Mutter ist wirklich die letzte, die erfahren darf, daß meine Ehe gescheitert ist.«

Charlotte trat auf Hilary zu und schloß sie in die Arme. »Ich höre sie förmlich schon – ›Ihr beiden geht so achtlos mit euren Männern um!‹«

Hilary mußte lachen. Sie kehrten zum Weg zurück und begannen die Runde um den Teich. In der Ferne sahen sie Mabels wolligen weißen Körper zwischen den Bäumen auftauchen und wieder verschwinden.

»Was hättest du getan, wenn du herausbekommen hättest, daß Peter eine Affäre hat – ich meine, eine ganz ordinäre Bett-Affäre?«

Charlotte überlegte einen Moment. Sie versuchte, sich Peter mit einer anderen Frau im Bett vorzustellen, schaffte es aber kaum, sich sein Gesicht in Erinnerung zu rufen. Schließlich gab sie es auf und sagte: »Aus heutiger Sicht hätte ich ihm wohl ein bißchen Glück in seinem traurigen Leben gewünscht. Aber das sage ich im nachhinein und mit der Sicherheit von Alex' Liebe.«

»Aber wie wäre es vor Alex gewesen? So vor zwei Jahren?«

»Wahrscheinlich wäre ich durchgedreht und hätte dasselbe getan wie die Frau letzten Sommer in der Zeitung.«

Hilary mußte lächeln. »Was, die Ärmel und Hosenbeine von seinen teuren Anzügen abgeschnitten?«

»Genau, und wahrscheinlich noch ganz was anderes.«

»Ich habe Davids teure Gläser zerschmissen, die er von seiner Mutter bekommen hat«, gestand Hilary.

Charlotte lachte. »Klasse! Und so untypisch für dich.«

»Das ist noch nicht alles«, sagte Hilary leise. Sie schob die kalten Hände in die Jackentaschen, verärgert, daß sie ihre Handschuhe auf der Eichenkommode im Flur vergessen hatte.

»Erzähl schon«, drängte Charlotte. »Was hast du angestellt?«

»Ich ... ich wollte mir beweisen – o Gott, ich weiß nicht, wie ich es sagen soll.«

»So schlimm kann's doch nicht sein.«

»Ich habe mich einem anderen Mann an den Hals geworfen«, sagte sie und blieb bei einer Holzbank stehen, die einen ungehinderten Ausblick auf den Teich bot. Sie fuhr mit den Fingern über die Rückenlehne. »Und es war kein Zufall. Ich habe es geplant.«

Charlotte zog die Augenbrauen hoch.

»Siehst du, du *bist* schockiert. Ich wußte ...«

»Beruhige dich. Natürlich bin ich schockiert, aber das soll nicht heißen, daß ich es nicht verstehe.«

»Hast du je ... na ja, du weißt schon ... Hast du ihn je betrogen, als du in Brüssel so unglücklich warst?«

»Nein. Aber wer weiß, was passiert wäre, wenn ich Alex schon vor Peters Tod kennengelernt hätte? Aber kümmere dich jetzt nicht um mich. Wie sind deine Gefühle David gegenüber? Liebst du ihn wirklich, oder seid ihr bloß noch zusammen, weil ihr es bis zur Silberhochzeit schaffen wollt?«

»Momentan bin ich mir über gar nichts im klaren. Ich dachte, ich liebe David, aber ... ach, ich weiß nicht, im Augenblick sehe ich nur seine ganzen Fehler. Wegen seiner Affäre schaffe ich es nicht, irgendwas Gutes oder Attraktives an ihm zu finden.«

Der Wind war beißend kalt, als sie so dastanden. Charlotte deutete an, daß sie ihren Spaziergang wieder aufnehmen sollten und sagte: »Und was bedeutet dir Nick Bradshaw?«

Hilary sah überrascht auf. »Woher weißt du, daß er es war?«

»Ein Schuß ins Blaue. Wahrscheinlich sein Verhalten David gegenüber, auf der Party bei Derek und Cindy, und ich habe euch vorher an dem Abend auch miteinander reden sehen.«

Hilary war erschrocken. »Glaubst du, daß womöglich noch andere auf diese Idee gekommen sind?«

»Wahrscheinlich nicht.«

»Ehrlich, Charlotte, zwischen uns ist überhaupt nichts gewesen, ich schwör's.« Hilarys Gesicht war ernst. »Ich wollte ihn dazu bringen, mich zu verführen, aber er hat nicht mitgespielt. Es war ganz schön peinlich.«

»Ein schrecklicher Kerl«, sagte Charlotte mitfühlend. »Aber weshalb ... weshalb hast du dir gerade ihn ausgesucht?«

Hilary dachte an den Abend mit David im Restaurant und an den Moment, an dem sie beschlossen hatte, Nick anzurufen. Sie schluckte den Schmerz herunter, der in ihrer Kehle aufstieg. »Ich brauchte wohl Selbstbestätigung.«

»Nicht besonders überraschend, in dieser Situation.«

»Und jetzt stelle ich mir pausenlos dieselbe Frage: Lohnt es sich überhaupt, unsere Ehe zu retten?« Sie schaute in die Ferne, hinüber nach Bosley Cloud, das sich am Horizont abzeichnete. Dann wandte sie sich wieder ihrer Schwester zu. »Ich habe beschlossen, David nach Weihnachten zur Rede zu stellen.«

Charlotte legte den Arm um Hilarys Schultern. »Ich bin richtig stolz auf dich. Du gehst damit viel besser um, als ich es getan hätte.«

»Gesunder Menschenverstand, nehme ich an. Du hast doch immer gesagt, ich sei so praktisch veranlagt.«

Als das Licht schwächer wurde und der Dunst der Dämmerung das Ufer verwischte, beendeten sie ihre Runde um den Teich und kehrten zu der Lichtung zwischen den Kiefern zurück. Während Charlotte Mabel an die Leine legte, dachte sie daran, wieviel näher sie und Hilary sich in den vergangenen Monaten gekommen waren. Sie hoffte, daß sie diese neue, tiefere Ebene des Verständnisses nicht verlieren würden, wenn Hilarys Leben wieder ins Gleichgewicht kam.

»Wir haben noch nicht einmal über deine Hochzeit am Samstag gesprochen«, unterbrach Hilary Charlottes Gedanken. »Ich habe das Gefühl, ich müßte viel mehr tun.«

»Blödsinn!« widersprach Charlotte, die merkte, daß die Zeit für Enthüllungen und Intimität vorüber war. »Du hast ohnehin schon genug am Hals. Aber du kommst doch morgen abend zur Probe, oder? Um sieben – ist dir das recht?«

»Natürlich. Becky und ich werden dasein.« Plötzlich zog Hilary die Stirn kraus.

»Was ist?« fragte Charlotte besorgt.

»Die Kinder«, sagte Hilary mit mühsam kontrollierter Stimme. »Was ist mit den Kindern? Es ist ja nett, sich hier wie zwei Erwachsene darüber zu unterhalten, ob meine

Ehe noch zu retten ist, aber der Haken bei der Sache ist, daß eine falsche Entscheidung von mir ihr Leben zerstören kann.«

»Das wird schon nicht passieren«, sagte Charlotte bestimmt und mit mehr Zuversicht, als sie tatsächlich empfand. »So, und nun erzähl mir, wie Becky in ihrem Brautjungfernkleid aussieht.«

»Einfach zauberhaft«, sagte Hilary und ging auf Charlottes Ablenkungsmanöver ein, »aber sie weigert sich, es am Samstag zu tragen.« Sie warf einen Blick auf die Uhr und rief aus: »Himmel, wir müssen uns beeilen, sonst komme ich zu spät, um Becky von der Schule abzuholen.«

Als Charlotte ihrer Schwester über den Fußweg folgte, hatte sie die düstere Vorahnung, daß ihr großer Tag nicht ganz so ablaufen würde, wie sie und Alex es geplant hatten. Sie schob Hilarys Worte beiseite und zog es vor, noch ein Weilchen in hoffnungsvoller Ahnungslosigkeit zu verharren.

Kapitel 27

Heureux anniversaire, Martina!«

Martina lächelte in die Runde. »Merci.«

»Maintenant, les bougies«, ordnete Patricia an und sah von dem Notizzettel mit sorgfältig zurechtgelegten Sätzen in ihrer Hand auf.

»Ja, puste sie aus, damit wir endlich was zu essen kriegen – ich bin am Verhungern«, flüsterte Nick Hilary ins Ohr.

Hilary hatte gehofft, Nick würde nicht zu dieser letzten Französischstunde des Semesters kommen, die gleichzeitig auch eine kleine Geburtstagsfeier für Martina war. Zu den vergangenen beiden Stunden seit der peinlichen Szene bei ihm zu Hause war er nicht erschienen, doch jetzt stand er neben ihr und erinnerte sie mit Macht daran, wie sie sich zum Narren gemacht hatte.

Sie sah zu, wie Martina den Geburtstagskuchen aufschnitt, den Patricia extra für sie gebacken hatte – die Glasur hatte sogar die Farben der französischen Trikolore. Was für eine widerliche Schleimerin, dachte Hilary und tunkte eine Selleriestange in den Dip aus Stilton und Crème fraîche, den sie nach ihrem Spaziergang mit Charlotte zubereitet hatte.

Nick zwängte sich an ihr vorbei und nahm sich ebenfalls eine Selleriestange. Sie hatte das Gefühl, sie müsse etwas zu ihm sagen. Aber was? Was um alles in der Welt sollte sie zu einem Mann sagen, den sie in einem Anfall von Wahnsinn geküßt hatte, in der Hoffnung, er würde mit ihr ...?

»Ich hoffe, Sie haben nicht die Absicht, mich zu ignorieren.«

Sie kaute auf ihrem Sellerie herum.

»Ich wäre sehr enttäuscht von Ihnen, Hilary, wenn Sie das täten.«

Sie kaute immer noch.

»Wir können doch Freunde bleiben«, insistierte er.

Vorne fingerte Patricia an einem Ghettoblaster herum, und plötzlich erfüllte Edith Piafs heiseres »Non, je ne regrette rien« den Raum. »Damit wir in die richtige Stimmung für unsere kleine *soirée* kommen«, rief Patricia.

Nick sah Hilary an und lächelte. »Kommen Sie, Hilary, wir können nicht so tun, als wäre es nicht passiert, also sollten wir es auch nicht bedauern.«

»Tue ich aber«, murmelte sie.

»Was ist Ihnen denn so peinlich? Daß wir uns geküßt haben oder daß wir nicht miteinander geschlafen haben?«

»Um Himmels willen«, sagte sie verzweifelt, »sprechen Sie doch leiser!«

»Nur, wenn Sie meine Frage beantworten.«

Hilary versuchte, klar zu denken. Wie lautete ihre ehrliche Antwort? Sie hatte es ganz eindeutig genossen, Nick zu küssen, so, wie sie auch Johnboys Aufmerksamkeit bei dem Ehemaligentreffen vor ein paar Wochen genossen hatte. Als sie jetzt an den Abend zurückdachte, wurde ihr klar, daß ihr das, was sie sich in einer momentanen geistigen Umnachtung von Nick erhofft hatte, in Wirklichkeit von Johnboy zuteil geworden war – und zwar, ohne daß sie sich lächerlich gemacht hatte. Innerhalb von wenigen Stunden war es ihrem alten Klassenkameraden gelungen, ihr

Selbstbewußtsein so weit aufzubauen, daß sie sich vorstellen konnte, ihre Zukunft selbst in die Hand zu nehmen.

»Ihr zwei scheint euch ja prächtig zu verstehen«, unterbrach sie Patricia und reichte jedem ein Stück Geburtstagskuchen auf einer Papierserviette. »Das reinste Liebespärchen, mit euren ständigen diskreten *tête-à-têtes*.«

»Wir können gerne einen flotten Dreier daraus machen«, sagte Nick trocken.

Patricia sah ihn scharf an. »Sie meinen, eine *ménage à trois*?«

»Nein«, erwiderte er bestimmt. »Rein technisch müßten Hilary und ich dafür verheiratet sein.«

Patricia lachte. »Tja, ich schätze, da hätte David wohl noch ein Wörtchen mitzureden.«

»Meine Güte, und dieses gräßliche Weib fand ich mal nett«, sagte Hilary leise, als Patricia weiterging, um weitere Stücke von Martinas dreifarbigem Geburtstagskuchen zu verteilen.

»Vielleicht sind Sie in letzter Zeit wählerischer geworden.«

Sie blickte auf und sah Nick in die Augen. »Wissen Sie, ich glaube, das stimmt sogar. Seit ich herausgefunden habe, daß David mich betrügt, denke und handle ich ganz anders. Dinge, die mir früher wichtig waren, zählen plötzlich nicht mehr. Sie sind doch der Fachmann – ist das normal?«

»Ob normal oder nicht, ist unwichtig. Was zählt ...«

»Ich wünschte, Sie würden meine Fragen einfach mit ja oder nein beantworten.«

Er biß ein Stück von seinem Kuchen ab und kaute eine Weile. »Ja«, sagte er schließlich. »Hilary, ich erkläre Sie hiermit für vollkommen normal.«

»Dem Himmel sei Dank«, seufzte sie und biß ebenfalls in ihr Kuchenstück. »Bäh! Billige Margarine und zuviel

Zucker.« Suchend sah sie sich nach einem unauffälligen Versteck für Patricias mißlungenes Backwerk um.

»Geben Sie her, ich esse es auf«, sagte Nick und nahm es ihr aus der Hand. »Offenbar bin ich nicht so pingelig wie Sie, und während ich esse, können Sie mir erzählen, weshalb Sie Französisch lernen – das habe ich Sie noch gar nicht gefragt.«

»Nein«, gab sie zurück, »Sie waren ja viel zu sehr damit beschäftigt, Ihre Nase in tausend andere Dinge zu stecken.«

Er lächelte. »Nicht nur wählerischer, sondern auch schlagfertiger. Nun sagen Sie mir schon, weshalb Sie hier sind.«

Sie nahm sich eine Handvoll Chips. »Das übliche – die alljährliche Pilgerfahrt nach Frankreich und der Wunsch, ein bißchen mehr zu beherrschen als das Grundvokabular der Speisekarte.«

Seufzend schüttelte sie den Kopf. »Ist das nicht verrückt? So wie die Dinge sich entwickeln, ist ein Campingurlaub *en famille* in Frankreich wohl das letzte, was ich nächsten Sommer machen werde.«

»Wer weiß, wo wir alle nächstes Jahr um diese Zeit sind?«

»Ja, wer weiß?« wiederholte sie nachdenklich.

»Verraten Sie mir, woran Sie gerade denken?«

Sie erzählte ihm vom Ehemaligentreffen und von Johnboys Anregung.

»Er hat vollkommen recht«, sagte Nick. »Dieser Johnboy wird doch nicht für Komplikationen sorgen, oder?«

Sie schüttelte den Kopf. »Ganz bestimmt nicht. Und warum lernen Sie Französisch?«

»Aus dem gleichen Grund wie Sie. Ich liebe die Bretagne, fahre jedes Jahr dorthin, und diesen Sommer habe ich beschlossen, etwas dagegen zu tun, daß ich jedesmal wie ein Idiot aussehe, sobald ich den Mund aufmache.«

»Ich glaube nicht, daß Sie überhaupt wie ein Idiot aussehen können.«

Nick lachte. »Flirten Sie jetzt mit mir?«

Auch Hilary mußte lachen und begriff zum ersten Mal, daß man selbst im tiefsten Unglück noch etwas Komisches entdecken konnte.

Von der anderen Seite des Raums warf Patricia ihnen einen langen, bohrenden Blick zu.

Später am Abend glitt Georgias Jeep leise die verlassene Hauptstraße des Dorfes entlang. Er hielt mit laufendem Motor vor Toupet-Teds Laden. Leise stiegen drei Gestalten aus und kauerten sich vor die Glastür des Geschäfts. Die kleinste von ihnen drückte die Klappe für die Briefe auf; sie gab ein lautes, quietschendes Geräusch von sich.

»Schsch!« zischte die größte Gestalt des Trios.

Dann schob die dritte Person eine Plastiktüte durch die Öffnung, drehte sie um und begann sie zu schütteln.

Georgia lächelte, als das Trio wieder in den Jeep stieg. Wenn sich das erst mal herumsprach, konnte Ted froh sein, wenn er ein paar Zeitungen verkaufte, ganz zu schweigen von den anderen Dingen, die er im Hinterzimmer seines Ladens unter einer Decke versteckt hielt.

Der Laden lag noch im dunkeln, als Ted am nächsten Morgen hinunterkam. Er haßte die Wintermonate, wenn er in die Kälte hinausmußte, um die rebellischen Zeitungsjungen und -mädchen flott zu machen. Dauernd wollten sie mehr Geld oder beschwerten sich, daß die Taschen zu schwer für sie seien. Diese Jugendlichen! Alles Weicheier. Und neugierig. Den Kerl, bei dem gerade die ersten Barthaare an der Oberlippe zu sprießen begannen, hatte er dabei erwischt, wie er im Hinterzimmer in den Kartons mit den neuen Klamotten rumwühlte. Das Zeug war verdammt teuer, und es fehlte ihm gerade noch, daß so ein Typ seine schmuddeligen Finger da reinsteckte.

Mit einem Gähnen nahm er eine Zigarette aus dem Päckchen in seiner Strickjacke. Er schnipste sein Feuerzeug an und ging zur Ladentür, um die Zeitungen hereinzuholen, die draußen auf den Stufen lagen. Er freute sich schon auf den nächsten Bericht über diesen Politiker, der es angeblich fünfmal pro Nacht mit seiner wissenschaftlichen Mitarbeiterin trieb. Kein Wunder, daß die Regierung das Land in den Sand setzte – die waren alle viel zu erschöpft.

Als er zur Tür ging, knirschte es so merkwürdig unter seinen Sohlen. Er sah nach unten.

»Scheiße!« schrie er und machte einen Satz nach hinten, wobei er einen der Drehständer mit Taschenbüchern umstieß. Ein Haufen Schnulzen-Romane krachte zu Boden und verteilte Tausende von wimmelnden weißen Körpern im Raum.

»Scheiße!« rief er noch einmal, als er sah, daß sein Toupet mitten in dem Gewimmel lag, das verdächtig nach Maden aussah.

Ein Klopfen an der Tür ließ ihn erneut zusammenzucken. Es war der neugierige Kerl mit den Barthaaren. Ted ließ ihn herein.

»Igitt«, sagte der Junge, als er um sich blickte. »Wo kommen denn die ganzen Maden her?« Er bemühte sich krampfhaft, nicht auf den kahlen Kopf seines Arbeitgebers zu starren.

»Verdammt gute Frage«, sagte Ted. Er bückte sich, hob sein Haarteil auf und schüttelte es heftig mit weit ausgestrecktem Arm. »Steh doch nicht so blöd rum. Nimm dir einen Besen und feg den Mist hier zusammen.«

Der Junge schüttelte den Kopf. »Ich bin Zeitungsjunge, keine Putzkolonne.«

Ted sog so heftig an seiner Zigarette, daß er sie fast durchgebissen hätte.

Innerhalb einer halben Stunde hatte nahezu das ganze Dorf von den Zeitungsjungen und -mädchen erfahren, daß Teds Geschäft vor Maden nur so wimmelte. Innerhalb einer Stunde war Iris Braithwaite aufgetaucht und hatte den Laden zum Gesundheitsrisiko erklärt. Und innerhalb von zwei Stunden war eine spitzgesichtige Frau vom Gesundheitsamt erschienen. Während Ted versuchte, seine kürzlich erstandene Ware zu verbergen, füllte die Frau ein Formular aus, knallte es auf den Ladentisch und verkündete, wenn das Geschäft nicht bis fünf Uhr nachmittags so sauber wie ein Operationssaal sei, würde es offiziell geschlossen.

»Jemand hat mich reingelegt«, sagte er. »Das haben die nur gemacht, um mich daran zu hindern …«

»Sie *woran* zu hindern, Mr. Cooper?« fragte die spitzgesichtige Frau, die über den aktuellen Stellungskrieg in Hulme Welford vollkommen im Bilde war.

»Nichts«, murmelte Ted. Er erkannte Mißbilligung, wenn er sie vor sich hatte, und in diesem Moment starrte sie ihm aus dem Gesicht der Vertreterin des Gesundheitsamts entgegen.

»Ich selbst oder eine Kollegin werden später wiederkommen«, sagte sie, die Hand bereits auf der Türklinke. »Ach, übrigens«, fügte sie hinzu, »ich glaube, Sie haben da eine Made unter Ihrem – äh, in Ihrem Haar.«

Als sie die Tür hinter sich zugemacht hatte, riß sich Ted die Perücke vom Kopf und schleuderte sie quer durch den Laden.

Kapitel 28

Während sich Toupet-Ted mit dem Mop und einem Eimer voll Insektenvertilgungsmittel herumschlug, erbebte die mit Papiergirlanden und Bildern von den drei Weisen des Morgenlandes geschmückte Turnhalle unter dem begeisterten und erleichterten Beifall der Eltern.

Blitzlichter zuckten und Videokameras surrten, als die erste und einzige Aufführung des schulischen Krippenspiels vor ausverkauftem Haus zu Ende ging, und ganz vorne, zwischen einem guten Dutzend sich verbeugender Engel, stand Becky mit ihren schiefen Flügeln und dem Heiligenschein aus Goldpapier und winkte enthusiastisch ihrer Mutter zu, die neben Georgia saß. Hilary winkte diskret zurück. Chloe, in Büßerblau gekleidet und ein Jesuskind aus Plastik in der Hand, das mit dem Kopf nach unten hing, stand zusammen mit zahlreichen wattebärtigen Schafhirten schmollend in der hinteren Reihe. Als sie ihre Mutter erblickte, warf sie ihr einen finsteren Blick zu. Georgia steckte zwei Finger in den Mund und gab einen gellenden Pfiff von sich.

»Affenscharf!« brüllte sie. Sie stupste Hilary an und flüsterte: »Das mache ich bloß, um Mesdames Longton und Hampton zu ärgern. Und weil Chloe gewettet hat, daß ich mich nicht trauen würde. Damit schuldet sie mir das Taschengeld einer ganzen Woche, und sieh dir an, wie sie jetzt strahlt.«

Als der Beifall schließlich erstarb und Mr. Atkinson, der Rektor, auf die Bühne stieg und sich neben dem Stall aufbaute, der eher einer exotischen Swimmingpool-Bar ähnelte als einem ärmlichen judäischen Unterstand, erhoben sich Hilary und Georgia und zwängten sich an der Reihe applaudierender Eltern und Großeltern vorbei. Einige andere Mütter taten es ihnen gleich. Als Mitglieder der Schulpflegschaft wußten sie aus Erfahrung, daß die langatmigen Dankesworte des Rektors ihnen genug Zeit lassen würden, die letzten Vorbereitungen für den Weihnachtsbasar zu treffen.

Während der Mittagspause hatten sie die Klassenräume geschmückt, in denen die verschiedenen Stände aufgebaut werden sollten. In dem Raum, in dem allwöchentlich Hilarys Französischkurs stattfand, würde es gleich darum gehen, dem Rentier Rudolph seine rote Nase anzustecken; in den umliegenden Klassenzimmern gab es selbstgebackenen Kuchen, Erfrischungen, eine Flaschentombola, ein Spiel, bei dem man den Heiligenschein des Engels über die Krippe werfen mußte, und einen Krimskrams-Stand, an dem die ungeliebten Weihnachtsgeschenke des letzten Jahres recycled wurden.

Georgia hatte es nicht geschafft, eher aus der Gärtnerei zu kommen, und war erst in letzter Minute mit ihrem Jeep voller Grün aufgekreuzt, das sie für die Dekoration der Klassenräume brauchten, sowie einen Armvoll Mistelzweigen. »Ein kleiner Scherz, um Chloe aufzumuntern«, hatte sie Hilary beim Ausladen des Wagens erklärt.

Während der Rektor mit der Dankesrede an seine hervorragende und überarbeitete Lehrerschaft fortfuhr, versammelte Georgia die Schulpflegschaft im größten Klassenraum, in dem alkoholische Erfrischungen angeboten werden sollten. »Alle mal herhören«, sagte sie energisch.

»Patricia, hier ist das Wechselgeld für alle Standchefs, es ist deutlich gekennzeichnet, Sie brauchen also nur herumzugehen und ...«

»Die Prozedur ist mir durchaus bekannt«, unterbrach sie Patricia und schnappte Georgia die Geldbeutel aus der Hand. »Ich habe das schließlich schon mal gemacht.«

»Hey, Schätzchen«, sagte Georgia und legte die Hand auf Patricias Arm, »nimm's nicht so schwer, okay?«

Patricia schüttelte entsetzt Georgias Hand ab. »Wagen Sie es ja nicht noch mal, mich anzufassen, Sie ...«

Georgia lachte. »Ach, Pattie-Baby, du bist einfach süß, wenn du wütend wirst!«

»Warum tust du das?« fragte Hilary, nachdem Patricia aus Angst vor tätlichen Annäherungsversuchen die Flucht ergriffen hatte und sie schließlich unter sich waren.

»Ich kann einfach nicht anders.« Georgia nahm den Deckel von einem großen Topf, der auf einer Kochplatte stand, und rührte den Inhalt um. Dann gab sie noch ein paar Orangenscheiben dazu. »Sie ist so eine wunderbare Zielscheibe. Jede Menge Vorurteile und affektiertes Mittelschichtgehabe, das Ganze hübsch zusammengeschnürt zu einer gewaltigen Zeitbombe, die jeden Moment hochgehen kann.« Sie legte den Deckel wieder über den Glühwein. »Warum siehst du mich so an?«

Hilary schüttelte seufzend den Kopf. Sie drapierte eine Girlande aus grüner Metallfolie über die Vorderseite eines Tisches, der mit rotem Kreppapier bedeckt war. »Du bist so unglaublich selbstsicher.«

»Du meinst, arrogant?«

»Nein, nicht arrogant. Ich habe nur ständig den Eindruck, daß es dir vollkommen egal ist, was andere über dich denken.«

»Womit du recht hast. Und jetzt Schluß mit der Quatscherei. Unsere Schwafeltüte Atkinson ist garantiert gleich fertig, und wir müssen noch die ganzen Becher bereitstellen. Du weißt ja, wie gierig sich alles auf die alkoholischen Sachen stürzt, wenn er eine seiner endlosen Reden vom Stapel gelassen hat.«

Georgia behielt recht. Eine Flut von augenrollenden Eltern ergoß sich wenig später über sie, die Hände ausgestreckt nach einem beruhigenden Becher Glühwein. Doch die Stimmung lockerte sich bald, und als aus Patricias Ghettoblaster »O Come All Ye Faithful« erklang, gesungen von Pinky und Perky, begannen die Mütter, die am Abend zuvor spät ins Bett gekommen waren, weil sie stundenlang nach einem karierten Geschirrtuch gesucht hatten, das als Kopfbedeckung für einen Schafhirten gebraucht wurde, oder die auf den letzten Drücker noch ein paar Engelsflügel zusammengebastelt hatten, sich zu entspannen, während ihre Männer, die sich um jegliche Arbeit gedrückt hatten, in Gruppen herumstanden, mit den Münzen in ihren Hosentaschen klimperten und die neuesten Kilometerpauschalen für ihre Geschäftswagen verglichen.

Als sie die vertraute Szenerie betrachtete, wurde Hilary wütend, weil David nicht da war. Morgens beim Frühstück hatte er ihr erklärt, er würde es nicht schaffen, zum Krippenspiel zu kommen, er habe einen Termin mit seiner Buchhalterin. Buchhalterin – daß ich nicht lache! hatte sie später gedacht, als sie die Betten der Kinder abgezogen und die Bezüge und Laken in die Waschmaschine gestopft hatte. Jetzt hat er nicht mal mehr eine Stunde übrig, um seine eigene Tochter auf der Bühne zu sehen. Zornbebend war sie mit dem Staubsauger durchs Haus geschossen und dabei absichtlich gegen Davids Sessel im Wohnzimmer und dann gegen seinen Schreibtisch im Arbeitszimmer gestoßen. Doch als sie nach draußen gegangen war, um die Wäsche aufzuhängen, war ihre Wut wie durch Zauberhand verpufft. Das Sonnenlicht schien durch die nackten Äste des Kirschbaums am Ende des Gartens und warf langgezogene, spindeldürre Schatten auf den Rasen, und plötzlich mußte sie lächeln. Als sie das erste Laken an der Leine befestigte und den angenehmen Geruch nach Waschpulver einsog, dachte sie, wie absurd die Situation war – selbst in einem Moment überwältigender Wut und Fassungslosigkeit konnte sie sich noch über etwas so Schlichtes wie das Sonnenlicht auf dem Rasen freuen. Vielleicht stimmte es doch, daß das Alltägliche letztendlich stärker war als das Unerwartete und Traumatische.

»Du siehst aber ernst aus, Hilary.«

»Dad, was machst du denn hier?« fragte sie, überrascht, ihren Vater vor ihrem Tisch stehen zu sehen, die Hand nach einem Becher Glühwein ausgestreckt.

»Dachtest du etwa, ich würde mir Beckys großen Auftritt entgehen lassen?«

Sie war gerührt. »Wie lieb von dir. Ist Mutter auch da?«

Er schüttelte den Kopf.

»Natürlich nicht«, sagte Hilary sachlich und gab ihm seinen Glühwein. »Sie steht ja im Laden.«

»Ich kann auch nicht lange bleiben.«

»Wie kommt's?«

»Hab in der Küche zu tun«, antwortete er. »Der Kuchen muß noch glasiert werden.«

»Meinen habe ich auch noch nicht fertig.«

»Ich meine nicht den Weihnachtskuchen, sondern den für Charlotte und Alex.«

Hilary verspürte einen Stich der Eifersucht. Charlottes Hochzeitstorte. So wie sie letztes Jahr bei Charlotte und Alex Amor gespielt hatte, so hatte sie auch die feste Absicht gehegt, sich um die Speisen und Getränke für den großen Tag ihrer Schwester zu kümmern. Doch dieses Vergnügen wurde ihr nun verweigert. Ausgerechnet ihr Vater war ihr zuvorgekommen, der doch bis vor einem halben Jahr in der Küche höchstens seinen kalorienarmen Kakao zusammengerührt hatte. Jetzt bereitete er ein Büffet mit Canapés für eine Armee von Gästen vor, die eine ganze Menge mehr erwarteten als ein paar Silberzwiebeln und Schälchen mit Knabbersachen. Sie wußte, es war gemein von ihr, aber sie wünschte, Neville wäre bei seiner heißgeliebten Stachelbeerzucht geblieben. Weshalb der plötzliche Wandel?

Doch sie war nicht nur deshalb eifersüchtig, weil ihr Vater ihr die Schau gestohlen hatte. Seit Jahren hatte sie gewußt und akzeptiert, daß sie ihrem Vater nicht so viel bedeutete wie Charlotte; zwischen den beiden herrschte eine Verbundenheit, die sie selbst nie gekannt hatte. Als kleines Kind hatte sie bemerkt, daß es zwischen ihr und ihrem Vater eine Lücke gab; eine Lücke, die sie nie hatte überbrücken können. Damals hatte sie das nicht gestört – wie alle Kinder war sie viel zu sehr mit dem Großwerden beschäftigt gewesen. Komplizierte Beziehungsfragen sind einem zehnjährigen Mädchen, dessen Leben um Chorproben und Ballettunterricht kreist, vollkommen gleichgültig. Daß Charlotte die Gesellschaft ihres Vaters wichtiger gewesen war als die Perfektionierung eines *grand battement*, hatte Hilary damals ziemlich seltsam gefunden. Oft hatte sie, wenn sie nach einer anstrengenden Ballettstunde nach Hause kam, Charlotte und Neville im Garten vorgefunden, wo sie sich, jeder über einen Stachelbeerstrauch gebeugt, gegenseitig zu überzeugen versuchten, daß dieses Exemplar ganz sicher eine preisgekrönte Beere hervorbringen würde.

Hilary sah zu, wie ihr Vater einen Schluck von seinem Glühwein nahm und sich im Raum umblickte. Sie nahm sich selten die Zeit, ihn in Ruhe zu betrachten. Jetzt tat sie es und war überrascht von dem, was sie sah und empfand. Auf seinem Gesicht lag ein Ausdruck beruhigender Güte, der ihr die Kehle zuschnürte. Sie fühlte sich betrogen. Warum hatte er ihr nicht mehr von dieser Freundlichkeit geschenkt? Zorn und Gekränktheit vermischten sich in ihr.

Ihr Vater hatte sie beinahe genauso betrogen wie David – die beiden Männer in ihrem Leben, die sie am meisten hätten lieben sollen, hatten sie im Stich gelassen. Warum?

»Bis bald«, sagte Neville und ging davon.

»Ja«, erwiderte sie und verspürte plötzlich den Drang, ihm nachzulaufen und ihn zu fragen, was sie denn Schlimmes getan hatte. Was für ein Verbrechen hatte sie begangen, daß ihr so wenig Liebe zuteil wurde?

»Mum!« Das war Becky, die inzwischen ihr Engelskostüm gegen die Schuluniform getauscht hatte. In ihren Händen hielt sie ein großes Glas mit Smarties. Chloe stand mit Stift und Notizblock neben ihr. »Wir machen ›Wie viele Smarties sind im Glas?‹«, sagte Becky und blickte mit großen Augen hinunter auf die Süßigkeiten.

»Prima.« Hilary füllte für einen Kunden zwei Becher mit Glühwein und versuchte, nicht an ihren Vater zu denken. »Paßt auf, daß ihr niemanden stört, ja?«

»Einmal raten fünfzig Pence«, rief Chloe gegen die Musik an. »Jeder Smartie steht für eine unterdrückte Frau.«

»Wie war das, Liebes?« fragte eine der betagten Damen aus dem Altersheim, die jedes Jahr zu diesem außergewöhnlichen Ereignis geladen wurden. Sie trug einen Hut, der wie ein Schneeball aussah, und zuviel Make-up; in der einen Hand hielt sie einen Plastikbecher, in der anderen einen halb aufgegessenen Mince Pie. Eigentlich hätte sie zusammen mit dem Rest ihrer Gruppe in Klasse 1 bei Tee und Keksen sein sollen, aber sie hatte sich aus dem Staub gemacht und war ihrer Nase gefolgt, die ihr etwas Stärkeres als Typhoo versprach.

»Einmal raten fünfzig Pence«, wiederholte Chloe noch lauter. »Jeder Smartie steht für eine unterdrückte Frau.«

»Ich finde aber nicht, daß sie unterkühlt aussehen, Liebes«, sagte die alte Frau mit einem langen, prüfenden Blick auf das Glas mit den Süßigkeiten.

»*Unterdrückt*!« brüllte Chloe ungeduldig.

Die alte Frau dachte darüber nach. Dann faßte sie Chloe zärtlich unters Kinn und fragte: »Und was bringt dir der Weihnachtsmann dieses Jahr? Ein hübsches kleines Püppchen?«

Chloe sah aus, als würde sie der Frau gleich die Hand abbeißen. »Den Weihnachtsmann gibt's gar nicht«, sagte sie kurz angebunden. »Das ist ein alberner Mythos, den die Menschen erfunden haben, um ihr Bild von sich selbst aufzupolieren.«

»Das reicht jetzt, Chloe«, mischte sich Georgia ein, als sie Beckys entgeisterten Gesichtsausdruck sah. »Tut mir leid, Hilary, aber ich fürchte, du wirst heute abend vorm Schlafengehen ein paar Erklärungen abgeben müssen.«

Sie sahen Chloe und Becky nach, die davonzogen, um sich eine leichtere Beute zu suchen.

»Das war doch bloß ein Witz, oder?« hörte Hilary Becky fragen.

Arme Becky, dachte Hilary. Dieses Jahr würde sie erfahren, daß der Weihnachtsmann nur eine Erfindung war ... und wer weiß, was sie über ihren eigenen Vater erfahren würde?

Als Pinky und Perky zu »I Saw Mommy Kissing Santa Claus» überwechselten, steuerte Patricia mit gestreßtem Gesichtsausdruck auf sie zu.

»Wir haben fast kein Kleingeld mehr«, sagte sie vorwurfsvoll, eine Fünf-Pfund-Note in der Hand. »Ihr habt das Wechselgeld nicht richtig zusammengestellt. Wir haben immer ...«

»Kein Problem«, unterbrach sie Georgia und griff nach der Kleingeldkasse unter dem Tisch. »Was brauchen Sie?«

»Zehn- und Zwanzig-Pence-Stücke. Wenn Sie es so gemacht hätten wie wir ...«

Georgia gab ihr das Geld und zog einen Mistelzweig hinter ihrem Rücken hervor. Sie ließ ihn vor Patricias Nase baumeln. »Küßchen, Küßchen, Pattie-Baby«, sagte sie mit lüsternem Grinsen.

»Ich hatte Sie doch gewarnt, mich in Ruhe zu lassen«, fauchte Patricia wütend. Köpfe wandten sich um.

»Ach, warum tun Sie uns allen nicht einen Gefallen und lassen mal ein bißchen locker? Sie sind ja verklemmt wie 'ne alte Jungfer.«

»Wie können Sie es wagen!« kreischte Patricia. »Und wo wir schon dabei sind: Ich bin es leid, dauernd Zielscheibe für Ihre geschmacklose Art von Humor zu sein. Ja, ich würde sogar so weit gehen zu sagen, daß alle hier Ihre Kommentare leid sind. Leute wie Sie haben in unserem respektablen Dorf nichts verloren. Und darüber hinaus wissen wir alle, daß Sie es sind, die den armen Mr. Cooper terrorisiert. Ich habe mit eigenen Augen gesehen, wie Sie mit Ihrem Jeep vor meinem Haus gestanden haben, als diese unappetitlichen Dinger in sein Geschäft geworfen wurden.«

»Nun, wenn ich vor Ihrem Haus gestanden habe, kann ich es doch wohl nicht gewesen sein, oder?«

»Sie *waren* es!« insistierte Patricia, deren Stimme mittlerweile eine durchdringende Sopranlage erreicht hatte. Die eine Hand in die Hüfte gestemmt und die andere mit ausgestrecktem Zeigefinger auf Georgia gerichtet, sah sie aus wie eine zickige Primadonna.

»Wie können Sie es wagen, so mit Miss D'Arcy zu sprechen?« donnerte eine vertraute Altstimme mit der Kraft und Wirkung des Walkürenritts.

Patricia ließ den Arm sinken und begann zu zittern, als Iris Braithwaite in den Raum marschierte.

»Das reicht jetzt, junge Dame«, fuhr Iris fort. »Ich kann Ihnen versichern, daß Miss D'Arcy nicht die einzige ist, die den mutigen Kampf gegen Mr. Cooper aufgenommen hat. Bei der Aktion heute morgen war ich ebenfalls anwesend. Und ich habe nicht nur gesehen, was sich abspielte, ich habe es sogar in die Wege geleitet. Nun, was sagen Sie dazu?«

Eine Woge der Überraschung durchflutete den Raum, und als niemand hinsah, nahm sich die alte Dame aus dem Seniorenheim noch einen Becher Glühwein. Sie gönnte sich einen großen Schluck. »Fröhliche Weihnachten«, sagte sie heiter und spuckte eine kleine schwarze Nelke aus.

Kapitel 29

Also, Becky«, sagte Malcolm Jackson mit seiner allergeduldigsten Stimme – die er bisweilen auch bei den anstrengenderen Mitgliedern des Kirchenvorstands zum Einsatz brachte. »Du hast doch eine sehr wichtige Aufgabe zu erledigen, nicht wahr?« Er lächelte Becky aufmunternd zu, in der Hoffnung, daß sie nun, da sie im Mittelpunkt der Probe für Charlottes und Alex' Hochzeit stand, endlich aufhören würde, mit den Füßen gegen die Bank vor ihr zu treten.

Becky sprang auf und ging zu ihm. Malcolm manövrierte sie vorsichtig hinter Charlotte. »Siehst du«, sagte er. »Du tust jetzt einfach so, als ob deine Tante Charlotte ihr wunderschönes Kleid ...«

»Kleider sind albern«, sagte Becky wichtigtuerisch. »Ich trage keine mehr. Tante Charlotte, kann ich am Samstag Jeans anziehen?«

Zieh an, was du willst, dachte Charlotte, Hauptsache du hältst so lange die Klappe, bis Alex und ich unser Jawort gesagt haben. »Das mußt du Mummy fragen.«

»Mummy hat gesagt, ich soll dich fragen.«

Hilary und Charlotte sahen sich ratlos an.

»Wie ich gerade sagte«, meldete sich Malcolm wieder zu Wort, »mag Charlotte ganz bestimmt Kleider, und das, was sie zu ihrer Hochzeit tragen wird, hat sicher ein langes Stück Stoff, das hinter ihr über den Boden schleift ...«

Charlotte schüttelte energisch den Kopf. Sie hatte ganz bewußt ein Kleid ohne Schleppe gewählt. Keinesfalls würde sie das Risiko eingehen, irgend etwas auf dem Boden schleifen zu lassen, wenn Becky hinter ihr ging.

»Na gut, dann stellst du's dir eben vor«, fuhr Malcolm fort und dachte bei sich, daß Hiob noch billig davongekommen war. »Du mußt nämlich Abstand halten, Becky. Wir wollen ja nicht, daß die Braut stolpert, weil du zu dicht hinter ihr gehst. Glaubst du, daß du dir das merken kannst?«

»Klaro!«

Charlotte hielt das durchaus nicht für »klaro«, da ihre Nichte die Konzentrationsfähigkeit eines Goldfischs hatte.

»Aber was ist mit Opa?« fragte Becky. »Muß er denn nicht mit uns zusammen proben?«

Malcolm sah auf die Uhr. »Wir versuchen es jetzt einmal ohne Opa, und dann mit ihm.«

»Haben Sie's eilig, nach Hause zu kommen, um *Brookside* zu gucken, so wie Mum?«

Malcolm lächelte säuerlich.

»Es wäre aber nett, wenn wir's bis zu den Zehn-Uhr-Nachrichten schaffen könnten«, ließ sich Louise von der vorderen Bankreihe vernehmen. Neville saß neben ihr, den Kopf so tief gesenkt, daß das Kinn fast den Krawattenknoten berührte.

»Bist du sicher, daß du in meine Familie einheiraten willst?« rief Charlotte Alex zu, der allein auf der Bank gegenüber von Louise und Neville saß.

»Solange wir nur einmal heiraten«, entgegnete er.

»Ich verstehe nicht, wieso Tante Charlotte überhaupt üben muß. Das ist doch ihre zweite Hochzeit, oder nicht?«

»Weil sie es beim ersten Mal nicht richtig hingekriegt hat«, bemerkte Louise.

»Was hast du denn falsch gemacht, Tante Charlotte?«

»Gar nichts hat sie falsch gemacht«, fuhr Malcolm dazwischen und hoffte, daß seine Frau so geistesgegenwärtig war, den Videorekorder einzuschalten. »Neville, vielleicht könnten Sie sich doch direkt zu uns gesellen. Neville?«

»*Neville!*« brüllte Louise ihrem Mann ins Ohr. »Du wirst gebraucht.«

»Entschuldigung«, murmelte Neville, als er sich erhob und auf das Grüppchen zustolperte. »Es tut mir leid, Charlotte. Das passiert mir an deinem großen Tag bestimmt nicht.«

Als das Trio dann schließlich den Mittelgang entlangschritt, begleitet von Louises Stimme, die »Stately as a Galleon I Sail Across the Floor« sang, überlegte Charlotte, ob es vielleicht noch nicht zu spät war, um alles abzusagen.

Als sie endlich nach draußen kamen, schneite es, und die dunklen Grabsteine trugen weiche, flaumige Hauben aus Schnee. Becky jubelte vor Begeisterung und tanzte aufgeregt über den Kirchhof. Sie nahm eine Handvoll Schnee und warf damit nach ihrer Mutter. Der Schneeball war so leicht und pulverig, daß er zerfiel, bevor er sein Ziel erreichte. Hilary lachte über sie. Dann wandte sie sich an Charlotte. »Weißt du noch, wie du vor Jahren am Silvesterabend barfuß im Schnee getanzt hast?«

Charlotte lächelte. »Da wollte ich mich wohl nur aufspielen.«

»Hättest du Lust, es noch mal zu versuchen?« fragte Alex und hakte sich bei Charlotte ein.

»Was, und mir bis Samstag noch schnell eine Lungenentzündung zuzuziehen? Obwohl – ist vielleicht gar keine schlechte Idee.«

»Du heiratest mich in drei Tagen, und damit basta«, sagte Alex, »sonst ...« Er bückte sich und nahm eine Handvoll Schnee auf.

»O nein, nicht!« quiekte Charlotte. Sie rannte den weißbedeckten Pfad hinunter und durch das Friedhofstor. Alex jagte hinter ihr her, dicht gefolgt von Becky, und ihre Sohlen knirschten auf dem Schnee.

»Kommt doch alle noch auf einen Drink zu uns«, schlug Hilary vor. Sie fürchtete sich vor der Mauer des Schweigens, die sie und Becky in *The Gables* erwartete.

»Nein«, sagte Louise fröstelnd. »Gleich kommt noch ein spannender Gerichtsfilm im Fernsehen, den will ich nicht verpassen.« Sie zog sich ihre Fellhandschuhe über und nahm den Rückweg über den Hügel in Angriff.

Neville war enttäuscht. Er hätte gerne noch mit den anderen herumgealbert. Er gab Hilary einen Gutenachtkuß und folgte Louises Fußstapfen.

Ihre Eltern waren nur noch verschwommene Umrisse in der verschneiten Dunkelheit, als Hilary allein die Hauptstraße des Dorfes überquerte. Vor sich hörte sie Beckys vergnügte Stimme in der gedämpften Stille der schneeerfüllten Luft, und in dem orangegelben Licht der Straßenlaterne am Ende der Acacia Lane fielen Schneeflocken in ruhigem gleichmäßigem Rhythmus vom Himmel. Ein Bild wie auf einer Weihnachtspostkarte, und es erinnerte Hilary an die Szene in *The Lion, the Witch and the Wardrobe*, in der Mr. Tumnus Lucy zum ersten Mal erscheint. Wie wundervoll Lucy alles vorgekommen war, bis der traurige kleine Faun ihr die Wahrheit gesagt hatte.

Sie beeilte sich und hatte Charlotte und Alex bald eingeholt. Da zerriß plötzlich ein Schrei von Becky, lang und schrill, die Stille der Acacia Lane.

Sie rannten hinüber zum White Cottage, wo Becky am Gartentor stand und mit entsetzt aufgerissenen Augen nach unten starrte. Unter einer Decke aus Schnee lag ein menschlicher Körper.

Alex kniete sich auf den Boden und begann hastig, die dicke Schneeschicht wegzuwischen. »Mein Gott«, sagte er, riß sich den Mantel vom Leib und bedeckte den Körper damit, »das ist Mrs. Braithwaite!«

Hilary klammerte sich an Charlottes Arm, und Becky flüsterte: »Ist sie tot?«

»Sie hat nur eine leichte Gehirnerschütterung, aber wir behalten sie sicherheitshalber heute nacht hier«, erklärte die Krankenschwester Charlotte und Alex. »Wir haben sie genäht und verbunden, aber wie die meisten alten Leute, die überfallen worden sind, ist sie stinksauer. Ihr Stolz wird bei so etwas mindestens genauso verletzt wie der Körper. Sie können für ein paar Minuten zu ihr, aber bitte nur einer von Ihnen. Für heute hat sie genug Aufregung gehabt.«

Als Charlotte eintrat, saß Iris auf mehrere Kissen gestützt im Bett. Ihr verbundener Kopf war zur Seite geneigt, als ob sie schliefe, doch als Charlotte sich näherte, öffneten sich Iris' blaugeschlagenen und angeschwollenen Augen sofort.

»Ich bin nur gekommen, um zu sehen, ob Sie ...«

»Ersparen Sie mir die Höflichkeitsfloskeln, Mrs. Lawrence. Der Mann, der mir das angetan hat, gehört hinter Schloß und Riegel.«

»Haben Sie denn gesehen, wer es war?«

»Natürlich. Es war Ted Cooper.«

Kapitel 30

»Hi«, sagte Tiffany, als sie Alex erblickte, der die Tür des Postamts schloß und auf die Bäckerei zukam, vor der sie stand.

»Keine Schule?« fragte er, als er sich an den Schneehaufen auf dem Bürgersteig vorbei zu ihr durchlaviert hatte.

»Heute ist Ferienanfang«, antwortete sie. »Barry kommt morgen nach Hause. Gestern abend am Telefon hat er gesagt, in Leeds wäre der Schnee richtig schlimm. Ich hoffe, er schafft's – ich hab keinen Bock auf Weihnachten ohne ihn.«

»Er wird's bestimmt schaffen«, sagte Alex, der zu frieren begann – minus vier Grad hatten sie morgens in der Wettervorhersage angekündigt, und noch mehr Schnee. Er stampfte mit den Stiefeln auf das Pflaster, um die Eisklumpen unter seinen Sohlen loszuwerden, und staunte über Tiffanys Fähigkeit – und die ihrer ganzen Generation –, lediglich mit einer knapp geschnittenen schwarzen Jeansjacke und einer dünnen, seidigen Bluse bekleidet den Elementen zu trotzen.

»Das will ich hoffen, sonst komme ich rüber und verbringe Weihnachten mit dir und Charlotte.«

»Du vergißt, daß Charlotte und ich gar nicht dasein werden. Wir heiraten Samstag.«

»Heilige Scheiße, hatte ich ganz vergessen. Hättest du mich doch gestern daran erinnert. Ich war abends mit Mum und Dad zum Einkaufen in Manchester, und da hätte ich euch ein Hochzeitsgeschenk besorgen können. Jetzt müßt ihr euch mit etwas Hiesigem zufriedengeben.« Sie ließ den Blick über die Reihe von Geschäften schweifen. »Was hättet ihr denn gerne? Ein Pfund Möhren oder eine Tüte Cremetörtchen?«

»Louise hat ein paar ganz hübsche georgianische Kerzenhalter aus Silber in ihrem Laden.«

»Träum weiter! Dafür müßte ich erst jemanden überfallen und ausrauben.«

Alex zuckte zusammen.

»Was ist?«

»Hast du das mit Iris Braithwaite nicht gehört?«

»Wieso, was hat sie denn angestellt?«

Alex berichtete Tiffany, was am Abend zuvor geschehen war, wie sie die alte Dame bewußtlos im Schnee gefunden und einen Rettungswagen gerufen hatten, um sie ins Krankenhaus bringen zu lassen. »Da wart ihr wohl gerade auf dem Rückweg von Manchester.«

»War es ein Einbrecher?«

»Das wissen wir noch nicht ...« Alex' restliche Worte gingen im Sirenengeheul eines Polizeiwagens unter, der neben der Bäckerei vor Ted Coopers Laden hielt. Zwei uniformierte Beamte stiegen aus und gingen hinein.

»Kommen die wegen der Maden?« fragte Tiffany Alex. »Er hat doch nicht etwa Anzeige erstattet oder irgendwas Dämliches in der Art?«

Alex bemerkte den ängstlichen Ausdruck in Tiffanys Gesicht. »Das dürfte momentan sein geringstes Problem sein. Mrs. Braithwaite hat Charlotte gestern abend im Krankenhaus gesagt, daß es Ted war, der sie überfallen hat.«

»*Was?*« Dann dämmerte es Tiffany. »Du meinst, aus Rache? Er hat Mrs. Braithwaite wegen der Protestaktion niedergeschlagen?«

Alex schüttelte den Kopf. »Ich kann mir nicht vorstellen, daß er so etwas tun würde. Ich weiß, er ist ein altes Ekelpaket, aber eine Frau zu überfallen, die er seit Jahren kennt, und das in so einem kleinen Dorf... Tja, es kommt mir irgendwie unwahrscheinlich vor.«

»Ihr verdammten Kerle! Ihr haltet immer zusammen, was?«

»Tiffany, ich versuche nur, objektiv zu sein.«

»Ach, einen Scheiß bist du!« Wütend drehte sie sich um und stieß die Tür zur Bäckerei auf. Von drinnen beobachtete sie, wie Alex davonging.

»Hmm, aus dem würde ich gern mal die Marmelade rauslutschen«, sagte die jüngere der beiden Verkäuferinnen, die gerade ein Tablett mit Doughnuts im Fenster dekorierte und Alex hinterher starrte.

Tiffany räusperte sich vernehmlich. »Ein Baguette und ein großes Vollkornbrot, falls du mal 'nen Moment Zeit hast.«

»Hey, Tiff, schlecht drauf heute morgen?«

»Quatsch«, entgegnete sie entrüstet. »Aber dieser Toupet-Ted wird schlecht drauf sein, wenn die Polizei mit ihm fertig ist. Die sind gerade nebenan.« Sie beugte sich über den Tresen. Sie wußte, daß das, was sie tat, gemein war, aber sie war so wütend. »Er hat gestern abend Mrs. Braithwaite überfallen. Sie ist im Krankenhaus, und ihr geht's gar nicht gut.«

Befriedigt betrachtete sie die Gesichter der beiden, legte das Geld auf den Tresen und verließ den Laden, überzeugt, daß innerhalb einer Stunde nahezu jeder im Dorf wissen würde, daß Ted Cooper nicht nur ein perverses Schwein, sondern eine wandelnde Gefahr für wehrlose Frauen war.

Auf dem Heimweg beschloß sie, Georgia anzurufen. Vielleicht könnten sie Mrs. Braithwaite besuchen. Als sie an Charlottes Geschäft vorbeikam, sah sie Nick Bradshaws Wagen, dessen Reifen sich knirschend durch Eis und Schneematsch fraßen, die Hauptstraße entlangfahren. Langsam bog er in die Daisy Bank ab. Augenblicklich war jeder Gedanke an Mrs. Braithwaite vergessen. Sie klemmte sich Baguette und Vollkornbrot unter den Arm und lief nach Hause.

Als sie bei *All In The Mind* ankam, nahm Nick gerade seine Aktentasche aus dem Auto. »Hi«, sagte sie und versuchte sich nicht anmerken zu lassen, daß sie außer Atem war.

»Sind Sie gelaufen?« fragte er.

Verflucht! »Gejoggt«, erwiderte sie mit einem lässigen Lachen.

»In dem Schnee?«

»Ich muß mich fit halten, auch im Winter.« Was tat sie da? Wieso gab sie jedesmal so einen Schwachsinn von sich, wenn sie versuchte, sich mit Nick zu unterhalten?

Er schlug die Autotür zu und ging auf das Haus zu. »Für mich sehen Sie fit genug aus«, sagte er über seine Schulter.

Sie lächelte. »Finden Sie? Wenn Sie mal Lust zum Laufen haben, können Sie jederzeit ...«

»Von so was lasse ich die Finger«, sagte er.

»Wovon?«

»Vom Sport.« Er drückte die Tür auf. »Und von der Tochter meines Chefs, vor allem wenn sie so jung ist, daß sie meine eigene Tochter sein könnte.« Er hielt die Tür auf und wartete darauf, daß sie hineinging.

Sie rührte sich nicht von der Stelle. »Alter vor Schönheit«, sagte sie. »Nach Ihnen.«

Drinnen angekommen, schnappte sich Tiffany das Handy und rief Georgia von ihrem Zimmer aus an.

»Du klingst ganz durcheinander«, sagte Georgia. »Was ist los?«

Tiffany schleuderte ein durchgeweichtes, zusammengeknülltes Papiertaschentuch durchs Zimmer. Sie berichtete Georgia von dem Zwischenfall um Iris Braithwaite, der teilweise der Grund für ihre Wut war, erzählte jedoch nichts von Nick. »Mrs. Braithwaite sagt, es sei Ted Cooper gewesen, der sie angegriffen hat. Die Polizei ist gerade bei ihm.«

»Dieser Mistkerl!«

»Vielleicht sind wir zu weit gegangen und haben ihn dazu getrieben ...«

»Paß auf, Tiffany, wenn man jemandem Maden durch den Briefkasten schiebt, ist das noch lange kein Freibrief, alte Damen zusammenzuschlagen. Wie schlimm ist es denn?«

»Keine Ahnung. Alex Hamilton hat's mir eben erst erzählt ... O Gott, Georgia, was haben wir bloß getan?«

»Mach dich nicht verrückt, Tiffany. Ich rufe im Krankenhaus an.«

Als Georgia die Nummer des Krankenhauses wählte, brannten ihr Tränen in den Augen. Sie rieb sich grob mit den Handballen darüber, und Tiffanys Worte hallten anklagend in ihrem Kopf wider. *Was haben wir bloß getan?*

»Nun macht schon«, knurrte sie wütend in das Handy, während sie auf den paar freien Quadratmetern im Wohnwagen hin und her lief. »Jetzt geh doch endlich einer dran, verdammt noch mal!«

Nichts.

Sie drückte auf den Aus-Knopf, dann auf Wahlwiederholung. Immer noch nichts. »Verdammte Etat-Streichungen!« fluchte sie laut und knallte den Apparat auf den Tisch. Sie starrte hinaus auf die schneebedeckten Gewächshäuser, und plötzlich ging ihr auf, wie allein sie heute war. Gordon hatte sich frei genommen – er und Winnie waren für ihre Weihnachtseinkäufe nach Macclesfield gefahren –, und Chloe war bei einer Freundin. Sie gab einen langen Seufzer von sich, ließ den Kopf gegen die dünne Wand des Wohnwagens sinken und dachte daran, welch grauenhafte Dinge Iris durchgemacht haben mußte ... allein. Sie ballte die Fäuste bei dem Gedanken, daß alles ihre, Georgias, Schuld war, daß diese furchtbare Sache nur ihretwegen passiert war. Sie hätte sich niemals einmischen dürfen. Sie hätte die dumme alte Frau weiter mit ihren wirkungslosen Plakaten und Unterschriftensammlungen herumlaufen lassen sollen. Woher hatte sie das Recht genommen, die Dinge so weit zu treiben?

Und wie zum Teufel war sie bloß auf die Idee gekommen, sich mit jemandem wie Iris anzufreunden? Keiner mochte sie. Sie war eine Nervensäge. Eine neugierige, aufdringliche Frau, die allen auf den Wecker ging und sogar so dreist gewesen war, sich in ihr Leben einzumischen – Kuchen für sie zu backen und sie gegenüber dieser dämlichen Longton-Tussi und Konsorten zu verteidigen. Unverschämtheit!

Sie brauchte diese Art von Hilfe nicht. Sie kam durchaus allein zurecht. Im Leben ging es schließlich darum, sich durchzubeißen und bei der Stange zu bleiben, und nicht darum, Keksdosen an die Tür geliefert zu bekommen.

Sie bemühte sich, diese Wut festzuhalten, zwang sich, gegen das Bild eines Menschen zu wettern, der versucht hatte, sich gegen ihren Willen in ihr Leben zu drängeln, doch trotz allen Zorns und aller Gegenwehr stahl sich eine brennende Träne aus ihrem Auge und lief langsam an ihrer Wange herunter. Überrascht über die unerwartete Wärme auf ihrer kalten Haut, ließ sie sie laufen. Eine zweite folgte, und dann noch eine.

Da Nick niemanden finden konnte, der ihm half, einen Weihnachtsbaum auszusuchen, klopfte er an die Tür des Wohnwagens.

Er fand Georgia zusammengekauert auf dem Boden vor, den Kopf fest gegen die angezogenen Knie gepreßt. Sie weinte und zitterte so stark, daß er kein vernünftiges Wort aus ihr herausbekam. Er nahm sie hoch und trug sie hinüber in den Bungalow, wo er sie auf das Sofa im Wohnzimmer legte und mit dem Überwurf zudeckte, der auf einer Sessellehne lag. Er versuchte nicht, die Tränen zu stoppen, sondern ging in die Küche, um etwas Heißes zu trinken zuzubereiten. Als er damit zu ihr zurückkehrte, hatte sie aufgehört zu weinen, aber ihr schmaler Körper wurde noch immer von unkontrollierbaren Schluchzern geschüttelt, die, wie er annahm, vom Schock herrührten.

Er hielt ihr den Becher mit heißem, süßem Tee an die klappernden Zähne und zwang sie zu trinken.

Sie nahm einen Schluck, dann sah sie ihn mit verstörtem Blick an und stammelte: »Es ist wegen … Iris. Sie ist gar nicht so ein Drachen, wie alle glauben.«

»Schon gut«, sagte er beruhigend, schob ihr wieder den Becher an die Lippen und überlegte, ob er einen Arzt rufen sollte.

Cindy blieb vor dem leeren Seminarraum stehen, in dem Nick morgens seinen Kurs »Finden Sie zurück zu Ihrem wahren Ich« abgehalten hatte. Als sie neugierig durch die Glasscheibe gespäht hatte, hatte sie eine Gruppe Frauen auf dem Boden liegen sehen. Auf den ersten Blick hätte es ein Fitneßkurs aus den Zeiten von *In The Pink* sein können, nur daß diese Frauen keine glänzenden Lycrabodys und Leggings in allen Farben des Regenbogens trugen, sondern ihre normale Alltagskleidung, daß sie mit einer Decke zugedeckt waren und einen Stapel Bücher unter dem Kopf liegen hatten. Die ganze Zeit schon hatte sie Nick fragen wollen: Wieso Bücher? Wieso kein Kissen? Nick zufolge war diese Rückenlage die beste Position, um den inneren Streß zu verstehen. Beim Anblick der Frauen hatte sie sich gefragt, wie viele von denen, die da vor Nick ausgestreckt lagen, auch nur mit dem leisesten Hauch von Streß zu kämpfen hatten. Die meisten sahen so aus, als genössen sie ihr Leben in vollen Zügen und wären nur hier, um die Aufmerksamkeit ihres gutaussehenden Kursleiters zu genießen.

Nick hatte sich wahrlich als Glücksgriff für *All In The Mind* erwiesen. Ob das allerdings mit seinen Fähigkeiten als Psychologe zusammenhing, wagte Cindy zu bezweifeln. Sie hatte den Verdacht, daß seine Beliebtheit eher mit den weichen schwarzen Locken in seinem Nacken zu tun hatte; die und sein leicht verknitterter Look weckten in den reiferen Frauen den Wunsch, sich um ihn zu kümmern und ihn zu bemuttern, während die jüngeren vermutlich eher an Sex dachten, wenn sie da so unterwürfig auf dem Boden lagen, die Beine leicht gespreizt.

Zu ihrer Schande hatte sie wahrhaftig das Ohr an die Tür gedrückt und versucht zu verstehen, was er sagte. Sie hatte irgend etwas über Energiesysteme und Auren und einen Haufen anderen Unsinn aufgeschnappt. Dann hatte er gesagt: »Jetzt stellen Sie sich vor, Sie lassen sich treiben ... Gibt Ihnen das ein Gefühl von Freiheit ... oder fühlen Sie sich eher hilflos und verletzlich?«

Als sie daran dachte, wie ihr bei dieser Frage die Schamesröte ins Gesicht gestiegen war – sie war sich vorgekommen wie eine miese Betrügerin –, ging sie weiter zum nächsten Seminarraum. Durch den Türspalt erklang Dereks unverwechselbares Lachen. Sie hob die Hand, um die Tür weiter aufzudrücken, hielt jedoch inne, als sie auch eine Frau lachen hörte. Sofort breitete sich ein Kaleidoskop von Szenen aus der Vergangenheit vor ihrem inneren Auge aus, und sie kam zu dem Schluß, daß ein Kamel eben doch nicht durch ein Nadelöhr ging.

Sie lauschte.

»Rosie, Sie haben mich vollkommen mißverstanden.«

»Da bin ich mir nicht so sicher.«

»Doch, Sie liegen wirklich total falsch.«

»Derek, Sie müssen aufhören, sich immer auf das Negative zu fixieren. Nun kommen Sie schon her, ich will Ihnen doch bloß helfen, Ihre ...«

»Ich muß zurück ins Büro ... Cindy wartet bestimmt ...«

»Wovor haben Sie Angst, Derek?«

»Habe ich ja gar nicht.«

»Doch, Sie haben Angst vor mir. Ich spüre es schon seit einer Weile.«

»Unsinn!«

»Meine ausgeprägte Sexualität macht Sie nervös, nicht?«

»Rosie, mir ist durchaus aufgefallen, daß ...«

»Derek, ich weiß, daß Sie mich wollen, ich sehe es in Ihren Augen, aber Sie trauen sich nicht, mich zu berühren, stimmt's?«

»Ich habe noch nie vor irgendwem Angst gehabt.«

»Das glaube ich Ihnen nicht.«

»Und schon gar nicht vor einer Frau.«

»Dann fassen Sie mich an.«

»Rosie!«

»Ja, Derek.«

»Das reicht jetzt. Müssen Sie nicht Ihren nächsten Kurs vorbereiten? Was war es noch gleich?«

»›Wenn himmlische und irdische Körper zusammenstoßen‹.«

»Davon steht in meinem Plan aber nichts.«

»Eine kurzfristige Änderung. Kommen Sie doch mal vorbei. Sie könnten mir beim praktischen Teil des Kurses helfen.«

»Würde ich wahnsinnig gerne tun, aber ... Rosie, was zum Teufel machen Sie da? Stehen Sie auf!«

Cindy hatte genug gehört. Sie stopfte sich die Faust in den Mund, hielt die Luft an und lief so schnell und lautlos wie möglich zum Büro zurück. Dort machte sie die Tür hinter sich zu und lehnte sich dagegen. Tränen liefen ihr über die Wangen, als sie sich ausschüttete vor Lachen. Armer alter Derek, nun hatte er endlich seinen Meister gefunden.

Sie lachte noch immer, als Derek schwitzend und mit rotem Gesicht hereinkam.

»Ich fürchte, wir haben einen Irrtum begangen, als wir Rosie eingestellt haben.« Er ließ sich auf den Schreibtischstuhl fallen und stützte den Kopf in die Hände.

»Ach, findest du?« fragte Cindy und bemühte sich, die Heiterkeit in ihrer Stimme zu unterdrücken. »Ich dachte eigentlich, daß du eine ausgezeichnete Wahl getroffen hast.«

»Sie ist mannstoll, Cindy!« Er sah zu ihr auf und schlug mit der Faust auf den Tisch. »Du mußt mir helfen!«

Als Ted aus der Polizeiwache kam, traute er seinen Augen nicht. Das Schaufenster seines Ladens war mit Graffiti besprüht. »Perverses Schwein« war auf die Scheibe geschmiert, und darunter stand in roten Lettern: »Keine Drecksäcke in Hulme Welford«.

»Probleme?« fragte der Taxifahrer mit ausgestreckter Hand.

Ted schwieg. Er gab dem Fahrer sein Geld und bemerkte, wie Jane und Brenda aus der Bäckerei ihn anstarrten. Als er ihren Blick erwiderte, wandten die beiden sich ab, ebenso wie ihre gesamte Kundschaft.

»Ich war's nicht!« rief er ihnen zu. »Ich hab die alte Schachtel nicht angerührt.«

Kapitel 31

Von ihrem Sessel am Kamin sah Iris, wie der dritte Teller mit Mince Pies in die Küche gebracht wurde. »Man hat mich hinterhältig überfallen, nicht ausgehungert«, rief sie Hilary und Neville zu.

Hilary erschien mit einem hübschen blauweißen Porzellanschälchen voller duftender Hyazinthen im Türrahmen – ein weiteres Geschenk von einem Gönner. Sie stellte die Blumen vor Iris auf den Tisch.

»Nicht so nah, ich kann den Geruch nicht ertragen.«

Hilary ging zum Fenster hinüber und stellte das Schälchen auf die Fensterbank, hinter einen tristen kleinen Plastik-Weihnachtsbaum, der ungefähr so stimmungsvoll war wie eine Klobürste. »Ist Ihnen auch ganz bestimmt warm genug?« Sie begann an der karierten Wolldecke auf Iris' Knien herumzuzupfen. Iris stieß Hilarys Hände beiseite.

»Mir ist durchaus warm genug, danke. Wenn ich sterbe, dann vor Durst und nicht an Unterkühlung.«

»Ich geh mal nachsehen, ob Dad den Tee fertig hat.«

»Wie läuft's?« fragte Neville, als sie zu ihm in die Küche kam.

»Einen Skorpion zu pflegen dürfte angenehmer sein. Im Ernst, Dad, sie ist so undankbar. Kein Wunder, daß sie so früh aus dem Krankenhaus entlassen wurde, die hätten es wahrscheinlich keine Sekunde länger mit ihr ausgehalten.«

»Ich bringe ihr den Tee. Gönn dir eine Pause und sieh mal zu, was du hier fürs Mittagessen auftreiben kannst.«

»Mince Pies, wie's aussieht«, murmelte Hilary, als ihr Vater verschwunden war und ihr Blick auf die mit Spitzendeckchen verzierten Gaben von Mesdames Haslip und Bradley und der Gattin des Vikars fielen – einer Frau, die mehr für ihre Ansichten bezüglich der Rechte von Gefangenen bekannt war als für ihr Weihnachtsgebäck.

Hilary hatte gar nicht die Absicht gehabt, Babysitter für Iris Braithwaite zu spielen, als diese vormittags aus dem Krankenhaus entlassen worden war, doch da die Kinder den Tag bei Freunden verbrachten und sonst kein Freiwilliger aufzutreiben war, hatte sie sich dazu bereit erklärt. Überraschenderweise hatte sich Neville daraufhin erboten, die alte Dame aus Macclesfield abzuholen. Gemeinsam hatten sie sie nach Hause gebracht und seither einen unablässigen Hagel von Befehlen und Nörgeleien über sich ergehen lassen, und nun war Hilary auch noch die Aufgabe zugefallen, Iris' Gaumen zu verwöhnen. O Freude!

Sie öffnete den Kühlschrank und musterte die nahezu leeren Fächer: ein Päckchen Lurpak-Butter, ein paar Tomaten – von denen eine genauso angeschlagen und geschwollen aussah wie Iris' Gesicht –, ein Teller mit Resten von gekochtem Kohl und eine Untertasse mit Kartoffelpüree, das bereits einen grünlichen Pelzmantel angesetzt hatte. Aus dem Türfach strahlte Hilary die Rettung in Form von zwei Eiern entgegen; sie nahm sie heraus und trug sie vorsichtig hinüber zur emaillierten Spüle. Während sie nach einem kleinen Kochtopf suchte, mußte sie an den tristen Inhalt von Iris' Kühlschrank denken – er war ungewöhnlich leer dafür, daß übermorgen Weihnachten war. Sie hatte sich noch nie Gedanken darüber gemacht, wie Iris die Feiertage verbrachte.

Es war allgemein bekannt, daß sie nie zur Mitternachtsmesse am Heiligabend ging; ihr zufolge – und diese Aussage wurde immer wieder gerne zitiert – war dieser Gottesdienst in den letzten Jahren zu einer bloßen Orgie betrunkener Nachtschwärmer degeneriert, die, nachdem der »Spinner« zugemacht hatte, die warmen Bankreihen von St. John's als willkommene Zuflucht vor den bitteren Vorwürfen ihrer Frauen ansahen, die sie zu Hause erwarteten.

Und was den eigentlichen Weihnachtsfeiertag anging, so hatte Hilary keine Ahnung, was Iris da unternahm. Vielleicht traf sie sich mit Freundinnen? Mit Mrs. Haslip oder Mrs. Bradley? Hilary war sich absolut sicher, daß sie nie jemanden im Dorf gesehen hatte, der auch nur im entferntesten als Verwandtschaft auf Besuch gelten konnte. Was also tat sie? Erbarmte sich Malcolm ihrer und lud sie ein, den Tag bei ihm zu verbringen?

Hilary hatte das unangenehme Gefühl, daß sich möglicherweise alle, genau wie sie selbst, weigerten, allzu intensiv darüber nachzudenken, wie Iris sich wohl während der Feiertage amüsierte, um nicht das Schicksal herauszufordern. Ein schlechtes Gewissen war an Weihnachten besonders unangenehm.

Als die Eier zu kochen begannen, drehte Hilary die Eieruhr um und sah zu, wie der Sand von der einen Kugel in die andere rieselte. Widerstrebend erkannte sie, was sie zu tun hatte, wenn sie während der Feiertage keine Schuldgefühle mit sich herumtragen wollte. Es würde ganz schön eng werden, da Davids Eltern morgen für fünf Tage kamen.

Fünf Tage! Sie schloß die Augen und versuchte, nicht an das Grauen zu denken, das sie erwartete. Fünf volle Tage, in denen sie sich die endlosen Lobeshymnen ihrer Schwiegermutter über ihren einzigen Sohn anhören mußte – David, der blauäugige Prachtjunge, der nichts falsch machen konnte.

Ha! Die würde sich noch wundern!

Sie schlug mit der Handfläche laut krachend auf die Spüle, daß die Teller und das Besteck im Trockengestell klapperten.

»Nicht so stürmisch, Hilary.«

Sie drehte sich zu ihrem Vater herum. Plötzlich stieg die Wut in ihr hoch, und sie sehnte sich danach, sie an jemandem auszulassen. Und da stand ihr Vater, der gutmütige Neville, den alle mochten und respektierten. Weshalb sah er nicht, wie durcheinander sie war? Warum konnte er nicht den Arm um sie legen und alles wieder gutmachen? Waren Väter nicht dazu da? Nimm mich in den Arm! hätte sie ihn am liebsten angeschrien. Ich bin deine Tochter. Ich bin vielleicht nicht so interessant wie Charlotte, aber ich bin trotzdem deine Tochter.

»Wie sieht's aus mit dem Mittagessen?« fragte er vorsichtig.

Sie brachte kein Wort heraus.

Er sah sich in der Küche um, suchte nach Anzeichen von etwas Eßbarem. »Hilary? Das ist gar nicht deine Art, was ist los?«

Sie schluckte. »Nein. Du hast recht, das ist absolut nicht meine Art.« Und genau das ist mein Problem, dachte sie unglücklich, während sie in den Brotkasten griff. Alle sehen in mir die gute alte Hilary, die geborene Organisatorin. Gibt's irgendwas zu erledigen? Dann frag Hilary. Kindergottesdienst, Schulpflegschaft, Weihnachtsbasar. Verdammt, ich habe keine Lust mehr auf diese Rolle. Ich habe es satt, ein Pfeiler der Gesellschaft zu sein. Merkt denn keiner, daß ich anfange zu bröckeln?

»Hilary, wie lange ist die Eieruhr schon abgelaufen?«

»Scheiße!«

Neville war fassungslos. So hatte er seine jüngere Tochter noch nie erlebt. Er sah zu, wie sie den Topf vom Herd riß und die Eier mit kaltem Wasser abschreckte. Dann wirbelte sie hektisch in der Küche umher. Irgend etwas war nicht in Ordnung, ganz und gar nicht in Ordnung, und er hatte das unangenehme Gefühl, daß das irgendwie zum Teil seine Schuld war.

»Hilary ...«

»Nicht jetzt, Dad«, sagte sie knapp und stellte die Eier, ein paar Scheiben Brot und die Butter auf ein Tablett. Sie bemühte sich verzweifelt, nicht die Kontrolle zu verlieren.

Neville sah, daß ihre Augen verräterisch glänzten. »Komm, ich trage das rüber zu Iris«, sagte er.

»Das schaffe ich selbst«, erwiderte sie ausdruckslos und versuchte, sich an ihm vorbeizuschieben.

»Jetzt gib schon her.« Er war selbst überrascht, wie streng er klang. Vielleicht sollte er diesen Ton mal Louise gegenüber ausprobieren?

»*Zwei* gekochte Eier?« bemerkte Iris, als Neville das Tablett vor ihr abstellte. »Lieber Himmel, Dr. Archer, Sie und Ihre Frau mögen es sich ja leisten können, auf großem Fuß zu leben, aber eine Frau in meiner Position kann keinesfalls ...« Sie wandte sich ab, irritiert von einer Bewegung draußen vor dem Fenster. Neville spürte ihre Nervosität.

Ein lautes Klopfen ließ sie beide zusammenzucken. Hilary ging an die Tür.

Es war Ted Cooper, mit einer üppigen Schneeschicht auf dem Mantel, einem halb gefrorenen Tropfen an der Nasenspitze und einem kleinen Weihnachtsstern in der Hand. »Ich möchte zu ihr«, sagte er.

»Wer auch immer es ist, ich bin nicht zu Hause«, rief Iris.

»Ich glaube, das ist keine gute Idee«, flüsterte Hilary Ted zu.

Nur ein paar Minuten, nachdem Ted von der Polizeiwache nach Hause gekommen war, hatte es sich herumgesprochen, daß er unschuldig war. Einige der Dorfbewohner hatten dies mit beschämtem Gesichtsausdruck zur Kenntnis genommen, doch Iris war nicht von seiner Unschuld zu überzeugen gewesen. »Ich habe ihn mit eigenen Augen gesehen«, hatte sie auf dem Rückweg vom Krankenhaus im Auto gesagt. »Ich versichere Ihnen, ich bin noch nicht senil«, hatte sie hinzugefügt. »Ich weiß, was ich gesehen habe.«

»Bitte, Mrs. Parker. Ich möchte, daß sie weiß, daß ich es nicht war.«

»Ist das dieser schreckliche Mann, Mr. Cooper?« rief Iris. »Sagen Sie ihm, er soll gehen, oder ich rufe die Polizei.«

»Beruhigen Sie sich, Mrs. Braithwaite«, beschwichtigte sie Neville. »Warum lassen Sie ihn nicht für einen Augenblick hereinkommen? Was kann er Ihnen denn Schlimmes tun?«

»Was er mir tun kann?« wiederholte Iris. »Sie stehen da, mein entstelltes Gesicht vor Augen, und haben die Frechheit, mich zu fragen ...«

»Bitte, Mrs. Braithwaite, Ihnen wird nichts geschehen, solange ich dabei bin.« Neville begann, sich über sich selbst zu wundern. Schon das zweite Mal an diesem Tag hatte er das Ruder in die Hand genommen.

Iris starrte ihn finster an. »Ich muß schon sagen, Sie sind in letzter Zeit ziemlich anmaßend geworden, Dr. Archer.« Sie machte eine wegwerfende Handbewegung. »Bitte sehr, lassen Sie Mr. Cooper nur herein, aber ich warne Sie, die Verantwortung tragen Sie, Sie ganz allein.«

Neville ging zu Hilary und Ted in den Flur.

»Ziehen Sie lieber Ihre Schuhe aus«, warnte Hilary Ted. Sie führte ihn ins Wohnzimmer und sah zu, wie Iris ihn mit ihrem berüchtigten bohrenden Blick musterte – blaues Auge hin oder her, sie war noch immer in der Lage, jemandem eine ordentliche Standpauke zu halten.

Ted hielt ihr den armseligen kleinen Weihnachtsstern

hin. Iris machte keinerlei Anstalten, ihn zu nehmen, und niemand sagte ein Wort.

Die Szene hatte etwas Trübseliges an sich – ein erwachsener Mann auf Strümpfen mit einem Friedensangebot in der Hand und eine stolze Frau mit einem Gesichtsausdruck wie ein Kriegsopfer. Hilary konnte es nicht länger ertragen. Sie trat einen Schritt vor und nahm Ted die Pflanze aus der Hand. »Beeilen Sie sich, Mr. Cooper«, drängte sie, »Mrs. Braithwaite muß ihr Essen zu sich nehmen.«

Ted wappnete sich. »Mrs. Braithwaite«, begann er und stopfte die Hände tief in seine Manteltaschen. Er fühlte nach dem Zigarettenpäckchen und seinem Feuerzeug. Automatisch fummelte er an dem Päckchen herum, um es zu öffnen, dann fiel ihm wieder ein, wo er war, und er zog ruckartig die Hand aus der Tasche. Wer im White Cottage rauchte, konnte sein Testament machen.

»Ja, Mr. Cooper?«

»Ich und Sie ...«

»Sie und ich, Mr. Cooper. Wenn Sie sich schon entschuldigen, sollten Sie es auch in der korrekten Form tun.«

»Verdammt noch mal, ich hab gar nicht vor, mich zu entschuldigen ...«

Iris schnalzte mißbilligend mit der Zunge. »Haben Sie sich schon mal gefragt, weshalb unsere Finger so lang und schmal sind, Mr. Cooper?«

Verdutzt schüttelte Ted den Kopf.

»Damit man sich die Ohren zuhalten kann, wenn man eine so geschmacklose Ausdrucksweise hört.« Prompt steckte sie sich beide Zeigefinger in die Ohren.

Ted wandte sich zu Hilary und Neville um. »Und jetzt?«

Neville sah Iris kopfschüttelnd an, und langsam zog sie die Finger wieder heraus. »Es ging mir nur ums Prinzip«, sagte sie gleichmütig. Hilary mußte an Becky denken.

Ted holte tief Luft. »Sie halten vielleicht nicht viel von mir, Mrs. Braithwaite, aber ich schwöre Ihnen, ich würde niemals eine Frau niederschlagen und ...«

»Woher wissen Sie, daß ich niedergeschlagen worden bin, wenn Sie gar nicht da waren?« unterbrach Iris ihn triumphierend.

»Jesusmaria! Das weiß doch jeder. Hat sich inzwischen herumgesprochen.«

Iris hob wieder die Finger zu den Ohren.

»Ich war's nicht«, sagte Ted ungeduldig. »Ich war im Pub, im Spinner. Alle haben mich gesehen. Ich bin unschuldig.«

»Nun, irgend jemand hat mir das hier aber angetan«, sagte Iris und wies auf ihr mitgenommenes Gesicht. »Jemand, der Ihnen sehr ähnlich sah.«

»Ich war's nicht. Sie haben der Polizei gesagt, es wäre jemand mit 'nem Hut gewesen. Deshalb kann ich's nicht gewesen sein, denn ich trage nie einen Hut, wegen ...«

»Nun?« fragt Iris.

»Wegen meinem Toupet«, antwortete er verlegen. »Ich kann nicht gleichzeitig 'n Toupet und 'nen Hut tragen.«

»Blödsinn!«

»Es stimmt aber, und es tut mir wirklich leid, daß Sie verletzt sind, Mrs. Braithwaite, und es tut mir auch leid wegen der ganzen Sache mit dem Laden, und ...«

»Sprechen Sie weiter.«

»Und ich wollte Ihnen sagen, daß ich beschlossen habe, mich aus dem, äh, Bekleidungsgeschäft zurückzuziehen. Ist mir zu stressig.« Er schlurfte in Richtung Tür. »Ich hab gesagt, was ich sagen wollte, also geh ich wieder.« Er hielt inne und wandte sich noch einmal zu Iris um. »Übrigens – Sie wissen nicht zufällig was von Maden, Mrs. Braithwaite?«

»Üble kleine Biester, Mr. Cooper.«

»Ja«, sagte Ted und kratzte sich am Ansatz seiner

Perücke. Er erinnerte sich nur zu gut, *wie* übel die elenden Viecher waren.

»War doch halb so schlimm, oder?« meinte Hilary, als Ted seine Schuhe angezogen und White Cottage verlassen hatte.

Iris schlug mit ihrem Löffel auf eines der gekochten Eier. Er hinterließ kaum Spuren. »Hart und kalt«, konstatierte sie und schob das Tablett von sich weg. »Aber wie Sie sagen, gar nicht so schlimm.«

Hilary war überzeugt, daß sich hinter Iris' geschwollenen Lippen die Andeutung eines Lächelns verbarg – eines Siegerlächelns.

Als Ted durch den Schnee zu seinem Laden zurückstapfte, spielte ebenfalls ein Lächeln um seine Mundwinkel. Okay, er hatte der alten Schachtel gegenüber nachgegeben, aber Versandhandel war ohnehin vielversprechender.

Georgia erwachte mit einem Ruck, orientierungslos und benommen. Ihr Blick fiel auf Nick, der ihr gegenüber lesend in einem Sessel saß, und sie richtete sich kerzengerade auf. »Was zum Teufel ist hier los?«

Er klappte sein Buch zu und lächelte sie an. »Ich hatte eigentlich gehofft, daß Sie mir das erklären würden.«

Sie schob die Decke beiseite und rappelte sich mühsam auf. Das hier war ihr Haus, oder nicht? Und ihr Wohnzimmer, nicht wahr? »Wo ist Chloe?« fragte sie und versuchte die verwirrende Situation zu begreifen.

»Keine Panik. Eine Frau namens Cas hat angerufen und gesagt, sie würden sich einen Film ansehen, und sie würde Chloe gegen sechs nach Hause bringen. Ist das in Ordnung?«

Georgia rieb sich mit den Händen über das Gesicht. Der Nebel begann sich zu lichten. Sie erinnerte sich, daß Cas Chloe morgens abgeholt hatte, und dann hatte Tiffany angerufen, ziemlich durcheinander, und ihr etwas über Iris erzählt. Wieder rieb sie sich das Gesicht, beschwor ein weiteres Stück des Puzzles an die Oberfläche. Ja – Iris war überfallen worden ... Iris war im Krankenhaus. Sie schluckte schwer und sank zurück auf das Sofa, als ihr wieder einfiel, wie sie auf diese Neuigkeit reagiert hatte. Sie hob den Kopf und sah Nick an.

»Als ich Sie fand«, sagte er als Antwort auf ihre stumme Frage, »hockten Sie auf dem Boden des Wohnwagens. Sie haben geweint, waren ganz kalt und haben gezittert, als ob Sie unter Schock stünden.«

Sie sah weg.

»Wollen Sie mir erzählen, was Sie so durcheinandergebracht hat?«

»Nein!«

»Wie Sie meinen.«

Beide schwiegen, und Georgia sah ungläubig zu, wie Nick das Buch wieder aufschlug und beiläufig nach seiner Seite suchte.

»Und wie lange gedenken Sie hier noch sitzen zu bleiben?« fragte sie plötzlich.

»So lange, bis Sie sich dazu durchringen, mir zu sagen, was passiert ist«, antwortete er, ohne auch nur aufzusehen.

Mit finsterer Miene lehnte sie sich auf dem Sofa zurück und verschränkte die Arme vor der Brust.

Er zog eine Braue in die Höhe. »Jetzt sehen Sie genauso aus wie das erste Mal, als wir uns bei Hilary getroffen haben.«

»Ach, das ist doch alles lächerlich!«

»Stimmt.« Er legte das Buch beiseite und rutschte ein Stück nach vorne, was irgendwie so aussah, als würde er sie gleich berühren. »Sagen Sie mir, Georgia – darf ich Sie Georgia nennen?«

Sie nickte.

»Weinen Sie immer so heftig?«

»Seien Sie nicht albern, natürlich nicht. Ich weine nie.« Sie stand auf und ging zum Fenster, doch der Anblick des Wohnwagens jenseits des Parkplatzes erinnerte sie an den Schmerz, den sie vorhin empfunden hatte. Sie wandte sich ab.

»Nie?«

»Wie bitte?«

»Sie weinen nie?«

»Nun, offensichtlich nur fast nie, wie sich ja an dem heutigen Debakel erkennen läßt.«

»Und wann war das letzte Mal, daß Sie so unglücklich waren?«

Sie fuhr sich mit der Hand durchs Haar. »Was soll das, verdammt noch mal? Hat Derek Rogers nicht genug Kundschaft, um Sie zu beschäftigen? Dabei fällt mir ein, ich muß nach draußen und ein bißchen was tun – da warten bestimmt 'ne Menge Leute auf ihren Weihnachtsbaum.«

»Das glaube ich nicht«, sagte Nick ruhig. »Ich habe das Schild am Tor herumgedreht. Ich hielt es für das Beste.«

»*Was?*« fuhr Georgia ihn an. »Wie können Sie es wagen? Sie machen es sich in meinem Haus bequem, lesen meine Bücher und haben die Frechheit ...«

»Ja«, sagte er und erhob sich langsam. »Wie kann ich es wagen, in meiner Mittagspause herzukommen, um einen Weihnachtsbaum zu kaufen, und Sie ganz alleine und heulend wie ein Baby auf dem Boden zusammengekauert vorzufinden; wie kann ich es wagen, Sie ins Warme zu tragen, Ihnen einen Becher Tee zu machen, und wie komme ich zu der Frechheit, mich über zwei Stunden lang zu Ihnen zu setzen, um sicherzugehen, daß mit Ihnen alles in Ordnung ist. Bei Gott, ich bin wirklich einer von der übelsten Sorte, nicht?«

»Ich ...«

»Ja?« Er stand direkt vor ihr, das Gesicht rot vor Wut.

»Sie sind so männlich, wenn Sie wütend sind«, sagte sie mit der leisen Andeutung eines Lächelns.

Er starrte sie mit zornsprühenden Augen an, und einen Moment lang dachte sie, er würde mit einem weiteren Wutausbruch kontern. Doch er tat es nicht. Statt dessen nahm er seinen Schal und Mantel von der Lehne des Sessels und sagte: »Ich drehe das Schild beim Rausgehen wieder um.«

Während er seinen Mantel anzog, sagte sie: »Falls Sie immer noch einen Weihnachtsbaum möchten, können Sie einen umsonst haben, wenn Sie wollen.« Ihre Stimme klang versöhnlich. »Da Sie sich meinetwegen soviel Mühe gemacht haben.«

»Danke.«

Sie half ihm bei der Auswahl und sah ihm nach, als er von dem schneebedeckten Parkplatz fuhr; aus seinem Kofferraum lugte die Spitze einer Blaufichte heraus. Sie erschauerte in der Kälte und sah auf die Uhr. Es war fast drei, und es wurde schon langsam dunkel. Sie hatte einen großen Teil des Tages verloren, und es blieb noch so viel zu tun.

Doch zuerst mußte sie herausfinden, was mit Iris passiert war, und das bedeutete, daß sie sich auch der Frage stellen mußte, warum sie heute zum ersten Mal seit drei Jahren geweint hatte.

Georgia fand Iris allein vor, nachdem sie endlich beim Krankenhaus durchgekommen war und man sie darüber informiert hatte, daß Mrs. Braithwaite kurz vor dem Mittagessen entlassen worden war.

»Dem Himmel sei Dank, daß Sie nicht noch mehr von diesen gräßlichen Mince Pies mitgebracht haben«, sagte Iris und führte sie langsam ins Wohnzimmer, nachdem Georgia ihre Stiefel ausgezogen hatte. Sie bot Georgia einen Stuhl an und ließ sich in ihrem Sessel nieder, der von mehreren

Beistelltischchen mit diversen Krankenutensilien umgeben war – Taschentüchern, Lutschbonbons, einer Thermosflasche, einer Tasse mit Untertasse, einem Glas Wasser, einem Röhrchen Aspirin, zwei Zeitschriften und einem unberührten Teller mit Mince Pies. »Dr. Archer und seine Tochter haben mir über Mittag Gesellschaft geleistet«, sagte sie und zog sich eine Wolldecke über die Knie, »wofür ich sehr dankbar bin, aber sie machen so ein Theater.«

»Was um Himmels willen ist passiert, Iris?« fragte Georgia unumwunden, bemühte sich jedoch, nicht auf Iris übel zugerichtetes Gesicht zu starren. Ihr entging nicht, wie müde die Stimme der älteren Frau klang, und zum ersten Mal fragte sie sich, wie alt sie wohl tatsächlich war. Sie mußte etwa Mitte Siebzig sein, und genauso alt fühlte sich Georgia heute auch. »Tiffany sagte irgendwas, daß Ted Cooper Sie angegriffen hätte.«

»Offenbar ging ich wohl falsch in der Annahme, daß es dieser schäbige kleine Kerl war.«

»Oh.«

»Ja, allerdings: oh.« Iris fixierte Georgia. »Und was, wenn ich fragen darf, liegt Ihnen auf der Seele, junge Frau? Ihre Augen sind ganz rot, und Sie sehen erschöpft aus.«

»*Sie* liegen mir auf der Seele, Sie lästige, nervenaufreibende alte Frau«, sagte Georgia mit einem kleinen Lächeln. »Sie haben mich heute an den Rand eines Nervenzusammenbruchs getrieben.«

»So, habe ich das? Nun, vielleicht mögen Sie mir ja bei den Mince Pies helfen und mir sagen, was ich hätte tun sollen.« Sie reichte Georgia den Teller. »Nur zu, die hier sind von Hilary Parker und somit durchaus eßbar, im Gegensatz zu denen von Mrs. Bradley. Die würde ich Ihnen gar nicht erst anbieten.«

»Da haben wir's schon wieder!« rief Georgia aus und schob den Teller beiseite. »Sehen Sie, das ist genau der Punkt. Niemand sonst versucht das. Sie sind die einzige.

Sie sind der einzige verdammte Mensch, der sich das traut. Begreifen Sie denn nicht, was Sie mir damit antun?« Plötzlich beugte sie sich vor, den Kopf in die Hände gestützt, und ihre Schultern begannen wieder zu zucken. »Ich will nicht, daß Sie nett zu mir sind«, schluchzte sie. »Seien Sie böse, oder lassen Sie mich in Ruhe.«

»Seien Sie bitte so freundlich, sich die Nase zu putzen und diese fürchterliche Sprache abzustellen. Ich bin nicht bereit, das zu akzeptieren, nicht einmal von Ihnen.«

Wie durch Zauberei versiegten Georgias Tränen augenblicklich. Sie hob den Kopf und sah, daß Iris ihr ein Päckchen Kleenex hinhielt. Sie zog eine Handvoll Tücher heraus. »Tut mir leid«, murmelte sie. »Es ist so lange her, seit ich geweint habe. Das ist alles Rorys Schuld. Als er anfing, mich zu hintergehen, war ich so wütend und unglücklich, daß ich sämtliche Gefühle weggesperrt und mir geschworen habe, daß ich mich nie wieder von jemandem so fertigmachen lassen würde.«

»Was bedeutete, daß Sie niemanden mehr an sich herangelassen haben«, vermutete Iris.

»Ja. Und irgendwie haben Sie, Sie dumme alte Frau, es geschafft, sich an meinem sorgfältig aufgerichteten Schutzwall vorbeizuschleichen. Wie haben Sie das angestellt?« Sie fing wieder an zu weinen. »Zu allen anderen sind Sie giftig, und zu mir so nett«, jammerte sie. »Warum tun Sie das?«

»Schon mal daran gedacht, daß ich Sie vielleicht mag, Georgia?«

Georgia putzte sich die Nase. »Nein, tun Sie nicht, Sie mögen niemanden.«

»Und vermutlich werden Sie jetzt hinzufügen, daß niemand mich mag.«

»Alle haben Angst vor Ihnen, das wissen Sie.«

»Aber Sie doch nicht, Sie haben doch keine Angst vor mir, oder?« fragte Iris leise.

»Das wäre ja noch schöner.«

»Und vielleicht mag ich Sie gerade deshalb, Georgia. Ein Mince Pie?«

Georgia warf das Knäuel durchgeweichter Papiertücher ins Feuer und lachte. »Iris, Sie sind die seltsamste und stärkste Frau, die ich kenne.« Sie bediente sich. »Abgesehen von mir natürlich.«

»Natürlich.«

Georgia biß in das Gebäck, und eine kleine Wolke Puderzucker schwebte durch die Luft. Sie kaute hungrig. Seit dem Frühstück hatte sie nichts mehr gegessen. Als sie fertig war, sagte sie: »Iris, darf ich Sie was fragen?«

Die alte Dame nickte.

»Ich weiß, daß Sie seit Jahren verwitwet sind, aber haben Sie ... hm, gibt es irgendwo ein paar Braithwaite Juniors, die durch die Weltgeschichte düsen?«

Es dauerte eine Weile, bis Iris antwortete. »Leider nicht«, sagte sie, die Hände im Schoß gefaltet, und sah mit trübem Blick in das flackernde Kaminfeuer. Schließlich wandte sie sich wieder Georgia zu. »Ich bin sehr müde, würde es Ihnen etwas ausmachen ...?«

»Natürlich nicht«, erwiderte Georgia und erhob sich hastig. »Ich hätte Sie nicht so lange belästigen dürfen. Kann ich irgend etwas ...«

»Nein, schon gut.«

»Dann melde ich mich morgen noch mal.«

»Danke, das wäre nett.«

Georgia verspürte den übermächtigen Drang, Iris in den Arm zu nehmen, tätschelte statt dessen aber nur die Hand der alten Dame. Zu ihrer Überraschung ergriff Iris jedoch die ihre und drückte sie leicht.

Kapitel 32

Komm schon, David, alter Junge«, grölte Derek über »I Wish It Could Be Christmas Every Day« hinweg. »Jetzt bist du dran. Kram deinen verstaubten alten Geldbeutel raus, den du so gut versteckt hältst, und schmeiß 'ne Runde Bier.«

Alex bemerkte Davids langes Gesicht, als er sich der dicht bevölkerten Bar näherte. Für einen Mann, der sich mit verbotenem Sex vergnügte, sah er nicht gerade glücklich aus. Seit Charlotte ihm erzählt hatte, daß David seine Frau betrog, hatte Alex versucht, seinen zukünftigen Schwager – den er bisher nie für besonders risikofreudig gehalten hatte – unter einen Hut zu bringen mit dem Bild eines Mannes, der alle Vorsicht in den Wind schlug.

Er beobachtete, wie David seine Brieftasche herauszog, und stellte erschrocken fest, daß seine Hände leicht zitterten. War dies das Ergebnis seines Doppellebens? Offenbar war David seinen außerehelichen Spielereien nicht gewachsen.

»Warum so ernst, Alex? Doch noch Zweifel wegen morgen?«

»Keineswegs.« Alex wandte sich von David ab und sah seinen Bruder an, der neben ihm saß.

James ließ seinen Blick amüsiert durch den Schankraum

des *Spinner* schweifen. Der Pub war über und über mit rotem und silbernem Lametta und grellbunten Papiergirlanden dekoriert, die kreuz und quer unter der Decke hingen; an jeder Lichtquelle hingen bündelweise grünglitzernde Kugeln wie überdimensionale Weintrauben. Drüben in der Ecke, neben der Tür zur Herrentoilette, stand eine alte Frau an einem Spielautomaten; sie schob ihr falsches Gebiß vor und zurück, während sie mit den Fingern auf die elektronischen Knöpfe einhackte, und bei jeder Trommeldrehung leuchteten ihre Augen auf. »Wenn ich daran denke, daß wir deinen letzten Junggesellenabend in einer netten kleinen Weinbar am Sloane Square hätten feiern können ...«, sagte James mit einem schiefen Lächeln.

»Wo wir uns zu Tode langweilen würden.«

»Du bist wirklich voll aufs Landleben abgefahren, was?«

Alex lachte. »Ruhiger geworden, würde ich eher sagen.«

»Du warst schon immer ein komischer Vogel.«

»Das bin ich hoffentlich immer noch.«

James leerte sein Bierglas und lehnte sich gegen einen der unechten Holzbalken. »Wie du in so einem Kaff jemanden wie Charlotte aufgetrieben hast, wird mir ewig ein Rätsel bleiben. Aber vielleicht bist du doch nicht so dumm, wie ich gedacht habe.«

»Wie dumm ist er denn?« mischte sich Derek ein, der gerade die nächste Runde Bier von dem Tablett verteilte, das David in der Hand hielt.

Alex fiel auf, daß David noch immer unglücklich aussah. Er sah ihm nach, als er zur Dart-Scheibe ging, an der Malcolm und Nick gegen Barry und Stephen spielten.

Die Party im *Spinner* war erst gestern abend aus heiterem Himmel geplant worden, als Derek herübergekommen war und verkündet hatte: »Ich werde es nicht zulassen, daß mein Nachbar heiratet, ohne die Traditionen zu respektieren.« Er hatte so lange gebohrt, bis Alex und Charlotte ihren eigentlichen Plan aufgaben, die Konventionen zu ignorieren und den Abend mit James und ein paar alten Freunden zu verbringen – Stephen und Sally, die mit ihrem tauben Sohn Mark für die Hochzeit aus Yorkshire herüberkommen wollten.

»Mach dir keine Sorgen, Charlotte«, hatte Derek insistiert. »Ich habe mehr von diesen Junggesellenabenden miterlebt als Skandale bei den Konservativen. Er ist bei mir in besten Händen.« Und dann hatte er natürlich an der Tür eine seiner unvermeidlichen Neckereien abgelassen. »Ach übrigens, wie wär's später noch mit 'ner Runde Strip-Poker oder Flaschendrehen?«

Drüben an der Dart-Scheibe trat gerade Nick auf David zu. Alex beschloß, sich dazuzugesellen – das letzte, worauf er heute abend Lust hatte, war eine Wiederholung der Szene von Dereks und Cindys Party.

»Heilige Scheiße«, rief Tiffany aus, setzte sich ruckartig auf und verteilte überall Erdnüsse auf dem Boden. »Wie kann sie bloß so was Dämliches sagen?« Sie ahmte Mia Farrows dünne, nervöse Stimme nach: »›... das ist noch die beste Rolle für ein Mädchen auf dieser Welt – das hübsche Dummchen.‹«

»Ruhe«, rügte Cindy. »Ich verstehe nichts.«

Charlotte blickte sich im Wohnzimmer um und lächelte. Ihr gefiel der »Weiberabend«, den Hilary für sie organisiert hatte. »Irgendwas müssen wir auch machen«, hatte ihre Schwester gesagt, als sie hörte, daß Derek einen Junggesellenabend für Alex veranstaltete. »Die Männer sollen schließlich nicht allein ihren Spaß haben.«

Hilary hatte damals vor Charlottes Hochzeit mit Peter mehr oder weniger dasselbe gesagt und einen Abend in Manchester auf die Beine gestellt. Jetzt, da sie neun Jahre älter waren, hatten beide beschlossen, daß ein Abend zu Hause mit einem guten Video und ein paar Leckereien netter war als ein anstrengender Abend auf der Piste. Charlotte war gerührt gewesen, wie höflich, ja geradezu zartfühlend Hilary vorgegangen war – normalerweise hätte sie sofort das Zepter an sich gerissen und alle zu einer bestimmten Zeit herzitiert, ob sie nun wollten oder nicht. Doch diesmal nicht. Im Gegenteil, sie war äußerst bemüht gewesen, Charlottes Wunsch nach einem streßfreien Abend nachzukommen. Und mehr noch: Hilary hatte daran gedacht, daß Charlottes Lieblingsfilm *Der große Gatsby* war, und das Video extra gekauft. Selbst jetzt erinnerte sich Charlotte noch daran, wie sie als Teenager zusammen ins Kino gegangen waren und vorne in der ersten Reihe schweigend Robert Redford angehimmelt hatten.

»Ich hoffe, in diesem Film geht's nicht um männliche Vorherrschaft …«

»Schsch, Tiffany!« zischten Hilary und Charlotte gleichzeitig, weil sie wußten, daß Gatsby gleich erscheinen würde.

»Wann gibt's denn was zu essen?« fragte Tiffany mit gelangweilter Stimme, ließ den Kopf in den Nacken sinken und schob sich eine Handvoll Erdnüsse in den Mund. Sie hatte die Nase voll von den Männern, vor allem von einem. Nick Bradshaw, dieser arrogante Saftsack! Als ob sie sich je für ihn interessiert hätte. »Ich hab gefragt, wann's was zu essen gibt.«

»Schsch!«

Bob Evans, der Wirt des *Spinner*, brachte die letzten Portionen Steak mit Pommes frites. »Hat wieder angefangen zu schneien«, sagte er und stellte die Teller auf den Tisch. Er begann, die leeren Gläser einzusammeln. »Noch 'ne Runde?«

»Dasselbe noch mal«, bestätigte Derek. »Ich hab schon 'nen ganz trockenen Hals.« Er gab einen Klecks Senf auf seinen Teller und reichte das Glas an James weiter. »Also, was haben Sie Spannendes über unseren Alex zu berichten?«

James sah seinen Bruder an und lachte. »Wenn ich mich recht entsinne, habe ich die meiste Zeit damit zugebracht, diesen Trottel aus irgendwelchen Schwierigkeiten in der Schule rauszueisen.«

Derek zog die Brauen in die Höhe. »Hier erweckt er eher den Eindruck, als könne er kein Wässerchen trüben. Erzählen Sie mehr.«

»Da gibt's nichts zu erzählen«, sagte Alex hastig. Er hatte den Verdacht, daß sich sein Bruder trotz aller Skepsis zu amüsieren begann.

»Das Urteil darüber überlassen Sie mal uns«, sagte Malcolm. »Nur weiter, James, ich könnte noch ein paar Hintergrundinformationen für den Gottesdienst morgen gebrauchen.«

»Kein Wässerchen trüben? Soweit ich mich erinnere, wurde er fuchsteufelswild, wenn ihm einer vorschreiben wollte, was er zu tun hatte. Er war voll auf dieser Anti-Establishment-Schiene, und wenn er richtig in Fahrt war, sah James Dean neben ihm aus wie ein harmloser Schulbubi auf LSD.«

Alex steckte sich ein Stück Pommes frites in den Mund, ließ es wie eine Zigarette herunterhängen und kniff die Augen drohend zusammen. »Na, wie sehe ich jetzt aus?«

»Ungefähr so furchteinflößend wie Mutter Teresa!« entgegnete Stephen lachend.

»Ach ja, der Trauzeuge«, sagte Derek und wandte sich ihm zu. »Sie haben doch zusammen studiert, nicht? Sie müssen ja eine ganze Kiste voller Leckerbissen für uns haben. Dann mal raus damit.«

»Möchte noch jemand Käsekuchen?« fragte Hilary und baute sich vor Tiffany auf.

»Ich kann nichts sehen«, beschwerte sich Tiffany und rutschte hin und her, um das Geschehen auf dem Bildschirm weiterzuverfolgen.

»Klingt schon ganz anders, nicht?« flüsterte Charlotte. Cindy nickte und nahm sich einen Nachschlag vom Dessert. Charlotte hatte Cindy noch nie so viel essen sehen. Und sie hatte auch noch nie erlebt, daß sie Wein trank. Es war irritierend, wenn sich Leute untypisch verhielten.

»Alles in Ordnung da oben?« fragte sie Sally, die gerade ins Wohnzimmer zurückkam und sich im Schneidersitz neben ihr auf dem Boden niederließ.

»Hmhm. Mark schläft tief und fest. Hatten wir schon die Stelle in dem Film, wo Daisy ...«

»Schsch!« zischte Tiffany.

Charlotte lächelte in sich hinein und blickte hinüber zu ihrer Schwester. Trotz des ganzen Desasters und der Ungewißheit, die momentan in Hilarys Leben herrschten, sah sie überraschend ruhig und zuversichtlich aus. Vielleicht hatte sie Hilary immer unterschätzt. Dann hörte sie im Hintergrund Tom Buchanan, der sich mit arroganter Stimme über das Familienleben lustig machte. Sie sah, wie sich Hilary vom Bildschirm abwandte, die Augen plötzlich von Traurigkeit überschattet. Wie ein Schwan, dachte Charlotte – an der Oberfläche gelassen, aber unter Wasser wie verrückt am paddeln.

Alex war beinahe enttäuscht von Derek. Der *Spinner* machte zu, und bisher war nichts passiert. Wo blieben die Streiche? Das Teeren und Federn? Die dreifachen Wodkas im Bier? Die Nutte in Nonnenkleidung? Vielleicht wurde Dereks Benehmen durch Barrys Anwesenheit gemildert – nichts war geeigneter, die sittliche Reife eines Erwachsenen hervorzukehren, als die Anwesenheit des eigenen Kindes, auch wenn es bereits erwachsen war.

»Ich verziehe mich jetzt nach Hause«, sagte Malcolm

und spähte in die Dunkelheit hinaus auf die schneebedeckte Straße. »Bis morgen, alle zusammen. Paßt auf, daß ihr heil ankommt.«

Schulter an Schulter standen sie da, um nicht umzukippen, und sahen Malcolm durch den Schnee davonstapfen, der so dicht fiel, daß seine Fußabdrückte fast augenblicklich wieder verschwanden.

»Ich hab 'ne Idee«, sagte Derek plötzlich.

»Dad!« warnte Barry.

Derek grinste. »Kommt mit.«

»Was sollen wir hier?« fragte David, als sie schließlich taumelnd auf dem Kirchhof angekommen waren. Er schwankte leicht, als ob ihn ein Windstoß erfaßt hätte.

»Wir bauen zwei Schneemänner«, erklärte Derek, »wie die Figuren auf Alex' Hochzeitstorte.«

Sie lachten, doch dann meinte James: »Ich weiß was Besseres.« Er saß auf einem Grabstein und ließ die Beine baumeln wie ein kleiner Junge. Es war nicht zu übersehen, daß er stockbetrunken war. Was die anderen allerdings übersahen, war die Tatsache, daß sie genauso besoffen waren.

Kapitel 33

Hilary sah das unnachgiebige Gesicht ihrer Tochter und wußte, daß Becky mal wieder das Wurst-im-Töpfchen-Syndrom hatte.

Im Alter von sechzehn Monaten hatte sich Becky, sehr zu Hilarys Freude und mütterlichem Stolz, auf Philips altes Töpfchen mit der kleinen Dampflok »Thomas the Tank Engine« gesetzt und eine perfekte Vorstellung geliefert. Als alles applaudierte, hatte sich Becky erhoben, gesehen, was hinter ihr lag, und war prompt in Tränen ausgebrochen. Sie war entsetzt, was aus ihrem vollkommenen kleinen Körper herausgekommen war. Von dem Moment an waren Toiletten und Töpfchen tabu und dienten lediglich dazu, sie daran zu erinnern, daß ihr einmal etwas Gräßliches passiert war. Bis zum Alter von zweieinhalb Jahren hatte sie hartnäckig auf ihren Pampers bestanden, wild entschlossen, sich nie wieder einer so unendlich schmachvollen Handlung zu unterziehen. Hilary hatte alle Register der Bestechung mit Süßigkeiten ausprobiert und sämtliche Überzeugungskünste aufgeboten, bis hin zu dem Argument: »Aber alle tun es, Becky, sogar die Queen.« Bisweilen bestand die Reaktion auf solche Kommentare lediglich aus stiller Verachtung, doch meist folgte ein hemmungsloser, Oscar-reifer Wutausbruch. In beiden Fällen zeigte Becky jedoch grimmige Entschlossenheit, sich keinesfalls um den Finger wickeln oder gar übers Ohr hauen zu lassen.

Genau dieser Gesichtsausdruck starrte Hilary jetzt entgegen. Es war Heiligabend, der Morgen von Charlottes und Alex' Hochzeit, und Becky, noch im Schlafanzug, hielt ihr Brautjungfernkleid in der einen Hand und eine Schere in der anderen.

»Als Mitglied der Schwesternschaft würde ich lieber sterben als dieses Kleid anzuziehen.«

Beckys Worte kamen langsam und wie einstudiert heraus und klangen aus dem Munde einer Siebenjährigen mehr als absurd. Aber Hilary kannte ihre Tochter gut genug, um zu erkennen, daß hinter ihren Worten die Macht einer herkulischen Armee stand. Becky begriff mit Sicherheit gar nicht, was Chloe ihr da beibrachte, aber das Ganze mußte ihr unweigerlich gefallen, in Anbetracht der Vorzüge, die die Club-Mitgliedschaft mit sich brachte: sofortige Überlegenheit gegenüber ihrem Bruder und uneingeschränkte Aufmüpfigkeitserlaubnis.

Hilary sah zu, wie Becky die Küchenschere auseinanderklappte, und entschied, daß es Zeit war, die Kontrolle zu übernehmen. Sie stürzte sich auf das Kleid, doch Becky klammerte sich mit aller Kraft daran. Das schreckliche, aber unvermeidliche Geräusch zerreißenden Stoffes erfüllte den Raum. In verdutztem Schweigen starrten sie einander an – Hilary, weil sie ihren Ohren nicht traute, und Becky, weil sie sich zu fragen begann, wieviel Mut sie noch würde aufbringen müssen, um Chloes Freundin zu bleiben.

»Was sollen wir deiner Meinung nach jetzt tun, Becky?« fragte Hilary mit gefährlich ruhiger Stimme.

Becky schwieg verstockt.

»Irgendeinen Vorschlag?« bohrte Hilary nach.

Noch immer wagte keine von beiden, nach unten zu sehen, aus Angst vor dem Anblick, der sie erwartete.

Becky öffnete den Mund, um etwas zu sagen. Sie wollte sich entschuldigen, brachte es aber nicht fertig. Statt dessen spürte sie, wie ihr die Tränen in die Augen stiegen, so wie letzte Woche, als sie in der Schule ausgeschimpft worden war, weil sie die Toiletten unter Wasser gesetzt hatte. Sie wollte bloß mal sehen, was passiert, wenn man eine ganze Rolle Klopapier abwickelt und in die Toilette stopft. Woher sollte sie wissen, daß das Wasser überall auf den Boden laufen würde? Mrs. Wilson war furchtbar wütend gewesen und hatte sie am nächsten Morgen gezwungen, aufzustehen und sich vor der ganzen Klasse zu entschuldigen. Mum wußte gar nichts davon ... aber das mit dem Kleid wußte sie. Dann hatte Becky eine Eingebung. »Du hättest eben nicht versuchen dürfen, es mir wegzunehmen«, sagte sie mit klarer, lauter Stimme. »Es ist deine Schuld, daß ich das Kleid nicht anziehen kann. Du mußt es Tante Charlotte erklären.«

Hilary starrte sie ungläubig an. Sie hatte sich wohl verhört? Mitnichten. Becky schob das Kleid beiseite und ging zu ihrem ungemachten Bett. Sie warf sich bäuchlings auf die zusammengeknüllte Decke, schubste Peter Rabbitt und Jemima Puddleduck aus dem Weg und klappte die Schere auf und zu, als zerschnitte sie die Luft im Takt einer unhörbaren Melodie.

Die Vorstellung war atemberaubend.

Wann und warum hatte sie einen so folgenschweren Fehler gemacht? fragte sich Hilary verzweifelt. Doch dann, als ihr der seidige Stoff aus den Händen glitt und zu Boden fiel, dachte sie: Verflucht noch mal! Weshalb ging sie immer davon aus, daß *sie* etwas falsch gemacht hatte?

»Ich weiß gar nicht, ob ich überhaupt noch Lust habe, Tante Charlottes Brautjungfer zu sein«, sagte Becky, ließ die Schere fallen und rollte sich auf den Rücken. Sie warf die Beine in die Luft und machte eine Kerze. Dann sah sie wieder zu ihrer Mutter hin. »Chloe sagt, die Ehe ist wie eine Warze – je mehr man daran herumfummelt, desto schlimmer wird's, und eines Tages verschwindet sie einfach.«

Hilary atmete tief durch. »Vielleicht«, sagte sie langsam, »solltest du rübergehen und deiner Tante diese Weisheiten mitteilen. Und bei der Gelegenheit kannst du ihr auch gleich sagen, was für ein verzogenes Miststück ihre Nichte ist.«

Becky zog einen Schmollmund. Verzogenes Miststück? So hatte ihre Mutter sie noch nie genannt. Kostbar. Außergewöhnlich. Clever. Hervorragend. Wunderhübsch. Zauberhaft. Vollkommen. So hatte sie sie genannt. Vor lauter Empörung sprang sie aus dem Bett. »Ich bin kein verzogenes Miststück!« kreischte sie.

»O doch, das bist du!« Philip kam ins Zimmer und stellte sich neben seine Mutter.

»Wie lange hast du schon da gestanden, Mister Lauschohr?«

»Lange genug, um mitzukriegen, daß du eine Riesenklappe hast.«

Becky warf ihm einen finsteren Blick zu und kehrte zu ihrem Bett zurück. Sie hob Peter Rabitt auf und drückte ihn an sich.

»Stimmt«, sagte Hilary, die sich durch Philips Gegenwart bestärkt fühlte. »Du hast noch ein paar Stunden Zeit, dir etwas auszudenken, Madame. Das Problem, was du auf der Hochzeit meiner Schwester anziehen sollst, hast du selbst geschaffen, also darfst du auch selbst eine Lösung dafür finden.« Sie wandte sich zum Gehen, fügte dann aber hinzu: »Und noch eine Warnung: Wenn du dich albern herausputzt, werden dich alle auslachen.«

Als sie allein war, rannte Becky zur Tür und knallte sie zu. Dann hob sie das seidige Kleid auf und betrachtete es vorwurfsvoll. Tränen begannen an ihren Wangen herunterzulaufen. Es war so ungerecht.

Sie setzte sich aufs Bett und kauerte sich in die Kissen. Ob sie weglaufen sollte? Das hatten sie dann davon. Sie stand auf und ging zum Fenster. Es war beschlagen, und in der angeschimmelten Ecke des Fensterrahmens hatte sich eine kleine Pfütze gebildet. Sie schrieb ihren Namen auf die Scheibe und malte dann einen Weihnachtsbaum mit einem großen Stern auf der Spitze. Sie hielt das Auge an den Stern und spähte hinaus. Es schneite schon wieder. Vielleicht war es doch keine so gute Idee wegzulaufen ... aber sie konnte sich ja zumindest für eine Weile verstecken, oder?

Schnell zog sie sich an und überlegte, wo sie niemand finden würde.

Kapitel 34

Alex stand als erster auf. Nachdem er sich geduscht und rasiert hatte, kochte er eine große Kanne starken Kaffee und trug sie hinüber in das kleine Wohnzimmer, in dem James und Stephen noch in ihren Schlafsäcken auf dem Boden lagen. Sie sahen aus wie zwei riesige Raupen im Koma.

Er zog die Vorhänge auf und sah hinaus in den Garten. Er erinnerte ihn an eine Landschaft von Brueghel. Die Stämme und Äste der Bäume, deren Schwärze durch den Schnee noch betont wurde, stachen vom zinngrauen Himmel ab. Lorbeerbüsche und Rhododendren, vor lauter Schneeverwehungen kaum noch zu erkennen, bogen sich unter der weißen Last. In einiger Entfernung ließ sich eine Krähe auf einem Ast nieder und löste einen kleinen Schneesturm aus.

Alex wandte seine Aufmerksamkeit den beiden Schlafenden zu seinen Füßen zu und schlug mit dem Löffel gegen einen leeren Kaffeebecher. Keine Reaktion. Er ging in die Knie, hielt den Becher neben das Ohr seines Bruders und schlug erneut mit dem Löffel dagegen.

»Stell doch mal einer die Glocke ab!«

»Das ist keine Glocke, James, nur ein leerer Becher, den ich gleich für dich mit Kaffee füllen werde.«

Stephen kam langsam zu sich. »Hab ich da was von Kaffee gehört?« fragte er gähnend. Dann streckte er plötzlich schwungvoll die Arme über den Kopf und versetzte James einen Hieb ins Auge.

Sally hielt inne. Sie war dabei, Marks Schuhbänder zuzuschnüren. »Fange ich an zu spinnen, Charlotte, oder habe ich nebenan gerade einen Schrei gehört?«

Charlotte stellte ihren Brautstrauß auf den Tisch und lächelte. »Einen Schrei und dann einen Fluch, wenn ich mich nicht irre.«

»Es klang nicht nach Stephen.«

»Nach Alex auch nicht.«

»Also war's James«, sagte Sally und widmete sich wieder den Schuhbändern ihres Sohnes. »Er ist ganz anders als Alex, findest du nicht auch?«

Das Krachen zersplitternder Möbel und weitere Schimpfkanonaden veranlaßte die beiden, sich zu der Wand umzudrehen, die sie mit Ivy Cottage Nr. 1A verband.

»Hier.« Charlotte nahm sich ein Glas und drückte auch Sally eines in die Hand. »Mal hören, was da los ist.«

»Scheinen sich ja gut zu amüsieren«, meinte Sally, als sie sich gegen die Wand lehnten.

»Was machst du da, Mummy?« fragte Mark, der von dem Tumult nebenan nichts mitbekam, verwundert.

Sally stellte ihr Glas ab und drehte sich zu Mark um, damit er ihr von den Lippen ablesen konnte. »Wir hören Daddy und Onkel Lex zu, die prügeln sich nebenan.«

»Sie prügeln sich?« Mark sah besorgt aus.

»Nicht richtig«, sagte Charlotte und kniete sich vor Mark. »Sie spielen sich bloß auf. Typisch Männer.«

Sie stand auf, plötzlich ernst. »Sally, es wird doch heute nicht alles total in die Hose gehen, oder?«

Sally lachte herzhaft. Sie hielt ihr Ohr wieder an die Wand. »Ich habe so eine Ahnung, daß es der lustigste Tag eures Lebens werden könnte.«

Als die Glocken läuteten und die Hochzeitsgäste ankamen, empfing sie an der Westseite von St. John's ein mannshoher erigierter Penis aus Schnee. Er war ziemlich detailgetreu nachgebildet, bis hin zu einem gefrorenen Samenspritzer.

»Ihr wart ja noch ganz schön fleißig gestern abend«, begrüßte Malcolm Alex und sein Gefolge. Beschämt starrten sie auf ihr Kunstwerk – bei Tageslicht wirkte es größer.

»Kurzfristige pubertäre Anwandlung«, ließ sich James kleinlaut vernehmen.

»Kater oder ein schwerer Fall von Schneeblindheit?« forschte Malcolm, als sein Blick auf James' Sonnenbrille fiel. Er bemerkte auch, daß Alex an seiner linken Hand einen Verband trug. Stephen hingegen sah aus, als ob er die Nacht unbeschadet überstanden hatte. Malcolm ging ihnen voran zum Kirchenportal. Die stetig wachsende Gemeinde war heiterer Stimmung, alles lachte über den ungewöhnlichen Türsteher. Dennoch fand es Malcolm merkwürdig, daß alle so rot im Gesicht waren. Schamesröte? Wohl kaum.

»Seid bloß vorsichtig«, sagte Malcolm und hielt sich an Alex fest, als er leicht ins Schwanken geriet. »Der Boden scheint heute ziemlich rutschig zu sein. Muß wohl an dem Schnee liegen, den die Leute mit ihren Schuhen reinschleppen.«

Gerade als sie an der reservierten vordersten Bankreihe ankamen, rutschte James aus. Er versuchte, sich an einem der hohen Kerzenständer aus Mahagoni festzuhalten, der am Ende der Bank angebracht war, und brach ihn sauber in der Mitte durch. Das obere Stück fiel ihm auf den Kopf und stieß ihm die Sonnenbrille von der Nase.

Malcolm zuckte zusammen. »Donnerwetter, hübsche Veilchen! Wie ...«

»Fragen Sie nicht«, knurrte James und tastete nach der Sonnenbrille.

Malcolm hob den zerbrochenen Kerzenständer auf. »Nun gut«, sagte er. »Da Sie die Gäste an ihren Platz geleiten sollen, müßten Sie bitte mit mir zum Portal zurückkommen.«

»Muß ich wirklich? Dieser Gang ist eine einzige verfluchte Eisbahn.«

Malcolm lachte. »Kommen Sie. Sie können sich ja an mir festhalten, wenn Sie wollen.«

»Ist aber 'ne verdammt komische Show, die Sie hier abziehen«, grummelte James, als er ihm folgte. »Höchst unorthodox.«

»Ich versichere Ihnen, wir sind ganz normale Anglikaner.«

»Was zum –!« Diesmal gab es nichts, woran James sich hätte festhalten können. Malcolm half ihm auf die Füße. »Nichts passiert«, sagte James schlechtgelaunt. Mit rotem Kopf klopfte er seinen Anzug ab und schob sich vorsichtig auf das – wie er hoffte – rettende Portal zu. »Wenn ich das geahnt hätte, wäre ich mit Schneeketten gekommen«, schimpfte er.

Neville setzte seinen schimmernden Volvo vorsichtig aus Charlottes Einfahrt. Überall lag zentimeterhoher Schnee mit einer gefährlichen Eisschicht darunter, und er fuhr die Acacia Lane unerträglich langsam entlang. Am Ende der Straße bog er in die Daisy Bank und sah in den Rückspiegel. Sein Blick fiel auf Charlotte. Sie sah wundervoll aus.

»Ich hätte nichts dagegen gehabt, zu Fuß zu gehen«, sagte Becky, die neben Charlotte auf der Rückbank saß.

Hilary drehte sich auf dem Beifahrersitz um. »Ja, damit du in Gummistiefeln zum Altar gehen kannst, was hervorragend zu deinem eleganten Aufzug passen würde.«

»Becky sieht doch gut aus«, sagte Charlotte, um den Frieden zu wahren.

Becky warf ihrer Tante einen schnellen Seitenblick zu. »Findest du wirklich?«

»Ja.« Charlotte betrachtete Beckys faltige schwarze Leggings und die übergroße karierte Bluse. Das Kleid, das Hilary ausgesucht hatte, hatte ihr von Anfang an nicht gefallen.

»Und sind meine Haare in Ordnung?«

»Steht dir wirklich gut«, antwortete Charlotte wahrheitsgemäß. Becky hatte sich selbst frisiert und ihr Haar rechts und links in zwei hohe, abstehende Zöpfe gebunden – sie sah aus wie ein kleiner Teufel mit Hörnern.

»Und es macht dir nichts aus, daß ich nicht das Kleid ...«

»Ich sagte doch, du siehst prima aus.«

Inzwischen hatte Becky fast ein schlechtes Gewissen wegen des zerrissenen Kleides. Nachdem sie sich morgens angezogen hatte, war ihr ein wundervolles Versteck eingefallen. Das Problem dabei war nur, daß niemand nach ihr gesucht hatte; nach einer Weile war ihr langweilig geworden, und sie war nach Hause zurückgekehrt, wo sie jedoch feststellen mußte, daß niemand sie überhaupt vermißt hatte. Danach war sie in ihrem Zimmer geblieben, hatte sich stundenlang den Kopf darüber zerbrochen, was sie anziehen sollte, und an ihrem Haar herumgefummelt. Sie war erleichtert, daß es Tante Charlotte gefiel.

Neville manövrierte den Wagen langsam über das Pflaster an der Nordseite der Kirche. Als plötzlich jemand hinter ihm hupte, trat er mit aller Kraft auf die Bremse. Doch statt des Bremspedals traf er das Gas und setzte seinen Wagen schwungvoll in den Volvo vor ihm. »O mein Gott! O mein Gott!« rief er entsetzt aus. »Was habe ich getan?« Sein Gesicht war weiß vor Schreck. Er sah sich nach seinen Passagieren um.

»Beruhige dich, Dad«, sagte Charlotte und hob ihren Brautstrauß aus roten und weißen Nelken auf. »Uns ist nichts passiert.«

»Hilary?«

Hilary wandte sich zu ihrem Vater um und sagte mit einem seltsamen Lächeln auf den Lippen: »Das da vorne ist Davids Auto.«

Hinter ihnen hupte es erneut, und sie öffneten die Türen, um auszusteigen. Barry kam ihnen entgegen. »Alles in Ordnung?«

»Uns geht's gut«, sagte Charlotte ruhig.

Barry ging zur Vorderseite des Wagens und blieb stehen, um ein Stück des kaputten Scheinwerfers aufzuheben. Derek, dem gar nicht aufgefallen war, was er ausgelöst hatte, schlenderte auf sie zu und gab einen langen Pfiff von sich. »Charlotte, habe ich dir schon mal gesagt, wie hinreißend du …«

»Derek, dies ist wohl kaum der richtige Moment zum Flirten.«

»Als ob ich so was je täte, Cindy.« Er sah Charlotte an und grinste. »Etwas gewagt, in Weiß zu kommen, findest du nicht?«

Charlotte lachte und zog sich die fellgefütterte Kapuze über den Kopf, die zu dem Kleid im Kosakenstil gehörte. »Mir ist kalt, können wir vielleicht reingehen?«

»Gestatten«, sagte Derek und bot ihr seinen Arm.

»Das ist mein Part«, entgegnete Neville, schob, nun, da er seine Haltung wiedergefunden hatte, Dereks Arm beiseite und führte Charlotte mit aller Würde, die er aufbieten konnte, zum Friedhofstor.

Als die kleine Gruppe vorsichtig den Weg entlangging – die Augen wegen des Schnees auf den Boden gerichtet –, lachte Charlotte plötzlich laut auf. Sie hatte den Riesenpenis erblickt. Ihr armer Vater stand reglos da, das Gesicht erneut bleich vor Schreck.

Derek betrachtete das Kunstwerk anerkennend. »Na, das nenne ich einen …«

»Mummy, was ist das?« unterbrach ihn Becky.

»Das ist …« Hilary sah sich hilfesuchend um.

»Könnte eine Champagnerflasche sein«, schlug Barry vor.

»Ja«, sagte Tiffany mit spöttischem Grinsen, »sie ist gerade aufgemacht worden, man sieht, wie der Schaum oben rausläuft.«

»Das reicht jetzt, ihr beiden«, meinte Cindy.

»Nö, ich glaube, da habt ihr euch vertan«, sagte Becky mit sachlicher Stimme. »Für mich sieht das aus wie ein riesiger Pillermann.« Sie lief voraus und wartete im Eingangsportal auf sie.

Malcolm empfing Charlotte; er sah erhitzt und nervös aus. »Endlich«, sagte er erleichtert. »Achtung, seid vorsichtig, wenn ihr …«

Doch seine Worte gingen unter, als Mr. Phelps, der es kaum erwarten konnte, Charlotte erblickte und mit Mendelssohns Hochzeitsmarsch loslegte.

»Ach, ist nicht so wichtig«, murmelte Malcolm und machte sich vorsichtig auf den Weg zum Altar. Zu Charlottes Überraschung wäre er fast vornüber gefallen. War er betrunken? Das würde sein rotes Gesicht erklären. Sie sah, wie er die Hand nach der Rückenlehne der Bank ausstreckte, und bemerkte, daß einer der dekorativen Kerzenständer vor ihm kaputt auf dem Boden lag.

»Wir sollten uns besser hinsetzen«, sagte Hilary zu Cindy, »sonst verderben wir Charlotte noch ihren großen Auftritt.« Sie drehte sich zu Becky um. »Du weißt ja, was du zu tun hast, oder?«

»Nun geht schon«, drängte Neville, »wir kümmern uns um sie.«

Derek merkte sofort, daß der Boden rutschig war. Wie durch ein Wunder erreichten sie unversehrt eine Bank. In dem Glauben, er sei in Sicherheit, setzte Derek sich hin, rutschte mit einem Satz von dem hölzernen Sitz und landete mit beiden Knien auf dem Betkissen.

»Sprich eins für mich mit, wenn du schon mal da unten bist«, kicherte Tiffany.

»Ich bete nicht, verdammt noch mal!« zischte er. »Hilf mir gefälligst hoch. Mann, ist das heiß hier drinnen, ich schwitze wie ein Affe.«

Während Barry und Tiffany ihrem Vater aufhalfen, betraten Charlotte und Neville, gefolgt von Becky, die Kirche. Jemand aus der Gemeinde rief ihnen zu: »Paßt bloß auf, es ist höllisch glatt da vorne.«

»Und genauso heiß«, fügte ein anderer hinzu.

Als Charlotte schließlich neben Alex stand, war sie stocksteif vor Konzentration, und ihre Gesichtszüge fühlten sich wie einbetoniert an, weil sie sich krampfhaft bemühte, nicht loszulachen. »Alles okay?« flüsterte er.

Sie schob die Kapuze ihres Kleides zurück. »In dem Ding komme ich mir vor wie Maria Vetsera.«

»Solange ich mich nicht auf einen Selbstmordpakt einlassen muß ... Das Ganze wird langsam zur Farce, findest du nicht?«

Charlotte blickte auf seine verbundene Hand und dann auf James, der neben Stephen stand. »Was habt ihr eigentlich ...«

»Wenn ich bitten dürfte«, unterbrach sie Malcolm müde. Er fuhr sich mit dem Finger zwischen Hals und Kragen entlang und wischte sich die Schweißperlen von der Stirn. »Morgen ist Weihnachten, und ich muß noch meine Besorgungen machen, können wir also vielleicht anfangen?«

»Ja, Malcolm«, lachte Charlotte. Sie erhob den Blick zur Deckenwölbung und dankte Gott, daß Sally recht gehabt hatte – es sah ganz so aus, als ob dies tatsächlich der lustigste Tag ihres Lebens würde.

Als Malcolm mit der Zeremonie begann, warf sie Alex aus dem Augenwinkel einen Blick zu und drückte seine Hand. Er zuckte zusammen und zog seine bandagierte Linke zurück.

Kapitel 35

Du meine Güte! Ich hoffe doch, ihr seid jetzt wirklich verheiratet? Es war so ein Fiasko, daß man sich diesbezüglich nicht ganz sicher sein kann.«

Alex reichte seiner Mutter ein Glas süßen Sherry. »Ja, als der Boiler in die Luft flog, hatte ich auch langsam das Gefühl, daß die Sache etwas aus dem Ruder lief.«

»Aus dem Ruder?« wiederholte sein Vater, lehnte den Sherry ab und schenkte sich ein Glas Famous Grouse ein. »Es war wundervoll. Einfach phantastisch. So was habe ich noch nie erlebt. Es gibt nicht viele Hochzeitsgesellschaften, die eine solche Spur der Verwüstung hinterlassen. Ich habe mindestens zwei verstauchte Knöchel und eine Armee von Feuerwehrmännern gesehen, ganz zu schweigen von dem ziemlich schlaffen Prachtstück vor der Tür.«

»Als ich Malcolm sah, dachte ich, er sei betrunken«, lachte Charlotte. »Er war so rot im Gesicht, und als er beinahe vornüber gefallen wäre ...«

»Das lag an der Hitze vom Boiler«, sagte Alex, »die hat uns alle geschafft.«

»Und euer Kunstwerk da draußen«, ergänzte Charlotte grinsend. »Der Boiler liegt an der Westseite.«

»Das erklärt aber noch nicht, wieso der Boden spiegelglatt war, oder?« meinte Alex' Vater. »Ach übrigens, wie ist dein Bruder eigentlich zu diesem Veilchen gekommen?«

»Ja, erzähl uns mal, was ihr drei da heute morgen gemacht habt. Sally und ich haben euch durch die Wand gehört, wurden aber ums Verrecken nicht schlau daraus.«

»Stephen war's.«

»Nicht mit Absicht.« Stephen kam zu ihnen und zog ein wenig den Kopf ein, um einem der Balken in Louises und Nevilles Wohnzimmer auszuweichen. Sie hatten sich für den Empfang hierhergeflüchtet und den armen Malcolm dem Chaos in St. John's überlassen.

»Aber du hast James ins Auge geboxt und dann den ganzen Kaffee über meine Hand geschüttet.«

Stephen zuckte die Achseln. »Um so praktischer, daß ich Arzt bin.«

»Zu Anfang des Gottesdienstes dachte ich auch, ich bräuchte einen Arzt«, mischte sich Derek ein. Er hatte einen üppig mit Aufschnitt und Salat beladenen Teller in der Hand. »So fix, wie mein Hintern von der Bank abgerutscht ist. Womit zum Teufel polieren unsere lieben Frauen aus der Gemeinde eigentlich die Bänke? Mit Gleitmittel?« Er biß in eine große eingelegte Zwiebel und kaute geräuschvoll.

»Nun schieben Sie mir nicht die Schuld dafür in die Schuhe, daß Sie sich nicht vernünftig hinsetzen können«, ließ sich Iris von einem Sessel neben dem Kaminfeuer vernehmen, wo sie es sich in ihrem Pelzmantel und mit einer Kanne Tee bequem gemacht hatte. Ein breitkrempiger Hut, der schräg auf ihrem Kopf saß, gab ihr etwas Elegantes, Überlegenes und verdeckte außerdem recht erfolgreich ihr entstelltes Gesicht. »Ich versichere Ihnen, daß Mrs. Haslip und ich die Bänke seit mehr als drei Monaten nicht poliert haben. Haben Sie überhaupt eine Vorstellung davon, was Bienenwachs heutzutage kostet, Mr. Rogers? Wenn Sie etwas großzügiger zur Deckung der laufenden Kosten von St. John's beitragen würden, könnten wir …«

»Schon kapiert, Mrs. B. Ich werde drüber nachdenken«, erwiderte Derek und pulte ein Stück Zwiebel aus seinen Schneidezähnen. »Es sah wirklich so aus, als ob das Schicksal euch beide nicht zusammenkommen lassen wollte«, sagte er zu Charlotte. »Vielleicht hat der Alte da oben was gegen euer irdisches Bündnis. Wahrscheinlich war es ein Blitzschlag göttlichen Zorns, der den Boiler in die Luft gejagt hat.«

»Ignorier ihn einfach, Charlotte«, sagte Barry über die Schulter seines Vaters hinweg.

Charlotte bemerkte den Sticker am Aufschlag von Barrys Sakko: »Ohne Jesus ist Weihnachten tote Hose«. Sie mußte lächeln, und er zwinkerte ihr zu. Wie er sich verändert hatte. Gerade mal ein Jahr auf der Universität, und er hatte all seine Nervosität verloren, schien vollkommen mit sich im reinen zu sein – und anscheinend auch mit seinem Vater.

»Dir ist doch hoffentlich klar, Dad«, sagte Barry, »daß Malcolm glaubt, du wärst für die Sabotage verantwortlich.«

»Wie zum Henker kommt er denn darauf? Ich meine, Charlotte ist für mich wie eine Schwester. Weshalb sollte ich ihr den großen Tag verderben?«

Alex lachte, und Charlotte meinte: »Gib's zu – du warst es doch, der die Heizung so aufgedreht, die Nummern der Lieder vertauscht und Gott weiß was mit dem Boden angestellt hat, oder?«

Derek schüttelte den Kopf. »Hand aufs Herz. Ich bin unschuldig. Das einzige Verbrechen, dessen ich mich schuldig erkläre, ist die Beihilfe zu dem Kunstwerk draußen vor St. John's.« Er stupste Charlotte in die Seite. »Ich hab natürlich Modell gestanden.«

»Glaub's ihm ja nicht.«

»Ah, Cindy«, sagte Derek und drapierte den Arm locker um ihre Schultern.

»Hat jemand Tiffany gesehen?«

»Sie hat vor zehn Minuten die Kinder zum Videogucken raufgescheucht«, antwortete Barry.

»Stimmt«, sagte Louise, die sich mit einem Tablett voller Chicken Nuggets und Pommes frites zu ihnen gesellte. »Ich bin gerade mit der Ladung hier auf dem Weg nach oben.«

»Ich wußte gar nicht, daß du oben einen Fernseher hast, Mutter.«

»Es gibt 'ne ganze Menge, was du über mich nicht weißt, Charlotte. Wenn dein Vater einschläft, brauche ich ein bißchen Unterhaltung, deshalb habe ich mir einen von diesen praktischen Fernsehern mit eingebautem Videorekorder gekauft. Neulich habe ich mir einen interessanten Film von Tarantino angesehen. Irgendwie muß man sich ja amüsieren.«

»Ihr müßt meine Mutter entschuldigen«, sagte Charlotte zu Alex' Eltern, als Louise verschwunden war. »Sie hat einen etwas ungewöhnlichen Sinn für Humor.« Peters Eltern hatten sich immer ziemlich pingelig aufgeführt, wenn die beiden Familien zusammentrafen. Sie fragte sich, wie der gestrige Abend verlaufen war – ihre Eltern hatten angeboten, Angela und Toby Hamilton bei sich aufzunehmen. Hoffentlich hatte sich ihre Mutter benommen.

»Eine interessante und facettenreiche Frau«, sagte Toby mit anerkennendem Lächeln.

»Das klingt gerade so, als wäre sie ein Gemälde von Jackson Pollock.«

»Hüten Sie Ihre Zunge, Mrs. Lawrence ... ich meine, Mrs. Hamilton«, ertönte Iris' Stimme vom Kamin.

»Nun«, sagte Angela gedehnt und mit bedeutungsvollem Blick auf Charlotte und Alex. »Was ist mit Enkeln?«

»Da sind Sie bei ihm vermutlich an der falschen Adresse.« Derek winkte Alex mit einem kalten Würstchen zu.

»Derek!«

»Ja, Cindy?«

»Ich hätte gerne ein Glas Wein.«

»Aber du trinkst doch keinen Wein«, sagte er ungläubig.

»Jetzt schon.«

Derek trollte sich.

»Also, wie sieht's aus mit Enkelkindern?« versuchte Angela es erneut.

Alex verdrehte die Augen.

»Und wir setzen auf dich, Charlotte, damit Alex wieder eine anständige Arbeit anfängt. Kinder brauchen einen Vater, der ein regelmäßiges Einkommen nach Hause bringt.«

»So ist's brav, Dad«, stimmte James vom Fenster her zu, wo er sich gerade mit Hilary unterhielt.

»Du hattest schon immer einen siebten Sinn für Kabbeleien, nicht?« zog Alex ihn auf.

James kam herüber. »Gehe ich recht in der Annahme, daß Charlotte schwanger ist und ihr heiraten mußtet?«

»Nein«, sagte Charlotte mit leicht gereizter Stimme. »Ich bin nicht schwanger.«

»Unehelich empfangen, aber immerhin ehelich geboren«, steuerte Iris bei.

»Nein, Mrs. Braithwaite«, widersprach Charlotte entsetzt und wiederholte laut und deutlich: »Ich sagte, ich bin *nicht* schwanger.«

»Schon gut, Charlotte.« Derek erschien mit einem Glas Wein für Cindy und legte den Arm um Charlotte. »Reg dich nicht auf. Falls Alex es nicht geregelt kriegt, wüßte ich jemanden, der gerne einspringt.«

Cindy nahm ein Wurstbrötchen von Dereks Teller, stopfte es ihm in den Mund und schleifte ihn hinter sich her zu Hilary, die jetzt ganz alleine dastand.

Es hatte wieder angefangen zu schneien, als sich alle draußen in der Dunkelheit einfanden, um Charlotte und Alex zu verabschieden.

Becky stand vor ihrer Mutter und neben Mark. Sie hatten fast den ganzen Nachmittag zusammen verbracht, und trotz Chloes Warnung, daß Jungs dumm waren und zu selbstsüchtigen Männern heranwuchsen, hatte sie die Gesellschaft dieses stillen, nachdenklichen Jungen genossen. Er hatte ihr erklärt, er sei taub, könne ihr aber von den Lippen ablesen, wenn sie langsam spräche, und so verstehen, was sie sagte. Darin sei er sogar richtig gut. Daraufhin hatte sie beschlossen, ihm zu erzählen, was sie getan hatte. Er hatte gelacht und ihr gesagt, daß er sie sehr witzig fand.

Jetzt brannte sie darauf, es noch jemandem zu erzählen.

Sie betrachtete ihre Tante Charlotte durch das offene Autofenster, und da sie so glücklich aussah, trat Becky zu ihr und fragte: »Du bist doch nicht traurig über das, was in der Kirche passiert ist, oder?«

Charlotte lächelte ihr zu. »Ich möchte es um nichts in der Welt verpaßt haben.«

»Gut.«

Charlotte zögerte und lachte dann. »Einen Augenblick lang hatte ich das verrückte Gefühl, daß du deine Finger im Spiel hattest.« Sie wurde ernst. »Becky, das warst doch nicht du, oder?«

Becky strahlte. »Doch«, sagte sie stolz. »Heute morgen bin ich zur Kirche rübergegangen, weil ich so böse auf Mummy war. Ich hab mich da versteckt, aber keiner hat nach mir gesucht, und da hab ich mich gelangweilt, und ...«

Alle, die um das Auto herumstanden, einschließlich Hilary, starrten Becky an, doch sie bemerkte es gar nicht und fuhr munter fort: »... und dann bin ich in das komische kleine Zimmer an der Rückseite gegangen, und da habe ich ein paar Dosen mit Politur gefunden. Erst habe ich ein paar Bänke damit eingesprüht, und dann den Boden ... Ich fand, er sah so dreckig aus. Dann ist mir kalt geworden, und darum habe ich an dem Boiler rumgedreht ... Ich hab gesehen, wie Mummy das macht, wenn sie wegen der Blumen hingeht ... War lustig, als er explodiert ist, nicht?«

Keiner sagte etwas, aber als Charlotte Davids Gesichtsausdruck sah, flüsterte sie Alex zu: »Fahr los, bevor wir hier noch eine Explosion erleben.«

Becky hatte sich den günstigsten Moment für ihre Beichte ausgesucht. Als Charlotte und Alex langsam davonfuhren, näherte sich ein anderer Wagen. Es waren Oma und Opa Parker. Zur Hochzeit waren sie zu spät gekommen, aber für Weihnachten reichte es gerade noch.

Kapitel 36

Die Parker Seniors folgten den Parker Juniors zurück zur Acacia Lane. Barbara und Jeffrey lauschten den letzten Minuten des Nachmittags-Hörspiels auf Radio Four – einer modernen Interpretation von *Das Mädchen mit den Zündhölzern*, die in einer Großstadt der Neunziger spielte –, und Hilary, David, Philip und Becky lauschten konzentriert auf die Stille. Niemand schien etwas sagen zu wollen. Hilary schon, aber sie hatte Angst zu lachen.

Sie versuchte sich einzureden, daß das an dem Wein und Champagner lag, den sie im Laufe des Nachmittags getrunken hatte, doch sie wußte, daß dies nicht der wahre Grund für ihre Heiterkeit war. Jedesmal, wenn sie sich ins Gedächtnis rief, wie Charlotte und Alex am Altar gestanden hatten und Malcolm sie zu Mann und Frau erklärt hatte, mußte sie an die Explosion denken, die wenige Sekunden später aus dem Heizraum neben der Sakristei ertönt war. Der gute alte Derek hatte natürlich sein Handy dabeigehabt, so daß sie die Feuerwehr hatten anrufen können.

Komischerweise war sie Becky überhaupt nicht böse. Von rechts wegen müßte sie bestraft werden, und wenn es nach David ging, würde sie das auch, aber Hilary hatte nicht die Absicht, ihre Tochter ins Gebet zu nehmen. Sie konnte sich nicht erinnern, wann sie das letzte Mal so gelacht hatte.

Sie spürte, wie sich schon wieder ein Grinsen auf ihrem Gesicht ausbreitete, und drehte sich zum Fenster, als sie die Einfahrt von *The Gables* hinauffuhren. Die Kinder sprangen sofort aus dem Auto, als wären sie froh, dem drohenden Schweigen zu entkommen, und begannen eine Schneeballschlacht. Drinnen hatte die Zeitschaltuhr das Licht eingeschaltet, unter anderem auch die hübschen Lämpchen am Weihnachtsbaum, und das Haus schimmerte einladend.

Es war zwar bei weitem nicht das eleganteste oder attraktivste Objekt im Dorf, aber Hilary hatte sich auf den ersten Blick in das schön geschnittene edwardianische Haus verliebt und David gedrängt, den Eigentümern sofort ein Angebot zu machen. Ein halbes Jahr später waren sie eingezogen – Philip war damals fünf gewesen und gerade in die Schule gekommen, und Becky war noch ein Kleinkind, das gerade taumelnd seine ersten Schritte tat.

»Du liebst das Haus, nicht wahr, Hilary?« fragte David plötzlich von der Seite.

Sie erstarrte. Was wollte er damit andeuten? Daß er sie verlassen wollte und sie es verkaufen mußten? War es das?

»Was meinst du damit?« Sie wandte sich langsam zu ihm um. Erschrocken bemerkte sie, wie müde er aussah. Unter seinen Augen waren Falten, sogar dunkle Schatten. Und hatte er nicht auch abgenommen? Sie konnte sich nicht erinnern, wann sie das letzte Mal so nah neben ihm gesessen und ihn angesehen, ihn *wirklich* angesehen hatte.

Zu ihrer Verärgerung merkte sie, daß er ihr leid tat, aber dieses Gefühl konnte sie nicht gebrauchen, und so unterdrückte sie es sofort. »Was meinst du damit?« wiederholte sie mit gewollt harter Stimme.

»Ich meinte bloß ...« Jetzt starrte auch er hinüber auf

das Haus. »Ach, nichts.« Er stieg aus dem Auto, um seinen Eltern mit dem Gepäck zu helfen.

»Nichts – ja klar!« murmelte Hilary, als sie die Haustür aufschloß und in die Küche ging. Hatte Cindy sie nicht gewarnt, daß sie vielleicht das Haus verlieren würde? Sie vergrub das Gesicht in den Händen und lehnte sich gegen den Aga. Sie war unglücklich. Und wütend. Wütend, weil ihre Zukunft unabänderlich in den Händen eines Mannes lag, der sie nicht mehr liebte.

Sie griff nach dem Wasserkessel. Jeden Moment würde Barbara ins Haus gewatschelt kommen, mit einem halben Dutzend Koffern und genug eßbaren »Mitbringseln«, um damit einen Tante-Emma-Laden aufzumachen. Sie drehte den Wasserhahn auf und verspürte wieder das Gefühl von Einsamkeit und Entfremdung, das sie jedesmal überkam, wenn Davids Eltern bei ihnen zu Besuch waren. David war ihr einziger Sohn, und sie ließen keine Gelegenheit aus, sich gegenseitig dafür zu loben, daß sie die Welt um einen so wundervollen Menschen bereichert hatten.

Als Hilary Davids Eltern kennengelernt hatte, war sie davon ausgegangen, daß die Bemerkungen ihrem Sohn gegenüber und über ihn üppig mit Sarkasmus gespickt waren; damals kannte sie nur diese Form von elterlicher Liebe, da sie von ihrer Mutter seit jeher nichts anderes gewohnt war. Doch dann war Hilary allmählich aufgegangen, daß Barbara und Jeffrey es vollkommen ernst meinten: in ihren Augen hatten sie wahrhaftig einen gottgleichen Übermenschen hervorgebracht.

Sie stellte den Kessel auf den Aga, und ihr Blick fiel auf Beckys selbstgebastelte Papierkrippe, die hinter einer angebrochenen Kekspackung und einem Karton Kleenex steckte. Sie lächelte. Da waren sie, der ganze Parker-Clan – Barbara kniete vor der Krippe, Jeffrey stand pflichtgemäß daneben, und beide sahen hinunter auf den Heiland im Stroh.

Na, wenn dieses Weihnachten erst mal vorbei war, erwartete die gute alte Barbara und ihren Jeffrey ein saftiger Schreck. Sie hatten einen Judas hervorgebracht, keinen Jesus. Man durfte gespannt sein, wie sie darauf reagierten.

Schwere Schritte verrieten Hilary, daß Barbara im Anmarsch war.

»Ach, hier bist du, Hilary. Ich habe dir Darjeeling mitgebracht, ich weiß doch, wie gerne du ihn trinkst. Und es macht gar nichts, daß er fast doppelt so teuer ist wie die PG-Tips.«

»Danke, Barbara«, sagte Hilary und wappnete sich für die restlichen Geschenke aus dem großen Karton, den ihre Schwiegermutter in die Küche schleppte. Hilary haßte Darjeeling. Es war Earl Grey, den sie gerne trank. Sie hatte es Barbara tausendmal gesagt, aber diese schlichte Botschaft war nie durch ihre scheußliche, graue Pudeldauerwelle gedrungen. Hilary sah zu, wie Barbara den schweren Karton vorsichtig auf dem Boden abstellte, wobei sie ihren Hintern mit dem weiten Rock in die Luft streckte und dabei den Blick auf eine ausgedehnte Fläche wabbeligen Fleisches über einem Paar brauner Nylon-Kniestrümpfe freigab.

»Datteln. Ich habe euch gefüllte Datteln mitgebracht. David ist ja ganz wild darauf.«

»Prima.« Hilary nahm sie und ließ sie auf die Arbeitsfläche plumpsen.

»Ein Glas Pflaumenmus. Selbst gemacht, versteht sich.«

»Natürlich.«

»Mince Pies. Waren im Angebot. Ich konnte heute morgen im Supermarkt einfach nicht daran vorbeigehen.«

»Super.« Die passen wunderbar zu den vier Dutzend in der Tiefkühltruhe und den zwei Dutzend in der Speisekammer.

»Limonenmarmelade. David hat die immer auf seinem Toast gegessen, schon seit er ein kleiner Junge war. Ich weiß, wie gerne er sie mag.«

»Toll.« Inzwischen ißt er lieber Orange.

»Kaffee. Echter Bohnenkaffee. Ich dachte, ich verwöhne David mal ein bißchen. Dieser Entkoffeinierte, den du ihm gibst, ist ja nicht schlecht, aber er hat einfach keinen Geschmack.«

»Wie aufmerksam.« Ja, vergifte ihn ruhig. Würde uns allen eine Menge Ärger ersparen.

»Turkish Delight. Erinnerst du dich noch an das Weihnachten, an dem David soviel davon gegessen hatte, daß er sich –?«

»Ja, Barbara. Ich erinnere mich, wie ich hinterher das Bad geputzt habe.«

»Armer Junge. Er konnte noch nie nein sagen.«

Oh, wie wahr! »Barbara, was hältst du davon, wenn ich mich um die Sachen hier kümmere, und du gehst in der Zwischenzeit nach oben und machst dich frisch? Du bist doch sicher müde von der Fahrt.« Komm schon, Hilary, zeig ihr, wer hier Herr im Hause ist!

»Ein Täßchen Tee, während ich mein Bad nehme, wäre ganz reizend.«

»Gute Idee. Geh schon mal rauf, ich schicke David dann mit einem ...«

»Nein, nein, nein. Der arme Junge ist erschöpft. Laß ihn in Ruhe mit Jeffrey ein Glas Whisky trinken. Er muß ja ganz außer sich sein, nachdem Neville ihm so in den Wagen hineingerauscht ist. Wie unbedacht von deinem Vater. Vergiß das Eis nicht, ja?«

»Welches Eis?«

»In ihrem Whisky.«

»Und du möchtest ganz bestimmt keinen?«

Barbara stieß ein Lachen aus, das so fröhlich klang wie eine Alarmglocke. »Hilary, manchmal begreife ich dich nicht. Du weißt doch ganz genau, daß Whisky ein Männergetränk ist.« Den Fuß bereits auf der untersten Treppenstufe, rief sie noch: »Nur ein Stück Zucker für meinen Tee.«

»Männergetränk – pff!« sagte Hilary, nahm den Wasserkessel vom Herd und füllte die Teekanne. Aber Barbara hatte schon immer einen Geschlechtertick gehabt, ganz besonders, wenn es um die eigene Weiblichkeit ging – und das bei einer Frau mit einem riesigen Muttermal auf der Wange, aus dem ganze Haarbüschel wuchsen!

Hilary schlich am Familien-Badezimmer vorbei und hörte, wie Barbara endlich das Wasser ablaufen ließ – sie war über eine Stunde da drin geblieben und hatte sich zwei Tassen Tee und einen Teller Schokoladenkekse einverleibt.

Hilary hielt den Atem an, bis sie in ihrem eigenen Badezimmer angekommen war und die Tür fest verschlossen hatte. Dann atmete sie tief aus, steckte den Stöpsel in die Wanne und ließ das Wasser einlaufen.

Sie legte sich hinein, getröstet von der Gewißheit, daß sie zumindest für die nächsten zwanzig Minuten in Sicherheit war. Sie hatte David – dem armen, erschöpften Jungen – strikte Anweisung gegeben, den Lammbraten im Auge zu behalten und die Kartoffeln in exakt zwölf Minuten aufzusetzen. Als sie ihn darum gebeten hatte, diese schlichte Dienstbotenaufgabe zu übernehmen, hatte ihr Schwiegervater sie mit seinem üblichen bösen Blick bedacht, und fast hatte sie mit dem Kommentar gerechnet: »Bei mir wäre sie damit nicht durchgekommen.« Hilary verpaßte Jeffrey im Geiste immer einen breiten Yorkshire-Dialekt, weil es so gut zu seiner chauvinistischen Art paßte, obwohl er in Wirklichkeit genauso verständlich sprach wie alle aus dem Süden. Tatsächlich hatte er dann, als sie ihm seinen zweiten Whisky einschenkte, gesagt: »Du bist einfach unentbehrlich, David. Und du verwöhnst Hilary, wirklich. Sie kann sich glücklich schätzen.«

Hilary ließ sich tief ins Wasser sinken, die gekräuselte Duschhabe fest um den Kopf gespannt. »Unentbehrlich. Na, das werden wir ja sehen.«

Vom Ende der Wanne, zwischen den Körbchen mit Schminksachen und den Shampooflaschen, starrten sie Captain Scarlet und Mr. Blobby an; sie waren aus dem Familienbad verbannt worden, um Platz für Barbaras Arsenal von Bronnley-Produkten zu schaffen. Captain Scarlet hatte das eine Knie gebeugt und den Kopf nach hinten verdreht, so daß er Hilary über die Schulter anglotzte. Mr. Blobby, beide Arme in die Höhe gestreckt, hatte den Punkt seines einen Auges verloren und sah aus, als ob er ihr wollüstig zuzwinkerte. Hilary gefiel die Art nicht, wie die beiden sie beäugten, und sie preßte die Knie zusammen.

Alberne Gans! sagte sie sich mit einem Lächeln. Es sind doch bloß Flaschen mit Schaumbad – sie tat gerade so, als ob Derek oder Nick da säßen.

Von Nick hatte sie in letzter Zeit nicht viel gesehen, und sie fragte sich, was er wohl über Weihnachten machte und weshalb sie gerade an ihn gedacht hatte. Sie schloß die Augen und versuchte nur spaßeshalber sich vorzustellen, wie er sie geküßt hatte. Enttäuscht stellte sie fest, daß es ihr nicht gelang. Sie konnte sich nicht an sein Gesicht erinnern, und ebensowenig an seine Lippen. Wie ungerecht, daß sie sich einen Seitensprung nicht einmal ausmalen konnte, während David ihn munter praktizierte.

Sie sah auf ihre Uhr, die vor Mr. Blobbys linkem Fuß lag. In zwei Minuten würde der arme, erschöpfte David sich in die Küche schleppen müssen. Sie griff nach der Seife und begann sich zu waschen. Den Blick stur geradeaus gerichtet, schrubbte sie eilig über Hals, Schultern und Brüste; sie traute sich nicht, ihren eigenen Körper zu betrachten, aus Angst vor der schrecklichen Erkenntnis, daß hier vielleicht der Grund für Davids Ablehnung lag.

Während sie sich weiter wusch, versuchte sie, an etwas anderes zu denken. Charlotte und Alex. Ob sie schon am Ziel ihrer Flitterwochen angekommen waren? Alle hatten versucht, aus Alex herauszuholen, wohin er mit Charlotte wollte, aber er hatte sich ihren Fragen stur entzogen. Louise hatte gewitzelt, daß er sie zurück nach Brüssel bringen würde. Wie typisch von ihrer Mutter, einen so geschmacklosen Scherz zu machen.

Jemand klopfte energisch an die Tür.

»Hilary, du wirst in der Küche gebraucht.« Es war Barbara.

»Ich habe David gesagt, was zu tun ist«, entgegnete Hilary.

»Wir können das Salz für die Kartoffeln nicht finden.«

»Ich tue nie Salz an die …« Ach, was soll's? Sie zog an der Kette des Stöpsels und griff nach einem Handtuch. »Bin schon unterwegs.«

Später am Abend, als sie das Essen ohne Zwischenfall hinter sich gebracht hatten und die Kinder hibbelig vor lauter Vorfreude zu Bett gegangen waren, überließ Hilary David und seine Eltern ihren seligen Erinnerungen an seine glorreichen Jahre als vollkommenstes Kind aller Zeiten. Sie zog ihren wärmsten Mantel an, nahm Hut, Schal und Handschuhe und entfloh in den Schnee, zur Mitternachtsmesse.

Von der Einfahrt zur Daisy Bank konnte sie das Gemeindehaus sehen. Zu ihrer Überraschung war es hell erleuchtet, und sie sah Leute darin umhergehen. Beim Näherkommen bemerkte sie einen Zettel an der Eingangstür. Sie ging darauf zu und las: »St. John's außer Betrieb – Mitternachtsmesse hier.«

Hilary ging hinein. Stühle waren in Reihen mit einem schmalen Mittelgang aufgestellt worden. Ein Großteil der Plätze war belegt, und alles plauderte und lachte. Es sah mehr nach einer Party aus als nach einem Gottesdienst.

»Hierher, Hilary.«

Zu ihrer Überraschung erblickte Hilary Georgia, die ihr aus einer der hinteren Reihen zuwinkte. Neben ihr saß

Chloe; soweit Hilary sehen konnte, war sie das einzige Kind.

»Hallo«, sagte Hilary, als sie sich schließlich an der Reihe von Knien vorbeigedrängt hatte.

Georgia küßte sie auf die Wange. »Und bevor du einen Kommentar abläßt – dies ist das einzige Mal im Jahr, daß ich zur Kirche gehe, weil es ja bekanntermaßen nicht richtig zählt. Was ist los? Du siehst geschafft aus.«

»Meine Schwiegereltern sind angekommen.«

»Keine Sorge, die bist du los, wenn du dich von David scheiden läßt.«

Hilary sah schockiert aus.

»Huch, das war wohl etwas zu direkt, was? Dann erzähl mir, was du dir vom Weihnachtsmann wünschst.«

Hilary drehte ihren Verlobungsring mit dem Saphir und den Diamanten um den Finger. Ein Lichtstrahl von der Neonröhre über ihnen fiel auf die Steine und ließ sie funkeln. »Ich glaube, am liebsten hätte ich von ihm eine Patentlösung«, sagte sie nachdenklich.

Georgia drückte ihre Hand. »Tut mir leid, wenn ich dir einen Dämpfer aufsetzen muß, aber er kann dir nur das bringen, worum du ihn gebeten hast.«

Von einem Platz in ihrer Reihe ertönte ein mißbilligendes Schnalzen. Es war Patricia; sie hatte sich vorgebeugt und starrte angewidert auf Georgias Hand, die auf der von Hilary lag. Die beiden sahen sich an und lachten laut. Hilary genoß das ungewohnte Gefühl, sich mit Absicht danebenzubenehmen, zog eine Grimasse und äffte Patricias Mißbilligung nach: »Ts-ts!« Dann fragte sie sich, ob Becky sich wohl auch oft so fühlte.

Es war seltsam, aber wenn sie ernsthaft über den Budenzauber nachdachte, den Becky an diesem Tag veranstaltet hatte, mußte sie zugeben, daß sie in gewisser Weise stolz auf ihre Tochter war. Als sie in Beckys Alter gewesen war, hatte sie höchstens mal die Rosinen aus dem

Päckchen mit Trockenfrüchten in der Speisekammer stibitzt. Das waren Kinkerlitzchen im Vergleich zu Beckys Heldentaten. An einem einzigen Tag hatte sie allein in St. John's mehr Chaos verursacht als ein normaler Mensch in seinem ganzen Leben. Unglaublich. Aber was für ein aufregendes und befreiendes Gefühl mußte es sein, ganz allein so viele Ereignisse ausgelöst zu haben. Ach, wie gern wäre sie so rebellisch, so hemmungslos. Glückliche Becky! Und wenn sie nun selbst auch so dreist wäre? Was würde sie tun, und wer wären ihre Opfer? Blitzartig fielen ihr Jeffrey und Barbara ein. Seltsam, daß der erste Schlag ihnen gelten sollte. Oder nicht? War es nicht ihre Schuld, daß David so war, wie er war – nach dem Motto »die Sünden der Väter« und so weiter?

Sie lächelte in sich hinein, als plötzlich der Saal in Dunkelheit versank.

»Entschuldigung!«

Das Licht ging sofort wieder an. »Entschuldigung«, wiederholte die Stimme, »bin mit der Schulter drangekommen.«

Hilary blickte auf und sah Derek neben dem Lichtschalter stehen. Er hielt seiner Familie die Tür auf. Sie kamen herein und setzten sich hinter Hilary und Georgia. Derek küßte Hilary zur Begrüßung und gab Georgia die Hand. »Es war Bas' Idee, hierherzukommen«, erklärte er. »Cindy wollte eigentlich früh ins Bett, aber ich habe gesagt, wenn mein Junge mit uns zur Mitternachtsmesse will, muß unsere Abendgymnastik eben noch warten.«

»Ein bißchen lauter, Dad«, spöttelte Tiffany. »Ich glaube, die in den vorderen Reihen haben's nicht mitgekriegt.«

Derek zwinkerte seiner Tochter zu und legte den Arm um Cindys Schultern.

Wie sehr Derek Becky ähnelt, dachte Hilary, als sie sich dem Altar zuwandte. Die beiden machen einfach, was sie wollen.

»Guten Abend, alle zusammen«, begrüßte Malcolm seine Gemeinde. Er sah deutlich entspannter aus als vor ein paar Stunden, fand Hilary, als er sich hinter seinen improvisierten Altar aus einem überdeckten Tapeziertisch stellte. »Wie Sie alle wissen, gab es heute nachmittag ein paar Überraschungen in St. John's, was auch der Grund dafür ist, daß wir nun hier versammelt sind.«

»Überraschungen?« lästerte Derek. »Wir haben mehr dreifache Rittberger hingelegt als Torvill und Dean.«

»Ganz recht«, fuhr Malcolm fort, »doch wir alle sollten diese Gelegenheit zu einem Gebet nutzen, daß St. John's so bald wie möglich wieder in Betrieb ist ... und daß die Person, die für dieses Chaos verantwortlich ist, so lange außerhalb meiner Reichweite bleibt, bis ich mich ein wenig beruhigt habe.«

Hilary senkte den Kopf und betete, daß niemand vom Hochzeitsempfang in der Zwischenzeit mit Malcolm gesprochen hatte. Derek stupste sie von hinten an. »Betest du besonders inbrünstig, Hilary?« flüsterte er.

Das erste Lied war »Hark! The Herald Angels Sing«, und als die Gemeinde aus voller Kehle loslegte, mußte Hilary an Charlotte denken. Er war das Lieblingslied ihrer Schwester. Auf einmal war sie traurig. Sie wollte Charlotte hier bei sich haben. Wenn sie sie das nächste Mal sah, würde ihr Leben höchstwahrscheinlich ganz anders aussehen. In diesem Moment wußte Hilary mit absoluter Sicherheit, was sie sich vom Weihnachtsmann wünschte.

Sie wünschte sich den Mut, David zu sagen, daß sie die Schnauze voll hatte.

Kapitel 37

Frohe Weihnachten, Louise!«

»Dir auch, Barbara.«

Die beiden Frauen sahen sich mit der Begeisterung und Herzlichkeit zweier Sumo-Ringer an. Louise trat über die Schwelle von *The Gables* und dachte bei sich, was für ein Glück sie hatte, daß sie und Neville nie nach Peterborough zu fahren brauchten und Barbaras Besuche in Cheshire auf ein Minimum begrenzt waren.

»Hilary ist in der Küche, und ich muß leider berichten, daß der Truthahn viel zu spät in den Ofen gekommen ist.« Barbara sprach so leise und vertraulich, als teile sie ihnen mit, daß ein geliebter Mensch im Sterben lag und nur noch wenige Minuten zu leben hatte.

Na bitte, dachte Louise, Oberfeldwebel Babs plaudert wieder aus dem Nähkästchen. Aber was der armen, dämlichen Babs einfach nicht in den Plüschkopf ging, war, daß es Louise vollkommen schnurz war, wie schlampig Hilary ihr Leben und *The Gables* führte. Soweit es Louise betraf, konnte Hilary nackt in der Küche herumhüpfen und mit dem Truthahn Tango tanzen, wenn ihr danach war.

»David ist vollkommen am Boden zerstört«, sagte Barbara mit leichtem Kopfschütteln und nahm Louise und Neville die Mäntel ab. »Vielleicht könnt ihr ja mal mit

Hilary reden«, murmelte sie aus den Tiefen der Garderobe unter der Treppe. »Hier drinnen müßte auch mal wieder geputzt werden«, fügte sie hinzu.

»Was sollen wir Hilary denn sagen?« fragte Louise, die Hand zur Tür ausgestreckt, als wolle sie Barbara in der Garderobe einsperren. Neville verzog sich grinsend.

Schließlich tauchte Barbara wieder auf, die grauen Locken von einer klebrigen Spinnwebe verziert. Louise beschloß, ihr nichts davon zu sagen.

»Ich finde, Hilary erwartet zu viel von David«, sagte Barbara und strich ihr neues Festtagskleid glatt. Sie zog ein ordentlich gefaltetes Taschentuch aus ihrem Ärmel und putzte sich die Nase. »Ist das staubig da drinnen.« Sie schneuzte sich erneut lautstark in das kleine umhäkelte Leinenquadrat.

»In welcher Hinsicht?« Louise wurde neugierig.

»Dir ist doch sicher aufgefallen, wie müde David aussieht.« Barbara näherte sich Louise und fügte hinzu: »Ganz zu schweigen von der Atmosphäre hier.«

Könnte vielleicht etwas mit deiner Anwesenheit zu tun haben, dachte Louise. »Um ehrlich zu sein, habe ich eher das Gefühl, daß Hilary erschöpft ist. Schon mal auf die Idee gekommen, daß dein Sohn vielleicht zu viel von seiner Frau erwartet?« Louise hatte keinen Grund zu dieser Annahme, aber wieso sollte Babs ihren Dickschädel durchsetzen?

Barbara lachte herablassend. »Louise, meine Liebe, ich bin zwar gerade erst vierundzwanzig Stunden hier, aber durchaus intelligent genug, um zu bemerken, woher der Wind weht. Deine Hilary bittet David pausenlos, irgendwelche Dinge im Haushalt zu erledigen. Kleinigkeiten, die Hilary ohne weiteres selbst übernehmen könnte. Vielleicht bin ich altmodisch, aber ich finde, die Küche ist nun mal Frauensache.« Sie gab erneut ein nervtötendes Lachen von sich.

Es juckte Louise in den Fingern, nach dem nächstbesten Gegenstand zu greifen.

»Meiner Ansicht nach hast du deine Töchter verwöhnt«, fuhr Barbara fort. »Du hast ihnen beigebracht, zuviel zu erwarten.« Sie lächelte, als müsse ihre Meinung wie ein großmütiger Akt der Freundlichkeit aufgenommen werden. »Laß uns hineingehen und ein Glas Sherry zur Feier des Tages trinken. Wir haben eine Flasche von deiner Lieblingsmarke mitgebracht. Extra trocken.«

»Ich nehme einen Gin-Tonic«, erwiderte Louise mit zusammengebissenen Zähnen. »Extra stark, bitte.« Verdammte Bienenkönigin, fluchte sie innerlich, als sie Barbara und ihren Plüsch-Hausschuhen in die Küche folgte. Warum konnte sie sich nicht einfach selbst stechen, und dem Elend ein Ende bereiten?

»Mutter«, begrüßte sie Hilary mit dem Kartoffelschäler in der Hand und gestreßtem Gesichtsausdruck. »Frohe Weihnachten.«

Louise umarmte sie und flüsterte ihr ins Ohr: »Wie lange bleibt die Hexe diesmal?«

»Fünf Tage«, flüsterte Hilary zurück.

»Du armer Teufel«, sagte Louise, die Arme ungewöhnlich sanft um die Schultern ihrer Tochter gelegt. Dann trat sie zurück und sagte mit lauterer Stimme: »Meine Güte, so viele Gäste, und keiner packt mit an. Komm, ich helfe dir.«

Überrascht starrten Hilary und Neville sie an. Louise bot nie ihre Hilfe in der Küche an – oder sonst irgendwo. »Wo sind David und die Kinder?« fragte Neville, um irgendwas zu sagen.

»Der liebe David ist mit Becky und Philip oben«, antwortete Barbara. »Er lädt ein neues Spiel auf den Computer. So heißt das doch, nicht wahr?« Sie blickte sich in der Küche um, als erwarte sie stürmischen Beifall. »Ah, da bist du ja, Jeffrey«, sagte sie, als ihr Mann mit einem Tablett bereits gefüllter Sherrygläser im Türrahmen erschien. Er trug einen eleganten grauen Zweireiher, und seine Schuhe glänzten wie mit schwarzer Lackfarbe überzogen. Neville fummelte am obersten Knopf seines alten Tweedsakkos herum und rieb einen seiner Hush Puppies hinten am Hosenbein.

»Ich dachte, es wäre Zeit für einen Sherry«, verkündete Jeffrey.

Barbara strahlte. »Vielleicht bin ich altmodisch, aber ich finde, ein Mann sollte sich um die Getränke kümmern, nicht wahr? Genau wie beim Aufschneiden des Truthahns. Es entspricht der Etikette, daß der Mann des Hauses das Fleisch aufschneidet.«

»Na, dann wollen wir mal hoffen, daß David nachher nicht zu erschöpft ist, um diese beschwerliche Aufgabe auszuführen«, sagte Louise und attackierte mit einem kleinen Messer die erste Kartoffel. »Obwohl sicher Jeffrey oder Neville einspringen könnten, falls wir armen dummen Frauchen dazu nicht in der Lage sein sollten. Mir persönlich macht es jedoch großen Spaß, einen alten Vogel aufzuschneiden, und ganz besonders einen dämlichen alten Vogel.«

Hilary stellte sich neben ihre Mutter an die Spüle. Normalerweise hatte sie immer unter Louises spitzer Zunge zu leiden; es tat gut zuzuhören, wie ein anderer damit gepiesackt wurde.

»Anscheinend hat Louise mal wieder in der Messerschublade geschlafen«, bemerkte Barbara mit einem herablassenden Lachen. Sie fuhr sich mit der Hand über die Betonfrisur, fand die Spinnwebe und zog eine Grimasse.

Mach weiter, Mutter, drängte Hilary im stillen, sag noch was. Bisher hatte sie sich selbst immer in der Rolle eines Friedensstifters gesehen. Jetzt stellte sie überrascht fest, daß sie ihre Mutter am liebsten angefeuert hätte weiterzukämpfen, und nicht nur das: Sie ertappte sich bei dem Wunsch, ihrer unabhängigen Mutter ähnlicher zu sein. Hilary schnitt eine Kartoffel in der Mitte durch und ließ sie in den Topf auf dem Abtropfbrett fallen. Gestern noch hatte sie sich gewünscht, mehr wie ihre Tochter zu sein. Ihr war noch nie der Gedanke gekommen, daß Becky irgend etwas von Louise haben könnte, doch es war nicht zu übersehen, daß sie genau wie ihre Großmutter war. Und hatte nicht auch Charlotte diesen rebellischen Zug, sich nie anpassen zu wollen? Wie kam es dann, daß sie selbst immer so ein braver Tugendbold gewesen war? Warum hatte sie nichts von den aufmüpfigen Genen abbekommen? Oder waren sie die ganze Zeit über dagewesen, und sie hatte sie nur unterdrückt?

Während im Hintergrund eine höfliche Konversation über die Qualität des Amontillado dahinplätschterte, den sie gerade tranken, griff Hilary an ihrer Mutter vorbei nach der nächsten Kartoffel.

»Blöde alte Hexe«, murmelte Louise. »Liegt dir David wirklich so am Herzen, daß du sie freiwillig erträgst?«

»Nein«, antwortete Hilary, ohne nachzudenken.

Ihre Mutter sah sie an.

Hilary starrte auf die Kartoffel in ihrer Hand.

»Hilary?«

Sie sah auf und erwiderte Louises fragenden Blick. »So habe ich das nicht ...«, begann sie, doch dann erinnerte sie sich an den Entschluß, den sie während der Mitternachtsmesse gefaßt hatte, und an das, was vor ihr lag. »Doch, ich habe es genau so gemeint, wie ich es gesagt habe.« Ihre Stimme war leise, aber fest.

»Verstehe«, sagte Louise nur. Sie drehte den Wasserhahn auf und spülte sich die Hände ab. »Ich nehme an, du wirst dich irgendwann aufraffen und mir erzählen, was hier los ist.«

Barry trug wieder einen seiner Sticker. Derek fragte sich, wie viele sein Sohn wohl noch davon hatte. Heute hieß es: »Weihnachten ohne Jesus ist wie ein Truthahn ohne Füllung«. Er lächelte und sah hinunter auf seinen Teller. Eine riesige, halb gegessene Truthahnkeule blickte ihm entgegen, zusammen mit einem einsamen Rosenkohl. Er wußte nicht, wie es dem Truthahn ging, aber er selbst war gut gefüllt. Er lehnte sich zurück, nahm sein Glas Hunter-Valley-Rotwein und gönnte sich einen großen Schluck. Zufriedenheit durchfloß ihn. Was war er doch für ein verdammt glücklicher Mann.

Er bemerkte, daß Cindy ihn ansah. Und er bemerkte auch das Lächeln in ihrem Gesicht, als sie das Weinglas zwischen den Fingern drehte. Merkwürdig, daß sie auf einmal Wein trank ... und ihr Blick war auch so seltsam. Verwirrt wandte er sich Tiffany zu, die zu seiner Rechten saß.

Seine wundervolle, zornige Tiffany. Sein kleines Mädchen, das jetzt fast erwachsen war. Er dachte an all die Jahre der Auseinandersetzungen mit ihr. Wie zum Teufel sie das durchgestanden hatten, war ihm ein Rätsel, vor allem Cindy, die von Anfang an den größten Teil von Tiffanys Wutausbrüchen abbekommen hatte. Er sah zu seiner Frau hinüber und stellte fest, daß sie ihn immer noch betrachtete, und wieder mit diesem Lächeln.

Donnerwetter! Flirtete sie etwa mit ihm?

Er griff nach der Weinflasche, füllte sein Glas erneut und versuchte sich zu erinnern, wann er sich zuletzt so wohl gefühlt hatte. Ach, zur Hölle damit! Wann hatte er sich zuletzt so angetörnt gefühlt, und das beim Abendessen mit der Familie?

Er versuchte an etwas anderes zu denken und sah zu Bas hin. Er unterhielt sich mit Tiffany und erzählte ihr gerade irgendwas über einen Medizinerstreich, bei dem es um ein Glas mit Augäpfeln ging. Mann, was hatte er für einen tollen Sohn!

Und was waren sie für eine phantastische Familie.

Er wagte einen kurzen Blick zu seiner Frau. Sie sah ihn immer noch an! »Einen Toast«, sagte er, hob sein Glas und schlug die Beine übereinander.

Alle sahen ihn erwartungsvoll an.

»Auf meine verdammt tolle Familie«, sagte er. »Ich hab das Gefühl, ich bin der glücklichste Mann der Welt.«

»Bist du betrunken?« fragte Tiffany lachend.

»Und wenn schon.«

»Dad hat recht«, sagte Barry, »wir sind schon ziemlich klasse.« Er und Tiffany stießen mit ihrem Vater an.

»Cindy?« Derek wartete darauf, daß sie ihr Glas erhob. Plötzlich war es ihm wichtig, die Zustimmung seiner Frau zu hören, als stelle sie die Absegnung all dessen dar, was er empfand und was er im Laufe der vergangenen Jahre erreicht hatte, insbesondere der Gründung von *All In The Mind*. Aber während er auf ihre Antwort wartete, ging ihm auf, daß ihm nicht nur sein eigenes Glück am Herzen lag, sondern auch Cindys. Hatte er Cindy glücklich gemacht?

Noch nie zuvor hatte Cindy das Gefühl gehabt, im Mittelpunkt ihrer Familie zu stehen. Jetzt tat sie es. Tiffany, Barry, ja sogar Derek – alle sahen sie an. Und sie wußte, was sie von ihr hören wollten. Was für eine Ironie, daß jeder von ihnen seit Ewigkeiten in eine andere Richtung gezogen und sich dabei gegen die anderen gestemmt hatte.

»Ich habe etwas zu sagen«, verkündete sie und spürte die Enttäuschung ihrer Familie. »Barry, sei so lieb und bring mir den großen braunen Umschlag mit dem roten Band, den ich dir gestern abend gezeigt habe, ja? Er liegt unter dem Weihnachtsbaum.«

»Den hier?« fragte Barry, als er ins Eßzimmer zurückkam.

Cindy nickte. »Danke.« Sie nahm den Umschlag und zog an dem Seidenband. »Ihr werdet mich jetzt sicher für schrecklich selbstsüchtig halten. Es ist ein Weihnachtsgeschenk für mich, von mir.« Sie sah ihrem Mann in die Augen, als das Band vom Umschlag abglitt.

»Damit habe ich kein Problem.« Derek betrachtete Cindys Finger, die mit dem Seidenband spielten. Es erinnerte ihn an einen Striptease.

»Du hast mir vor gar nicht so langer Zeit gesagt, daß jeder von uns seine Nische im Leben finden muß. Nun, ich habe gemerkt, daß du mich hier eigentlich nicht mehr brauchst, Derek, und deshalb gehe ich, bevor es zu spät ist ...«

»Mum, du wirst doch nicht ... du kannst doch nicht ...«

Cindy sah ihre Tochter an. »Was, Tiffany?«

Tiffany wandte sich zu ihrem Vater. »Dad, das kannst du doch nicht zulassen. Tu was. Sag was.«

Derek schwieg. Die ganze Freude und Zufriedenheit, die er wenige Augenblicke zuvor empfunden hatte, verschwand. Niedergeschlagen starrte er auf seinen Teller. Er schob ihn beiseite. Die Vorstellung war undenkbar.

»Ich glaube, du solltest lieber deinen Satz zu Ende bringen, Mum, und die beiden aus ihrer Verzweiflung reißen«, sagte Barry.

Cindy lächelte verlegen. »Eigentlich muß ich mich bei Barry bedanken«, sagte sie und zog einen Prospekt aus dem Umschlag in ihrer Hand. »Er hat mich davon überzeugt, wieder zur Schule zu gehen, und ich habe vor, einen sogenannten Vorbereitungskurs zu machen, der über ein Jahr läuft, und es dann mit einem Studium zu versuchen ... Was ist?« fragte sie, als sie Tiffanys und dann Dereks Gesichtsausdruck sah. »Glaubt ihr, das schaffe ich nicht?«

Tiffany lachte. »Heilige Scheiße! Na klar schaffst du das, Mum.«

Derek erhob sich langsam. Er ging zu Cindy und küßte sie.

»Wofür ist das denn?« fragte sie, ehrlich überrascht.

Er schluckte schwer. »Einfach so«, antwortete er und legte seine Hand auf ihre Schulter.

»Lügner!« rief Tiffany lächelnd. »Du hast gedacht, Mum wollte ...«

Barry streckte die Hand aus und wedelte mit einem Knallbonbon unter der Nase seiner Schwester herum. »Zieh dran und halt die Klappe, okay, Schwesterherz?«

»Kann ich irgendwas tun?« fragte Iris zum dritten Mal aus dem Wohnzimmer, wo es friedvoll und gemütlich war.

»Sie haben schon genug getan«, rief Georgia aus dem Chaos der dampferfüllten Küche. »Mehr als genug, um genau zu sein«, murmelte sie bei sich, als sie das Fett vom Fleischsaft im Bräter abschöpfte. Die Einladung an Iris, den ersten Weihnachtsfeiertag mit ihr und Chloe zu verbringen, hatte sich eher zu einem monumentalen Machtkampf entwickelt als zu einem feierlichen Akt zwischenmenschlichen Frohsinns.

Einen Tag, nachdem sie sich vor Iris lächerlich gemacht hatte, hatte sie mit Hilary telefoniert, die gerade drauf und dran war, Iris anzurufen und sie einzuladen, Weihnachten in *The Gables* zu verbringen. »Nein«, widersprach Georgia. »Du hast mit deinen teuren Schwiegereltern schon genug am Hals, sie kann zu mir kommen.« Hilarys Erleichterung war nahezu fühlbar gewesen, doch als Georgia ihre Idee Iris vortrug, hatte diese es rigoros abgelehnt, die Einladung auch nur in Erwägung zu ziehen.

»Ich kann Weihnachten doch nicht irgendwo anders als zu Hause verbringen.«

Mittlerweile war Georgia fest entschlossen, Iris über Weihnachten aus diesem deprimierenden kleinen Wohnzimmer herauszubekommen, und wenn es das letzte war, was sie tat. Bei ihrem dritten Telefongespräch mit der alten Frau riß Georgia der Geduldsfaden, und sie brüllte in den Hörer: »Ich spreche nie wieder ein Wort mit Ihnen, wenn Sie nicht bereit sind, mir diesen kleinen Gefallen zu tun.«

»Wie schade«, entgegnete Iris, »aber daran ist dann wohl nichts zu ändern. Es sei denn …«

»Es sei denn was?« fragte Georgia, die erkannte, daß ihre Gegnerin offenbar verhandlungsbereit war.

»Laden Sie Nick Bradshaw ein?«

»Kommt gar nicht in Frage!« bellte Georgia in den Hörer, als sie die Sprache wiedergefunden hatte.

»Nun, dann sehen wir uns sicher irgendwann einmal. Auf Wiederhören.«

»Wagen Sie es ja nicht, einfach aufzulegen, Sie heuchlerische Schlange!«

Ein langes Schweigen hatte sich zwischen ihnen ausgedehnt, bis Iris schließlich listig gefragt hatte: »Um wieviel Uhr soll ich dasein? Vielleicht ist Mr. Bradshaw ja so freundlich, mich abzuholen?«

Georgia hatte sich in dieser Schlacht geschlagen gegeben, da sie sicher gewesen war, den Krieg zu gewinnen, denn Nick würde so eine lächerliche Einladung ja niemals annehmen. Doch sie hatte sich geirrt. Nick hatte zugesagt und sich auch sofort erboten, für Iris den Chauffeur zu spielen, und nun war er schon wieder in ihrem Haus, bezirzte nebenan im Wohnzimmer Iris, daß sich die Balken bogen, und zitierte für Chloe Passagen von Simone Weil. Fröhliche Weihnachten, konnte man da nur sagen!

»Ich habe den Tisch gedeckt«, verkündete Nick, der im Türrahmen aufgetaucht war. »Was gibt's sonst noch zu tun?«

»Sie könnten den Wein aufmachen, den Sie mitgebracht haben, und zwar schnell, bevor ich ohnmächtig werde.«

Er schenkte zwei Gläser ein und reichte ihr eines davon. »Frohe Weihnachten«, sagte er und stieß mit ihr an. »Und danke.«

»O nein, bitte nicht!« Sie nahm einen Schluck Wein. »Fangen Sie jetzt nicht mit diesem tiefsinnigen Quatsch an, daß Weihnachten kein richtiges Fest ist, solange man nicht im Kreise der Familie oder mit Freunden feiert. Sie sind hier, weil es die einzige Möglichkeit war, Madame da drüben zu bewegen, meine Einladung anzunehmen. Okay?«

»Ich fühle mich geschmeichelt.«

»Schön, aber passen Sie auf, daß es Ihnen nicht zu Kopf steigt. Und jetzt geben Sie mir mal die Schüssel da rüber – der Rosenkohl ist fertig.«

Als sie an der Spüle stand, in der einen Hand den Topf, in der anderen den Deckel, um das Gemüse abzugießen, spürte sie, wie sich Nick von hinten näherte. Er küßte sie sanft auf den Hals, direkt unterhalb des Ohrs. Sie war so baff über seine Dreistigkeit, daß sie fast den Topf fallen gelassen hätte. Sie stellte ihn neben der Spüle ab und drehte sich zu ihm um. »Was soll das?«

»Ich dachte eigentlich, das wäre klar.« Er hielt ihr die Schüssel für den Rosenkohl hin.

Sie starrte einen Moment darauf, dann sah sie wieder ihn an. »Und wieso wartest du damit, bis ich beide Hände voll habe?«

Er lächelte. »Um sicher zu sein, daß du mich nicht schlägst.«

Georgia lachte schallend.

»Alles unter Kontrolle da draußen?« fragte Iris.

»O ja«, antwortete Georgia lächelnd, »wir haben alles fest im Griff.«

Das Mittagessen war geräuschvoll und lustig, da Chloe, die groß in Form war, darauf bestand, nacheinander mit jedem am Tisch Knallbonbons zu ziehen, deren grüngoldene Zylinder aus Pappe und Kreppapier Georgia spätabends nach der Mitternachtsmesse noch mit ein paar zusätzlichen Spielereien präpariert hatte. Und nun trug Nick am anderen Ende des Tisches eine falsche Nase und einen Schnurrbart à la Poirot, Chloe zu seiner Linken Ohren wie Mr. Spock, und Iris spielte lachend mit einem aufziehbaren Plastikgebiß, das sie klappernd über den Tisch wandern ließ. »Absolut schauderhaft«, gluckste sie und griff danach, um es erneut aufzuziehen.

»Los, Mum«, sagte Chloe, »jetzt mußt du noch dein Knallbonbon mit mir ziehen.« Sie grinste. »Und ich weiß, was drin ist.«

»So, weißt du das? Na, denn mal los.«

Beide zogen kräftig, aber es war Georgia, die als Siegerin gegen ihre Stuhllehne fiel. »Was ist das denn?« fragte sie, als eine Silberbrosche mit kleinen funkelnden Markasiten aus dem Knallbonbon auf den Tisch fiel. Georgia war auf einen blutenden Plastikfinger mit einem Nagel darin gefaßt gewesen, nicht auf dieses zauberhafte Schmuckstück.

»Zeig mal«, sagte Chloe. »Wow! Echt stark.«

»Allerdings«, stimmte Nick zu und beugte sich vor, um sie genauer zu betrachten. »Sieht ziemlich teuer aus.«

»Aber ich habe nur Schnickschnack in die Knallbonbons getan, nicht so was ...« Sie sah auf und starrte einen nach dem andern an. Schließlich blieb ihr Blick an Nick hängen.

Er schüttelte den Kopf. »So gerne ich mir den Schuh anziehen würde, aber von mir ist sie nicht.«

Iris räusperte sich. »Ich war's«, sagte sie. »Ich habe sie darein getan.«

»Sie! Aber wann denn?«

»Schauen Sie mich nicht so überrascht an. Ich hatte reichlich Zeit, während Sie und Mr. Bradshaw in der Küche beschäftigt waren.« Lächelnd sah sie ihr Gegenüber an. »Und Chloe war meine Komplizin, sie hat für mich Schmiere gestanden.«

»Aber warum?«

Iris schluckte. »Es ist ein Geschenk, und bevor Sie wieder irgendwelchen Blödsinn von sich geben: Ich bestehe darauf, daß Sie es annehmen. Die Brosche gehörte meiner Mutter, und ich würde mich sehr freuen, wenn Sie sie ...«

»Halten Sie den Mund und drücken Sie mich, Sie dumme, sentimentale, alte Frau.«

Mit feuchten Augen umarmten die beiden sich innig. Nick lächelte in sich hinein. Er wußte wenig über die seltsame Beziehung zwischen Georgia und Iris, aber es war nicht zu übersehen, daß sie einander in einer Weise rührten, die sie zwang, einen sehr persönlichen Teil von sich zu preiszugeben, den sie bisher vor allen anderen verborgen hatten. Er zwinkerte Chloe zu und hoffte, daß auch sie eines Tages erkennen würde, daß es sich manchmal lohnte, ein Risiko einzugehen, vor allem, wenn es um Beziehungen ging.

»Oma Parker?«

»Ja, Becky, mein Schatz?«

»Warum hast du dieses schwarze Ding mit den Haaren da auf der Wange?«

»Weil sie eine Hexe ist«, murmelte Louise und füllte sich einen Löffel Brandy-Butter auf.

»Wie bitte?«

»Ich hab dich gefragt, warum du dieses schwarze ...«

»Dich meine ich nicht, Liebes«, sagte Barbara, ohne ihre Enkelin anzusehen. »Louise, was hast du gesagt?«

»Ich sagte nur, wie gut, daß wir keine Kleckse gemacht haben«, erklärte Louise und tat so, als ob sie prüfend den Tisch betrachtete. »Wo Hilary doch so eine schöne Decke aufgelegt hat.«

Barbara starrte Louise mißtrauisch aus ihren blaßgrauen Augen an. »Ich könnte schwören, daß ich gehört habe, wie du ...«

»Nun sag schon, Oma Parker. Du wärst viel hübscher ohne.«

Barbara rückte das violette Papierhütchen gerade, das sie gegen Davids eingetauscht hatte, damit seins zu der roten Krawatte paßte, die sie ihm geschenkt hatte. »Auch wenn ich mich der schmerzhaften Erfahrung unterziehen würde, das Mal entfernen zu lassen«, sagte sie sachlich, »wäre ich doch immer noch dieselbe liebe alte Oma Parker, nicht wahr? Äußere Schönheit zählt nichts im Vergleich zu innerer Schönheit.«

Louise schnaubte in ihr Weinglas.

»Wie es wohl der armen alten Mrs. Braithwaite geht?« fragte Hilary in dem verzweifelten Versuch, jegliches Blutvergießen bei Tisch zu vermeiden. »Ich hatte sie eingeladen, heute zu uns zu kommen, aber ...«

»Ja, David erwähnte es gestern abend«, unterbrach sie Barbara, die sich die Gelegenheit nicht entgehen lassen wollte. »Und ich habe ihm gesagt, wie wunderbar rücksichtsvoll es von ihm ist, einer einsamen alten Nachbarin am Weihnachtstag sein Haus zu öffnen.«

»Wie es scheint, hat die Polizei den Mann geschnappt, der sie überfallen hat«, sagte Louise zu Hilary, ohne Barbara zu beachten. »Er war hinter Royal-Doulton-Figuren her, was um so idiotischer ist, als er bei Iris nichts dergleichen gefunden hätte.«

»Ich kannte mal eine Frau, der ihre ganze Sammlung gestohlen worden ist. Der Einbrecher kam direkt ins ...«

»Möchte noch jemand etwas vom Christmas Pudding?« fragte Hilary, die Barbaras Geplapper keine Sekunde länger ertragen konnte.

Alle schüttelten den Kopf. »Vielleicht könntest du uns dann zu den Mince Pies und dem Käse einen Kaffee kochen, David?«

»Hilary! Da haben wir's schon wieder.« Barbara warf Louise einen triumphierenden Blick zu. »Siehst du, was ich meine? Sie läßt ihn einfach nie in Ruhe.« Barbara streckte die Hand nach ihrem Sohn aus. Er sah aus, als leide er stumm vor sich hin; eine traurige, einsame Gestalt am Kopfende des Tisches, umgeben von den Überresten diverser Knallbonbons. Barbara tätschelte seine Hand. »Bleib du nur sitzen, mein Schatz. Hilary und ich kümmern uns um den Kaffee.«

»Dürfen wir jetzt bitte aufstehen?«

»Ja, Philip«, sagte Hilary schnell. Falls die Situation eskalierte, war sie nicht scharf darauf, daß ihre Kinder mitbekamen, wie Louise Barbara zu Boden rang.

»Wißt ihr was, *ich* werde den Kaffee machen«, bot Neville an, als die Kinder gegangen waren.

»Bei uns zu Hause macht Barbara immer den Kaffee«, verkündete Jeffrey, als Neville in die Küche verschwand. »Und sie macht einen verdammt guten Kaffee.«

»Klingt gerade so, als wäre sie eine Kaffeemaschine«, bemerkte Louise giftig.

Barbara gab ein warnendes Räuspern von sich. »Sag mal, Hilary, hast du den Christmas Pudding nach dem Rezept gemacht, das ich dir letztes Jahr gegeben habe?«

»Nein, es war Delias ...«

»Dachte ich mir«, sagte Barbara selbstgefällig und zog an der Schnur ihrer blinkenden Weihnachtsmannbrosche.

»Okay, Babs. Jetzt reicht's. Willst du die gesamten Weihnachtsfeiertage damit zubringen, die Kochkünste meiner Tochter zu kritisieren, oder gibt es irgendeine Hoffnung, daß du deine gottverdammte Klappe hältst?«

Alles glotzte.

»Du hast schon immer gern gezeigt, meine liebe Louise, wie geschickt du mit Worten umgehen kannst. Aber du wirst doch wohl zugeben müssen, daß es etwas ungewöhnlich ist, die Plastiktüte mit den Innereien im Truthahn drinzulassen. Ich frage mich, wie David Hilarys Kocherei all die Jahre überlebt hat.«

»Das braucht er vielleicht nicht mehr lange«, sagte Hilary leise.

»Was soll das denn bitte heißen?« fragte Jeffrey.

Hilary, die seit jeher ein wenig Angst vor ihrem Schwiegervater hatte, hielt seinem feindseligen Blick stand. Dann sah sie David an, der ihr gegenüber saß. Er starrte mit leerem Blick zurück. Seine Gleichgültigkeit gab ihr den Rest. Sie knüllte ihre Serviette zu einer kleinen Kugel zusammen und warf sie ihm ins Gesicht.

»Barbara, Jeffrey – es gibt etwas, das ihr wissen solltet«, begann sie in entschlossenem Ton. »Euer Sohn ist ein Lügner, ein Betrüger, und er hat seit Gott weiß wann eine Affäre. So, was sagt ihr dazu?«

Kapitel 38

Barbara fixierte Hilary mit ihren blassen, faden Augen, ohne den Blick auch nur einmal zu senken oder auf ihren Sohn zu richten. Langsam erhob sie sich, als wolle sie eine Tischrede halten.

»Wenn du ihm eine bessere Frau gewesen wärst, hätte er sich nicht anderswo umsehen müssen. Wenn du zu schätzen gewußt hättest, was für ein wundervoller, außergewöhnlicher ...«

Doch Barbaras Worte gingen in dem Krachen von Porzellan und Glas unter, als David mit einer einzigen Armbewegung sein Gedeck vom Tisch fegte. Er sah in die Runde und rief: »Ich habe alles verloren!«

»Das kommt davon, wenn man mit dem Feuer spielt«, schrie Hilary ihn an; sie war aufgesprungen, und in ihrem Schädel hämmerte die schreckliche Erkenntnis, daß es kein Zurück mehr gab. Jetzt war es heraus.

Barbara ging auf David zu. Sie legte ihm die Hand auf die Schulter und warf Louise einen verächtlichen Blick zu. »Da siehst du, was du deiner Familie eingebrockt hast.«

»Ach, halt die Klappe, du blöde Ziege«, feuerte Louise zurück.

»Ruhe jetzt, und zwar alle«, brüllte David.

»Gut gesagt ...«

»Sei ruhig, Dad, und laß mich reden.« David sah Hilary an. »Ich weiß nicht, wie du auf die Idee kommst, ich hätte ...«

»Es stimmt aber!« schrie sie. »Ich weiß, daß es stimmt. Versuch gar nicht erst, es zu leugnen. Nach allem, was ich durchgemacht habe, könntest du wenigstens so ehrlich sein, zu dem zu stehen, was du getan hast.«

Er stand auf und ging auf sie zu, doch sie wich ihm mit tränenüberströmten Wangen aus.

»Hilary, ich verstehe nicht ...«

»Und was ist mit all den Abenden, an denen du angeblich länger gearbeitet hast oder bei irgendeinem Rotary-Treffen warst? Du warst nicht da. Ich weiß, daß du nicht da warst.«

Davids Gesicht verdunkelte sich, und er wandte sich von ihr ab. »Das kann ich erklären ...«

»Das glaube ich dir sofort. Aber dafür ist es zu spät, ich habe die Schnauze voll. Ich will mich ...« Sie ballte die Fäuste und zwang sich, die gefürchteten Worte auszusprechen. »Ich verlasse dich.« Na also, sie hatte es geschafft. Sie schluchzte noch heftiger, stolperte aus dem Zimmer und stieß mit ihrem Vater zusammen, der sich draußen im Flur herumdrückte. Sie schnappte sich ihre Autoschlüssel und schlug die Haustür hinter sich zu.

Es war dunkel, als sie zurückkam. Nachdem sie zwei Stunden durch den Schnee gefahren war, fühlte sie sich vollkommen erschöpft. Sie schloß die Tür auf. Das Haus lag im dunkeln, und in der Einfahrt waren weder der Volvo ihrer Eltern noch Barbaras und Jeffreys Rover zu sehen. Sie trat in den Flur und drückte auf den Lichtschalter. Sie zuckte zusammen.

David hockte zusammengesunken auf der untersten Treppenstufe, gegen die Wand gelehnt, eine leere Weinflasche neben sich. Er sah furchtbar aus. Er blinzelte und hielt sich die Hand vor die Augen, dann sagte er: »Hilary, bitte hör mir zu. Ich muß dir was sagen.« Er schob die leere Flasche beiseite, damit sie sich neben ihn setzen konnte.

Sie blieb, wo sie war. »Wo sind die anderen alle?«

»Bei deinen Eltern, ich hielt es für das beste.«

»Deine Rücksichtnahme kommt ein bißchen spät«, sagte sie trocken. Sie wandte sich von seinem Anblick ab und hängte ihre Schlüssel an den Haken beim Telefon.

Er stand auf und kam auf sie zu. »Hilary, ich habe keine verdammte Affäre.« Er nahm sie bei den Schultern und drehte sie zu sich um. »Wir stecken in einem viel schlimmeren Schlamassel!«

Er klang betrunken, und sie wich vor ihm zurück. »Schlamassel?« wiederholte sie wütend. »Was für ein Schlamassel?«

Er strich ihr sanft über das Haar, als wäre er mit seinen Gedanken plötzlich ganz woanders. »Ich habe in den vergangenen Monaten mit einer neuen Buchhaltungsfirma gearbeitet. Das Geschäft ist ... O Gott, Hilary, es tut mir so leid.« Mit gesenktem Blick kehrte er zur Treppe zurück und lehnte sich schwer gegen das Geländer.

»David, was ist los? Sag's mir.«

»Ich habe alles verloren.« Er zuckte die Achseln, dann vergrub er das Gesicht in den Händen, unfähig zu sprechen.

Sie starrte ihn an. War er so betrunken, daß er das erstbeste sagte, was ihm einfiel?

»Es tut mir so leid, Hilary«, flüsterte er und kam wieder zu ihr. Er nahm ihre Hände. »Es war der reinste Alptraum ... und das Schlimmste dabei war, daß ich es dir nicht sagen konnte.«

Lieber Gott, er meinte es ernst.

»Ich wollte nicht, daß du mich für einen Versager hältst, daß du denkst, ich ... Ich wollte nicht, daß du es je erfährst.«

»*... Hilary darf es nie erfahren ...*« Ihr war übel. Was hatte sie getan? »Catherine!« stieß sie hervor und klammerte sich an die letzten Überreste dessen, was sie für die Wahrheit gehalten hatte. »Du hast dich mit ihr getroffen. Ich weiß es.«

Er sah verwirrt aus. »Meinst du meine Sekretärin oder meine neue Buchhalterin? Sie heißen beide Catherine.«

Hilary schluckte. »Im Schlaf ... hast du von Catherine gesprochen ...« Ihre Stimme verlor sich.

Sie standen schweigend da. Dann sagte David: »Wir müssen vielleicht das Haus verkaufen.«

Sie sah zu ihm auf und dachte an das, was er gestern erst im Auto gesagt hatte: *»Du liebst das Haus, nicht wahr?«* »Und Philip ... die Schulgebühren?«

Er schüttelte den Kopf. »Hilary, es tut mir so leid. Es liegt an der Rezession. Ich dachte, ich könnte durchhalten, ich ...«

Fassungslos ließ sie sich auf die unterste Treppenstufe sinken. »Wie ist denn das passiert? So was kann doch Leuten wie uns gar nicht passieren, oder?«

Er setzte sich neben sie. »Hunderte von kleinen Unternehmen gehen kaputt, die Mieten sind zur Zeit so hoch. Ich dachte, ich könnte das Geschäft an eine Kette verkaufen. Das war's, woran ich in den letzten Monaten mit Catherine gearbeitet habe. Aber dann haben sie rausgekriegt, daß die Lage nicht so rosig war, wie ich es dargestellt hatte. Sie haben ihr Angebot gerade diese Woche um die Hälfte gekürzt. Ich kann es nur annehmen oder ablehnen.«

Hilary sah auf. »Aber du könntest doch als Geschäftsführer bleiben, oder nicht?«

Er schüttelte den Kopf. »Sie wollen mich da raushaben.«

»O David, können wir denn gar nichts anderes tun?«

»Wenn ich das Angebot nicht annehme, wird sich das

rumsprechen, und dann kann ich froh sein, wenn mir jemand anders auch nur die gleiche Summe bietet.«

»Nun, dann bleibt mir wohl nichts anderes übrig – ich werde mir eine Stelle suchen müssen«, sagte sie energisch. »Ich werde wieder unterrichten. Ich habe immer gesagt, daß ich das wollte.«

Er sah sie an, doch sie senkte den Blick, unfähig, den Schmerz in seinem Gesicht zu ertragen.

Das Telefon klingelte und ließ sie beide zusammenzucken. Hilary nahm ab, froh über die Ablenkung.

»Charlotte! ... Wo seid ihr? ... Lake Coniston ... Eingeschneit? Na, das wundert mich nicht ... Uns geht's gut ... Na ja, nicht ganz, David hat mir gerade erzählt ... Nein, es ist doch keine Affäre ... Es ist das Geschäft, er kann es nicht halten ... Keine Ahnung. Ja, sicher, das erklärt einiges. Ja, ich richte es ihm aus. Tschüs.« Sie legte den Hörer auf.

»Mein Gott«, sagte David, »hast du wirklich geglaubt, ich würde dich betrügen?«

Sie ging zur Küche, und er folgte ihr. »Hilary, hast du das geglaubt?« Seine Worte klangen jetzt klarer, als sei er schlagartig nüchtern geworden.

Sie kaute auf ihrer Lippe herum und nickte. »Es war immer mein schlimmster Alptraum, David, daß du mich verlassen könntest ... Ich ... Ich habe eben gedacht, du ...«

»Aber wie zum Teufel hast du es fertiggebracht, so zu tun, als wenn nichts wäre?«

»Dieselbe Frage könnte ich dir auch stellen. Wie konntest du all deine Probleme vor mir verbergen?«

»Und Charlotte hat gedacht –?«

Wieder nickte Hilary.

David rieb sich mit der Hand über das Kinn. »Ich hatte auch das Gefühl, daß sie distanziert war, als ob sie mir irgendwas übelnähme.«

Hilary begann zu weinen. »O David, es tut mir so leid ...

Ich fühle mich ganz schrecklich, weil ich das Schlimmste von dir gedacht habe, während du die ganze Zeit so gelitten hast, und …«

Er lächelte. Es war das erste Mal seit Monaten, daß sie ihn lächeln sah.

»Es wird doch alles wieder gut, oder?« fragte sie und berührte zaghaft seine Hände. Ihr war selbst nicht so recht klar, wonach sie ihn eigentlich fragte, aber sie wußte, daß der Verlust des Geschäfts vollkommen unbedeutend war im Vergleich zu dem Verlust, den sie befürchtet hatte.

Kapitel 39

Das Star Struck war voll mit Leuten, die den Truthahnresten des zweiten Weihnachtsfeiertags entfliehen wollten. Tony Farrand glänzte in einem seiner prächtigen Showmaster-Anzüge aus den Siebzigern. Er begrüßte Hilary und David an der Tür in seiner gewohnt pompösen Art und streckte Becky und Philip die Zunge heraus.

»Ich liebe Weihnachten«, sagte er, als er sie zum Tisch führte. Er rückte Hilary einen Stuhl zurecht. »Einen Tag trautes Beisammensein mit der buckligen Verwandtschaft, und schon kommt alles angerannt, um meine anregende Gesellschaft zu genießen. Was möchtet ihr trinken? Etwas Luxuriöses und Teures – Champagner?«

»Ja«, sagte David, »warum nicht?«

»Aber David«, widersprach Hilary, als Tony gegangen war, um eine Flasche zu holen, »das geht doch nicht, wir können es uns nicht leisten ...«

»Heute essen und trinken wir, worauf wir Lust haben ...«

»Und morgen?«

Er lächelte. »Wir werden sehen.«

»Sind wir dann richtig arm?« fragte Becky, stieß das Salzfaß um und zog eine weiße Spur. Sie tippte den Finger hinein und leckte ihn ab. Als niemand ihre Frage beantwortete, sah sie auf.

»Ich weiß nicht«, sagte Hilary betreten. Sie wußte nicht, was sie sagen sollte. Alles war so verwirrend. Im einen Moment hatte sie noch geglaubt, David hätte eine Affäre, und im nächsten stand er plötzlich kurz vor der Arbeitslosigkeit.

Gestern abend, nachdem David ihr alles erklärt hatte, hatte sie ihre Eltern angerufen. Ihr Vater war ein richtiger Schatz gewesen und hatte darauf bestanden, daß Barbara und Jeffrey über Nacht bei ihnen blieben. »Ihr beide braucht ein bißchen Zeit für euch alleine«, hatte er gesagt. »Die Kinder können auch hierbleiben.« Doch Barbara hatte Nevilles Angebot strikt abgelehnt. Sie und Jeffrey waren stehenden Fußes zurück nach Peterborough gefahren, da sie, wie beide verkündeten, nicht bereit waren, mit einer Frau unter einem Dach zu bleiben, die sich so unverschämt benommen hatte. Hilary hatte sich bei David für das Verhalten ihrer Mutter entschuldigt, doch er hatte nur gelacht und gesagt, es sei höchste Zeit gewesen, daß jemand seiner Mutter mal den Kopf wusch.

»Uns wird es ein ganzes Stück bessergehen als manchen anderen«, sagte David und sah Hilary in die Augen.

»Chloe ist arm, nicht wahr, Mummy?«

Hilary dachte an Georgias kleinen Bungalow und den zugigen Wohnwagen, in dem sie mit Chloe gewohnt hatte, und daran, wie sie selbst das Ganze mit einer So-könnte-ich-niemals-leben-Einstellung betrachtet hatte. Doch dann fiel ihr ein, wie nahe sich Georgia und ihre Tochter waren. »Nein«, sagte sie schließlich, »nein, Chloe ist nicht arm.«

»Du bist so still«, sagte David zu Philip, der neben ihm saß, den Kopf hinter der Speisekarte versteckt. »Was möchtest du essen?«

»Ich hab keinen Hunger«, antwortete Philip, ohne den Kopf zu heben.

David beugte sich zu seinem Sohn. »Du brauchst nicht

so vernünftig zu sein«, sagte er. »Heute kannst du dir genau das aussuchen, was du magst.«

Philip sah auf. »Muß ich die Schule wechseln?«

David runzelte die Stirn, und Hilary empfand Mitleid mit ihm. »Laß uns heute abend nicht darüber reden«, sagte er.

»Möchte ich aber.«

Hilary und David sahen Philip überrascht an. »Warum?« fragten sie wie aus einem Munde.

»Nichts Besonderes.« Er zuckte die Achseln. »Ich find's da einfach nicht so toll.«

»Aber du hast doch so gute Noten«, sagte Hilary, »dein Zwischenzeugnis war ausgezeichnet, und Mr. Wells hat mir selbst gesagt ...«

»Die ärgern mich da dauernd.« Philips Worte gingen fast im Lärm eines Nachbartisches unter, dessen zahlreiche Belegschaft plötzlich losprustete.

»Du meinst, du wirst gepiesackt?«

Philip sah zu seinem Vater auf. »Ja«, sagte er mit leiser Stimme und unglücklicher Miene.

»Warum hast du uns nichts davon gesagt?« fragte Hilary, deren Beschützerinstinkt ausbrach. »Du hättest es uns erzählen sollen. Wir hätten dir helfen können.«

Philip zuckte wieder die Achseln. »Man kann doch nicht jedesmal nach Hause zu seinen Eltern rennen, wenn in der Schule was schiefgeht.«

Hilary war entsetzt. Die ganze Zeit über war sie so mit ihrem eigenen Leben beschäftigt gewesen, daß sie gar nichts von Philips Problemen mitbekommen hatte.

»Mum hat recht, du hättest damit zu uns kommen sollen«, sagte David und legte den Arm um seinen Sohn. »Aber wenn du so bist wie ich«, er sah zu Hilary hinüber, »oder wie deine Mutter, hast du es vermutlich für dich behalten, weil du dachtest, du kämst auch alleine damit klar.«

Philip lächelte verlegen. »Ich darf also wechseln und zur High School gehen, wo alle meine Freunde sind?«

»Wir werden sehen.«

»Ich interpretiere das als Ja. Danke, Dad.« Nun, da seine Probleme gelöst waren, griff Philip erneut zur Speisekarte und verkündete: »Ich nehme eine Pizza mit allem drauf und eine große Cola.«

»Ich muß mal«, sagte Becky, die vor sich auf dem Tisch mit Salz ihren Namen geschrieben hatte.

»Geh lieber mit ihr, Philip«, lachte David.

Während Philip seine Schwester zur Toilette bugsierte, tauchte Tony Farrand mit ihrem Champagner auf. Als er wieder ging, schob sich ein anderer Kellner mit neuen Gästen an ihrem Tisch vorbei.

Hilary spürte eine Hand auf ihrer Schulter. »Hallo, Hilary.« Es war Georgia mit Chloe. »Hat der Weihnachtsmann dir gebracht, was du wolltest?« fragte sie mit einem Blick auf David.

»Er hat mir eine Riesenüberraschung gebracht«, sagte Hilary. »Und dir?«

»Dasselbe, könnte man sagen«, antwortete sie mit einem verschmitzten Lächeln. Sie drehte sich um.

Hilary folgte ihrem Blick und sah Nick an der Tür, wo er gerade seinen Mantel und Schal auszog und aufhängte. Dann kam er auf sie zu.

»Hallo«, begrüßte er Hilary und David. »Frohe Weihnachten.« Er wandte sich Georgia zu. »Haben die uns einen Tisch freigehalten?«

»Ja. Geh mit Chloe schon mal vor.« Georgia beugte sich hinunter und flüsterte Hilary ins Ohr: »Wir treffen uns auf dem Klo.«

»Das klang ja ziemlich geheimnisvoll«, bemerkte David, als sie allein waren. Hilary lachte nur und sagte ohne irgendwelche Erklärungen: »Ich muß auch mal. Ich nehme die gleiche Pizza wie Philip.«

Auf dem Weg zur Toilette kamen ihr Becky und Philip entgegen, und ein paar Sekunden, nachdem sich die Tür hinter ihr geschlossen hatte, ging sie wieder auf, und Georgia kam herein.

»Dann mal raus damit.«

Hilary erzählte ihr alles.

»Heiliger Strohsack, und der blöde Kerl hat's nicht über sich gebracht, es dir zu sagen, weil er so ein aufgeblasenes Ego hat. Es ist doch jedesmal dasselbe.«

Hilary runzelte die Stirn. »Sei nicht so hart mit ihm.«

»Tut mir leid. Ich hab's nicht so gemeint. Die armen Trottel werden bloß immer wieder dazu erzogen, Supermänner zu sein, und keiner darf mitkriegen, wenn sie mal auf die Nase fallen. Ist alles die Schuld der Eltern.«

Hilary dachte an Davids Eltern. Georgia hatte recht. Sie hatte noch nie darüber nachgedacht, unter welchem Druck David immer gestanden haben mußte. Sein ganzes Leben lang hatten seine Eltern ihn zu einer Art Gott erhoben. Nun fragte sie sich, ob David möglicherweise erleichtert sein würde, daß er nicht länger Mister Perfect sein, nicht mehr auf dem Podest stehen mußte, auf das ihn seine Mutter gehoben hatte. Plötzlich fiel ihr wieder ein, wie Nick bei der Feuerwerksparty gefragt hatte, ob er Angst hätte, in irgendeiner Weise nicht gut genug zu sein. Armer David – kein Wunder, daß er so aggressiv reagiert hatte. Und kein Wunder, daß es zu der Szene bei Derek und Cindy gekommen war.

»Willst du mir denn gar keine Fragen über Nick stellen?« Georgia sah Hilary im Spiegel an.

Hilary lächelte über ihre gleiche Gedankenrichtung und kramte in ihrer Handtasche nach dem Lippenstift. »Na los, erzähl schon«, sagte sie mit gedehnten Lippen. »Was habt ihr angestellt?«

»Du hattest recht, er küßt wirklich verdammt gut.«

Hilary lachte. »Heuchlerin!«

Georgia lächelte. »Und glaub mir, hier geht's nicht um Seelenverwandschaft, das ist rein körperlich. Wenn ich mit ihm fertig bin, setze ich ihn vor die Tür.«

»Soso.«

»O nein, jetzt fang du nicht auch noch an. In der Hinsicht habe ich schon genug Streß mit Iris.«

»Ach ja, wie war denn Weihnachten mit ihr?«

»Unglaublich! Ich habe noch nie jemanden getroffen, der so dreist beim Scrabble betrügt.«

»Ich habe den Eindruck, sie mag dich«, sagte Hilary mit einem Lächeln. »Das finde ich richtig goldig.«

»Seit wann wird denn um einen schlichten Fall von gegenseitigem Respekt soviel Trara gemacht?«

»Ich glaube, da ist ein bißchen mehr dran.«

»So, glaubst du das?« erwiderte Georgia, blickte in den Spiegel und richtete einen ihrer Ohrringe. »Was ist denn schon dabei, wenn sie mich als ihre Ersatztochter adoptiert? Mich stört das nicht. Eigentlich ist es richtig goldig, wie du so treffend bemerkt hast. So, und jetzt sieh mal zu, daß du fertig wirst, da draußen sitzt nämlich 'n Kerl, der mich zum Essen einladen will.«

Als Hilary zu David zurückkehrte, war er allein. Er sagte: »Tony hat die Kinder und Chloe mitgenommen, damit sie zugucken können, wie die Pizzen durch die Küche gewirbelt werden.« Er reichte ihr einen Champagnerkelch. »Weißt du noch, wie wir das letzte Mal hier waren, und Philip mich gefragt hat, auf welche Art ich dich liebe?«

»Ja. Er hat etwas über die verschiedenen Arten der Liebe erzählt, nicht?« Sie nahm sich einen Grissino und brach ihn in der Mitte durch. Die eine Hälfte bot sie David an.

»Ich weiß nicht mehr, wie es ging«, fuhr David fort, »ob es *agape* oder *eros* war, aber – und ich weiß, daß mir dieser romantische Kram nicht so liegt – aber ich liebe dich bedingungslos, Hilary.« Er stieß mit ihr an. »Und es tut mir leid, daß ich unser Leben so vermasselt und alles verdorben habe.«

Sie beugte sich vor und legte einen Finger auf seine Lippen. »Blödsinn, ich glaube, wir waren ohnhin reif für eine Veränderung.« Dann küßte sie ihn, glücklich über das sichere Wissen, daß die Zukunft, wie immer sie auch aussehen mochte, niemals so schlimm werden konnte, wie das, was sie gerade durchgemacht hatten.

»Du klingst, als wärst du schon dabei, die Ärmel aufzukrempeln.«

Sie drückte seine Hand. »Es ist leicht, wenn man weiß, womit man es zu tun hat. Was einen fertigmacht, ist das Nichtwissen.«

»Zweiter Weihnachtstag«, schrieb Iris in ihr Tagebuch. Sie saß am Kamin. »Ruhig und allein verbracht, Radio gehört. Morgen kommen Georgia und Chloe zum Tee. Darf nicht vergessen, eine Milch mehr zu bestellen und einen Kuchen zu backen.«

Sie klappte das Tagebuch zu, schlug es dann aber noch mal auf und las ihren Eintrag vom Tag zuvor: »Weihnachten mal ganz anders. Habe den Tag mit Georgia und Chloe und diesem netten Mann, Mr. Bradshaw, verbracht. Kann mich nicht erinnern, daß ich je glücklicher war. Eine Veränderung tut wirklich manchmal gut!«